从新时期到新时代

改革开放文艺思潮的嬗变与未来展望

第四届全国文艺评论骨干专题研讨班论文集

中国文艺评论家协会 中国文联文艺评论中心 编

中国文联出版社

图书在版编目（CIP）数据

从新时期到新时代：改革开放文艺思潮的嬗变与未来展望：第四届全国文艺评论骨干专题研讨班论文集 / 中国文艺评论家协会，中国文联文艺评论中心编 . -- 北京：中国文联出版社，2023.11

ISBN 978-7-5190-5362-8

Ⅰ．①从… Ⅱ．①中… ②中… Ⅲ．①文艺评论－中国－当代－文集 Ⅳ．① I206.7-53

中国国家版本馆 CIP 数据核字（2023）第 221915 号

编　　者	中国文艺评论家协会　中国文联文艺评论中心
策　　划	王庭戡　王筱淇
责任编辑	阴奕璇　张　甜
责任校对	慧眼校对
装帧设计	张小龙

出版发行	中国文联出版社有限公司
社　　址	北京市朝阳区农展馆南里 10 号　　邮编　100125
电　　话	010-85923025（发行部）　010-85923091（总编室）
经　　销	全国新华书店等
印　　刷	三河市龙大印装有限公司
开　　本	710 毫米 ×1000 毫米　　1/16
印　　张	23.5
字　　数	338 千字
版　　次	2023 年 11 月第 1 版第 1 次印刷
定　　价	68.00 元

版权所有 . 侵权必究
如有印装质量问题，请与本社发行部联系调换

目 录

泛娱乐主义思潮影响下的电影寓言
　　——从"开心麻花"系列电影谈起 …………………… 陈伟龄 001
改革开放四十年中国特色音乐评论话语体系
　　构建、发展历程概要 ………………………………… 陈宗花 012
新时代新疆舞蹈创作研究新范式 ……………………………… 戴　虎 023
论当代昆剧创作观念的嬗变 …………………………………… 丁　盛 031
民族共荣下的诗意栖居
　　——万玛才旦小说论 ………………………………… 杜臣弘宇 042
元曲自我经典化对当下戏曲传承发展的启示 ………………… 高　岩 051
写生的当代价值
　　——对当前美术界"写生热"的梳理与思考 …………… 郝　斌 065
从联产承包责任制到乡村振兴战略
　　——城乡关系视域下的乡村书写嬗变 ………………… 江腊生 081
试论女性现实主义电影文化自信的基础 ……………………… 李　博 095
独立与共生：当代书法技法、研究、批评关系寻绎 ………… 刘　昕 106
传统粤剧传承在动漫电影中的新探索 ………………………… 刘　妍 124
宁夏诗人诗语特征探析 ………………………………………… 马晓雁 137
阅读《希腊人》的N种方式 …………………………………… 牛寒婷 149

从"新时期"到"新时代":
  文学中的"人性""国民性"与"人类命运之心"…… 裴春芳 160
从《投奔怒海》到《明月几时有》
  ——谈许鞍华电影国族形象与想象的变迁 ………… 任茹文 170
重返现实主义的经验及可能性
  ——从贾平凹、毕飞宇的写作谈起 ……………… 苏沙丽 177
回到 21 世纪之初:重看中国电影美学的两种走向 ……… 万传法 191
当代中国审美主义批判 ………………………………… 王洪琛 206
改革开放四十年中国动画艺术的嬗变探析……………… 王亚全 217
互动·IP·奇观:电脑游戏如何改变艺术? …………… 温彩云 230
融合与转向
  ——"新亚洲"的崛起与中国当代文化的构建路径…… 吴晶莹 241
从传统人伦鉴识视角谈书画艺术的格韵与艺术家修为…… 肖震山 256
改革开放以来中国民间舞蹈传承研究综述与反思………… 许晓云 267
《左传》的审美体验 …………………………………… 杨金波 286
建构文学批评的学理品格
  ——论陈晓明的学术精神 ………………………… 杨荣昌 300
中国城市影像的当代演进及书写
  ——论新时期以来西安电影制片厂的城市电影 ……… 杨致远 310
重审英雄书写的"当代性" 激活英雄书写的叙事价值 …… 叶 李 328
中国改革开放四十年农民工电影题材嬗变研究…………… 袁一民 340
音乐评论的当代性反思…………………………………… 张 璐 353
虚无主义文艺思潮影响下的当代历史书写……………… 刘霞云 363

泛娱乐主义思潮影响下的电影寓言
——从"开心麻花"系列电影谈起

陈伟龄　群众杂志社文教处

"泛娱乐主义"是高度发达的商品社会中，商品经济原则在流通、消费、传媒、教育、文学等领域的集中体现。在信息化高速发展的现代社会，贫富差距的拉大，生存和发展压力的倍增，金融和资本的运作使娱乐的影响力不断加深。在某种程度上，娱乐已经超出了"主义"的范畴，而变成了"生意"和"交易"。

电影的思想性和娱乐性从来都不是对立的矛盾。电影最早被称为"杂耍"，娱乐的功能就与之伴生。而在百年的发展历程中，电影逐渐被称为"第七艺术"，这就把电影从低级趣味的娱乐方式中升华出来，赋予其教育、审美等社会功能。随着社会主义市场经济建设的深入推进，商业文化的勃兴，新媒体的推动，在商业和资本的合谋推动下，部分电影创作者在泛娱乐化的道路上躁动徘徊，把对电影审美的社会功能的追求变成了对市场化发展、产业化运营的过分关注，在制造了一些票房奇迹的同时也引起了一定的争议。"开心麻花"五部电影《夏洛特烦恼》《驴得水》《羞羞的铁拳》《西虹市首富》《李茶的姑妈》在掀起观看热潮的同时，用寓言的方式揭示了新时代繁华表象下困扰经济社会健康发展的种种社会病，在搞笑的表象下表达了创作者对社会种种现象的理解和思考。

故事：逃离现实的错位虚拟

在 21 世纪初泛娱乐主义思潮的影响下，不少电影创作者为了迎合观众的趣味，迎合市场的需求，在讲述故事的过程中，多采用较为离奇的情节，从超越日常生活的角度给观众带来一种虚拟的娱乐享受。

所谓娱乐享受，实际上是指在观影的过程中获得审美的愉悦。审美的愉悦与生理的快感是存在本质的区别的。美国美学家桑塔亚纳曾经说："肉体的快感是离美感最远的快感……审美快感也有生理的条件，它们依赖耳目的活动，依赖大脑的记忆及其他意识功能。然而，我们决不把审美快感同它的根源联系起来，除非要做生理研究；审美快感所唤起的观念并不是对于它的肉体原因的观念。我们的灵魂仿佛乐于忘记它与肉体的关系，而且幻想自己能够自由自在地遨游全世界，正如它可以自由自在地改变其思想对象。心灵可以从中国走到秘鲁，而绝不觉得身体哪部分有丁点紧张变化。这种超脱的幻觉是使人高兴的，而沉湎于肉体之中，局限于感官之内的快感，就使人们感到一种粗鄙和自私的色调了。"[①] 这就直接把肉体的快感与审美的快感区分开来，点明了娱乐并非只是简单的肉体快感，也包括审美的快感。

用通俗的故事讲述百态人生。丁亚平认为："通俗文化充满着对故事的渴望，通俗文化消费者在各式各样的故事与情感中获得世俗化生活的愉悦、幻想、趣味和快乐。"[②] "开心麻花"团队从话剧开始尝试都市休闲娱乐品牌的打造，近年来尝试把小品化的话剧搬上大银幕，用超现实的故事讲述奇遇和冒险，开辟了一条从本土文化入手、极力贴近中国观众审美期待心理的喜剧片发展道路。

---

① [美]乔治·桑塔亚纳：《美感》，北京：中国社会科学出版社，1982 年，第 24 页。

② 丁亚平：《电影的踪迹——中国电影文化史评》，北京：中央编译出版社，2005 年，第 23 页。

不管是穿越还是重生，不管是身体互换还是天降遗产，这些虽说都是通俗文学的套路，却被创作者用得不亦乐乎，且让观看者在奇遇中感受到愉悦和刺激。《夏洛特烦恼》运用穿越的方法，给人到中年一事无成的夏洛重来一次的机会。近十年来，国内网络文学中颇受欢迎的重生小说，假设主人公带着前世的记忆重生，用前世的阅历弥补前世的遗憾，用前世的经验取得人生的顺境。《夏洛特烦恼》中，嫌弃糟糠之妻的夏洛，在"白月光"——校花的婚礼上，想打肿脸充胖子却被自己的老婆当场拆穿，而穿越回去之后，夏洛即使发挥自己的优势，用现实世界中流行的口水歌在虚拟的境遇中获得事业的辉煌，娶到了心目中的校花，却依然羡慕糟糠之妻马冬梅简单的小小幸福。《西虹市首富》中，处于人生低谷的王多鱼接受了"一个月花光十亿元"的挑战，在用金钱实现身边人的种种梦想之后，收获爱情的同时也被天文数字的遗产考验人性，最终战胜了金钱的诱惑，获得圆满的结局。《李茶的姑妈》中，一个被公司老总呼来喝去的小职员黄沧海在顶头上司的威逼利诱下不得不假扮有钱的富婆，凭借小聪明周旋在两个破产追求者之间，在骗局之中他发现对金钱的追逐其实是毫无意义的，但更多人在追求金钱的过程中迷失了自己。这些电影用闹剧的形式描绘了人们对成功、对金钱的疯狂追求，越是对金钱对成功表现出贪得无厌，越是让人觉得虚拟情境的荒诞和可笑。

用略显离奇的情节推动剧情。情节的离奇能够吸引观众观影的兴趣。也正是离奇的情节，在推进故事发展中堆积了与现实反差很大的笑料，可见《开心麻花》电影的寓言性。《驴得水》描绘了一群想要改变中国农民"贪、愚、弱、私"面貌的乡村教育工作者，他们为了解决吃水难的问题谎报教师数量以领取更多补贴，结果在上级部门前来审查的过程中为补救不得不采取各种手段来圆谎，而弥补谎言的成本越来越大超出他们的能力，一一受到各种惩罚。在这些看似荒诞且离奇的情节面前，笑料在刺激受众的同时也激发其对剧情的思考：张一曼明明是为了学校的大局而牺牲，为什么会遭到谴责和报复？淳朴的铜匠受到教育的启蒙，为什么掌握权力后却变得更加暴戾？而这些思考都会引发受众对人性的思考。《羞羞的铁拳》设置了一对男女冤家——拳击选手爱迪生和体育女记者马小，因为意外的电击互换灵魂，性别错位之后，面临种种尴尬而互相伤害，被体育界的恶势力追杀，揭开了体育界"打假拳"的秘密。灵魂的互换首先面临的就是性别倒错后的惊悚，而身份的认同更是让混迹江湖的爱迪生和正气凛然的马小面临更大难题。《夏洛特烦恼》中夏洛用现实生活中走红的口水歌在穿越情境中走红致富却错过了自己纯真的爱情，《西虹市首富》里王多鱼只有费尽心思把十亿元花出去才能继承到更多的财产，《李茶的姑妈》中黄沧海只有通过假扮富婆姑妈才能让大渣公司董事长提拔自己。在虚拟的情境中这些小人物略显无奈地选择将不断以自己独特的方式挣扎，进行自我拯救。

用大团圆的结局提供愉悦。中国人的观影习惯倾向于大团圆的结局，这是世俗的审美习惯。在享受到愉悦的世俗快感之后，真正进入人们精神视野中的真善美意义，让人对现世人生拥有美好期待，大团圆结局给平淡人生以最好的情绪抚慰。《夏洛特烦恼》中，夏洛在穿越世界中的暂时成功，物质生活的丰富并没有带来他精神上的安全感，与"白月光"——校花的婚姻也不能带给他创作灵感和幸福，他找到了已为人妻的马冬梅，在完成自我忏悔之后回到现实世界，夏洛更为珍惜他的糟糠之妻，这种浪子回头的结局也是观众最为喜闻乐见的。《羞羞的铁拳》中，两个狭路相逢的冤家却在身份错位的尴尬中一致努力共同对抗恶势力，也收获了爱情。《西虹市首富》中，王多鱼在精心钩织的绑架案发生时，在遗产和爱情之间艰难地做出了爱情的选择，却意外地得到了遗产，爱情与财富的双丰收也是对他最佳选择的回报。《李茶的姑妈》中黄沧海在发现自己的贪婪之后，还能得到真富婆莫妮卡的青睐，这也是他的最佳结局。

笑点：民生痛点的反向触碰

所谓笑点，是能够激发观众笑的神经，让观众感觉到不协调的滑稽或高人一等的幽默快感。当《开心麻花》电影将人们较为关注的严肃民生问题转换为娱乐符号时,以黑色幽默的语言和荒诞离奇的叙事来诠释小人物的生存境遇,这就体现出隐藏在笑点背后的超越娱乐诉求的道德诉求,把住房、教育、出行、阶层分化等民生痛点用笑点的形式加以呈现,把教育界、体育界等部分存在的怪现象、"潜规则"用习以为常见怪不怪的态度去展示,让人们在反向触碰中品味生活给予的苦涩。"有时候幽默其实是一种无奈的表现,所以电影习惯对那些离经叛道的社会行为进行无情的嘲笑,以衬托出真实生活中的恰当性。"[①]恰恰是对道德的坚守,却受到一些力量和组织的挑衅和践踏,这样的坚守在离奇的情境中显得无力,如此营造出来的笑点让人深思笑点背后的深意。在戏谑和逗耍背后,沉重的人文情怀在各种诱惑面前是否能保持往日的魅力,这是个值得深思的问题。

处于社会转型期的新时代,物质上的丰富并没有给精神上带来安全感,阶层固化、贫富差距拉大等民生痛点让人们面对现实困境时充满了无奈。《夏洛特烦恼》中,夏洛一心痴迷音乐,工作没着落,老婆马冬梅忙着挣钱维持生活,婚姻平淡乏味,穿越其实是对现实生活困境的不满,从而表现出精神上的突围。现实生活中,校花嫁给了有钱的老头,区长的儿子在学校就受到格外的关照,走上社会照样过得风生水起,单亲家庭出身的马冬梅只能靠出卖劳动力过着艰辛的生活;穿越后,学校里,袁华的作文《我的区长父亲》获得全区作文比赛一等奖,长大后区长的儿子因为区长犯事而境况潦倒,校花嫁给夏洛之后依然关注的是名利,夏洛成名后他的头像和爱因斯坦、牛顿的头像一起被挂在墙上,成为学校提倡学生膜拜的新偶像,房价的飞涨并没有给不懂投资的人们带来更好的生活,这些由民生痛点组成的反差让焦虑的压力得以释放,让人大笑之余反思社会存在的一些弊端。

[①] 袁寒英:《从城市喜剧电影看当代中产阶级文化情绪》,《电影文学》,2016年第13期,第45页。

《羞羞的铁拳》中，一向正义凛然敢于揭发自己父亲劣迹的马小却被图谋不轨的男朋友利用，真心有实力的艾迪生却不得不向现实低头，为了钱出卖自己，互换灵魂后，不甘心为社会名利场各种势力玩弄于股掌之间，也激发出内心的主体意识，要为自己被冤贿赂媒体记者的事情讨要说法。在这一过程中，体育界、新闻界等各种名利场的部分交易黑幕被揭开，女性被上司性骚扰的沉重话题被点明，这种种纷扰都是阻碍人们成长和事业成功路途上的洪水猛兽。如何战胜这些障碍，也是吸引观众看下去的动力。但用娱乐的手段包装出来的解决办法在实际生活中起不了任何作用，也给不了观众有益的启示。

电影《西虹市首富》，一笔天文数字的遗产对人近中年一事无成的王多鱼来说，就是一个天大的诱惑。最初他为了五万元就愿意踢假球，葬送自己的职业生命。而一个月花光十个亿，能让他继承全部的遗产，正是这个赌注的致命诱惑。"诱惑才是命运。诱惑就是命运所剩下的东西，是赌注、巫术、宿命和眩晕所剩下的东西，是无声效率所剩下的东西。无声效率就处在一个可见效率和压制快乐的世界中。"[1] 诱惑之所以迷人，是因为王多鱼物质的匮乏，梦想的受阻，精神的受挫。而在疯狂花钱的过程中，他用十个亿创造了一个乌托邦世界，他包下了豪华的酒店，让酒店里每个人的梦想成真，尝试了与巴菲特用餐，买了所有糟糕的股票，追求金融界享有盛名的失败者"黑寡妇"夏竹，踢了全世界最赔钱的球赛，用"脂肪险"的形式送钱，而再多的财富也没有泯灭他对真情的渴求，也没有迷失他做人的尊严。这样的过程处理，让观众感受到大团圆的魅力，也感受到大众文化幻梦的迷人魅力。

无论是夏洛对名利和真情的迷之决策，还是王多鱼对金钱和爱情的艰难选择，都是泛娱乐主义影响下电影制造的幻梦。当前，中国虽然没有真正进入全面现代化社会，但在意识形态上受到泛娱乐主义的影响，

---

[1] [法] 让·波德里亚著，张新木译：《论诱惑》，南京：南京大学出版社，2011年，第276页。

物质的丰富给了人们内心一定的安全感，却也带来了对飞速发展的社会的惶惑和不安，启蒙和政治话语在一定程度上遭到一些质疑，民生痛点刺激了主体意识的强烈回归，却也带来了欲望迷失的痛苦，梦想受阻的焦虑。在一定程度上，民生痛点取代了以往人们遥远的政治乌托邦理想，人们关心的是与日常生活、个人价值实现相关方面的"小确幸"，尤其是关注现实生活中的柴米油盐，关注房价股市，关注学区房、优质教育、医疗养老，当这些"人艰不拆"的各种生存压力让人无法应付自如时，精神上的逃离、突围与幻想就显得极为重要。在娱乐中实现自己个人价值的乌托邦，也不失为一个缓解和释放压力的不错的方法。当这种需求与商业资本合谋，运用喜剧电影制造一个娱乐的乌托邦世界就能创造出一个个票房的奇迹。"大众文化也创造了一个乌托邦的世界，一个不同于现实世界的第二世界。各种美好的理想和期望在这里找到了诗意的栖居之地。在笑声中，人们获得了超越与信心。"[①]泛娱乐主义影响下的电影中包含的乌托邦，不仅仅是制造幻梦，也是一种对现实的质疑和替代。在民生痛点包装的笑点中，观众在虚拟的情境中傲视了权贵，嘲笑了不懂炒房的小人物，看到不择手段追求名利的人得到报应，在主人公梦想得以实现的同时，释放了压力，感受到无奈人生中梦想的仍可触碰和希望的依稀尚存。

解构：平凡人生精神错位与价值迷失

在泛娱乐主义影响下，"开心麻花"系列电影讲述的故事并未建构崇高和深远的审美价值，也没有反映民族的文化内蕴，在资本和市场的合力下，用一幕幕狂欢的闹剧反映商业社会中平凡人生的精神错位和价值迷失，用解构、调侃的手法制造了平面、反深度的娱乐快餐。这种快餐只能导致浮躁的大众越发浮躁，甚至在解构之后易走向价值虚无。

电影在最初阶段就是制造一个梦幻世界的工具，而在商业资本的利

[①] 洪晓：《大众文化的狂欢性》，《广西社会科学》，2004年第7期，第164页。

诱下，在票房红利的驱动下，喜剧电影发挥娱乐的特质，用后现代主义的戏仿、拼贴、反讽，把狂欢化的游戏特质充分运用，制造出一片逃避现实的娱乐乌托邦，这是值得特别警醒和重点批判的。"大众文化创造的梦幻世界可能很幼稚、很缥缈，有人认为它是对现实的逃避，但它更多地包含了对现实的批判与否定，是人们集体心理的投射，是对自由、美好的理想和友善的人与人之间的关系的憧憬。它宣扬的是人文主义者的个性解放、自由快乐的世界观，激励着人们对美好生活的向往，让人进入清风明月的自由里。"[1] 这种幻梦，其实在本质上也是一种精神鸦片，片刻的温暖仿佛饮鸩止渴，解决不了实际问题，而真正问题的解决是要直面问题，而非油滑和故作轻松地面对，甚至抱以轻描淡写的事不关己高高挂起的态度。

在泛娱乐主义影响下，低俗、媚俗、庸俗之作常常会以刻意搞笑的对比、戏谑嘲讽的细节对崇高理想信念等价值观进行轻描淡写的解构。"开心麻花"系列电影在解构崇高的同时，也发出了对爱和温情的呼唤，把人们从枯燥焦虑的现实中暂时解脱出来，为无法实现的欲望提供了宣泄的渠道。但守望精神家园，需要艺术的真诚和热情，娱乐暂时可以缓解压力却不能解脱人类的精神困境。在发挥娱乐特质的同时，如果创作者能拨开资本和名利的诱导回归艺术创作的初心，用理想的精神创作审美价值和视觉享受双赢的作品，升华观众的道德和审美，这也是中国电影一直以来努力的方向，也是电影人民性、思想性、审美性的不懈追求。

电影《夏洛特烦恼》中，校园的暴力引发观众对学校教育的思考，老师师德的瑕疵让人反思教育产业化的弊端。王老师不但暗示所有学生送礼给他，还辱骂学生，"就你那学习还用影响，那还有下降空间吗？"而对于父亲是区长的袁华，王老师格外照顾，用心关照。这也是交换原则、权力寻租在王老师身上的直接表现。当王老师在夏洛、马冬梅遇到小痞子们群殴的时候，一开始考虑明哲保身，而在假装看不见、躲避、

---

[1] 洪晓：《大众文化的狂欢性》，《广西社会科学》，2004年第7期，第164页。

纠结之后,感受到为人师表的责任毅然挺身而出,挥舞一把纸扇,救出夏洛和马冬梅。这前后矛盾的行为也表现出他在商品社会影响下的价值迷失。他不隐藏自己对物质的追求,所以跟学生索要礼物,也想到自己的身份,但也时刻忘不了教师身份带来的"好处"。这不仅是对教育体制存在一些腐败现象的讽刺,也是对少部分教师个人价值迷失的当头棒喝。在穿越情境中,夏洛成为演艺界权威人士,在综艺节目《中国好嗓门》中,因为一位新人选手篡改他的歌词而勃然大怒对其大打出手时,坐在电视机前的经纪人校花夫人——秋雅马上派人赶快去做公关,消除负面影响,这讽刺了演艺公司给有商业价值的流量明星进行的虚假包装。当夏洛身患疾病,即将死亡的时候,秋雅并不关心他的病况,而是关心钱财的去向,这也是对商品经济大潮影响下夫妻伦理关系的一种考量。

电影《羞羞的铁拳》中,马小身为有职业理想和追求的记者,却在好色的上司追求、居心叵测的男友玩弄中,陷入事业的窘境。她追求新闻的真实,想用自己的努力为正义发声,即使举报自己的父亲也在所不惜,而在发现自己陷入男友的骗局的时候,灵魂互换的闹剧冲淡了对正义的思考,揭发骗局的努力并没有引发对名利场的追问。面对严肃的道德问题,故事在解构名利场的正义之后,用戏剧性的反转推动情节,用闹剧式的卷帘门学艺提升自己,结局只是停留在个人的恩怨得失,停留在善有善报恶有恶报的情绪宣泄,并没有对践踏正义、践踏崇高的行为进行深度的拷问。

电影《西虹市首富》中,生活困顿的王多鱼为了五万元可以放弃自己的梦想踢假球,而在获得遗产的时候却迸发了赌徒的意识,为了赢得更多的财产,在一个月内开始了花钱的各种计划。他开始炫富,过起了浮夸的生活,买下了之前的球队,用钱满足身边人五花八门的梦想,每个人在他面前都不掩饰自己赤裸裸的欲望,因为只要说出来就会被满足。夏竹原本清高的男朋友在利益的诱导下,放弃了纯真的爱情,不顾尊严地成为豪华酒店的园艺师。王多鱼投资的烂尾楼在当地政府的规划下竟然成为好学区，财产瞬间翻倍。这在一定程度上是对现实生活中炒作学区房现象的讽刺。他的钱阴差阳错越花越多，不得不铤而走险运用社会中大部分人仇富的心理，推出了"脂肪险"，只要运动消耗脂肪就能领到钱。在"脂肪险"的驱动下，全民仇富的情绪被调动，开始健身。这种看似荒唐的行为，其实也点出了当前社会贫富差距拉大带来的弊端，拜金现象严重，少部分人因为学历和才智的缺乏，通过自己的努力也换不来世俗意义的成功，电影中王多鱼的成功只能通过天降遗产馈赠而来。其中，也涌动着仇富的情绪，这股情绪不容忽视，不加以疏导，会在特定时期爆发，且带来难以想象的后果。而片尾对生育孩子的各种费用的精打细算，则是对现实生活中生育孩子的重大经济压力的折射。如何正确对待金钱，对待生活给予的压力，这不仅需要进行教育和引导，也是呼唤制度伦理加以平衡和调节，在分配制度和机会供给上实现公平。

电影《李茶的姑妈》中，黄沧海是一个忠于公司相当能干的职员，一心盼望升职加薪，给辛苦养大自己的妈妈一个幸福的生活，然而这个想法不停地遭遇现实的打击。初恋女友选择了一个富裕的胖子，顶头上司即将面临破产，他不得不假扮富婆来诱导董事长给自己升职。他跟总经理的对话体现出他对升职的渴望，总经理开价"十万"，他回复"不干"，总经理开价"二十万"，他回复"二十万能买一个男人的尊严吗？"总经理开价"五十万"，他立刻开启假扮富婆的模式。可见，在黄沧海眼里，"二十万"不能置换一个男人的尊严，因为不值得，而"五十万"就可以，就值得。这毫不掩饰的赤裸裸的欲望，推动黄沧海在假扮富婆的道路上无法停步。追求财富，这不能说是错，平凡人不掩饰自己的人生追求，也无可厚非，但是并没有通过正当的渠道去追求，这就是黄沧海最大的问题。遇到真富婆莫妮卡的时候，黄沧海遭遇了被失恋和被开除的双重打击，袒露自己的心声，希望能通过自己的努力给家人幸福，却不得不在残酷的现实面前低头。

娱乐可以让人情绪得以轻松，但并不能真正地解决民生艰难和人生疾苦，在娱乐的外表下，依然坚持对社会问题的思考，对人文精神的关怀，对真善美的追求，这才是电影创作的初心。"开心麻花"系列电影充分挖掘现实生活中存在的民生痛点，用笑料来疏导情绪，用佯狂来嘲笑不公，用温情来抚慰灵魂。无论是有幸重生的夏洛，还是一夜暴富的王多鱼，无论是灵魂互换的艾迪生，还是遇到富婆的黄沧海，这些都是迷失在现实社会中的平凡人，他们找不到实现自己人生价值的道路，只能在虚拟的情境中书写一下自己真诚的情怀，在搞笑的闹剧中表达自己对真善美的致敬，在讽刺和幽默中表达自己对民生痛点的关怀，希求用自己的遭遇唤起观众对精神家园的坚守。

改革开放四十年中国特色音乐评论话语体系构建、发展历程概要

陈宗花　河南大学

改革开放四十年的中国在文化自信与理论自信探索上成就卓著，具有中国特色的当代中国音乐评论话语体系的构建和发展成为其中重要的标志性的成绩，值得我们在新的历史时期到来的节点上总结其历史功绩、理论价值与现实意义。迄今为止，关于改革开放四十年当代中国音乐评论话语体系构建与发展的总体性概括研究较少，代表性成果主要集中于明言的系列论著《20世纪中国音乐批评导论》（人民音乐出版社，2002年）、《我国音乐批评的新时期状态》（《音乐研究》，2008年第3期）、《20世纪中国音乐批评史》（上海音乐学院出版社，2017年）等，这些研究工作尚未从改革开放时代的整体性视野和宏大视角出发，对当代中国音乐评论话语体系的构建、发展等做出全局性与总体性的考察、审视和总结。本文便力图将改革开放四十年当代中国音乐评论话语体系的构建、发展的总体历程作为研究对象，通过细致分析各个发展阶段的特点，着力梳理出当代中国音乐评论话语体系构建与发展过程的整体脉络，并对其发生、发展规律做出历史性总结。

有论者认为，以2004年中国音乐评论学会（隶属于中国音乐家协会）的成立为历史节点，改革开放以来的当代中国音乐评论话语体系的

构建、发展历程可分为前后两个阶段：第一个阶段从改革开放的开端始，到 2003 年，可以称作当代中国音乐评论话语体系的稳步构建、发展时期（1978—2003）；第二个阶段从 2004 年迄今，可以称作当代中国音乐评论话语体系构建、发展的成熟时期（2004—2018）。现将这两个阶段置于改革开放四十年当代中国音乐评论话语体系构建、发展的宏观视野下分别进行细致考察、历史梳理与规律总结。

一、1978—2003 年：当代中国音乐评论话语体系的稳步构建、发展时期

在当代中国音乐评论话语体系的稳步构建、发展时期之初，改革开放、思想解放的大潮促使包括音乐在内的中国文艺逐步摆脱极"左"观念影响，音乐评论界得到了前所未有的思想解放，因此，在此后的二十多年中，音乐评论话语的观念、方法开始获得急遽更新与不断突破。

在新中国成立后的一段时期内，受到极"左"思潮的影响，音乐评论工作者往往未从音乐本体、艺术规律、个人创新性思考出发履行职责，给音乐评论事业造成了巨大的负面影响。直到 1978 年 12 月党的十一届三中全会召开后，随着马克思主义实事求是的思想路线的重新确立，音乐评论事业得以复苏并开始稳步发展，音乐评论话语体系的构建、发展也进入稳步前行的时期。在这一阶段，大批音乐学家、音乐评论工作者参与到中国音乐评论学科和话语体系的建构、发展等相关问题的讨论中，主要研究成果集中发表于 1979 年至 2003 年。由于这些成果的时间跨度太大，因此，论者采用以每五年为一个节点的统计方式，总体情况见图 1。

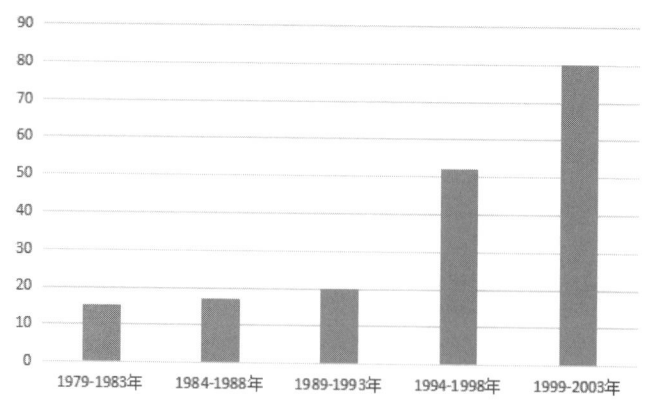

图 1　1979—2003 年音乐评论及相关理论研究成果数量统计①

这些统计数据反映出，1979—1993 年间，音乐评论及相关理论研究成果在数量上增长较慢，到 1994—1998 年间有了大幅度增长，再到 1999—2003 年间则出现了飞速增长。在这一阶段中，音乐评论及相关理论研究突破性的观念演进与成果取得，正是改革开放以来中国文艺思想探索与文艺思潮发展的缩影，同时，也折射出当代中国音乐创作与音乐理论界的多方积极探索和取得的巨大成就，以及改革开放以来中国社会形成的丰富而多元的音乐生活。

纵观这一历史阶段关于中国音乐评论话语体系构建、发展的相关成果，其思考主要集中在以下几方面。

（一）关于音乐评论相关概念、研究对象、研究方法等的研究

自改革开放以来，伴随着思想解放，一大批音乐学家与音乐评论工作者摆脱了狭隘的政治功利论，开始客观严肃地思考音乐评论的本质、研究对象、研究方向等基础性研究问题。20 世纪 80 年代叶纯之、蒋一民在《音乐美学导论》（1988 年）中较早提出了"音乐批评接近一门科学，可以形成一门介于音乐学与音乐美学之间的边缘学科"。② 罗艺峰在

---

① 图 1 中的统计数据主要来源为中国知网、万方数据、读秀等学术网站，以及相关报刊书籍等出版物，统计截止时间为 2018 年 11 月。

② 叶纯之、蒋一民：《音乐美学导论》，北京：北京大学出版社，1988 年。

《论音乐批评》(1987年)中倡论,明确提出应该"建立起一个(虽然还是粗糙简单的)音乐批评哲学的框架,它由音乐本体论、音乐认识论、音乐批评史和方法论构成……而这一哲学所指的方向则像一个向下的标志箭,直指我们的足下,即当代音乐生活"。[①] 到了20世纪90年代初,蔡良玉在《为中国音乐学的发展创造条件》(1993年)中做出更为细致全面的解说,他提出"音乐评论必须是新的意义上的音乐批评,即包容考证、分析、史学、美学等诸门学科于一体的音乐批评。我们应该有意识地培养出既有丰富想象力,又有洞察力的、真正懂得音乐艺术规律的、有远见的音乐评论家"。[②]

应该说,这一阶段有关音乐评论的学科与理论话语的本质归属等基础性问题的探讨,为本时期音乐评论的学科与理论话语体系构建、发展提供了坚实的理论依据。

(二)关于当代中国音乐评论应遵循标准问题的讨论

作为中国特色社会主义文化事业的重要组成部分,音乐评论必须遵循政治与艺术并重的评价标准。但由于历史的原因,当代中国音乐评论长期偏于政治观念阐释与当前政策宣传的一端,因此,在改革开放之后,关于政治与艺术标准之间的关系问题便受到了特别的关注,成为音乐评论标准问题讨论的中心话题。坚持政治标准第一,而且不看重艺术标准的音乐学家只占少数,而坚持以艺术性作为唯一标准成为新出现的理论观点,如一些音乐学家提出音乐评论应该彻底远离政治并坚持艺术性的唯一标准。但是更多的学者主张要历史地、辩证地看待政治性标准与艺术性标准之间的关系,他们提出音乐评论不可能完全脱离政治,当然也不能依附于政治,而是要寻找政治性与艺术性标准的平衡。如居其宏在《论音乐批评的自我意识》(1986年)中反对简单地将音乐批评作为政治生活的附庸,认为这种认识必须纠正;但同时他也并不赞成在音乐批评

---

① 罗艺峰:《论音乐批评》,《中国音乐学》,1987年第1期。
② 蔡良玉:《为中国音乐学的发展创造条件》,《中国音乐学》,1993年第3期。

中持"政治冷淡主义"的态度。因为,首先,作为在不同时代特定政治环境中成长起来的批评者不可能脱离政治的影响,他们赖以观察、评判对象的立场和观念总会带有一定的政治倾向,这些自然会渗透到对评论对象的评价态度中;其次,作为音乐评论对象的音乐生活本身也往往受到现实政治生活的深刻影响。①

在这一阶段发展中,1995年6月在安徽淮南市召开的"全国音乐评论座谈会"是音乐评论学科与话语体系探索的一次重要事件。这是中华人民共和国成立以来召开的首次音乐评论专题座谈会,与会代表就音乐评论的功能与作用、标准与方法,音乐评论的历史、现状与存在问题,以及如何提高、完善音乐评论工作等做了广泛的专题讨论,并且围绕新时期音乐评论的发展走向,以及音乐评论如何应对音乐生活中出现的热点问题进行了有益的探讨。②本次会议意义深远,既总结了改革开放后近十年音乐评论工作取得的思想、理论成果,而且为其后的音乐评论事业划定了基本方向与路径。

总体而言,自1978年到2003年,音乐评论工作不仅回归正轨,而且关于音乐评论的理论研究成果不断增多,从事音乐评论和音乐评论理论研究的队伍不断壮大。在这一时期音乐批评话语得到了广泛探索,表现为:其一,音乐评论的本质性、基础性问题得到深入探讨。其二,音乐评论标准得到较好的调整,保持政治性标准与艺术性标准的平衡成为音乐评论工作者的共识。同时,广大音乐评论工作者在坚持音乐评论的社会性的同时,开始注重音乐评论的专业性与实践性。其三,音乐评论今后发展方向与路径也得到了较全面的规划。这些都为此后音乐评论的深入拓展与专业化、学术化打下了良好基础。当然,还有一个突出特点,即音乐学家和音乐评论工作者已开始产生了寻找中国特色理论话语体系的自觉意识,并做出了初步的探索,为接下来

---

① 居其宏:《论音乐批评的自我意识》,《中国音乐学》,1986年第3期。
② 解瑨、韦小华:《时代呼唤着音乐评论(上):全国音乐评论座谈会在淮南举行》,《人民音乐》,1995年第11期。

第二个阶段中国特色音乐评论话语体系构建与发展取得突出成就奠定了极为坚实的基础。

二、2004—2018年：当代中国音乐评论话语体系构建、发展的成熟时期

2004—2018年是当代中国音乐评论话语体系的成熟发展时期，在这一历史阶段，广大音乐学家、音乐评论工作者以中国音乐评论学会为依托展开了理论与实践的深入探索，他们对建构具有中国特色的音乐评论话语体系与学科体系的自觉意识日益凸显，开始引领音乐评论事业朝向创造新的中国化的话语体系以及更加专业化、系统化的学科体系方向迅猛发展。

2004年12月28—30日，在广州星海音乐学院召开了全国首届音乐评论学术研讨会，并在会议期间成立了中国音乐评论学会，这些成为当代中国音乐评论迈上专业化、学术化道路的重要起点。作为其标志，本次会议着重从学理层面对音乐评论学科的定位与范畴、评价标准、批评对象、评论家素质构成等方面展开全面深入探讨。会议主办方人民音乐杂志社、中国音乐学杂志社、《音乐周报》等均郑重表示他们的期刊、报纸将为音乐评论发展提供平台。可以说广州会议极大地推动了当代中国音乐评论事业的发展。会议召开之后，音乐评论理论研究成果的数量与质量均得到显著提升。2004—2018年间相关论著刊布的总体情况如图2所示。

图2统计数据显示，2004年、2005年的音乐评论及相关理论研究成果的数量几乎等同，2006年开始大幅度增加，2008年跃升至340篇，比2006年翻了3倍，2012年更是达到峰值的420篇左右。自2014年开始回落，2017年回到100篇左右。[①]

[①] 图2所统计2018年成果仅为各大数据库目前的统计数据。

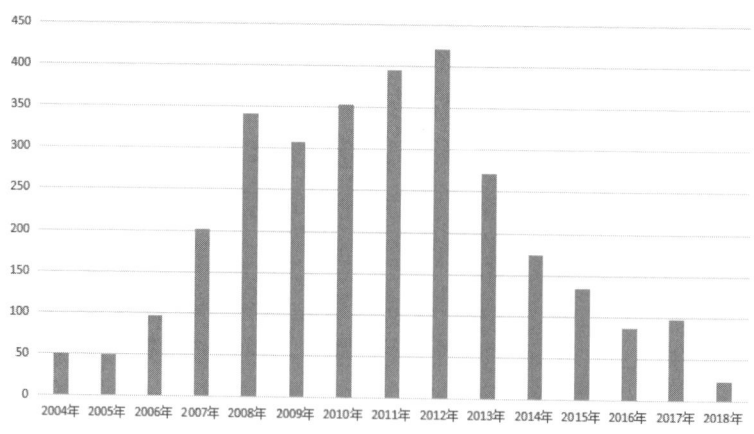

图2 2004—2018年音乐评论及相关研究成果数量统计[1]

2004年后音乐学界、音乐评论界对音乐评论的理论问题的研究从热烈讨论与初步探究进入专业性、学理性、系统性的探索，研究内容主要集中在以下几方面。

（一）音乐评论的学科建设问题

伴随着音乐学学科地位的不断提升，音乐评论的学科建设问题开始引起关注。如在2007年召开的中国音乐评论学会第二届学术研讨会上，来自国内外的数位音乐评论工作者对音乐评论的学科定位及建设问题进行了有意味的讨论。其中南京艺术学院的居其宏明确说明，音乐批评是音乐学的一个分支学科，它是对当代音乐创作、音乐表演、社会音乐生活、当代音乐学术研究及其成果展开理性评价的一项活动。鉴于此，音乐批评应包括音乐创作批评、表演批评、思潮批评以及学术批评等。明言则围绕评论家养成问题积极建言并给出具体方案，他指出由于当前音乐评论工作者的素质、修养参差不齐，所以亟须强化培养乐评人的综合素质。他随即对如何培养乐评人的综合素质提出诸多设想，如颁发音乐评论职业证书、在高等院校开设音乐评论专业，以及系统培养专业化的

---

[1] 图2中的统计数据主要来源为中国知网、万方数据、读秀等学术网站，以及相关报刊书籍等出版物，统计截止时间为2018年11月。

音乐评论人才等。①

专家们的理论思考与实施意见受到国家主管部门的高度重视，在2013年12月国家艺术基金设立之后始得以部分落实，影响较大的活动包括中央音乐学院音乐学研究所承办的"2015国家艺术基金音乐评论人才培养项目"，此项目定位是培养具有较高音乐评论写作能力的高端乐评人才，培训主要方式为学术讲座、作曲家论坛、乐评写作工作坊等，力图通过针对性、实效性的教学活动与写作训练相结合，提高学员的音乐分析能力，拓宽艺术视野，并掌握音乐评论的基本原则。培训方式和目标、宗旨强调三个"结合"：音乐修养与人文素养的结合、理论素养和实践能力的结合、音乐作品分析（品鉴）能力与文字表达（书写）能力的结合。②在该项目的示范带动下，类似的文艺评论人才培训班、研修班如雨后春笋般大量举办，如2016年北京大学艺术学院承担的年度国家艺术基金"文艺评论人才培养"项目启动，中国文艺评论家协会也广泛开展培训活动……这些活动的开展为音乐评论队伍的形成以及专业素养的提升提供了极为有效的平台。

（二）话语体系构建过程中的评论原则问题

在这一阶段，随着当代中国音乐评论话语体系建设走上轨道，在音乐评论话语构建过程中如何建立科学的评论原则成为亟待解决的重大问题，引起学界热烈讨论并产生了一定的思考成果。关于评论原则，音乐学界和音乐评论界初步形成了一些普遍共识。第一，他们均坚持音乐评论工作者必须具有自觉的社会责任意识，要对自身评论言论可能产生的社会影响有所判断。第二，音乐评论的内容必须立足于对于音乐作品的本体剖析，2007年于庆新在中国音乐评论学会第二届年会上批评当前音乐批评存在的三种不良倾向时指出，其一就是"作品评论的非本体化倾

---

① 乔邦利：《音乐批评学科的现实处境与对策：中国音乐评论学会第二届年会综述》，《音乐研究》，2007年第3期。

② 黄宗权：《开拓当代音乐评论发展历程的创举：记2015国家艺术基金音乐评论人才培养项目》，《音乐艺术》（上海音乐学院学报），2015年第4期。

向严重，文章大多泛泛而谈，缺少音乐分析"。① 第三，音乐评论在形式上要规范化、大众化。作为专业的音乐评论者，评论内容要言之有据，以学术为准绳，坚守真实客观的标准，并严格遵循法律规范。对此，陈荃有在中国音乐评论学会第二届年会上着重强调了音乐批评家应有明确的执业底线，包括学术底线与法律底线，评价要客观真实，表达方式要符合现行法律法规，应大力提倡撰写事实清楚、论据充分的批评文章，与之相反，要杜绝撰写具有人身攻击性质的文章，并要谨慎对待哗众取宠、含沙射影式的文章。② 第四，多元化标准也应纳入评论原则当中。正如2007年刘蓉所陈述的那样，从新世纪伊始，音乐评论的方法论，以及形态、体裁、标准等方面都显现出多元化的特征。③ 而周勤如对于多元化标准问题做出了清晰分析，他在2009年撰文指出音乐评论必须具有一定标准，但这既非客观亦不能统一，因为基于每位评论者不同的学术立场、观念、素养和人格，都会呈现出具有鲜明主观性的不同标准，在此认知基础上，多元化的标准的存在更为合理。④

三、中国特色音乐评论话语体系构建、发展的前瞻思考

当前中国的社会思想、文化环境发生着巨大的变化，因此，中国特色音乐评论话语体系的构建、发展也面临着新的机遇与挑战，话语体系的内蕴、形态均有可能出现重大的范式转换。这些都在2018年10月25—26日中国音乐家协会音乐评论学会于上海音乐学院召开的第七届年会的中心议题中有所体现，如"自媒体状态下音乐评论的应对之道""音乐评论应当如何顺应时代引领潮流"等，并认为这种范式转换将在新的

---

① 乔邦利：《音乐批评学科的现实处境与对策：中国音乐评论学会第二届年会综述》，《音乐研究》，2007年第3期。

② 乔邦利：《音乐批评学科的现实处境与对策：中国音乐评论学会第二届年会综述》，《音乐研究》，2007年第3期。

③ 刘蓉：《解读音乐评论多元化》，《人民音乐》，2007年第12期。

④ 周勤如：《多元语境下音乐评论的客观性》，《音乐研究》，2009年第2期。

文化、政治语境中逐渐得以推进。

（一）多元文化语境下当代中国音乐评论的道路走向

改革开放以来，尤其是进入21世纪之后，多元化日益成为当代中国文化发展的突出特征，而这为未来音乐评论话语体系的探索提出诸多崭新的时代命题。近些年来音乐评论活动不仅在评价标准，而且在音乐评论的对象、形式等方面的发展都出现了新的趋向。关于评论标准的变化，周勤如在2008年第三届中国音乐评论学术研讨会上就曾敏锐指出在多元化语境下评论标准的新特点，他认为多元文化语境下音乐评论已无客观标准，只有评论的客观性，这一客观性是一种思想方法，而非标准。[①]关于音乐评论的对象、形式，在当前日益扩展的网络媒体时代已表现出与传统媒体时代大不相同的形态，因此，音乐学家和音乐评论家在音乐评论话语体系的探索中必须面对这些新出现的情况。这些新情况出现的主要原因是当下大量音乐评论已与网络科技紧密结合。我们可以看到很多新现象的出现，如大批音乐评论家经常在网易云音乐、豆瓣音乐、知乎专栏等媒体发表音乐评论，评论对象几乎是所有类型的音乐活动与音乐生活，涉及领域远远超越了传统媒体时代，而且这种简便快捷的音乐评论方式能够迅捷地反馈给音乐人，实现与音乐创作实践活动的紧密互动，这也是传统媒体时代所无法想象的。同时，音乐评论与日常生活的联系也越来越密切，甚至在某种程度上融入每个日常生活场景与生活的每一片段中。很明显，音乐评论的对象、形式等形态变化，使音乐评论表现出了全方位覆盖以及多元化、碎片化、日常生活化、商品化、即时消费性等特质，这些均将极大推动新时代音乐评论话语体系的范式转换。

（二）中国共产党新时代文艺观念与音乐评论话语体系建构

2014年10月15日习近平总书记在北京主持召开文艺工作座谈会并发表重要讲话，提出中国共产党关于文学艺术发展的新观点、新论断，

[①] 杨和平、闫兵：《社会的责任 历史的使命：第三届中国音乐评论学术研讨会述评》，《人民音乐》，2008年第9期。

不仅论证了文艺的本质、特性、功能等问题:"文艺是时代前进的号角,最能代表一个时代的风貌,最能引领一个时代的风气",更着重强调了文艺和文艺工作者在民族伟大复兴进程中承担的重大使命——"实现'两个一百年'奋斗目标,实现中华民族伟大复兴的中国梦,文艺的作用不可替代,文艺工作者大有可为"。[1] 2017 年 10 月 18 日,习近平总书记在中国共产党第十九次全国代表大会上所做报告《决胜全面建成小康社会 夺取新时代中国特色社会主义伟大胜利》再次重申以上重要思想。[2] 作为中国共产党在文艺思想、艺术理论方面的重要成果,习近平关于文艺工作的一系列讲话和报告为中国当代音乐评论发展提出了时代任务,即中国当代音乐评论要将传承中华精神、实现中国梦的历史重责内化为话语体系与专业建设的内在规律,以崭新的具有鲜明中国特色的音乐评论体系真正引领新时代音乐理论与音乐实践的伟大创造。

---

[1] 习近平:《在文艺工作座谈会上的讲话》,《人民日报》,2014 年 10 月 15 日。
[2] 习近平:《决胜全面建成小康社会 夺取新时代中国特色社会主义伟大胜利》,《人民日报》,2017 年 10 月 28 日。

新时代新疆舞蹈创作研究新范式

戴 虎 新疆师范大学音乐学院

以历史的视角,无论从何种角度去观察,当下的新疆舞蹈界都处于最好的时期:经济基础最好、政治生态最好、社会风尚最好,还有舞蹈生态环境最好。新时代会涌现更多新故事,美好生活也会酿造更多美好作品。在这样一个历史"最好"的"新时代"节点,如何在研究、创作、教育、社会文化等领域,发现新问题、编创新作品、开创新局面,成为新疆当代舞蹈艺术工作者义不容辞且刻不容缓的思索与抉择。

一、深广选材

舞蹈选材内容、主题表现形式或者手法如果人人都用就会变得陈旧而没有新意,观众以此会形成"前在性"审美观念,这种审美观念具有一定的稳定性和先验性,使人不能从舞蹈艺术审美之维感受生活的丰富性、生动性、鲜活性。之所以要对舞蹈选材、主题内容与形式加以"陌生化"的处理,是因为"陌生化"使事物变得陌生,使感知重新变得敏锐,目的在于通过对前在的审美接受习惯、主导意识思维模式和依然存在的舞蹈表现手法的颠覆、突破、陌生化,来达到取消"前在性"的目的,从而将"熟悉""陌生化"而重新认识"熟悉",关照生命意义,唤起我们对生活的童稚感受,启发对社会现实的批判,使得舞蹈作品拥有全新的生命力。

舞蹈的生命本质在于其"可感性","感受之外无艺术,感受过程本身就是艺术的目的"，从这一点说舞蹈陌生化的本质便是对"可感性"的陌生，其中关键在于舞蹈主题"选材"的陌生化。舞蹈选材的"陌生化"集中表现为选材视野广博、认识深邃、角度新颖、方法独特。舞蹈选材的视野越广博，认识越深邃，角度越新颖，方法越独特，就越能实现"陌生化"从而增强舞蹈作品的"可感性"和生命力。

在对中华人民共和国成立后新疆在全国性各大舞蹈赛事中的获奖舞蹈作品的梳理和分析中，我们发现新疆舞蹈创作选材主要集中在以下几点：（一）地域自然山水之美（《大漠胡杨》《草原游吟》《刀郎人》《刀郎麦西来普》）；（二）生活劳作人物之美（《摘葡萄》《种瓜舞》《戴羽毛的女孩》《老巴郎》《当美人遇见美人》《雪花·玫瑰》《丰收时节》）；（三）民俗文化之美（《我的热瓦普》《天山克孜》《山鹰之邦》《可爱的一朵玫瑰花》《盘子舞》《馕儿香香》《呐喊》）；（四）人文精神之美《于阗女》《葡萄熟了》。而对其他题材如历史传说、文学人物、宗教文化、民俗仪式、社会习俗却少有涉及，对现实题材、主体内心的反思独白的个性创作更是鲜有所舞。这种在选材上的过于集中必然会导致舞蹈本体呈现出"千人一面"的雷同感，进而会令人觉得舞蹈对现实生活主动反映的"羸弱"，严重制约着舞蹈创作的发展，也必然会造成观众审美接受的"腻烦"甚至"逆反"。如一次舞蹈比赛创作中关于"姑娘"的题材能有五六个，服装都是亮晶晶、表情都是笑嘻嘻、动作都是轻飘飘，类似于这样的舞蹈不可能赢得观众的认可，同时也不可能实现舞蹈社会批判和反思的现实功能，只会使得舞蹈艺术流向单纯的"色艺"和"媚俗"。此时创作者就更需要这种"陌生化"的"独创"精神，将舞蹈创作的选材视野放大、观念更新，"从来只听旧人哭，谁人识得新人笑"，对于已被观众审美前在了的题材，创作者就必须努力破除这种"前在性"审美定式，才能从"旧人哭"而实现"新人笑"。这种对机械审美范式的突破，从"千篇一律"而"一篇千律"，其中的舞蹈智慧体现着创作者与众不同的思维能力和观察视角。

21世纪以来新疆舞蹈创作有了"回暖"迹象，但能给予观众"陌生化"审美乐趣的作品少之又少,多数作品仅仅局限于对舞蹈本体语言的求新、图变,依然不断复制着同样的题材主题,乐此不疲。这对于舞蹈生命力的延续和实质发展无异于"舍本逐末""南辕北辙"。阿吉·热合曼没有在舞蹈本体上刻意追求什么标新立异,只是根系乡土,一心执着,就"摘出了一个世纪葡萄"。这关键在于创作者对现实生活中"摘葡萄"这一寻常行为的选材:角度独特、形象典型、内涵深邃,所用舞蹈语言新颖、技艺非凡,将一个生活中熟悉的形象全新地、陌生地建构于舞台之上,呈现在观众面前。"一酸一甜"的独具匠心、"奔车轮缓旋风迟"的瞠目结舌,使得观众在陌生化的通感手法中用心尝出了"葡萄"的甜酸,体验出创作者所要传递的"新生活之美好"。但后人若依然想在这颗"葡萄"中尝出酸甜来,就需要多一些选择和思考,多一些"陌生化"的反思甚至是颠覆性的背离。对近年新疆舞蹈创作来讲我以为《远古灯舞》是具有里程碑意义的作品,该作品成功之处不在于舞蹈本体语汇和创作手法上有什么新突破,而在于其选材立意上,从人文历史中寻找舞蹈创作基点,建构舞蹈文化性、艺术性、审美性。一改人们寻常认识中的新疆舞蹈印象,不再有眼花缭乱的舞姿、脚步,不再有色彩缤纷的裙角飞扬,不再是新疆"山美水美人更美"的符号性表演,而代之以庄严、肃穆甚至有些神秘气息的舞蹈姿态,深邃、广博的舞蹈文化气息。这种选材立意上的独辟蹊径实质就是从历史文化"借力",打破了人们对新疆舞蹈审美"前在性"思维模式的自动化和机械化,令观众感受到了一种前所未有的陌生的审美愉悦感。

"人是一个身体性存在的实在,身体拥有着比我们想象更为丰富、丰富得多的'想象力',把涌现出的身体的'多样性'诉诸艺术的'感性'形式的表现,正是艺术家创造的宗旨。"但我们既往的创作中仅仅是从"他者"或者"观察者"的角度去思考关于舞蹈和美的问题而忽视了舞蹈创作中最为重要的主体"能动的力(创作者个人)"的创造及其感性的表现和生成。"能动的力"的反方向之力采取限制、规约、同一化的手段使能动的力与其身体丰富的可能性相分离、分解,于是就出现了我们在舞蹈创作过程中主题选材的相似性。这种反方向的力使得我们的创作舞蹈成为一种程式化、模式化、僵硬的应景之作，使得我们丰富的身体成为一种"驯顺的身体"，我们必须重新回归舞蹈创作的个性才能真正实现"能动的力"的"感性"表现。新疆以往的舞蹈创作在选材上过多集中在某个文化类型中，阐述主题上过于集中在历史宏大主体的叙事和意识形态的反映上，"单一化的主题叙事"、"驯顺化的身体"使得新疆舞蹈处于创作繁荣而表现单一、场面宏大而内涵单薄、色彩缤纷而面孔相似的尴尬现状。"立场的选择是戏剧艺术的另一个主要部分，这种选择必须在剧院以外进行""质胜文则野，文胜质则史"，艺术作品如何做到"文质彬彬"，需要创作者更辛苦地思考和实践，把意识形态作为舞蹈艺术唯一反映内容，只能使舞蹈艺术流于"程式化"和"自动化"，使人们对这种重复的、单一的"宣教舞蹈"习而不察，最终导致人们内在审美的疲劳甚至是相反的力，从而阉割了舞蹈艺术的自律性。

二、陌生形式

任何一种舞蹈创作技法一经总结归纳经过长时间的使用，便会失去其可感性，成为自动化的套路。"当一些现象太熟悉，太明显时，我们就没有必要对其进行解释了。"在这个时候，就需要有另一种新的、可感性的形式来取代它。

舞蹈创作的"陌生化"首先是舞蹈语言的"陌生化"。一个重要的方式是打破日常动作的习惯节奏，借以形成陌生化的视觉体验，采用动作的倒置、比喻（隐喻、暗喻）、夸张、限制、延长、重复、复杂艰深等手法实现舞蹈肢体语言的"陌生化"，这种在创作手法（形式）上求新、求变的思维创造被什克罗夫斯基称作"梯级性式"。通过舞蹈创作"梯级性式"的改变，创作者对前在的创作手法解构、突破，以此使"熟悉的事物""陌生化"，从而增加人们对事物感受的难度和时延，使主体恢复感受的鲜活性。这样一来，在"陌生化"所营造的舞蹈语境中，舞蹈不再指向外在生活现实，而是指向舞蹈本体，不再是对传统意义上生活现实的模仿和再现，而是对生活的变形。生活现实在舞蹈中出现，总是展现为一种新奇的、与日常现实完全不同的面貌，从而实现舞蹈从"表现什么"到"如何表现"的本体内涵转向，舞蹈审美从具象性、形象性的反映到陌生化"留白"的范式转换。

舞蹈《黄土黄》中结束段使用多达20次的动作反复，渲染出一个"一把黄土饿不死人"的黄土魂；《千手观音》的"灵性"与"人性"在编者极致反复的手臂叠加中，将普度安详的观音复活在一群没有听觉的舞者身上。《士兵兄弟》《天鹅之死》，前者将两位舞者固定（限制）在一个高台上，在身姿流动造型中塑造出炮火硝烟的壮烈景象，后者仅仅使用芭蕾最为简洁单纯的"足尖"在几分钟内成就一个神来之笔，将身体蜷曲暗喻为《海浪》的层层波澜，将背部、手臂的酥骨化作《雀之灵》的振翅欲飞；长达90分钟的时间中只见呼吸不见动作的《流浪者之歌》的佛像，却不知因此而演化出多少视觉想象，用《洛神赋》归原一个"苟且"文人，让只熟悉印象中《七步诗》的曹植颠覆重生；在《复兴之路》中，关于"中华人民共和国"成立的演绎段落，创作者没有使用熟悉的毛泽东在天安门的庄严宣告来简单描述，而是在一个炮火硝烟的解放前线，通过小战士听不清而不断出现的重复，刻意地延长和反复对这一称呼的渲染，这种重复使观众直接意识到这是舞台的表演，但因为其手法的陌生和内在事件产生的逻辑类似，使得观众在独立的空间中解读出创作者所要传达的意旨——"新中国诞生的艰难和曲折"。同样，《也许是要飞翔》一改人们印象中现代舞的"晦涩"，但也并没有具象地用柔软手臂或者双腿营造飞翔的姿态，完全是以编织如网的肢体语言表现欲挣脱于现实、挣脱于内心的飞翔诉求，给予观众更自由的思想"留白"——"每个人都有一个飞翔的梦"。我认为这个作品具有"里程碑"意义不仅在于它标志着中国现代舞的成熟和水平，更在于它实现了舞蹈作品、创作者、表演者和欣赏者之间的一种真正意义上的"平等对话"，这种完全用"复杂肢体动作"所营造出的单纯舞蹈本体审美"留白"，使得观众不会完全跟随作品形象而亦步亦趋，只是在一种诗意的想象中达到审美的愉悦，获得超越于现实生活之上的审美意识升华。在这种"留白"中，观众与演员、观众与创作者之间的关系是平等、和谐、自由的，是一种纯粹的审美呼应，而非"说教"。通过对以上作品的分析解读比对我们新疆舞蹈创作手法，可以发现，在舞蹈本体语汇上我们从不缺少"可舞的题材"，从未缺乏"会舞的心灵"，只是稀缺那种拥有舞蹈智慧、情理哲思般的"梯级性式"。

三、多向表演

高明的创作者不是用舞蹈形象或者情节将主题思想或者意识具象地告诉观众或者表演给观众，而是独创性地将心中之意融化在舞蹈本体表现中，并由观众在独立的思考和欣赏中主动"悟"得并涵化于心。强调创作者和表现者的独立性、表演者和角色的距离、观众和演员的距离，试图在"距离"中实现舞蹈艺术作品的"陌生化效果"。因此，演员应当采取历史学家对待过去事物和举止行为的那种距离观，来塑造舞蹈艺术形象，只有这样，才可以使我们对目前发生的事件和行为因距离的"历史化"而感到陌生。亦即说，把这些事件和人物作为历史的、暂时的，去表现。同样地，这种方法也可用来对当代的人，他们的立场也可表现为与时代相联系，是历史的、暂时的。

我以为布莱希特对戏剧演员表演"历史化"的概括，在舞蹈表演中的演化首先即是舞蹈表演者个人对不同舞蹈形象的塑造，也就是我们所说的"性格美"，强调舞蹈演员塑造鲜明的"形象"，但不能成为"形象"。以"暂时、历史性"的舞蹈艺术品质追求塑造不同的舞蹈形象，从而在视觉呈现中拥有"横看成岭侧成峰，远近高低各不同"的"陌生化"审美体验。个人表演的风格形成定式被称为流派，这是对一个舞者的极大褒奖，但另外一层含义却很少人去说，即流派背后的表演"模式"程式化。这里我并非有淡化舞种风格、抹杀个人特点之意，而恰恰相反我是着意在强调舞种风格的纯粹性和个人表演的独立性，但若一个舞种风格始终以一种形式演绎，长期呈现给观众的仅仅是一种审美范式就会掉进"程式化"的窠臼。一个舞蹈表演艺术家在舞台上塑造的形象始终是"千人一面",这样的舞蹈恐怕也就失去了舞蹈艺术本质魅力,也难让观众始终保持兴趣。

"他永远不能忘记,也永远不许忘记,他不是被表演的人物,而是表演者。演员必须保持一个表演者的身份,他必须把他所要表现的人物作为一个陌生者再现出来,他在表演时不能把这种'他做这个,他说这个'删除掉。绝不能完全融化到被表现的人物中去。"杨丽萍的舞蹈是"个人化"风格最集中的代表,但我们从《雀之灵》《被冻僵的蛇》《雨丝》《火》《两棵树》等舞蹈中看到的是一个舞者杨丽萍但舞蹈形象却幻化不一,可谓"一人千面"最好的注脚。同样的,蒙古舞蹈有粗犷阳刚的《奔腾》,有阴柔洒脱的《盅碗舞》,有雍容华贵的《盛装舞》,有意境优美的《敖包相会》,有狂放不羁的《草原汉子》,有深情柔美的《草原莽莽》,有单纯抒情的《筷子舞》,也有拥有厚重历史人文气质的《成吉思汗》《东归英雄》等。反思我们新疆舞蹈作品中所塑造的舞蹈形象似乎只是"左转右转不知疲""帽转金铃雪面回""扬眉动目踏花毡"的高度形式美感,只是"葡萄树下美人美,大漠之中强者强"的纯粹抒情性舞蹈,而单单缺少了舞蹈表演"历史化"的丰富感和审美思维的"多向"。

在感情融合(共鸣)的基础上出现的舞者与观众的交流,观众看见的和感受到的仅仅是和他感情融合在一起的舞蹈形象(表演者)所承载的情感属性。舞台上不可能产生和体现舞蹈表演者没有暗示出和没有体现的其他情绪活动,观众在这种情况下所获得的感受和认识只会是与舞台上表演者一致的体验。更严重的是,情感的共鸣会使观众沉醉于情感之中而无力自拔,这样一来,观众便会丧失积极思考的能力,也因而会丧失对舞蹈的思考以及对社会与现实的批判,成为无价值"附和"甚至是"献媚"。创作者应该在创作过程中采用陌生化的手法,使得观众能处于"客我"的欣赏角度,表演者也应以"历史化"表演观念,始终让观众与角色保持距离,从而跳出被纯感性情感所设计的情境,在"陌生化"的距离空间获得审美快感和"多向"的反思维度,实现舞蹈艺术的现实审美价值意义。

结　语

宋人郭熙《林泉高致·山水训》曰："千里之山，不能尽奇，万里之水，岂能尽秀。"明人谢榛在《四溟诗话》中说："贵乎同不同之间：同则太熟，不同则太生。"就是要求出奇但又不伤正，追怪但又要显现常，若能在平常中创造极致，这才是创作的高手。叶燮《原诗》说："陈熟、生新，不可一偏；必二者相济，于陈中见新，生中得熟，方全其美。"对陌生化的追求要做到"常"中出"奇"，"奇"中见"常"，保持一种不偏不倚的态度。

面对新时代，新疆舞蹈研究、创作发展若是意图开创新局面，做出历史新贡献，在选材上、形式上、表演上都存在上述"常"中出"奇"，"奇"中见"常"的范式诉求。这种诉求建立在创作者对生活深层次的体验，建立在创作者对传统文化广博而扎实的学习积累，建立在创作者广阔的艺术视野心胸和充沛的舞蹈自信基础上，表现在表演者出神入化、若即若离的模糊"历史化"塑造中，以此我们才能真的有可能实现从"高原"到"高峰"的爬升，才可能创作出"精深、精湛、精良"的时代精品，才能真正实现新时代新疆舞蹈的"多向"审美维度和对社会批判的现实意义，促进舞蹈这一人类高级文化现象的不断繁荣发展。

多年前，在《民族文学》上读过一篇题为"既是民族的又是现代的，才是世界的"的文章，新时代新疆舞蹈的发展与前行，这句话或可作为对我们最好的惕厉。

论当代昆剧创作观念的嬗变

丁 盛　上海戏剧学院

新时期以来，当代昆剧创作与演出的格局为百年来所未有，不仅四大古典名剧悉数以全本戏或多本戏的方式搬上舞台，就连"永乐大典戏文三种"也在昆剧舞台上重现光彩。从整体上来看，当代昆剧创作徘徊于传统与现代之间，在传统与现代的碰撞过程中，产生了三种主要创作观念。一是"整旧如旧"，主张从剧本、音乐、表演到演出形式均遵循传统，一切保持原样，像古文物一样做展览演出。二是"新旧结合"，主张传统与现代融合，从而实现精神内涵的现代性与艺术形式的现代化。三是"实验创新"，认为昆剧既属于"遗产"又属于"艺术"，需要做各种尝试、实验与创新。从历时来看，"新旧结合""整旧如旧"与"实验创新"三种观念按时间顺序产生。20世纪八九十年代，形成了以"新旧结合"与"整旧如旧"的观念为主体的二元格局，21世纪后荣念曾、柯军等人的具有探索性的实验作品，打破了这种二元格局，形成了多元共存的新格局。①当代昆剧创作四十年的发展历程，总体上决定于三个基本问题（古今问题、中西问题和主导问题），它们交织在一起共同影响、推动、决定着当代昆剧创作的发展方向。②从创作观念的角度来看，笔者认为，当代昆剧创作观念的形成与嬗变，既受制于这三个基本问题，也

---

① 丁盛：《近三十年昆剧创作的观念与形态》，《文艺研究》，2016年第10期。

② 丁盛：《当代昆剧创作的基本问题、观念与形态》，《曲学》（第五卷），上海：上海古籍出版社，2017年。

与新时期以来文艺思潮的多元化、戏剧创作的文化转向以及国家为昆剧制定的政策方针有密切关系。对于后者，笔者在论述三个基本问题时有所涉及，但未充分展开。本文试图在这几个方面做些补充，探讨它们是如何影响当代昆剧创作观念嬗变的，以有助于理解和把握当代昆剧创作的发展方向。

一

新时期以来，文艺创作在各个领域突破了现实主义大一统的局限，呈现出百花齐放的新局面。以戏剧而言，在现实主义戏剧继续关注与反映当代社会之外，现代主义（象征主义、表现主义、超现实主义、未来主义、存在主义、残酷戏剧、荒诞派、叙事体戏剧等）与后现代主义（后现代戏剧、后戏剧剧场等）戏剧理论先后被译介引进，这些现代与后现代戏剧理论对当代话剧创作产生了很大的影响，也在不同程度上对包括昆剧在内的当代戏曲创作产生了一定影响。

20世纪八九十年代，这些现代与后现代戏剧理论被引进国内后，受其影响，中国话剧进入了一个全新发展阶段，涌现出《绝对信号》《车站》《野人》《中国梦》《狗儿爷涅槃》《屋里的猫头鹰》《棋人》等一大批形式与内容上具有实验精神的作品，中国话剧也由此迎来了自其诞生以来的第二次创作高峰。

源于西方的话剧作为舶来品，并不存在一个统一的创作规范与艺术要求，整个西方戏剧史，就是一部不断提出新观念、新方法的戏剧创新史。现代主义戏剧是对写实主义戏剧的一种反拨，后现代主义戏剧是对现代主义戏剧的反拨，西方戏剧就是在这种不断的反拨过程中螺旋发展。与话剧不同，中国戏曲在艺术上自成体系，在文本、音乐、表演与舞台美术等方面有一整套创作规范与要求，并且形成了以程式性、虚拟性、写意性为特点的戏曲美学。虽然戏曲也随时代的发展而改进与创新，但其艺术规范与美学精神基本上是不变的。中国戏曲与话剧虽然同处于中国当代戏剧的历史进程中，但中国戏曲有着许多创作规范需要严格遵守，在美学上又不同于西方戏剧，这就使其不像话剧那样容易与西方现代戏剧理论对接。因而，西方现代与后现代戏剧理论对当代昆剧创作的影响，不像话剧那样直接与及时，而是具有一定的滞后性。

可以看到，这一时期的昆剧创作，没有拥抱现代主义戏剧潮流，而是与更早出现的写实主义戏剧合流，走了一条与当代戏剧发展方向相反的路径，呈现出一种写实化的倾向，也就是我们常说的"话剧化"的倾向——在文本上强调故事性与矛盾冲突，舞台呈现上引入写实或半写实的布景与灯光，表演环境与舞台时空关系在演员上场之前已经由布景、灯光创造出来。这就意味着传统戏曲的舞台时空关系被突破了，从转场戏变为定场戏，演员是在一个固定的空间中表演，除非经过换景，否则戏剧空间不会改变。另一方面，在"戏曲导演制"成为惯例后，导演成为昆剧创作的核心，决定了作品的艺术走向，在一定程度上也弱化了演员在创作与演出中的作用。随着越来越多的话剧导演的介入，这种"话剧化"倾向变得越来越普遍。

20 世纪末与 21 世纪之交，陈士争与荣念曾等受西方文化影响的文化精英介入昆剧创作，让昆剧与现代、后现代主义戏剧接上了头，开始影响当代昆剧创作，由此诞生了全本《牡丹亭》、"荣念曾实验剧场"系列与"新概念昆剧"系列等现代与后现代昆剧作品。

1997 年陈士争导演的全本《牡丹亭》，在现代镜框式舞台上恢复了一个传统的园林演剧环境，将昆剧与评弹、高跷等中国传统艺术与民俗拼接起来，总体上是一个传统与现代融合的昆剧作品，又在局部融入了后现代戏剧的表现手法。而后，中国香港"进念·二十面体"艺术总监、实验戏剧家荣念曾开始与内地昆剧演员的合作，推出了《奔》《录鬼簿》《舞台姐妹》等一系列"荣念曾实验剧场"作品，让昆剧与后现代主义戏剧对接上。荣念曾的实验作品，解构了昆剧传统，将昆剧的文本与表演元素按创作意图进行重构，创造出一种包含昆剧元素但又不在传统昆剧概念之内的后现代主义作品，以表达他对社会、政治与艺术问题的关注与评议。昆剧表演艺术家柯军在与荣念曾合作之后，深受其启发，独立创作了《余韵》《浮士德》《藏》等一系列"新概念昆剧",将昆剧片段与当代剧场艺术拼贴、组合在一起,通过"我"与角色的自由转换,表达其作为当代艺术工作者对人生与艺术的感受和思考。

近几年,当代戏曲也借鉴与效仿话剧的小剧场戏剧,搞起了带有实验性质的小剧场戏曲。上海戏曲艺术中心和北京繁星戏剧村先后举办了数届"当代小剧场戏曲节",小剧场戏曲从创作实践到名称概念上开始为业界与学界所接受。20世纪80年代,以《绝对信号》为代表的带有先锋性、实验性与颠覆性的小剧场戏剧在国内诞生,致力于思想内容与艺术形式的实验探索,推动了当代话剧的发展。在戏曲创作普遍强调创新的大环境下,小剧场戏曲应运而生,希望通过多元化的实验与探索,为当代戏曲的发展提供实验空间与原动力。近年来,昆剧领域涌现了京昆合演《春水渡》、当代昆剧《我,哈姆雷特》、改编自法国同名荒诞派戏剧的《椅子》等具有实验性的作品,从题材内容、思想内涵与舞台呈现上做了有益的探索,也取得了一定的经验。

综上所述,在中国当代戏剧的语境中,当代文艺思潮对昆剧创作的影响,呈现出一定的滞后性,在很长一段时间内,昆剧创作深受话剧的影响,其创新性主要表现在"话剧化"写实主义倾向上。20世纪末与21世纪之交,当代昆剧创作与现代、后现代主义戏剧接上了头,加之近几年"小剧场戏曲"的实验探索,无论是创作观念,还是艺术实践,突破了传统昆剧创作规范的束缚,出现了一些具有现代主义与后现代主义特征的实验作品。

二

1979年10月,第四次全国文学艺术工作者代表大会上,邓小平同志发表讲话,提出"百花齐放、推陈出新、洋为中用、古为今用"的方针,为当代文艺发展指出了方向。1980年7月,全国戏曲剧目工作座谈会在北京召开,总结了戏曲剧目工作的经验教训,肯定了"两条腿走路"与"三并举"的政策方针,对传统剧目的抢救、整理工作以及繁荣剧目创作提出了具体建议。在这样的新形势下，古老而传统剧目丰富的昆剧得到了重视。1985年，文化部颁发了《关于保护和振兴昆剧的通知》提出了"保护、继承、革新、发展"的工作方针。1986年，文化部振兴昆剧指导委员会和中国昆剧艺术研究会成立，提出了"抢救、保存、继承、发展"的工作方针。①1995年，文化部在原有昆剧保护政策的基础上，提出了"保护、继承、创新、发展"的工作方针，积极稳妥地开展了一系列振兴昆剧的活动。

这三个"八字方针"都含有保护（保存）、继承与发展的文字表述，不同的是，1985年强调革新，1986年强调抢救，1995年强调创新。从革新到抢救再到创新，走了一条"之"形的迂回之路。革新意味着否定旧的，提倡新的；创新提倡创造性与新意，但并不一定要否定旧的。对昆剧而言，革新之说较为激进，创新之说较为温和，不过二者有时也不容易分清，以创新的名行革新之实，也不是没有。应该看到，这些"八字方针"虽文字表述不大一样，但其内在精神却是一致的，保护、继承与创新、发展是同等地位，二者是辩证关系——在保护、继承的基础上创新、发展，而创新、发展是为了更好地保护、继承。

这一文艺政策对昆剧创作的影响是显而易见的。与新中国成立初期相较，革命现代戏数量明显减少，各院团在整理传统剧目的同时，不断创作新剧目，涌现了《红娘子》《雷州盗》《西施》《唐太宗》《钗头凤》《南唐遗事》《一天太守》《司马相如》《偶人记》《少年游》《雾失楼台》《都市寻梦》等一大批新编昆剧。

2001年联合国教科文组织宣布昆剧入选首批"人类口述与非物质遗产代表作"后，文化部制订了《保护和振兴昆曲艺术十年规划》。2004年3月党和国家最高领导人对昆剧做出"抢救、保护、扶持"的重要批示。紧接着，2005年文化部与财政部联合颁布了《国家昆曲艺术抢救、

---

① 中国昆剧研究会：《中国昆剧研究会章程》，《中国昆剧研究会会刊》，1986年第1期。

保护和扶持工程实施方案》，连续5年每年投入一千万专项资金用于昆剧的传承与创作，计划5年内挖掘整理濒临失传的昆剧优秀传统剧目（大戏）15部，每年完成3部；完成10台昆剧新创剧目，每年完成2部。

这个政策的效果同样立竿见影。2006年第三届中国昆剧艺术节，七个院团的八台参演剧目，只有《邯郸梦》《折桂记》《小孙屠》三个传统剧目，《西施》《一片桃花红》《湘水郎中》《百花公主》《公孙子都》均为新编剧目，不仅比例超过一半，而且艺术水准不如人意，引发了不少学者的忧虑。[1]十余年过去了，这种情况并没有多少改观。今年刚结束的第七届中国昆剧艺术节上，参演作品《顾炎武》《醉心花》《乌石记》《孟姜女送寒衣》《风雪夜归人》都是新编剧目，不仅数量上多于传统剧目的新创作，而且艺术水准也并没有吸收过往的创作经验而臻于完美，仍有很大的提升空间。

应该看到，从"八字方针"到"六字批示"，是对昆剧遗产属性认识深化的结果，变创新、发展为扶持，更符合昆剧的当前实际。在落实"六字批示"的精神时，抢救与保护的对象是非常清晰的，那就是作为遗产意义上的昆剧——传统昆剧折子戏，而扶持的对象，包括传统剧目，也包括新编剧目。这个做法虽然抢救、保护与扶持都有了，却将新编剧目与传统剧目等而视之，实际上延续了"八字方针"的精神。

这几十年国家为昆剧制定的政策与方针，不仅鼓励新编昆剧的创作，也鼓励昆剧创作在继承传统的基础上进行创新。也就是说，不仅新编剧目创作强调创新，传统剧目的新创作也同样强调创新。

这一系列强调创新的政策方针，与大多数创作者的艺术观念是吻合的，也得到了他们的积极响应，从而使"新旧结合"（传统与现代结合）的观念成为当代昆剧创作的主流。然而，在具体创作时，如何处理"新"与"旧"的关系，并没有一个可供参照的标准。大家从各自出发，依据

---

[1] 施德玉：《大陆新编昆剧的危机——第三届中国昆剧艺术节观后》，《福建艺术》，2006年第6期；马建华：《昆剧的文化保护与艺术创新的矛盾——从第三届中国昆剧艺术节谈起》，《中国戏剧》，2007年第3期。

各自的理解，或重于"新"，或重于"旧"，或"新"与"旧"等量齐观，或强调"旧"体"新"用，形成了不同侧重的处理与表述。例如，同是《牡丹亭》的新创作，郭小男导演的三本《牡丹亭》，在创作理念与舞台呈现上，不同于白先勇的青春版《牡丹亭》，也不同于曹其敬导演的大都版《牡丹亭》。

从当代昆剧创作实际来看，"新旧结合"的创作实践，往往偏于现代意识与创新手法，对昆剧传统的注重不够，一些不遵循昆剧创作规范、突破昆剧美学的新创作，也得到了肯定与表彰。这在一定程度上使本来就不是主流的"整旧如旧"创作观念日益边缘化。当今只有少数创作者仍坚持这一创作理念。这不仅跟我们的文艺政策有关，也与创作者对昆剧遗产价值的认识有关。不少人认为，为了吸引今天的观众，昆剧不能一成不变，要随社会的发展而变化，要融入现代意识、现代理念、现代技术与现代手法。这种认识，符合昆剧的"艺术"属性，但并不符合昆剧的"遗产"属性。顾笃璜指出："昆曲是遗产，遗产怎么创新？创新了还是遗产吗？""在传统的地基上创新，要不得。传统就是传统，只能保护。"[1] 这些年他不断在呼吁，当前最重要、最紧迫的任务是抢救、保护与继承昆剧遗产，甚至发出了"保卫昆曲"的呼声。在昆剧创作上，他按"整旧如旧"的原则排演了苏昆三本《长生殿》，摈弃种种不符合昆剧传统的创新做法，避免昆剧遗产在创新过程中隐性失传。

三

上海戏剧学院教授丁罗男认为，改革开放以来的中国当代戏剧之路，总体上经历了两大转向，即政治文化向精英文化转向和精英文化向大众文化转向。这一论断主要是针对当代话剧而言的，虽然不能涵盖包括戏曲在内的所有戏剧创作，但为研究当代昆剧创作的文化转向提供了启发。事实上，政治文化在当代昆剧创作中并没有退出，而是经过自身的

---

[1] 刘红庆：《昆剧艺术节，创新还是灭杀？》，《南风窗》，2006年8月（上）。

调整后成为主流文化，引导着昆剧创作的发展方向。与此同时，精英文化与大众文化也在一定程度上影响着当代昆剧创作，从而形成了多元文化共存的创作格局。

"文革"结束之后，全国各大昆剧院团陆续恢复创作演出。如前所述，文艺政策开始调整，文艺不再作为政治的"传声筒"，而是提倡"百花齐放，百家争鸣"。2014年，习近平在文艺工作座谈会上的讲话是对新时期以来主流文化的一个全面总结与表述，为新时代文艺创作指明了方向。

以此为参照，不难发现国家为昆剧制定的一系列方针政策，实际上是基于昆剧艺术的特殊性与审美价值而提出的，这与当前提倡传统文化的创造性转化与创新性发展是一脉相承的。

新时期以来，大多数昆剧作品也是按这一要求来进行创作的。其中，最具代表性的是白先勇携手苏州昆剧院推出的青春版《牡丹亭》、新版《玉簪记》与新版《白罗衫》。白先勇在这些创作实践的基础上，提出了"昆曲新美学"的概念，尊重传统而不因袭传统，利用现代而不滥用现代，传统为体、现代为用。[①] 在尊重昆剧传统与深入认识昆剧艺术规律的基础上，融入现代意识与美学观念，找到一种属于当代的舞台呈现方式，让古老昆剧在21世纪的现代舞台上重获新生。应该说，在"新旧结合"的主流创作观念中，白先勇的"昆曲新美学"对昆剧美学以及对传统与现代关系的认识最为全面，表述也最为准确，提升了当代昆剧的制作水准与舞台美学观念。

如果以"昆曲新美学"作为标准来衡量当代昆剧创作，那么会发现许多作品既不传统，也不现代。其原因正如顾笃璜所言，不仅在对昆剧传统缺乏必要的认识，而且也对现代缺乏必要的认识，最后的结果是传统与现代两不靠。

---

① 吴新雷、白先勇：《中国和美国：全球化时代昆曲的发展》，《文艺研究》，2007年第3期。

倘若将传统与现代（后现代）视为当代昆剧创作的两极，那么顾笃璜代表了传统一极，荣念曾和柯军则代表了现代（后现代）一极。顾笃璜反对创新，主张恪守传统，哪怕新创作也要符合昆剧的艺术规律与美学风格。荣念曾则认为，昆剧作为活的艺术，博物馆式的保护与展示不是保存昆剧的最好方式，应该在继承的基础上给其注入新的生命力，而非固守过去的传统。柯军将昆剧的属性一分为二，一边是遗产，要抢救、保护与继承，一边是艺术，要实验与创新。在现代这一端，柯军与荣念曾对昆剧作为"艺术"之属性怀有共识，他们都主张实验创新，尝试拓展昆剧艺术边界的可能性。

顾笃璜是苏州籍江南名士，荣念曾是中国香港先锋戏剧的代表人物，柯军是当代昆剧武生的代表人物，可以说都是各自领域里的精英人物。他们所代表的精英文化，从艺术审美与文化传承角度来关注当代昆剧创作，不像主流文化那么注重文艺创作的政治与社会功能，也不像大众文化那么强调文化产品的消费功能。

大众文化是通过大众化媒体传播，按市场化规律运作，以创造感性愉悦为旨归的一种文化形态，注重娱乐性与消费性。20世纪90年代以来，大众文化开始与当代戏剧融合，促使当代戏剧由精英文化向大众文化转向，结果是话剧市场上出现了一系列的白领戏剧、减压喜剧、爆笑喜剧与悬疑剧，其功能也从艺术审美转变为文化娱乐消费。

在普通大众的眼里，昆剧一向被认为是阳春白雪、曲高和寡的高雅艺术，不仅节奏慢，而且需要欣赏者有较高的文化水平与艺术欣赏能力，与相对快节奏、通俗化的大众文化截然不同。21世纪昆剧被联合国教科文组织列入"人类口述与非物质遗产代表作"后，民间资本发现了其中所蕴藏的商机。在民间机构与商业资本的介入下，当代昆剧创作在主流文化与精英文化转向之外，又呈现出大众文化转向。民间机构与商业资本介入昆剧创作，目的不在于抢救、保护昆剧遗产，也不在于普及高雅艺术，而在于借昆剧的世界非遗之名，推出作为符合文化产品要求、可以市场化运作的商业昆剧，吸引那些有消费能力的高端观众群体，从而实现其商业价值，获得经济回报。

基于这样的初衷，最有名的古典作品《牡丹亭》就成了推出商业昆剧的理想选择。过去十余年间，从南到北涌现出厅堂版、园林实景版、古戏台版、花雅堂版、南京版等多种"恢复"传统演出方式的《牡丹亭》。

这些版本的《牡丹亭》演出时间多在90分钟以内，择取原著一些精华片段，串起一个大体完整的故事情节，借助于古戏台、厅堂与园林等传统演剧环境，试图还原一种原生态的演出，复归明清时期昆剧演出的观演关系。例如北京皇家粮仓厅堂版《牡丹亭》的介绍中写道："著名戏剧导演林兆华和昆曲表演大师汪世瑜联袂寻找文化复归之路，挑战民国后所有《牡丹亭》版本。抛弃清末以来舞台式的戏曲表演，首次动用昆曲'家班'演出形式；演员、乐师皆按明代服饰装扮；舞美设计充分尊重皇家粮仓建筑原貌；现场演剧采用明式家具陈设；角儿完全靠嗓子和身段，乐师完全现场演奏，杜绝麦克风和扬声器。"[1]

这种恢复传统演剧形式的创作理念，在某些方面与"整旧如旧"的创作观念是一致的。顾笃璜曾指出，古今剧场形制与舞台形式不同，使得昆剧演出的观演关系、舞台调度、表演节奏以及舞台空间的性质都发生了变化，因而，要让昆剧遗产的本来面貌传下去，最好的办法是把古戏台上的传统方式保留下来。[2] 顾笃璜站在精英文化的立场上，从保护、传承昆剧遗产的角度来看这个问题，这些试图恢复传统演剧方式的商业昆剧，其初衷并不是如此，因而在文本整编与舞台呈现上的做法也不会一样。从本质上来讲，这些版本的《牡丹亭》属于以营利为目的的文化产品，对昆剧的普及与传播起到一定作用，但对昆剧的保护、传承与发展并没有实质性的推动。

当代昆剧创作这三种文化转向，促成了昆剧创作观念的多元化发展。对主流文化而言，通过国家对昆剧的政策方针引导，"新旧结合"

---

[1] 皇家粮仓厅堂版《牡丹亭》搜狐专题：http://cul.sohu.com/s2009/mudanting/。
[2] 顾笃璜：《回归本真态的演出实践——重建昆剧传习所以来工作之一项》，《昆剧表演艺术论》，上海：上海文化出版社，2014年，第196页。

的创作观念成为主流；对精英文化而言，由于其内部对昆剧是作为"遗产"还是作为"艺术"的认知不同，从而形成了"整旧如旧"与"实验创新"两种截然不同的创作观念；对大众文化而言，民间机构与商业资本主导的商业昆剧，虽然某些方面与"整旧如旧"的观念有一致性，但其目的并非抢救与保护昆剧遗产，因而在具体做法上还是有差异的。

结　语

当代昆剧创作观念的嬗变，不仅决定于影响当代昆剧创作的三个基本问题，也是当代文艺思潮、文艺政策与当代昆剧创作文化转向的共同作用的结果。当代文艺思潮对昆剧创作观念的影响，主要表现在现代与后现代艺术理论引进之后，促使昆剧与现代、后现代戏剧接上了头，产生了以往没有的实验创新观念。当代文艺政策对昆剧创作观念的影响，主要表现在国家为昆剧制定的政策方针，促使传统与现代结合的理念成为主创作观念，引领当代昆剧创作的发展方向，也在一定程度上让恪守传统的创作观念日益边缘化。当代昆剧创作从政治文化向主流文化、精英文化和大众文化的三个转向，对各种当代昆剧创作观念的形成均有一定的影响。正是这些因素共同交织在一起，影响、推动并制约着当代昆剧创作观念的嬗变。

民族共荣下的诗意栖居
——万玛才旦小说论

杜臣弘宇　西北师范大学

随着万玛才旦数部电影在国内国际的获奖，人们的目光也逐渐聚焦到其电影作品上来。同时，万玛才旦也是一位优秀的精通汉、藏双语创作的作家，其电影作品如《静静的嘛呢石》《塔洛》等也都根据自己的原创小说改编而来。深厚的文字功底，为其电影的创作提供了坚实的倚靠，在文学与电影的互动中凸显个中真意，"我不把创作当作自己发泄或者解决问题的方法，有时候创作仅仅表达出自己的某个感受就可以了。"[1] 万玛才旦如是说。在其小说创作中，他将这种"感受"具象为藏地的现实与诗意，升华为寻找与回归的旅程，在传统与现代性相结合的手法中表达对自我、信仰以及民族文化的守望。同时，一改大众对藏地小说凸显生存困境、思想焦虑的普遍意识，在其小说中，我们所看到的更多是寻求希望、寻求自我意义和寻求民族传统文化生存与发展的希冀。

藏族文学发展至今，经历了一个漫长而曲折的过程，其间也孕育了一代又一代的优秀作家，如阿来、扎西达娃、次仁罗布、格绒追美等都是在当代文学史上比较知名的作家。如果按照代际划分，那么万玛才旦可以被划为"第四代"作家。这一代作家大都从20世纪80年代后期开

---

[1] 顾笃璜：《回归本真态的演出实践——重建昆剧传习所以来工作之一项》，《昆剧表演艺术论》，上海：上海文化出版社，2014年，第196页。

始活跃于文坛，他们受到良好的学院教育，有着优秀的专业知识，一改前一代藏族作家的风貌，藏文化教育与汉文化教育在他们身上集中体现出来，两者的结合使他们的文化意识和知识素养比以往任何时候都更具创新性。同时，他们也可以很容易地理解汉族和藏族的两种文化，并运用汉族和藏族的两种语言，因此他们的创作有更广阔的空间，作品的意义更加沉重和完美。

刺破现实重现藏地

西藏在人们的普遍意识中往往代表着古老、圣洁、神秘，是人们心中的一方精神圣地。同时，西藏也有最真实、严酷的一面，万玛才旦的小说将关于藏地圣洁的想象、虔诚的信仰与现实的焦虑、生存的困境相结合，将藏地的现实与诗意一同托出，在呈现了少有的藏地现实图景的同时又带有含蓄的隐喻和冷静的哲思。万玛才旦的小说执着于对藏地人与物的表现，这在其小说的题目中就显而易见，《站着打瞌睡的女孩》《流浪歌手的梦》《艺术家》《我想有个小弟弟》在题目中便已将人物点出，《岗》《塔洛》《普布》小说中主人公的名字就是小说的名字，《嘛呢石，静静地敲》《黄昏·帕廓街》则把所写的物放进了题目中。这些人和物共同组成了万玛才旦笔下所呈现出来的一种属于藏地的生活形态：戈壁、村庄在神秘而圣洁的雪山映衬下更显荒芜与寂寥，踽踽独行的藏地汉子融化成为一粒飞沙、一颗走石，那些混沌的岁月和模糊的时间节点，那些随日光流年渐次隐退的爱恨情仇，那些在浩瀚广阔背景下略显卑微的人生，它们流淌过大地的皱褶、岁月的流转、人世的变迁，在遗忘中反复强调着关于一段文明的记忆和一个民族的碑刻。

短篇小说《塔洛》讲述的便是这样一个简单却深刻的故事。故事的开端源于牧羊人塔洛更换第二代身份证，在去县城拍摄证件照时，结识了理发店女老板杨措，两人之间萌生了一段朦朦胧胧的类似于爱的情绪，杨措想让塔洛带她逃离这座小县城，单纯的塔洛把卖掉羊群所得的 9 万块钱全部交给了杨措，但第二天杨措卷款逃走，只留下塔洛一人面对孤独和牢狱之灾。小说开始，便是对塔洛身份的界定，塔洛是个没人管的孤儿，留起的辫子，成了他的象征，人们都叫他"小辫子"，却不知道他真正的名字。接下来就是在派出所中塔洛与警察的对话，他可以熟练地背诵出小学时期学过的毛主席的《为人民服务》，却因家境贫寒无法继续上学，被警察称为"天才"的头脑只能用来记下自己的羊群中有多少只公羊、多少只母羊，黑羊、白羊、花羊各有多少只，连警察也连用两个"可惜"来形容塔洛。这种"可惜"不仅仅指塔洛，更是对像塔洛这样被恶劣的自然环境与落后的社会现实所埋没的所有人的悲叹与惋惜。他们没有与外界沟通的桥梁和对话的渠道，坚守着一份纯真的期盼和向往，这些单纯的执念却在城市与乡村的碰撞融合中显得脆弱、易碎，稍一碰触便灰飞烟灭。这种碰撞在小说中有多次的体现，第一次是塔洛在县城照相馆门外等候拍照时，几个内地来的大学生问他是不是艺术家，但塔洛甚至不知道艺术家是什么样的概念，只是单纯地回答了一句："我是放羊的。"无心的一句话却被那些学生当成了至理名言，由此可以看到城市与农村或者说现代与落后之间一种怪异的话语错位。第二处则是塔洛与杨措那场似真似幻的"爱情"经历，杨措是难得一见的留着短发的藏族女孩，在县城经营着一间小小的理发馆，她给塔洛带来了前所未有的体验，干洗头发、女士香烟、灯红酒绿甚至共睡一床，对于常年以牧羊为生、狼群为伴的塔洛来说仿佛进入了一个新的世界，他一面享受着新鲜的观念、事物给他带来的精神刺激和愉悦，另一方面又对这些前所未有的经历产生怀疑。新事物动摇了旧观念，而落后的现实又拉扯着他前进的步伐，这样的矛盾必然会结出一个悲剧的果子，当塔洛卖掉了不属于自己的羊群，剪掉了身份象征的辫子，意味着他与过去的自己和生活彻底决别。杨措的卷款潜逃又使他对外界和未来的梦想彻底破灭，当塔洛失去了自己的过去和未来，也就失去了自己，只能在无边亦无岸的苦海中漂荡。无论是语言的错位还是观念的抵触，都是两种文明碰撞下的必然结果，而塔洛恰恰就是这种文明冲突中的牺牲品。

万玛才旦在提及其电影时曾说："它们背后是有一个统一的脉络，也就是说有一种一致的精神性的东西在支撑。"① 电影如此，小说也同样具备这种精神性的传承与支持。同样倾诉现实之苦的还有小说《普布》，普布原本是一个心地善良的流浪汉，他牵着驴子在寥廓的大地上不断行走只为一口饱饭，他会将别人给的糌粑施舍给恶狼，会在打工的庄园遭毁灭时坚定守护来表达自己的忠诚，也会帮助柔弱的寡妇将其丈夫的尸体运往天葬台。就是这样一个忠诚、善良、侠义的人却因为食量大而处处碰壁，得不到收留。无论面对占堆管家还是寡妇玉珍，普布的诉求仅仅是填饱肚子，他常说："吃得饱饱的，干活才有力气。"但就只是这样一个简单的诉求却得不到满足，从占堆管家因他而死到最后打死玉珍寡妇，恶念逐渐占领了普布善良的心，变成魔鬼，但究其根源还是因为艰难、无奈的现实，试想如果有充足的粮食，又怎来这悲剧的结果。万玛才旦将复杂的社会现实投射于普布个人的经历和转变，在一次又一次的悲剧中将整个藏地的社会现实呈现出来，一次一次撕碎普布向往善良和美好的愿景，在无奈与惋惜的背后直指残酷的社会现实。

寻找之旅与回归自我

在路上、寻找、回归等主题在万玛才旦的小说中是显而易见的。如《普布》中的普布一路不断寻找能够让自己生存的环境；《流浪歌手的梦》中找寻梦中女孩的次仁；《艺术家》中在朝圣路上不断磕着长头的老喇嘛等。有的是前行在寻找与发现的旅途中，被种种矛盾改变和异化，有的则是在朦胧和混沌中不断进行自我身份的确认和回归。每当描写这样一种情景时，都与探讨社会现实问题的情绪大相径庭，一种充满诗意的美感油然而生。两种截然不同的叙述方式相互碰撞，甘甜与苦涩，沉重与飘逸相互刺激，使万玛才旦的小说更显得层次清晰并极具艺术张力。

万玛才旦对这样一种主题的表达往往借助梦境的方式来呈现，甚至直接将关于梦境的主题放置在小说的题目当中，如《流浪歌手的梦》。14

---

① 杜庆春：《少数民族电影与现实表现——与万玛才旦导演对话》，《艺术评论》，2011年3月。

岁的次仁梦到了一个女孩，从此这个女孩成为他一生的追求，他背着祖传的龙头琴在大地上流浪，将歌声与《格萨尔王》的故事带给沿途的听众，女孩也时而再入梦中，次仁将每次的梦中相遇记录在小本子上，如同他的足迹一般成为他流浪之旅的重要节点，在流浪与艰苦的生活外衣下，是次仁对梦想和憧憬的执着追求。但梦境始终是梦境，即便它无限地趋近于现实，也终究是一场空，就如同次仁从别人口中得知那个从河上游漂下来的女人与他梦中的女人是如此相似，徒劳无果的追寻也如同自己的梦一般化为泡影。便如同小说中次仁的父亲所说："儿啊，不要去寻找那梦，不要去寻找那虚幻缥缈的东西，那一切只不过是空的。"借助梦境来表现对美和理想的追求，同时也通过梦境来指涉一切终成空的悲切，虚幻的动因必然会导致缥缈的结果，那么也只有流浪的这段旅程是实实在在的，也是最需要把握的。比如次仁与梦中少女相互的身份模糊——"我仍然不知道她叫什么名字，她也没有问我叫什么名字。"关于身份的确认已经在美好的生活面前不值一提，但也只能在梦中才能达成这种无关乎身份的和谐共融。此外，次仁的那把代代相传的龙头琴，从华美、价值连城到如今破烂不堪，也象征着传统艺术在一代又一代的传承中逐渐走向没落。

同样通过梦境来表现主题的还有小说《岗》，小说中有一男一女两个"岗"，他们的身世和经历也大致相同，他们从各自阿爸阿妈的梦中而来，生活、上学、指引家人团聚，而又在对生活的无奈和失望中回归雪山，离开的信号也是通过人们的梦境传达出来的。在小说的整体表现中，两位"岗"无疑就是思想和寄托的中心点，他们如同落入凡间的雪山精灵，寄托着人们美好的向往，他们代表着幸福，不仅让各自家庭的生活变得更加美满，也在村落的利益面前做出巨大的牺牲。他们带来了幸福的种子，也希望身边的人脱离世俗的沾染，可以像他们一样变得纯净而自然，寻找到一片净洁的心灵圣地。"岗"在藏语中即雪山的意思，而将"岗"赋予梦境的来历和背景，更显得奇幻与诗意，而在这种奇幻与诗意下是一种"酒神"精神表达，这是通过世界的整体生命和永恒的信仰循环来确认个人生命的意义和价值。

在回归自我这一主题上，万玛才旦更多的是通过宗教与信仰来表现。比如小说《诱惑》所讲的便是转世灵童嘉洋丹增与一卷经书的曲折故事。嘉洋丹增七岁时在仁增旺姆家中发现了一卷被黄绸包裹的经书，从此与经书、仁增旺姆结下了不解之缘，他想尽一切办法一次次地去接近那卷经书，甚至不惜以出卖身体为代价，最终失手将仁增旺姆掐死。作者随后将嘉洋丹增成为活佛转世的经过赋予了极为浓重的神秘色彩，虽成为转世灵童备受尊崇，嘉洋丹增却始终无法忘却初见经书时给他带来的震撼和诱惑，他不断修习佛法、完善自身为的就是能够早日达到阅读经书的条件，而就在即将达成时嘉洋丹增却离开了人世，徒留一份伤情于世间。而万玛才旦正是借助这样一个充满遗憾的故事表现了人们苦苦追寻而不得的怅然，所谓的"诱惑"始终还是诱惑，曾经的心愿终难达成。然而回归之路往往是孤独而艰难的，在万玛才旦的小说中常常会运用儿童或是醉汉的视角和语气来解读世界，这样不仅能够让读者以一种赤裸裸的本真状态来面对自己和世界，更能通过孤儿的角色表现行走于世间和回归本我的艰难。相较于《死亡的颜色》中尼玛与达娃的孤儿形象，万玛才旦更愿意将"孤独"的形象大而化之——相对于成熟的利益至上商品社会，草原世界正如一个还在襁褓之中的"孤儿"。

在寻找和回归主题的背后，是民族的根。正如万玛才旦小说所反映的那样，一方面，现代文明和工业化不断促进西藏地区经济的发展；另一方面，现代性进程所带来的复杂多元文化也必然会影响民族的传统信仰和文化。然而对于藏人来说宗教信仰是神圣而不可取代的。时至今日，他们可以骑着摩托车在草原上牧羊，看完电视后再去诵经，但他们也依然会在转经筒上传递过往的岁月，在嘛呢石上寄托美好的祝福。万玛才旦说："我要用自己的方式来讲述故乡真实的面貌和人的生存现状，这是我多年的心愿。外来者关注了一些外在的东西，对核心的东西了解得不够透彻，表达上就有了误差，就是只看到了枝干和叶子，没有看到根。对藏族来说，血缘、文化、传统这些东西是有根的，我觉得用慈悲智慧、宁静和谐来概括藏文化比较准确。"而万玛才旦小说中寻找的目的地、回归的去处就是文化上的根，是那些智慧、宁静、原始的气息，是那些现代文明所无法改变的情结。

传统与现代性的碰撞

万玛才旦的小说创作是风格鲜明的，这种鲜明风格的成因源于其本身的强烈的民族意识与所受到的西方现代主义的结合。在这两种截然不同思想的影响下，使得万玛才旦的小说呈现出既有民族特色的宁静的诗意的生活状态，又有凸显个体生存困境的躁动和冲突。

传统与现代性的碰撞首先表现在两种文化的对立关系中。在万玛才旦的小说中常常会写到传统或者古老文化受到外来文明的侵染。如《塔洛》中塔洛初次到县城拍照，后认识了杨措，见识了城市中的灯红酒绿，就这样一次简单的拍照之旅，却在塔洛的生命中留下了决定性的影响。从真实感受到人际关系再到虚无缥缈的爱情，塔洛彻底被现代文明所吸引和侵染，虽然他依然执着地抽着卷烟、喝着白酒，学唱传统歌曲，但现代文明的种子早已在塔洛心中生根发芽，驱使他走到整个结局。这种文化的碰撞，在许多描写藏地的小说中都有表现，阅读《塔洛》，仿佛又见扎西达娃的《西藏，隐秘岁月》，塔洛就如同《西藏，隐秘岁月》中将飞机视为怪兽的达朗，起初的他对外来文明存在着恐惧，但在一步步的不断接触中被不断吸引和同化，到最后，现代文明对于塔洛来说也如《西藏，隐秘岁月》中那条裤子的隐喻一样，成为剥离不掉的部分。这种文化对立的表达，不仅仅在指涉传统文化的脆弱，同时也是表现以塔洛为代表的落后文明前进的必须经历的痛楚。这就使得万玛才旦的小说不仅仅局限在藏地和藏民本身，更有了一种个人与社会、大历史相遇的总体格局。其次，这种对立还表现在万玛才旦对小说中时间观念和模型的使用。在其小说中打破了"进步论"或者"进化论"的时间观念，以一种退化的模式作为主导方向，如《塔洛》中的塔洛经历了县城百态后依然回到了牧羊人的孤独生活；《岗》中的两个"岗"，从雪山中来最后回到雪山中去；《流浪歌手的梦》中的次仁，历经一生也未能找到梦中的女孩等。万玛才旦是以一种近乎轮回的时间观念在讲述故事，从开始到结束，一切归于原点，在这种与现代性的时间观念近乎对立的模式中，将精神和人性的寓言发挥到淋漓尽致。也正是在以表现文化对立和运用时间对立的两种线索的指引下，万玛才旦小说中对文明、人性、伦理等各方面的表现在沉重之余更增添了一丝神秘。

而传统与现代性的结合在万玛才旦小说《嘛呢石，静静地敲》中则表现得非常鲜明，从故事的表面来看，这无疑是一个充满神秘色彩同时也具有强烈的民族性的故事，通过一个鬼魅的故事表现了洛桑这个藏地的小人物形象。洛桑小时候目睹父亲醉酒而死，便发誓从此不再喝酒，却终究变成了一个酒鬼，他整天喝得烂醉如泥，即便在母亲去世时，亦是如此。然而洛桑的内心是孤独的，亲友们嘲笑，同村人鄙视，就在这样一种困境下，洛桑听到了鬼魂们敲击嘛呢石的声音，而且这个声音只有洛桑自己可以听到。作者借洛桑妻子、丹增、村人和活佛等人之口来解释这一奇异现象，洛桑也因此获得了一种超然的地位，人们开始变得崇敬他。就故事表面来看，这无疑是一个传统的叙述，不外乎就是讲述洛桑一生的起伏转折。然而，万玛才旦在这样一个传统的故事中加入了魔幻的叙述，将虚幻缥缈的敲击嘛呢石的声音从神秘与敬畏的背景中抽离出来，演变为人与人之间的善意和关怀以及对美好生活执着的希望，能否倾听它不在于它是否存在，而在于我们是否愿意接纳，即倾听我们既有的传统和内心的呼唤，并为此付出时间。

万玛才旦曾坦言自己的文学之路受到印度文学以及《红楼梦》的影响非常大："传统的藏语文学是作家文学，受印度文学的影响比较大。《诗镜》这本书是学者们都要学的，它在句子和意象上都受印度文学的影响……汉语文学中，细节的描写更多一些，展开得特别好，比如《红楼梦》。"前文所提及的万玛才旦善于用梦境的方式来表达观点或委婉隐喻，都可以从中看到《红楼梦》的影子。以梦境投射现实，传统的笔法和结构中融入现代性的素材，使得万玛才旦的小说在看似优雅、冷静的表面下隐藏着大量的狂暴因子，稍一碰触便会在人们心头炸裂，生成强烈的震撼。在其小说《神医》中，现代性的问题表现得非常清晰，在这部对话体的小说中，男人甲和女人甲为了治好村里的"健忘症"在等待神医的到来，冬去春来，当神医到来时，所有的人包括神医自己已经全部患上了健忘症，等待的结果最终变成了集体的遗忘，一种荒诞、无意义的结果却驱使人们执着坚定。这与贝克特的《等待戈多》有着相似的艺术表现力，同时又融入了带有鲜明民族特色的、直指藏族人心灵深处的虚无和迷茫。

万玛才旦是当下非常优秀的藏族作家，不仅将汉、藏文化融会贯通进行独特的"两栖"写作，更能够在创作中将文学与电影相结合，在其创作领域中将语言的艺术和视听的文化结合起来。他的小说从藏人自身的内视觉反观自身与外界的关系，以藏族人说藏族事的方式走进民族生活与读者心灵。对精神向度和艺术价值的追求成为鞭策他的重要因素。纵观万玛才旦的文学创作，在日益成熟的写作方式中加入了更加鲜明的民族特色，在传统的艺术风格中也加入了与时俱进的现代性特征，将搏斗现实的勇气和诗意栖居的优雅不断融会贯通，成为万玛才旦文学创作的标志性特点，也为当下藏族文学的继续发展提供了重要的价值和启示。

元曲自我经典化对当下戏曲传承发展的启示

高 岩 浙江海洋大学师范学院

元代是中国古典戏曲发展的第一个高峰。在不足百年的发展历程中，杂剧创作蔚为壮观。元曲与唐诗、宋词并称于文学史，成为有元一代的代表性文学样式，这与元代文人以生命的热情投入戏曲创作并积极确证戏曲艺术价值和地位息息相关，体现出元代文人新创艺术规范的期待与努力，为明清戏曲的发展提供了可资借鉴的艺术范式，使明清戏曲"趋元""宗元""尚元"成为可能，并影响中国传统戏曲的发展走向。

一、元人从整体上建构戏曲艺术规范与标准

从先秦的礼乐文化到南宋的勾栏瓦舍，中国古典戏曲走过了漫长的发展历程。汉代对戏曲演出活动和表演者的记载、唐宋时期对剧目和剧场演出情况的记录，是元杂剧出现之前有关古典戏曲记载的基本特点。元代曲学家则一改散点式记录方法，从整体出发，有意识地建构戏曲艺术的规范和标准。

陶宗仪（1329—1412）于元至正二十六年（1366）整理成《南村辍耕录》30卷585条，记载元代典章制度、艺文逸事、戏曲诗词、风俗民情、农民起义、历史掌故、天文地理等重要史料。其中卷八《作今乐府法》说的是戏曲结构理论，"乔梦符（吉）博学多能，以乐府称。尝云：'作乐府亦有法，曰凤头、猪肚、豹尾六字是也。大概起要美丽，中要浩荡，结要响亮，尤贵在首尾贯穿，意思清新。苟能若是，斯可以言乐府

矣.'此所谓乐府,乃今乐府,如《折桂令》《水仙子》之类"。① 对元曲的结构艺术有清晰的认知和理论说明,体现了元人在规范戏曲结构艺术上的努力与积极思考。

元人总结出足以传播后世的奇巧、豪爽、蕴藉等不同风格。杨维桢(1296—1370)说:"士大夫以今乐成鸣者,奇巧莫如关汉卿、庚吉甫、杨淡斋、卢苏斋,豪爽则有冯海粟、滕玉霄,蕴藉则有如贯酸斋、马昂父。其体裁各异,而宫商相宜,皆可被于弦竹者也。继起者不可枚举,往往泥文采者失音节,谐音节者亏文采,兼之者实难也。"② 奇巧、豪爽、蕴藉的风格,表现了戏曲艺术的张力。"杨、卢、滕、李、冯、贯、马、白皆一代词伯。……而其格力雄浑正大,有足传者。"③ 元曲文词,本来有联系舞台演出,面对大众的民间勾栏传统。由于文人学士大量参与创作,出现了求工巧、尚藻丽,只求案头欣赏,不管剧场演唱的倾向。这种倾向《东墙记》剧本中已见端倪,费唐臣的《贬黄州》中的一些曲子甚至一句一个典故,书卷气十足,以后作者又有发展。所以杨维桢针对此种情况进行说明。可见,元人有着冷静客观的戏曲认知,不仅仅关注到了戏曲的繁荣景象,同时也认识到了其潜在的艺术弊端,这种弊端最终成为明清戏曲文人化、案头化的肇始。

渴望从音韵体制层面别开生面,"一洗东南习俗之陋"。周德清(1277—1365)的《中原音韵》是曲学界的重要宝典,不仅是元代制曲、演出的规范,而且在明清传奇文体确立过程中起到重要的模板意义。北曲杂剧作为综合的舞台艺术,继承了唐宋以来的音乐谱式、诸宫调的结构形态和民间小曲的因素,又体现自己的独特性,要求创作者掌握宫调

---

① 陶宗仪:《南村辍耕录》,俞为民、孙蓉蓉编《历代曲话汇编·唐宋元编》,合肥:黄山书社,2006年,第430页。

② 杨维桢:《周月湖今乐府·序》,俞为民、孙蓉蓉编《历代曲话汇编·唐宋元编》,合肥:黄山书社,2006年,第424页。

③ 杨维桢:《沈氏今乐府·序》,俞为民、孙蓉蓉编《历代曲话汇编·唐宋元编》,合肥:黄山书社,2006年,第425页。

的音乐特色和曲牌的连缀规律，根据剧情选择曲谱，然后按照曲谱填词，这就较之前代的创作更加复杂，难度也更大。周德清"以出类拔萃通济之才，为移宫换羽制作之具，所编《中原音韵》并诸《起例》，平分二义，入派三声，能使四方出语不偏，作词有法，皆发前人之所未尝发者；所作乐府、回文、集句、连环、简梅、雪花诸体，皆作今人之所不能作者"。①周德清从理论总结入手，将北曲三百三十五章曲牌，分属十二宫调，一一予以厘定，并首次揭示了入声派归平上去三声等北曲特殊规律，对后世填词押韵具有规范指导意义。后一部分《正语作词起例》，主要讲述字音辨别、用字方法、宫调曲牌等，其中"作词十法"具有相当高的戏曲理论价值，讨论了知韵、造语、用事、用字、入声作平声、阴阳、务头、对偶、末句、定格等项，具体论述了制曲的艺术方法，周德清在戏曲语言的规范性上用力颇深，区别了戏曲语言与一般俚俗歌谣。②元人戏曲文体意识，以及建立戏曲艺术语言规范的努力得到明清戏曲音韵学的强力回应，成为一代曲学之"宗"。

追求演唱技巧的规范当行，元人杨朝英选编的散曲选集《乐府新编阳春白雪》卷首附录本中有一篇作于元至正（1341—1361）之前的《唱论》，专门总结了金元时代的声乐特点。《唱论》指出写作套数时文辞、格律的规范，主张歌唱者的声音特点、剧情要求应与歌曲的律吕相呼应匹配，并总结了制曲的实践，归纳出十七宫调的情感意蕴，"仙吕调唱"很好地指导了当时的戏曲创作和演唱，为宫调理论的成熟开辟出道路。③杨维桢则明确提出"文采音节兼济"的戏曲主张，指出戏曲剧本的创作应有自己的文体特点，既要锤炼语言、注意文采，又要讲究音律，以使

---

① 琐非复初：《中原音韵·序》，俞为民、孙蓉蓉编《历代曲话汇编·唐宋元编》，合肥：黄山书社，2006年，第232页。

② 周德清：《中原音韵·正语作词起例》，俞为民、孙蓉蓉编《历代曲话汇编·唐宋元编》，合肥：黄山书社，2006年，第264页。

③ 燕南芝庵：《唱论》，中国戏曲研究院编著《中国古典戏曲论著集成》（一），北京：中国戏剧出版社，1959年，第155页。

舞台演唱不能偏废，体现了戏曲是一门综合的舞台艺术之特质。

戏曲不仅仅是文体的艺术，更是舞台表演的艺术，元人对此已有较高的要求，要求演员在表演时有创造性，有新意，"醋盐姜桂，巧者和之，味出于酸咸辛甘之外，日新而不袭故常，故食之者不厌。滑稽诙谐，亦犹是也。拙者踵陈习旧，不能变新，使观听者恶闻而厌见"[1]。胡祗遹（1227—1295）从戏曲表演艺术的视角，对戏曲演员提出身体素质、生活积累、文化水平、舞台形象塑造、艺术修养、表演技巧、念唱功夫等方面的"九美"要求。特别难能可贵的是，胡祗遹还要求演员在表演时，要"心思聪慧，洞达事物之情状""发明古人喜怒哀乐，忧悲愉佚，言行功业，使观众听者如在目前，谛听忘倦，惟恐不得闻"[2]。这是从舞台表演艺术的角度，对演员提出的高标准要求。要求演员严肃认真地进入角色，对所演故事、所扮人物深入理解，并融入所演人物的思想感情，准确把握人物的性格特征，从而把人物故事演精彩，充分发挥戏曲的艺术感染力。从戏曲史发展的实际来看，这些表演理论的总结将戏曲提升到新的艺术高度。

以上可见，元人从艺术结构、艺术风格、音韵体制、演唱技巧、表演艺术等多角度多层面，努力建构戏曲整体性的艺术规范。至此，戏曲文体的艺术内涵已基本定型且明确，这种超越性的提升是在一种自觉的演出实践与理论总结中完成的。

二、自觉推崇名家名角的意识

推崇名家名角是戏曲繁荣的标志。元人在戏曲名家名角批评上，已经有了对本朝名家名角经典化的自觉意识。

随着元曲创作和舞台演出的繁盛，元代文人对本朝的戏曲名家建立

---

[1] 胡祗遹:《优伶赵文益诗·序》，俞为民、孙蓉蓉编《历代曲话汇编·唐宋元编》，合肥：黄山书社，2006年，第215页。

[2] 胡祗遹:《黄氏诗卷·序》，俞为民、孙蓉蓉编《历代曲话汇编·唐宋元编》，合肥：黄山书社，2006年，第215页。

起了足够的自信，并从不同角度将本朝名家与前代经典作家相提并论，努力寻找对前代的超越之处。虞集（1272—1348）说："宋代作者，如苏子瞻变化不测之才，犹不免'制词如诗'之诮；若周邦彦、姜尧章辈，自制谱曲，稍称通律，而词气又不无卑弱之憾。辛幼安自北而南，元裕之在金末、国初，虽词多慷慨，而音节则为中州之正，学者取之。我朝混一以来，朔南暨声教，士大夫歌咏，必求正声，凡所制作，皆足以鸣国家气化之盛，自是北乐府出，一洗东南习俗之陋。"① 贯云石（1286—1324）在为《阳春白雪》所作的序言中，将元代戏曲家与前代公认辞赋名家对比，"盖士尝云：'东坡之后，便到稼轩。'兹评甚矣。然而比来徐子芳滑雅，杨西庵平熟，已有知者。近代疏斋媚妩如仙女寻春，自然笑傲。冯海粟豪辣灏烂，不断古今，心事天与，疏翁不可同舌共谈。关汉卿、庚吉甫造语妖娇，适如少女临杯，使人不忍对殢。仆幼学词，辄知深度如此"。② 将同时代戏曲作家关汉卿、庚吉甫与前贤经典作家苏东坡、辛弃疾同评，并明确认识到元代戏曲在自然、豪辣等方面超越前代的特殊美质之处。

元人为改变戏曲名家身份地位而不懈努力。在元代以前，戏曲在正统的封建士大夫心目中是不入流的，从事戏曲创作和演出一般都是受到轻视的。彪炳史册的人物传记似乎离戏曲作家艺人过于遥远，甚至不敢想象。但元代钟嗣成以敏锐的批评家眼光，有感于圣贤君臣、忠孝之士子，小善大功，都著于史册，与日月山川同在，但戏曲艺人们却于后世了无痕迹。于是，历时十余年写下了经典的戏曲作家论著《录鬼簿》，书中所涉纪事自元元统二年（1334）至元至正五年（1345），广泛记载了前辈与同时代的金元戏曲作者一百余人的传记和作品目录，并制《凌波仙》曲以吊这些作家中若干去世的知友。在"前辈已死名公有乐府行于世者"

---

① 虞集：《中原音韵·序》，俞为民、孙蓉蓉编《历代曲话汇编·唐宋元编》，合肥：黄山书社，2006年，第227页。

② 贯云石：《阳春白雪·序》，杨朝英选，隋树森校订《新校九卷本阳春白雪》，北京：中华书局，1957年，第3页。

中以董解元居首,注云"以其创始,故列诸首";而在"前辈已死名公才人有所编传奇行于世者"中以关汉卿列诸首,反映了作者对董解元、关汉卿经典作家地位的评定。《录鬼簿》彰显了作者钟嗣成将元曲作家经典化的明确意识,他说:"余因暇日,缅怀故人,门第卑微,职位不振,高才博识,俱有可录,岁月弥久,湮没无闻,遂传其本末,吊以乐章。复以前乎此者,叙其姓名,述其所作。冀乎初学之士,刻意词章,使冰寒于水,青胜于蓝,则亦幸矣。名之曰《录鬼簿》。嗟乎!余亦鬼也,使已死未死之鬼,作不死之鬼,得以传远,余又何幸焉?"[1] 钟嗣成冲破传统世俗的认知层面,披荆斩棘般地为戏曲张目,为戏曲作家立传,是为了元代曲家能够"生前姓,死后身,名不沉沦"[2]。他鲜明地指出,戏曲作者,虽然社会地位低微,但是他们的艺术才华足以与圣君贤臣、忠孝之子共同载入史册,流露出对戏曲名家精神劳动的高度肯定。他认为经典戏曲作家"皆高才重名,亦于乐府留心。盖文章政事,一代典型"[3],并一一列举。关汉卿"风月情忺惯熟,姓名香四大神州。驱梨园领袖,总编修帅首,捻杂剧班头"[4];马致远"万花丛里马神仙,百世集中说致远,四方海内皆谈羡。战文场,曲状元,姓名香贯满梨园。《汉宫秋》《青衫泪》《戚夫人》《孟浩然》共庾白关老齐肩"[5];王实甫"风月营密匝匝列旌旗,莺花寨明飚飚排剑戟,翠红乡雄赳赳施谋智。作词章,风韵美,

---

[1] 钟嗣成:《录鬼簿·自序》,俞为民、孙蓉蓉编《历代曲话汇编·唐宋元编》,合肥:黄山书社,2006年,第315页。

[2] 钟嗣成:《录鬼簿》,俞为民、孙蓉蓉编《历代曲话汇编·唐宋元编》,合肥:黄山书社,2006年,第343页。

[3] 钟嗣成:《录鬼簿》,俞为民、孙蓉蓉编《历代曲话汇编·唐宋元编》,合肥:黄山书社,2006年,第318页。

[4] 钟嗣成:《录鬼簿》,俞为民、孙蓉蓉编《历代曲话汇编·唐宋元编》,合肥:黄山书社,2006年,第318页。

[5] 钟嗣成:《录鬼簿》,俞为民、孙蓉蓉编《历代曲话汇编·唐宋元编》,合肥:黄山书社,2006年,第325页。

士林中等辈伏低。新杂剧，旧传奇，《西厢记》天下夺魁"①。从戏曲史的角度来看，钟嗣成的批评眼光是精准而独到的，他所认定的戏曲名家，在明清戏曲史上都产生了巨大且深远的影响。

元人不仅对戏曲创作者推崇备至，同时还有着明确的戏曲名角意识。夏庭芝（1300—1375），曾师从著名文学家杨维桢。一生隐居不仕，交游广泛，戏曲观点颇具代表性。经常在家中设筵酬宾，席间召伎演戏。《青楼集》不仅仅是他根据自己的见闻与经历写成的一部有关戏曲表演的论著，更鲜明地体现了元代的名角意识。他说："我朝混一区宇，殆将百年，天下歌舞之伎，何啻亿万，而色艺表表在人耳目者，固不多也。仆闻青楼于方名艳字，有见而知之者，有闻而知之者，虽详其人，未暇纪录，乃今风尘顿洞，郡邑萧条，追念旧游，慌然梦境，于心盖有感焉；因集成编，题曰《青楼集》。"②这明确地交代出《青楼集》为戏曲名角留名的目的。作者感慨歌舞之盛，欣赏戏曲艺人的色艺精湛，唯恐足以代表百年盛迹的戏曲艺人们随着历史烟消云散，于是从数以万计的天下歌舞之伎中，记录下颇能代表一代元曲之盛的色艺名角119位。其中，赞誉、推崇、维扬的文字俯拾即是，"（梁园秀）歌舞谈谑，为当代称首"③，"（张怡云）艺绝流辈，名重京师"④，"（曹娥秀）京师名伎也，赋

---

① 钟嗣成：《录鬼簿》，俞为民、孙蓉蓉编《历代曲话汇编·唐宋元编》，合肥：黄山书社，2006年，第327页。
② 夏庭芝：《青楼集·志》，俞为民、孙蓉蓉编《历代曲话汇编·唐宋元编》，合肥：黄山书社，2006年，第470页。
③ 夏庭芝：《青楼集·梁园秀》，俞为民、孙蓉蓉编《历代曲话汇编·唐宋元编》，合肥：黄山书社，2006年，第473页。
④ 夏庭芝：《青楼集·张怡云》，俞为民、孙蓉蓉编《历代曲话汇编·唐宋元编》，合肥：黄山书社，2006年，第473页。

性聪慧,色艺俱绝"[①],"(珠帘秀)杂剧为当今独步"[②],"(天然秀)才艺尤度越流辈,闺怨杂剧为当时第一手"[③],"(赛帘秀)声遏行云,乃古今绝唱"[④],"(于四姐)尤长琵琶,合唱为一时之冠"[⑤],"(小玉梅)独步江、浙"[⑥]。最终目的是"使后来者知承平之日,虽女伶亦有其人",存留元代"观全盛时风尘中人物尚如此,呜呼盛哉"的戏曲时尚[⑦]。元人为了保存戏曲的一代之盛况,可谓是用力颇深。

名家名角意识因钟嗣成、夏庭芝的努力而被唤起,且得到元人的积极认同与回应。朱经为名家名角能够留名于世而庆幸:"历历青楼歌舞之伎,而成一代之艳史传之也。雪蓑于行,不下时俊。顾屑为此。余恐世以青楼而疑雪蓑,且不白其志也,故并樊川而论之。噫!优伶则贱,艺乐则靡焉。文墨之间,每传好事,其湮没无闻者,亦已多矣。黄四娘托老杜而名存,独何幸也!"[⑧]同时代的张择则更加认同夏庭芝为艺人扬名的戏曲意识:"青楼集者,纪南北诸伶之姓氏也。……史列伶官之传,侍儿有集,义倡司书,稗官小说,君子取焉。伯和记其贱者末者,后犹匪

---

① 夏庭芝:《青楼集·曹娥秀》,俞为民、孙蓉蓉编《历代曲话汇编·唐宋元编》,合肥:黄山书社,2006年,第474页。

② 夏庭芝:《青楼集·珠帘秀》,俞为民、孙蓉蓉编《历代曲话汇编·唐宋元编》,合肥:黄山书社,2006年,第475页。

③ 夏庭芝:《青楼集·天然秀》,俞为民、孙蓉蓉编《历代曲话汇编·唐宋元编》,合肥:黄山书社,2006年,第479页。

④ 夏庭芝:《青楼集·赛帘秀》,俞为民、孙蓉蓉编《历代曲话汇编·唐宋元编》,合肥:黄山书社,2006年,第481页。

⑤ 夏庭芝:《青楼集·于四姐》,俞为民、孙蓉蓉编《历代曲话汇编·唐宋元编》,合肥:黄山书社,2006年,第484页。

⑥ 夏庭芝:《青楼集·小玉梅》,俞为民、孙蓉蓉编《历代曲话汇编·唐宋元编》,合肥:黄山书社,2006年,第486页。

⑦ 夏邦彦:《青楼集·跋》,俞为民、孙蓉蓉编《历代曲话汇编·唐宋元编》,合肥:黄山书社,2006年,第497页。

⑧ 朱经:《青楼集·序》,俞为民、孙蓉蓉编《历代曲话汇编·唐宋元编》,合肥:黄山书社,2006年,第466页。

企及，况其硕氏巨贤乎？当察夫集外之意，不当求诸集中之名也。"① 杜桂萍教授精辟地总结元人的名家名角意识："在元曲表演的舞台上，观众对名角的表演格外倾心，作家愿意为名角创作剧本，戏班或勾栏也愿意网罗名角招揽观众，《青楼集》的作者夏庭芝在为演员作传时也仅仅关注那些'色艺表表在人耳目者'，成为'名角'是多数女伶最大的心愿。"② 凡此，都从不同层面强调了元代名家名角的独特艺术美质及存史意义，也昭示出元人以曲为"一代文学"的共性心理。

三、积极提升戏曲文体的社会地位

较之于传统诗文，元代之前的唐宋戏曲处于亚文化层面。"唐时有传奇，皆文人所编，犹野史也，但资谐笑耳。宋之戏文，乃有唱念，有诨"。③ 无论是表演的谑浪调笑、民间创作的粗野俚俗，还是文学批评的随意散漫，都不入正统文学的大雅殿堂。元代文人则努力实践、积极创作、不懈总结，有意提升戏曲文体地位，并努力追本溯源地将其置于雅文学的行伍之间。

从文体流变的角度提升戏曲的地位。元代文人努力改变"儒者每薄之"的传统观念对戏曲的认知，将唐诗、宋词、元曲并称。并认为，较之唐诗、宋词而言，必有更大的才华才能创作出优秀的戏曲作品。罗宗信在为《中原音韵》作序时说：

"世之共称唐诗、宋词、大元乐府，诚哉！学唐诗者，为其中律也；学宋词者，止依其字数而填之耳；学今之乐府，则不然。儒者每薄之，愚谓：迂阔庸腐之资无能也，非薄之也；必若通儒俊才，乃能

---

① 张择：《青楼集·叙》，俞为民、孙蓉蓉编《历代曲话汇编·唐宋元编》，合肥：黄山书社，2006年，第468页。

② 杜桂萍：《色艺观念、名角意识与文人情怀——论〈青楼集〉所体现的元曲时尚》，《文学遗产》，2003年第9期。

③ 夏庭芝：《青楼集·志》，俞为民、孙蓉蓉编《历代曲话汇编·唐宋元编》，合肥：黄山书社，2006年，第469页。

造其妙也。"①

曲学家们以越变越精良的文体观念，将戏曲文体置于文学发展演变的洪流中，认为其能"鸣国家气化之盛"。虞集认为，"乐府作而声律盛，自汉以来然矣。魏、晋、隋、唐，体制不一，音调亦异，往往于文虽工，于律则弊。……我朝混一以来，朔南暨声教，士大夫歌咏，必求正声，凡所制作，皆足以鸣国家气化之盛，自是北乐府出，一洗东南习俗之陋"。②杨维桢认为戏曲文体与"古诗"有着血脉关联："夫词曲本古诗之流，既以乐府名编，则宜有风雅余韵在焉。"③陶宗仪则明确地指出，戏曲文体在元朝才体现出清晰明了的边界："唐有传奇、宋有戏曲、唱诨、词说。金有院本、杂剧、诸宫调，院本、杂剧，其实一也。国朝、院本、杂剧始厘而二之。"④夏庭芝借用此观点进一步阐明："唐时有传奇，皆文人所编，犹野史也，但资谐笑耳。宋之戏文，乃有唱念、有诨。金则院本、杂剧合而为一。至我朝乃分院本、杂剧而为二。"⑤综上种种，元代的曲学家们都努力论证一个问题——戏曲文体是文学发展流变中的重要一环，并积极将其置于传统文学发展的谱系中予以审视。

元人不仅从文体发展学的角度思考戏曲的地位文体，还进一步从社会功能方面强化戏曲文体的价值和意义。早在13世纪上半叶，胡祗遹在他的经典论著《紫山大全集》中就已经有了专门论述戏曲的文字。后来，清代纪晓岚在谈到这部作品时说："多收应俗之作，颇为冗杂，甚至如

---

① 罗宗信：《中原音韵·序》，俞为民、孙蓉蓉编《历代曲话汇编·唐宋元编》，合肥：黄山书社，2006年，第231页。

② 虞集：《中原音韵·序》，俞为民、孙蓉蓉编《历代曲话汇编·唐宋元编》，合肥：黄山书社，2006年，第227页。

③ 杨维桢：《周月湖今乐府·序》，俞为民、孙蓉蓉编《历代曲话汇编·唐宋元编》，合肥：黄山书社，2006年，第424页。

④ 陶宗仪：《南村辍耕录·院本名目》，俞为民、孙蓉蓉编《历代曲话汇编·唐宋元编》，合肥：黄山书社，2006年，第436页。

⑤ 夏庭芝：《青楼集·志》，俞为民、孙蓉蓉编《历代曲话汇编·唐宋元编》，合肥：黄山书社，2006年，第469页。

《黄氏诗卷序》《优伶赵文益诗序》《赠宋氏序》诸篇,以阐明道学之人,作媒狎倡优之语,其为白璧之瑕,有不止萧统之讥陶潜者。"① 这从另一角度恰恰说明胡祗遹的文学史眼光及对戏曲价值的较早发现与认知。更为可贵的是,胡祗遹远见卓识地总结戏曲情感宣泄作用和社会教化功能,他说:

> 百物之中,莫灵贵于人,然莫愁苦于人……于斯时也,不有解尘网,消世虑,熙熙暤暤,畅然怡然,少寻欢适者一去其苦,则亦难乎其为人矣。此圣人所以作乐以宣其抑郁,乐工伶人之亦可爱也。乐者与政通,而伎剧亦随时所尚而变,近代教坊院本之外,再变而为杂剧。既谓之杂,上则朝廷君臣政治之得失,下则闾里市井父子兄弟夫妇朋友之厚薄,以至医药、卜筮、释道、商贾之人情物理,殊方异域风俗语言之不同,无一物不得其情,不穷其态,以一女子而兼万人之所为,尤可以悦耳目而舒心思,岂前古女乐之所拟伦也。②

戏曲可以宣泄内心各种不平之感,可以"与政通",人情物理都在戏曲舞台穷尽姿态。中国传统文学从《诗经》开始,即有采民风、知得失的传统。刘勰在《文心雕龙》中提出了"变则其久,通则不乏"③的文学史观,胡祗遹就是用传统的文艺观和"通变"的观点,积极阐释戏曲文体的社会功能及发展的趋势,并将戏曲题材表现范围扩大到文学所能涵盖的所有区域。

戏曲艺术不仅仅给人娱乐,而且应该具有"警人视听"的作用,让

---

① 纪晓岚:《紫山大全集·序》,永瑢等《四库全书总目·集部》卷一六六,北京:中华书局,1965年,第1427页。
② 胡祗遹:《赠宋氏序》,俞为民、孙蓉蓉编《历代曲话汇编·唐宋元编》,合肥:黄山书社,2006年,第216页。
③ 刘勰:《文心雕龙·通变》,上海:上海古籍出版社,2008年,第60页。

观众读者通过观赏阅读，获得"其于声文缀于君臣、夫妇、仙释氏之典故，以警人视听，使痴儿女知有古今美恶成败之观惩"①的教育，杨维桢把这种戏曲艺术应有的社会功能称为"讽谏"：

> 百戏有鱼龙、角抵、高絙、凤皇、都卢、寻橦、戏车、走丸、吞刀、吐火、扛鼎、象人、怪兽、舍利、泼寒、苏木等伎，而皆不如俳优、侏儒之戏或有关于讽谏，而非徒为一时耳目之玩也。②

所以杨维桢十分欣赏艺人朱明氏的傀儡戏，说他演的《尉迟平寇》《子卿还朝》等戏，不但艺术表演上极为成功，达到"一谈一笑，真若出于偶人肝肺间，观者惊之若神"③的动人境界，而且在思想内容上也有"于降臣民辟之际，不无讽谏所系，而诚非苟为一时耳目玩者也"。④杨维桢强调了戏曲的社会功能，能给人以启示意义，并非娱人耳目的肤浅调笑之作，重视戏曲的教育功能，强调戏曲不是"一时耳目之玩"，而是系乎"美刺"之旨，这就将戏曲的社会功能和文体意义提升到了"与政通"的高度。

关于戏曲"治世之音""厚人伦、美风化"的功能意义，元代文献记载颇丰。比较著名的如周德清说："我圣朝兴自北方，五十余年，言语之

---

① 杨维桢：《沈氏今乐府·序》，俞为民、孙蓉蓉编《历代曲话汇编·唐宋元编》，合肥：黄山书社，2006年，第425页。
② 杨维桢：《沈氏今乐府·序》，俞为民、孙蓉蓉编《历代曲话汇编·唐宋元编》，合肥：黄山书社，2006年，第426页。
③ 杨维桢：《沈氏今乐府·序》，俞为民、孙蓉蓉编《历代曲话汇编·唐宋元编》，合肥：黄山书社，2006年，第426页。
④ 杨维桢：《沈氏今乐府·序》，俞为民、孙蓉蓉编《历代曲话汇编·唐宋元编》，合肥：黄山书社，2006年，第426页。

间，必以中原之音为正，鼓舞歌颂，治世之音。"① 夏庭芝认为："院本大率不过谑浪调笑，杂剧则不然……皆可以厚人伦，美风化，又非唐之传奇、宋之戏文、金之院本，所可同日语矣。"②

凡此种种，元代戏曲家从文体流变、社会功能、审美旨趣等视角，总结提升元代戏曲文体在文学史上的地位。"中原之音为正""不可同日而语""一洗东南习俗之陋"的文体自信，"国初混一，北方诸俊新声一作，古未有之"③的维扬，将元代戏曲推举为一代之文学。因此，"一代有一代文学，在元代戏剧学界已是较为流行的观点了。"④

结　语

元曲的创作与演出盛景，唤起了元人对戏曲文体的强烈关注，而改变戏曲"儒者每薄之"的社会认知、"一洗东南习俗之陋""中原之音为正"则体现了元人建构戏曲文体规范的努力与探索，元曲经典化以此开端。我们这里所说的元曲自我经典化，一方面是指元人对本朝戏曲艺术的规范、内涵的认知和戏曲地位的提升，另一方面则是元人有意认同并维扬本朝的戏曲理论。钟嗣成的《录鬼簿》就得到了同时代曲家的推崇，至顺元年（1330）九月朱士凯在《后序》中说："文以纪传，曲以吊古，使往者复生，来者力学，《鬼簿》之作，非无用之事也。……君之德业辉光，文行浥润，后辈之士，奚能及焉？"⑤ 同时，元末明初无名氏（或称贾仲明）所作《录鬼簿续编》给予周德清《中原音韵》很高的赞扬，充

---

① 周德清：《中原音韵正语作词起例》，俞为民、孙蓉蓉编《历代曲话汇编·唐宋元编》，合肥：黄山书社，2006年，第246页。

② 夏庭芝：《青楼集·志》，俞为民、孙蓉蓉编《历代曲话汇编·唐宋元编》，合肥：黄山书社，2006年，第469页。

③ 罗宗信：《中原音韵·序》，俞为民、孙蓉蓉编《历代曲话汇编·唐宋元编》，合肥：黄山书社，2006年，第231页。

④ 陆林：《元代戏剧学研究》，合肥：安徽文艺出版社，1999年，第220页。

⑤ 朱士凯：《录鬼簿·后序》，中国戏曲研究院编著《中国古典戏曲论著集成》（二），北京：中国戏剧出版社，1959年，第138页。

分肯定了周德清在研究作曲的修辞技巧和音律方面的贡献,"长篇短章,悉可为人作词之定格。故人皆谓'德清之韵,不但中原,乃天下之正音也;德清之词,不惟江南,实天下独步也'。信哉信哉"。[①]可见,元人对本朝曲学家的艺术贡献已赞赏有加,元代戏曲文体内涵的认知和提升戏曲文体地位的意识已经非常普遍且明确。

纵观中国古典戏曲发展史,元人建立的戏曲艺术范式始终潜在出场,成为权威性的存在。明清戏曲以元曲为崇尚、为圭臬,以元曲为反拨的依据、变革的前提,最终促成中国古典戏曲创作高峰,这与元代文人对"一代文学"的积极论证与实践息息相关。元曲经典地位的自我建构过程,为当下传统戏曲传承发展提供了可资借鉴的宝贵经验。

---

① 无名氏:《录鬼簿续编》,中国戏曲研究院编著《中国古典戏曲论著集成》(二),北京:中国戏剧出版社,1959年,第286页。

写生的当代价值
——对当前美术界"写生热"的梳理与思考

郝 斌 重庆大学艺术学院

"真正的艺术必须接受生活的洗礼,用淡逸朴素的生活妙语替代绚烂堂皇的技法舞弄,用扎根生活突破教条束缚。只有在生活的土壤中扎实体验,才能萌发最智慧的美学思考。只有向生活学习,从生活实践中汲取创作的源泉和营养,才能刻画出最美的人物、最好的风景。"参加中国美术家协会组织的"向人民汇报——20位中青年画家'深入生活、扎根人民'主题实践活动"并深入河北固安消防大队一线写生一月有余的美术家彭华竞深切地表示。"深入生活、扎根人民"主题实践活动开展以来,不仅在美术界引发了一场"写生热",更直接对美术家的创作产生了重要影响,美术家由此对生活源泉的体会更加深刻。尽管如此,此次"写生热"并非是对写生传统的"老生常谈",而与当前新的文艺政策以及美术家和人民大众对美术创作的新的更高要求紧密相关,是当代艺术精神的鲜明体现,是中国当代美术发展的必然要求。

2014年10月,习近平总书记在北京主持召开"文艺工作座谈会"。郑重论述艺术对于生活唇齿依存的关系,强调艺术对于社会民生的关怀。习总书记的重要讲话对文艺创作发展产生了重要影响。座谈会召开后,为了积极贯彻落实总书记讲话精神,当年11月,中宣部、文化部、国家新闻出版广电总局、中国文联、中国作协联合印发《关于在文艺界广泛开展"深入生活、扎根人民"主题实践活动的意见》的通知,力图在全国文艺界倡导开展"深入生活、扎根人民"（以下简称"深扎"）主题实践活动，以改变当前文艺创作方面所存在的问题缺陷，推进文艺事业的繁荣发展。通知发布后，中国美术家协会高度重视，积极组织开展相关实践活动，在美术界产生了强烈反响。"深扎"主题实践活动开展近四年来，在美术界已经引起了许多积极变化，美术家们深刻地认识到生活和人民对于美术创作的重要意义，积极通过"深扎"实践拉近美术与人民之间的关系，努力推动美术精品创作，弘扬主旋律、传播正能量，在美术界引发了一场向生活和人民求真知的"写生热"。这一"写生热"也已经成为当代美术发展中一个不容忽视的重要现象。

一、到人民中去，"写生热"蔚然成风

在毛泽东同志《在延安文艺座谈会上的讲话》（1942年）的重要影响下，新中国美术有着优良的写生传统，这一传统也成为当代美术发展的重要借鉴。2014年，在习总书记主持召开"文艺工作座谈会"后所勃然兴起的这场"写生热"，使得写生的价值再次被激活，成为推动当代美术创作繁荣发展、由"高原"攀登"高峰"的新的重要途径。为了贯彻落实习近平总书记在文艺工作座谈会上的讲话重要精神，近年来，中国美术家协会多举措、多层次、多渠道并成规模、成系列地积极深入开展"深扎"主题实践活动，与全国各省、市、自治区和部队、新疆生产建设兵团美术家协会一道，在全国美术界引发了一场"写生热"，使得"深入生活、扎根人民"蔚然成风。

在中国美术家协会的组织引导下，多年来，广大美术工作者积极走出画室、走进生活，更加深入基层生活和人民群众之中去采风、写生，从贫困山区到边疆地区，从民族地区到革命老区，从繁华都市到寂静乡间，从国内学习到国际交流……美术工作者与百姓同吃同住同劳动，与人民面对面话速写、话写生，不仅逐步加深了对生活和人民的深切体悟，更创作出一大批富含生活气息、民族风格、中国精神的精品力作。到人民中去，以人民为中心，美术为人民、服务人民，已经成为美术界的

共识和广大美术家开展创作的自觉。而"接地气""泥土味儿""民族气派""中国精神""中国梦"等则成为广大美术家在"深扎"中开展艺术创作的核心追求。

中国美术家协会自2015年启动了"向人民汇报——'深入生活、扎根人民'主题实践活动",通过召开专家论证会,遴选出以长期坚持深入生活的李焕民、詹建俊、刘文西等为代表的15位老中青美术家,并于当年10月在北京举办了专题展览,展出作品75幅。这15位美术家常年扎根基层、深入生活,从人民的伟大实践和丰富多彩的生活中汲取营养,不断进行艺术和生活的积累,他们的作品是当代美术创作的杰出代表。该展在北京展出后,又继续到南京、西安、成都、广州巡展,在全国范围内持续产生了强烈反响。该展的成功举办也开创了"深扎"主题实践活动的新模式。

2016年,中国美术家协会将该项活动进一步深化,聚焦中青年美术家,坚守现实主义创作道路,通过特约和各省美术家协会推荐的方式遴选出20位中青年美术家参加主题实践活动,并与其签订协议书。此后,这20位美术家前往各自选择的生活基地,进行不少于1个月的"深扎"实践。他们前往了当地的厂矿车间、农村集市、社区街道、军营学校、消防前线等采风写生、潜心创作,足迹遍及14个省区市,总计创作完成了300余件作品。同年10月,中国美术家协会举办"向人民汇报——20位中青年画家'深入生活、扎根人民'主题实践活动成果汇报展",展出了此20位美术家的实践活动成果。2017年,中国美术家协会再次从全国优选出10位中青年美术家参加"深扎"活动,他们带着课题和任务深入基层、搜集素材、潜心创作,足迹横跨10个省份,总计完成了作品100余件,并举办"向人民汇报——10位中青年美术家'深入生活、扎根人民'主题实践活动作品展"。2018年,中国美术家协会经过多次选拔,最后确定了30位能够长年坚持在基层写生创作的优秀中青年美术家参加实践活动,又将创作出一批新的优秀作品。

至此,此项主题实践活动共从全国范围内遴选出75位美术家,已推出优秀作品近 300 幅，不仅在美术界树立起了"深扎"的典范，为在全国范围内兴起的"写生热"树立了标杆，而且已经构成了一个推动精品创作、推出优秀人才的长效机制，其深远影响正日渐显现。中国美术家协会分党组书记、秘书长徐里评价，通过此项主题实践活动的实施，希望从中推出一批长期坚持深入基层、扎根人民、德艺双馨的中青年美术家，以引导更多美术家能自觉践行总书记讲话精神，创作出一批反映人民追求幸福中国梦过程中所体现出的正能量和时代精神的优秀作品。主题实践活动对参与的美术家也产生了重要影响，充分体现了广大美术工作者"走进去"的觉悟、"融进去"的情怀和"沉下来"的恒心。美术家丁寺钟说："作为画家，关照体验我们热爱的创作题材——自然风景与风土人情，了解得越深刻，越能找到升华创作灵感的开关。有灵感、有热爱、有价值判断，再对创作对象进行提炼、概括，探索与之相应的技法语言，才能创作出'走心'的作品。"青年美术家付斌感言："身处变化非常迅速的时代，能很便捷地得到各种信息和图像，这既为创作带来了很大便利，也容易使得创作扁平、空洞，没有情感。必须得真正切身体验了、思考了，如此创作出的作品才能真诚、感人。这正是'深入生活、扎根人民'艺术理念的重要内涵。"

"走出画室，写生创作。"中国美术家协会在持续开展"深扎"主题实践活动的同时，也积极组织开展各种形式的采风写生活动，努力践行习总书记的重要讲话精神，持续引领"写生热"在全国的展开。2015 年 7 月，以"描绘最美乡村"为创作主旨的中国文联、中国美术家协会"中国精神·中国梦"美丽乡村行写生采风活动在福建省龙岩市上杭县古田镇启动。该活动举办三年来，中国美术家协会先后组织全国知名美术家二百余人次走进福建古田、湖南湘西、广西兴安、江西老区、甘肃陇西、浙江桐庐、浙江丽水、云南勐腊等地区深入乡村、采风写生；并先后举办三次专题展览，共展出中国画、油画、水彩画、雕塑等优秀写生作品 335 件。美术家们用手中的画笔描绘了新时期人民形象、祖国的壮美风景以及社会主义新农村已经发生和正在发生的翻天覆地的变化。展出作品鲜活而生动，蕴含了美术家们对于人民的充沛感情以及对于乡村生活的真切体悟。时任中国文联党组书记的赵实就将展出作品所体现出的艺术特质归结为三个方面：一是新，展出作品的题材、内容、表现手法和角度独特新颖；二是美，展出作品表现了伟大祖国自然之美、人民群众形象之美、少数民族生活之美、人民心灵之美；三是厚，展出作品蕴含了美术家对人民的深厚情感，对此项写生采风活动的创作成果给予了充分肯定。

2015年10月，由中国美术家协会、浙江省文化厅等共同主办的"新丝路·新起点——全国美术名家'丝路行'主题创作展览活动"在义乌启动。中国美术家协会先后邀请了65名全国知名美术家，组成4个写生团，深入"义新欧"铁路沿线的义乌、新疆、陕西、甘肃四地进行写生采风和素材搜集，产生了丰富的创作成果。同年12月，中国文联、中国美术家协会组织开展"纪念习总书记文艺座谈会讲话一周年——中国美术家重走长征路写生采风学习活动"在广西启动，而后又前往四川等地进行采风写生，美术家们用手中的画笔创作出了一批反映"长征精神"的优秀作品。2016年3月，由中国美术家协会参与组织的"百名画家画云南"采风创作活动也结出了硕果，专题展览展出了来自全国各地的百余位画家通过采风活动所创作的123件作品。此项活动注重以写生带动创作，前期采风写生充分、中期构思创作充分、后期展览研究充分，创作出如苗再新的中国画《花团锦簇》、孙浩的中国画《舞动的泸沽湖》、陈坚的水彩画《石卡神山的暮色》等体现出独特艺术探索的优秀作品。此外，中国美术家协会还积极组织了"海丝情·中国梦"——中国福州"海上丝绸之路"创作写生活动（2017年12月，福州）、"中国美术家草原四季"采风写生活动（2017年12月，呼和浩特）、"国风盛典"中国美术家协会艺术委员会专家走进松阳采风写生活动（2018年3月，云上平田）、"中国梦·燕赵雄风——全国中国画油画作品展"采风写生活动（2018年3月，雄安新区）等一系列采风写生活动，积极引导全国美术家"深入生活、扎根人民"。

美术为人民、服务人民。中国美术家协会在积极开展"深扎"主题实践活动的过程中，还注重将其与美术惠民活动紧密结合在一起。近年来，中国美术家协会继续大力推进"到人民中去"写生创作志愿服务活动、"送欢乐下基层"美术慰问活动、美术公益支教活动等系列美术惠民活动，使美术惠民活动更趋深化。2015 年，中国美术家协会共组织 200 余位美术家分批赴浙江浦江、天台、乐清，陕西延安，河南洛阳第二炮兵某旅等地，"送欢乐下基层"、写生创作、志愿服务。2016 年，中国美术家协会先后赴高原火箭军部队基层、陕西汉中地区国家级贫困县和广西等地"送欢乐下基层"与慰问采风，并在年初双节期间，慰问了山西铁路公安民警和武警雪豹突击队。2017 年，中国美术家协会组织美术家赴甘肃陇南武都中国文联定点扶贫地区、浙江丽水等地开展"送欢乐 下基层"采风写生慰问活动。2018 年至今，中国美术家协会已经组织美术家赶赴陕西照金、北京市公安局府右街派出所开展美术慰问采风活动，并为英模画像。

所谓艺术不仅要"送"，而且要"种"。在艺术人才培养方面，中国美术家协会继续组织实施"西部少数民族美术人才培训发展计划"。2015 年以来，先后举办了第五、六、七届西部少数民族青年美术家高研班，并组织学员到山东鹅庄、江苏宜兴、内蒙古呼伦贝尔草原、内蒙古锡林郭勒盟、贵州苗族侗族自治州黎平县地扪侗寨和从江县岜沙苗寨等地采风写生，共培养了 64 位西部少数民族青年美术家，推出优秀写生创作作品 300 余件。同时，中国美术家协会还先后举办了"文艺培训志愿服务项目"山西美术培训班、广西美术培训班、云南美术培训班、贵州美术培训班、福建美术培训班，受到广大基层美术工作者的热烈欢迎，对于推进基层美术发展具有重要意义。通过系列基层美术培训项目，中国美术家协会进而将"深扎"的精神传达给基层美术家，使其在基层美术发展中绽放出璀璨的花蕾。

中国美术家协会还将"写生"作为实现中外美术交流的重要手段。2015 年 10 月，中国美术家协会遴选部分"一带一路"沿线国家的十余位美术家代表，与多位国内画家一道，共同参与"2015 中国美术家协会中外美术家扬州采风写生行"活动，在扬州进行了为期 4 天的采风写生活动。2016 年 9 月，中国美术家协会又组织来自奥地利、白俄罗斯、爱沙尼亚、印度、印尼、拉脱维亚、蒙古国、阿联酋、乌克兰、中国香港、中国澳门等"一带一路"沿线国家和地区的美术家相聚北京，与国内美术家一道，在北京平谷和后海开展了为期两天的采风写生活动。通过写生这一独特的艺术交流方式，美术家们用画笔描绘了中国美丽自然人文情态以及中外美术和谐交流的优美画卷。

2015 年以来，先后有中国美术家协会古田写生基地、三台山写生基地、古堰画乡写生基地、杀虎口写生基地等揭牌成立，进一步为全国美术家搭建艺术交流和资源共建共享的平台，为广大美术家深入生活、写生创作提供便利条件。

同时，在中国文联、中国美术家协会的积极引导下，全国各地美术家协会、美术机构都积极响应开展"深扎"实践活动。2015 年 4 月开始，河南省有关部门组织省直文化单位美术家十余人分别深入河南新县革命老区、陕县老抗日根据地、嵩山山区、豫南农村、豫东农村、豫西农村、郑州航空港以及太行山区、西部大漠等地进行了为期 3 个月到 1 年的写生采风活动，创作了近百幅作品。2016 年年初，江苏省委宣传部、省文联、省美术家协会向全省选拔出 20 位优秀画家组成采风团，并特邀 8 位画家参与写生活动，重走当年新金陵画派两万三千里写生路线，历时 25 天跨越了 8 个省份 50 余个采风点，以改革开放和"一带一路"建设新成就、重大典型人物、非物质文化遗产等作为重点表现对象，完成写生作品超过千幅。2016 年 4 月，上海美术家协会和上海市文史馆也联合组织实施了"庆祝建党 95 周年、纪念长征胜利 80 周年写生采风活动"，组织了 48 位美术家先后深入江西、四川、贵州、甘肃、陕西等地重走长征路采风、写生，完成创作 140 余件。广西美术家也挥动画笔，通过采风写生创作了 600 多幅"美丽南方·广西故事"美术作品；还沿着"一带一路"的历史印迹，深入海上丝绸之路始发港，以手中画笔描绘波澜壮阔的海上丝绸之路景象和美丽中国、美丽广西的时代新风貌。

"深扎"活动同样引起了国内一些重要艺术机构的重视。自 2014 年年底开始，中国艺术研究院中国画院、中国油画院的美术家先后赶赴江苏无锡村镇、学校，山东渔村，陕西延安，甘肃庆阳、甘南等地写生，他们住在农民、牧民家中，通过走基层、下乡村、深入厂矿军营，亲身体验基层人民群众的生产生活，自觉地开展"深扎"实践活动，完成了一批洋溢着鲜活生活气息的优秀作品。2015 年年初，中央美术学院开展了"纪念抗战胜利 70 周年·接力——中央美术学院教师写生创作活动"，得到了大批中青年教师的积极响应。在持续几个月的时间内，50 余位中青年教师组成几个团队分赴太行山区、华东、东北和西南等地深入生活、踏访抗战遗址、寻访抗战老兵、投身历史现场，并一起学习抗战历史、相互观摩研讨，最终创作了 70 余件（组）作品。

许多的基层美术团体也积极投身到了"深扎"采风写生创作活动之中。2017 年 5 月，山东省东营市文联组织美术家、摄影家开展"到人民中去——走进北宋镇佟家村"采风写生活动，东营市文学艺术创作基地在佟家村成立；8 月，江苏省徐州市美术家协会一行 8 人走进泾县进行采风写生活动；9 月，"美丽乡村——文昌市美术家协会写生采风活动"在海南省文昌市会文镇启动，市美术家协会一行 16 人前往会文镇乡村进行采风写生；2018 年 1 月，河南省洛阳市偃师市美术家协会组织美术家 10 余人前往偃师山化镇游殿村采风写生；3 月，河北省邯郸市美术家协会组织协会会员走进太行山开展写生采风创作活动……一场全国范围内的"写生热"正勃然兴起。

近年来，中国美术家协会通过积极实施各种品牌项目，如向人民汇报——"深入生活、扎根人民"主题实践活动、"中国精神·中国梦"美丽乡村行写生采风活动、"送欢乐下基层"美术慰问活动、"到人民中去"写生创作志愿服务活动、美术公益支教活动、西部少数民族青年美术家高研班等，力图建立"深扎"的长效机制，引导"深扎"常态化，使"深扎"对中国当代美术事业的发展产生持久的推动力和影响力。正是在中国美术家协会的积极倡导和努力践行下，并带动全国各地美术家协会、重要艺术机构、基层美术团体，"深扎"主题实践活动在全国范围内获得了广泛开展、产生了强烈反响。广大美术家不仅对"深扎"有了更深的认识，而且自觉自发地投入写生采风实践活动中去，不仅加深了对生活、对人民的认识，而且创作完成了一大批富于生活气息、反映人民形象的优秀写生作品和艺术创作。从这个意义上来讲，"写生热"已经体现出其对于当代美术发展的积极效用。"写生热"必然将持续下去，并不断地向着艺术探索的深层次迈进。

二、"写生热"的理论与思想维度

在新近"写生热"在全国兴起的同时，还伴随着对其进行理论研讨的热潮。随着关于"深扎"以及写生问题相关理论研讨的持续深入开展，广大美术家逐步加深了对于习近平总书记文艺工作座谈会重要讲话精神的理解和领悟，对于"深扎"的意义也有着更深层次的认知，进而更加自觉自发地投入"深扎"实践中。这也使得"写生热"具有了更加丰富的内涵和持续探索的潜力。

根据中宣部《2016—2017年全国文艺骨干和管理干部培训工作规划》的通知要求，并结合《中国文联各全国文艺家协会会员培训工作方案》安排，中国美术家协会于2016年4月开启了全国会员培训计划。至2017年8月，中国美术家协会在全国范围内共举办研讨班25期，培训会员总数5387人。培训班的举办对学员产生了深刻影响，广大学员认真学习贯彻习近平总书记在文艺工作座谈会上的重要讲话精神，加深了对于生活和人民的认识，自觉坚持以人民为中心的创作导向，努力创作无愧于人民和时代的精品力作。其中，老画家朱常棣感慨地说，祖国的辽阔土地、大好河山、秀丽风光、风土人情，无不是美术家捕捉灵感的资源。美术家必须扎下根去实践，到生活中去，到人民中去，才能真正领会到"生活是一切艺术创作的源泉"。老画家林楠表示，艺术家要"内外兼修"，"内"要修身养性，不断提高自身学养、修养、涵养，善于体验生活、观察生活、感悟生活的"精气神";"外"要磨炼技术,善于观察;内外相辅,才能创作出人民喜闻乐见的、鲜活生动的作品。女画家陈伟虹谈道:"作为新时代的女画家,我们要用心感受理解贯彻总书记的讲话精神,以中国女性特有的艺术视角来捕捉生活,以更多更优秀的艺术创作来弘扬社会主义核心价值观,展现中国女性艺术家的时代风采、中国气派。"青年画家赵峰表示:"研讨班的学习开拓了艺术视野,强化了政治理论素养,让我们更加坚定树立正确的价值取向,用中国的语言创作出有温度的精品力作。"

2015年10月,在启动"深扎"主题实践活动伊始,中国美术家协会特举办"向人民汇报——'深入生活、扎根人民'当代十五位美术家作品展研讨会",不仅加深了对于习总书记文艺工作座谈会讲话精神以及此次主题实践活动的思想认识,而且对艺术和人民的关系、艺术和生活的关系、当前存在的创作问题等理论问题做了深入研讨。邵大箴指出,美术家在深入生活、表现生活的实践过程中,同时应该尊重创作原理、遵循艺术规律。当前美术界存在有"高原"无"高峰",美术大师缺失等问题,归根结底正是艺术家漠视艺术规律,缺乏理论学习的后果。美术家只有通过学习前人、阅读经典去不断锤炼自己的思想根基,才能够在当下多元多样的文化思潮中秉持主见,找到正确的方向,从而行之有效地推动中国美术事业的进步。许江谈道,人民是富有时代精神的,美术家要以更大的文化视野和人文关怀塑造出富有时代精神的人民形象;人民是有肉身的,美术家要真正地贴近人民,用作品塑造有血有肉的人民形象,而非抽象的符号;人民是有根性的,美术家要抓住人民的根性,扎在土壤中,不断地磨砺和塑造自己,才能长出苗、长出穗、长出果实。孙克认为,当前,习总书记的讲话无疑在适当的时机敲响了警钟,对当下美术界一些偏离社会主义文艺精神的创作现象进行了矫正。美术家要创作深入生活、扎根人民的优秀作品,并最终将它们回馈到人民当中去。只有把真、善、美作为艺术创作的理想与追求,以此创作出来的作品才能够不惧时间的洪流，成为流芳百世的经典之作。①

2016年5月，在毛泽东同志《在延安文艺座谈会上的讲话》发表74周年之际，中国文联、中国美术家协会等联合召开"中国精神·中国梦——美丽乡村行写生采风作品展"座谈会。与会专家领导对写生之于当代美术创作的意义进行了深入研讨。赵实指出，要组织美术家多下去，多创作，深入生活的创作方法是美术家正确的选择；美术家要高扬社会主义核心价值观的旗帜，用造型艺术把社会主义核心价值观活灵活现地体现出来，传递真善美，传递社会正能量和中国的精神，这是中国美术工作者独特的创造。范迪安指出，写生活动为美术家更好地了解生活实际、了解中国社会的发展，并真正能够更有机会多接触基层的人民群众、体验劳动者的生活发挥了很大的作用。而当前，中国美术家协会以及其他美术组织所共同形成了一种中国写生热潮，这对于调整美术界的艺术思想观念、凸显中国文艺与文化的方向是个很重要的信号。与会美术家也深切表示，只有不断地深入生活，从中采集素材、锤炼基本功、吸收营养；只有与人民血脉相连、同呼吸共命运，才能够真正体察中国的民情民生，才能真正在人民中扎下根来，特别是在思想上扎下根来，才能够画出好作品。

《美术》杂志也在2015年第10期对"写生问题"做了专题研讨，集中刊发了薛永年《写生与新传统》、林木《20世纪中国画坛写生思潮得失辨析》、徐虹《写生与20世纪中国美术的重构》、郑工《"再写生"与"再批判"——论21世纪写生与新传统的关系》四篇专题论文，分别对20世纪中国画写生的新传统、20世纪中国画坛写生思潮的得失尤其是东方人独特的观照自然的方式、写生在20世纪中国美术史建构中的意义、21世纪初"再写生"的艺术特质方面进行了深入研讨。正如薛永年指出："写生，作为百年以来形成的美术新传统，既是引进西学的产物，又

---

① 郑石如：《扎根人民生活 推动美术创新——"深入生活、扎根人民"当代十五位美术家作品展研讨会综述》，《美术》，2015年第12期，第98页。

是为纠正时弊对师造化的回归,一方面推动了创作源泉的追溯,另一方面也促进了绘画语言的丰富。在信息化、图像化的 21 世纪,在呼唤写意精神的当下,回顾中国画写生的新传统,总结历史经验,思考当下问题,是具有特殊意义的。"同时自 21 世纪初开始,中国美术界又悄然自发兴起了一场写生热潮,即"再写生"的热潮。对此,郑工指出,"再写生"也伴随着文化的"再批判",并存在三种艺术特质:"写生并非习作",而是在寻找绘画的自身意义;"写生并非写实",而是在寻找精神的独立意义;"写生并非片段",而是在寻找写生的本然意义,从而试图重新确认"再写生"所具有的独立的艺术价值。

以上研讨活动的举办和相关论文的刊发,都在更深层次上、从理论和思想的高度对"深扎"和"写生问题"做了深入研讨。这一系列的研讨活动不仅使广大美术家加深了对学习贯彻习总书记重要讲话精神的理解和领悟,提高了自身的思想觉悟,端正了创作态度;也使我们对于新近兴起的"写生热"及其背后重要的学术价值有了更加深入的认识。此系列研讨活动也已经成为这场"写生热"的重要组成部分。

三、总结与问题:写生的当代价值

上文已详述了自 2014 年年底以来在全国范围内勃然兴起的"写生热"在艺术现象层面和艺术理论层面的具体反映。"写生热"已然成为当代美术创作发展中一个不可忽视的重要艺术现象。但正如本文开头部分所述,新近兴起的"写生热",既不是"20 世纪中国画写生的新传统",也不是 21 世纪初"再写生",而有其鲜明的现实政治动因——受到习总书记在文艺工作座谈会上重要讲话精神的影响,是"深扎"活动在美术界的直接反映和艺术表征,体现了当代艺术精神,反映了中国当代美术变革发展的内在要求。因此,我们今天应该如何看待、认识此次"写生热"呢?显然,我们不应将其与既有的写生传统混为一谈,而需坚定地站在当代立场思考审视其重要的当代价值。

艺术与政治的关系是美术理论尤其是马克思主义文艺理论中一个重

要的理论问题，也是新中国美术发展史和新中国文艺理论史中的一个重要问题。目前，马克思主义的美术理论一般认为：政治对于美术有着巨大的影响，但这种影响是在上层建筑领域里的相互影响的关系，不是决定与被决定的关系；但它们又不是一种平行的关系，它们在上层建筑中所处的地位是不一样的。经济基础主要通过政治的中介影响美术，而美术也主要通过政治的中介反作用于经济基础。[1]

就中国现当代文艺发展现实而言，在20世纪40年代初，在全民族抗战的战争环境下，毛泽东同志站在文艺界统一战线的立场在延安文艺座谈会的重要讲话中提出了"文艺服从于政治"的主张[2]，不仅在当时对延安文艺发展产生了重要影响，而且对新中国成立后迄今的文艺发展同样具有重要影响。1979年，在改革开放新时期，邓小平在第四次文代会上的祝词中对这一重要关系做了澄清和阐释，他指出："党对文艺工作的领导，不是发号施令，不是要求文学艺术从属于临时的、具体的、直接的政治任务，而是根据文学艺术的特征和发展规律，帮助文艺工作者获得条件来不断繁荣文学艺术事业，提高文学艺术水平，创作出无愧于我们伟大人民、伟大时代的优秀的文学艺术作品和表演艺术成果。"[3]2014年，站在全面建设社会主义现代化国家新征程的道路上，习近平总书记在文艺工作座谈会的重要讲话中对"党和文艺的关系"问题更加明确地指出："党的领导是社会主义文艺发展的根本保证。党的根本宗旨是全心全意为人民服务，文艺的根本宗旨也是为人民创作。把握了这个立足点，党和文艺的关系就能得到正确处理，就能准确把握党性和人民性的关系、政治立场和创作自由的关系。"他同时指出："加强和改进党对文

---

[1] 王宏建、袁宝林主编：《美术概论》，北京：高等教育出版社，1994年，第56—57页。

[2] 毛泽东：《在延安文艺座谈会上的讲话》，《毛泽东文艺论集》，北京：中央文献出版社，2002年，第71页。

[3] 邓小平：《在中国文学艺术工作者第四次代表大会上的祝词》，《邓小平文选（第二卷）》，北京：人民出版社，1994年，第213页。

艺工作的领导,要把握住两条:一是要紧紧依靠广大文艺工作者,二是要尊重和遵循文艺规律。"①可以说,当前党的文艺政策仍力图准确恰当地把握艺术与政治关系的平衡,既"加强和改进党对文艺工作的领导",推动社会主义文艺发展,又"尊重文艺工作者的创作个性和创造性劳动"、"尊重和遵循文艺规律"、维护"创作自由",而避免政治对于艺术的过度干预。

因此,在当前全国范围内广泛开展"深扎"主题实践活动及其所引起的"写生热"的背景下,广大美术工作者应该解放思想、消除顾虑(而不是简单化庸俗化地理解党对文艺工作的领导),充分认识到党对于文艺工作者的尊重以及对于文艺创作的期望,充分认识自己所担负的历史使命和责任,充分利用此次实践活动所提供的重要契机,自觉自发地深入生活、扎根人民,努力创作出无愧于时代的优秀作品。

自"深扎"活动开展以来,在中国文联、中国美术家协会的领导下,在全国各省、市、自治区和部队、新疆生产建设兵团美术家协会以及国内重要艺术机构、基层美术团体等的协力推动下,已经取得了可喜的实践效果。当前美术创作所存在的不良现象和问题也得到了一定的扭转。通过深入生活、采风写生,已经在很大程度上改变了过去"存在着抄袭模仿、千篇一律的问题,存在着机械化生产、快餐式消费的问题",改变了过去存在着的"丑化人民群众和英雄人物""是非不分、善恶不辨、以丑为美,过度渲染社会阴暗面"的问题,改变了过去"低级趣味""胡编乱写""形式大于内容",也改变了过去"只写一己悲欢、杯水风波,脱离大众、脱离现实"的"为艺术而艺术"的问题等,而拉近了艺术与生活、与人民的关系,使得中国当代美术的发展重新回归到中国特色社会主义美术的正确轨道中来了。

其中,中国文联、中国美术家协会深入开展的"向人民汇报——'深入生活、扎根人民'主题实践活动"产生了重要影响。尤其自2016

---

① 习近平:《在文艺工作座谈会上的讲话》,《美术》,2015年,第6页。

年，中国美术家协会将该项活动进一步深化，聚焦中青年美术家，并与之签订协议书，规定了参加实践活动的美术家可以自由选择自己的生活基地，但需进行不少于1个月的"深扎"实践，构建了"深扎"的新模式。这一新模式极大地改变了过去走马观花、蜻蜓点水式的写生，保证了美术家生活体验的深入和充足的艺术创作时间。参加实践活动的美术家李传真就深切地谈道："以前参加过许多采风活动，大多是到陌生的地方。由于对当地风土人情不甚了解，来也匆匆，去也匆匆，故只能做表面文章，画的作品也比较概念。此次历时一个月的活动，我毫不犹豫地选择了老家湖北三湖农场，不仅可以更深层次了解人性、人文，而且回到了自己熟悉的地方，有着浓浓的情感。一个月的农场生活，让我领略到农村巨变，对新农村建设有了一个全新认识。"他由此创作出了《放学》《婆媳》等多幅优秀作品。这一主题实践项目的扎实开展，可谓为"深扎"活动在全国范围内的深入开展提供了重要启示。

总之，新近兴起的"写生热"具有重要的当代价值，对于中国当代美术发展具有积极意义。此轮"写生热"有其鲜明的现实政治动因，即受到"深扎"主题实践活动的直接影响，是一场自上而下积极扎实开展的深入生活、写生创作热潮。"深扎"活动使得写生在当代再次被激活，使其对于当代美术创作的积极意义再次得到凸显。通过"深扎"写生创作的扎实开展，在更深层次上沟通起了艺术与人民、艺术与生活、艺术与时代的密切关联，这对于改变美术界所潜存的弊病，使美术家树立起强烈的文化自觉与自信，推动中国美术发展从"高原"攀登"高峰"，开创社会主义美术事业繁荣发展的新局面都具有重要意义。

尽管如此，随着"深扎"以及在其影响下的"写生热"进入新的阶段，也必然将迎来新的更高要求，必然将面临新的艺术问题，如写生与美术精品创作的关系问题，即如何通过写生融入艺术家对当代的思考，真正创作出无愧于时代的优秀作品；写生与大众文化的关系问题，进而引导美术创作关注社会、关注大众、关注生活；富有成效的写生机制的探索和建立问题，等等，仍需要有关机构、研究者做更深层的讨论，以通过"深扎"真正实现推动当代美术繁荣发展的目的。期待"写生热"继续向着更深层次探掘。

从联产承包责任制到乡村振兴战略
——城乡关系视域下的乡村书写嬗变

江腊生　江西师范大学文学院

自新时期以来，纵观四十年的改革发展，中国社会经济结构历经了巨大的调整和变化。城乡二元既冲突又联结的关系，始终渗透在中国社会的方方面面。乡村世界的改革与发展，无法离开城市空间这个巨大的参照。城乡关系书写是乡土中国现代化转型的关键，又是走进人们日常生活最具本土特色的经验叙事。从新时期初联产承包责任制开始，文学紧跟时代的步伐，呈现了一代代农民的心路历程。其中有新时期初农民获得解放的兴奋感，遭遇市场经济的困惑感，从对城市化进程的向往与迷惘，到当下新农村建设、乡村振兴战略带来的幸福感。因此，考察新时期以来的文学作品，将乡村书写置于城乡关系的视域下加以研究，有利于深入而全面地把握乡村社会自改革开放以来的真实状貌，更好地为当下乡村振兴战略提供现实的指导意义。

一、社会转型与人的观念变化

改革伊始，中国社会结构中城乡基本处于相望状态。随着党的改革开放之风吹入乡村大地，乡村开始逐步施行联产承包责任制。农民从僵化的体制下逐渐解放出来，一种从未有过的解放感开始在土地上升腾。

---

① 本文属于江西省高校人文社会科学研究项目"解放区文学的文化场域与叙事伦理研究"（ZGW1508）的阶段性成果之一。

1982年1月中共中央文件《全国农村工作会议纪要》中明确了包产到户、包干到户的社会主义性质，并在1983年1月中共中央关于印发《当前农村经济政策的若干问题》的通知中明确包产到户、包干到户是集体经济的一个经营层次，终于走出了包产到户、包干到户是单干、走资本主义道路的理论误区。此时改革之风的劲吹，主要体现在现代农业知识的运用上。在贾平凹的《满月儿》、陈忠实的《枣林曲》、周克芹的《果园的主人》等小说中，人们基本立足于乡土世界，却感受到城里来的现代农业科技带来的新变，企盼建设一个欣欣向荣的农村世界。《满月儿》重在通过满儿搞科学育种，提高农业产量，来发展乡村经济。月儿则努力学习测量技术，参加队里的土地规划。陈忠实的《枣林曲》中，玉蝉是一个有文化的农村女青年，通过在城里的姐姐，已经在城里有了一份有望转正的合同工工作。然而，乡村实行了责任制，粮食获得了大丰收，而她内心一直思念的男青年社娃，将他们曾经合作管理的队办果园经营得有声有色。于是玉蝉决定不再"二心不定"，回到乡村为集体经济而努力。同样，周克芹的《果园的主人》中，华良玉刻苦钻研果树种植技术，在农村将果园经营得风生水起。在城里做合同工的尤金菊非常羡慕，最后也回到了乡村。此时的城乡经济状况并没有严重失衡，他们更多的是立足乡村，以现代科技来发展乡村的经济。正如周克芹在《山月不知心里事》中所发表的议论："这些青年们，跟他们的上辈是很不相同的。他们上过学，念完了高中或初中，除了一年四季庄稼经，他们心里装着比父母兄嫂们丰富得多的东西。他们不满足，他们给农村的古朴的生活带来了某些变化。这种变化是很微小的，却是不容忽视的。"[①]也就是说，农村联产承包责任制的推行，直接刺激乡村青年重视科技而带来的经济发展。此时的小说着力点在于现代农业科技，并未从情感纽带上探讨其与土地的复杂关系。

[①] 周克芹：《山月不知心里事》，《周克芹中短篇小说集》，成都：四川文艺出版社，2012年，第317页。

另一方面，贾平凹的《腊月·正月》中，王才在乡村办食品加工厂，走商品经济的道路。《鸡窝洼的人家》中的禾禾无心在土地上营务庄稼，而是想着办磨米厂等经营方式。他们无心到城市中去实现理想或赚钱，却率先感知到城市经济对乡村的拉动。1984年1月1日，中共中央发布《关于一九八四年农村工作的通知》："农村在实行联产承包责任制基础上出现的专业户，带头勤劳致富，带头发展商品生产，带头改进技术，是农村发展中的新生事物，应当珍惜爱护，积极支持。"[1]当传统的农业生产已经无法满足农民所必需的生活成本时，有能力的商品经济生产者慢慢上升为农村的精英，新的贫富差距正在形成。原本家庭联产承包责任制所试图回到的小农理想也破产了，一亩三分地不再能够支撑一个家庭的生活，商品经济的介入使得农民不得不与城市发生更多的联系。小说在一个传统经济与商品经济相互冲突的模式下，阐释个体在乡村经济改革的推动下生命的追求和心理的流变。

路遥小说中的高加林、孙少平等人，开始挣脱土地的束缚，而寻找更大的理想——进城。路遥笔下的这些知识青年，有他们的特殊性。他们"是劳动力，又是文化力量"[2]，他们身上兼具农民与知识分子的双重性格，农民与土地具有天然的联系，知识又自然与理想、情怀挂钩。因此，高加林并没有运用知识成为一个深入群众的乡村实干家，而像是一个充满浪漫主义情怀的文学青年。对知识的极度自信让他想当然地认为自己属于城市，知识和文化在城市的实现价值，成为高加林理所当然的理想。在路遥的笔下，乡村是那口污浊的水井，城市则是实现理想的世界。孙少平进城，也是为了一个实现自己个性的理想。他宁可在城乡接合部揽工，也不愿意回乡村与大哥少安一起办砖厂。乡村是贫穷的，但孙少平进城，不仅仅为了金钱，因为他可以倾其所有给受包工头欺负的

---

[1]《中共中央关于一九八四年农村工作的通知》，《人民日报》，1984年6月12日，第1版。

[2]周扬：《文学创作应该写知识分子》，《周扬文集》（第四卷），北京：人民文学出版社1991年，第351页。

小翠；他也不仅仅为了在城市里谋一职业，因为兰香的丈夫和晓霞能够为他谋得一职业，但他还是拒绝了他们的好意。因此，孙少平的进城，体现了路遥小说中现实主义的一种独特抒情方式。它既属于路遥的理想，也属于一代青年的理想。然而，高加林和孙少平等青年并不能轻易地实现他们的理想，甚至失败而归。这是因为，路遥将他们的生活空间与厚重的土地联系在一起，因此，他们出走城市，就显得尤其沉重。"这山，这水，这土地，一代一代养活了我们。没有土地，世界上就什么也不会有！是的，不会有！只要我们爱劳动，一切都还会好起来的。"[①]德顺老汉、巧珍、惠英嫂等体现的都是来自厚重土地的包容与重负。于是，土地、劳动与城市、理想构成诸多时代个体的内在冲突。此时人的观念表现为依恋乡土的厚重与向往城市的理想之间的挣扎感。

由于中国社会发展的惯性，尽管联产承包责任制的实行，释放了广大农民从事生产的热情，此时中国社会结构的城乡二元基本属于相望状态，未能真正体现出一定时代的社会整体性。

到20世纪90年代，乡村社会开始融入市场经济的大潮。城市化的优先发展策略，决定了乡村社会的向城而生。1984年10月《中共中央关于经济体制改革的决定》中指出："农村改革的成功经验，农村经济发展对城市的要求，为以城市为重点的整个经济体制的改革提供了极为有利的条件。"这标志着经济体制改革的重心转向了城市改革。由于城镇经济发展快于农村，城乡收入差距迅速扩大，农村居民开始了由农村向城镇的迁移。贾平凹的《浮躁》、刘庆邦的《到城里去》等小说中，农民陷入市场诱惑的兴奋和传统伦理失陷的冲突和迷惘之中。一方面，因为农村经济的滞后，农民受市场驱动，打破了城乡相望的状态，农民开始进城谋生。乡村才子金狗和农民雷大空来到城里打拼，一个做记者，一个做生意，最后二人都走向悲剧，城市并没有正常地接纳乡村。刘庆邦的《到城里去》中，杨成方和宋家银夫妇将进城视若生命。因为乡土中国

[①] 路遥：《人生》，北京：十月文艺出版社，2012年，第247页。

对现代的想象，就是"到城里去"。城市现代化建设的全面展开，吸纳农村过剩的劳动力，使他们成为城市强体力劳动的主要承担者。但走进城市的只是杨成方的身体，事实上城市并没有也不可能在身份上彻底接受他。当夫妇俩将最后的希望都押在儿子的高考上，儿子却顶不住压力在高考前一天离家出走了。小说通过揭示主人公杨成方和宋家银夫妇从农村到城市的精神跋涉和灵肉冲突，表现了城乡之间的巨大落差。

新时代以来，城市化对乡村世界全面形塑，城乡比例的变化引起人的观念进一步变化。此时的小说中，城市与乡村的经济虽然还是存在落差，但已经不再针锋相对，而是朝着城乡命运共同体的方向努力。2002年国家颁发的《农村土地承包法》，对农村土地承包经营权流转（转包、出租、互换和转让）做出明确规定，它被称为我国第三次地权改革，土地流转被认为是 21 世纪中国乡村最为重要的土地制度。其后《农村土地承包经营权流转管理办法》《关于引导农村土地经营权有序流转发展农业适度规模经营的意见》等政策法规相继颁布，必然引起人地关系的新变化。关仁山的"雪莲湾风情录"系列小说、"平原小说系列"和《天高地厚》《白纸门》《麦河》《日头》等作品，立足于土地与农民的关系，展现了传统农业在新时代焕发出蓬勃的生机，刻画出一系列社会转型时期最真实的农民形象。其中有荣汉俊、潘五兰、权桑麻等善恶相交的复杂农民企业家形象，有九月、鲍真、陶立这样的时代新女性，还有曹双羊这样的现代农民新形象。在城市现代化的巨大参照之下，一家一户的小农耕作已然不适应市场的需求，土地也失去社会保障的功能，曹双羊克服了种种困难，成功将全村的土地流转到麦河集团，然后实行大规模的机械化耕作，所产粮食全部进入集团生产产品，农民再也不用自己单打独斗地面对市场。但是，"旧式农民"依恋土地心怀田园牧歌式的土地情怀，与土地流转构成巨大的心理冲突，成为当下乡村社会真实的生存世界。如《麦河》中的曹玉堂在土地流转前夕整夜整夜地陪着自己的责任田，与土地说话，土地流转后的曹玉堂虽然衣食无忧，但是离开土地的他却仿佛丢了魂。郭富九抵制土地流转，坚持在麦河集团土地的包围下耕种自己的土地。刘凤桐被抢占土地，告状无门又惨遭毒打，妻子被逼疯，绝望中的夫妻甚至准备吃河豚自杀。土地流转改变了农民的生产方式，也改变了农民的思想方式。现代农业的集约化、机械化需要土地集中，需要市场经济的运作方式来经营管理，也决定了走出传统农业的艰难。

《金谷银山》塑造了一位全新的农民形象"范少山"。他带领家乡人培育"金谷子"，种植"金苹果"，搞生态农业、旅游观光，使小山村走上了绿色致富路。范少山一个人丢下全家人跑到北京城卖菜三年后，因为牵挂家人的安危而冒着大雪回到了故乡白羊峪，正好碰上老德安的自杀。"比贫穷更可怕的是看不到希望！"他思考当下农村的出路，开始认识到，只有给白羊峪村找到希望，才真正有望从根本上改变白羊峪的贫穷落后状况。内心里一直以梁生宝为精神偶像的范少山，义无反顾地走上了想方设法带领乡亲们以生态农业和旅游业脱贫致富的道路。种金谷子，培植一点儿都不上农药的"永不腐烂"的金苹果，打开"鬼难登"而改善交通条件，体现了当下乡村振兴战略与乡村生活世界相互融合的文学想象。

这些乡村书写的努力，集中体现了个体的诗、思、欲在乡村个性的保留和城市文化的裹挟之间的挣扎与调整，也是实现乡村振兴中文学体现"中国经验书写"的根本。

二、乡村图景与乡村社会结构的变化

改革开放以来，文学中乡村图景经历了诗意化、破败化和乡愁化的三个阶段。新时期初，城市对于乡村世界的牵引属于抽象的理想，其身上的困惑与挣扎，还只是沿袭已久的土地情结与离开土地之后的冲突。最终城市还是在情感上败下阵来，而乡村表现了强大的反向牵引力，体现了一代中国农民在土地上获得解放后的心理负疚。孙旺泉在祖父的一声威喝之下选择了留乡打井，但巧英是一个现代化的幽灵，代表着城市的勃勃生机并且以纯粹爱的形式吸引着旺泉。当孙旺泉每一次决心扎根故土为村民打一口井时，巧英的出现总是会让他再次摇摆不定。"一头，是支持几十代人苦熬苦挣下来的理想、儿子，加上贫困的故土和没有爱情的家；一头是刻骨铭心的爱情，自由富足的生活加上失去了存在根据和理想的陌生的世界。双方同样结实，有力，互不相让。他想，他无法挣脱他的理想和故土。这理想和这干旱的群山，曾哺育了几十代人，使他们在任何绝境之中，都保有生活下去的勇气。"① 孙旺泉在二者之间的权衡和挣扎，最后消解于对理想和故土的深情中。小说中有这样一段诗意描写："山脚下，在长满山菊花的青龙河畔，在浮漾着冉冉晨烟的小山村里，有他干旱的土地，有他幼稚的儿子，贤惠的女人，有他相濡以沫的父老兄弟，还有他永世难忘的爱情的回忆……"② 于是封闭而贫穷的乡村呈现出诗意化的状貌。

同样，在贾平凹的小说《腊月·正月》中，王才挣扎着与韩玄子之间的争斗，既有传统乡村文化与现代城市经济之间的冲突，也有人性之中出人头地的潜在纠结。然而，在商山脚下这个小小的自然村落中，弥漫着一种古老生活的情调，其中有四皓墓、照影壁、脊雕五禽六兽、俨然庙宇一般坚固的住宅，都巧妙地暗示着一种历史悠久的文化传统，文中对雾、小径、花草的描写，完全可以当作精致的散文小品来读，以至于读者流连其中，常常忘了历史沧桑的衍变。在《鸡窝洼的人家》中，作家描写困窘而可怜的麦绒离婚后的生活："水还未烧开，鸡就跑进来，跳到灶台上，案板上，炕头上，麦绒拿起一个劈柴打过去，鸡就扑棱棱地从门里飞出去了，猪却在圈里一声紧一声哼哼起来。麦绒就将鸡蛋打在锅里，提猪食桶去猪圈，灶火口的火溜下来，引着了灶下的软柴。"③ 对于作者而言，乡村变革带来生活的冲击并没有将小说陷入紧张的冲突，生活的艰辛困厄着善良本分的麦绒，但也没有将小说陷入愁云惨雾的状

---

① 郑义：《老井》，郑州：中原农民出版社，1986年，第256页。
② 郑义：《老井》，郑州：中原农民出版社，1986年，第261页。
③ 贾平凹：《鸡窝洼的人家》，《贾平凹获奖中篇小说集》，西安：西北大学出版社，1992年，第389页。

态，而是笔端透出一股自然纯净的诗意。作家在关注乡村的现实变革中，发掘乡村悠长的历史文化脉动，精心守护心中的诗意家园。

在路遥的小说《人生》中，高加林舍弃巧珍，而选择在城市的黄亚萍。小说中设置德顺老汉和巧珍这两个人物，直接体现了作者遥望传统伦理的诗意抒情意味。路遥曾这样解释他对他们的偏爱："这两个人物，表现了我们这个国家、这个民族的一种传统的美德，一种在生活中的牺牲精神。我觉得，不管社会前进到怎样的地步，这种东西对我们永远是宝贵的。如果我们把这些东西简单地看作是带有封建色彩的，现在已经不需要了，那么人类还有什么希望呢？不管发展到任何阶段，这样一种美好的品德，都是需要的，它是我们人类社会向前发展最基本的保证。"[1] 巧珍在高加林民办教师职位被取消后，大胆地爱上了他。她在村子里大胆地刷牙，和高加林骑同一辆单车进城买漂白粉，不顾父亲的阻拦，要嫁给贫穷的高加林。当高加林遇到属于城市的黄亚萍之后遭到了抛弃，巧珍还是非常包容地央求自己的姐姐不要当众奚落高加林，甚至为他去求高明楼找一个民办教师的工作。在小说中，巧珍就是一首诗，一首浓烈的抒情诗。她给了高加林全部的爱，也给了他乡土的诗意。因为那是高加林和乡土深深契合的地方。因此，现代知识和教育给高加林塑造了全新的感觉结构，但无法改变他作为一个土地之子的本质。巧珍的爱唤醒过高加林内心深处对土地的情感，当得知自己记者职位被撤时，他向黄亚萍坦言自己最爱的仍是巧珍，并在深深的懊悔中踏上了归乡的路。

小说的结尾，被城市抛弃的高加林接受了德顺爷爷一番来自土地伦理的安慰。此时的德顺老汉"像一个热血沸腾的老诗人，又像一个哲学家"[2]。德顺老汉的善良、正直、淳朴乐观，连同乡村的劳动，既是乡村伦理的体现者，也是一个乡村诗意的符号。因此，德顺老汉和巧珍二人在小说中，体现了作家在城乡相望的状态中一种乡土伦理和传统价值的

---

[1] 路遥、王愚：《关于〈人生〉的对话》，《星火》，1983年6月。
[2] 路遥：《人生》，北京：十月文艺出版社，2012年，第247页。

守望与挽留。不难看出，路遥将外在的城乡落差通过内在的情感冲突加以呈现，虽有些过于抒情，但也是现实主义文学令人动容之处。

在20世纪90年代，市场经济全面放开，乡村世界在城市化进程中呈明显的"内卷化"状态。此时的小说创作中，乡村秩序受到最直接的冲击。乡村在快速城镇化、城市化的过程中，被现代性重塑了乡村面貌和文化秩序，陷入破败萧条的状态。正如贾平凹在谈论自己的长篇小说《秦腔》时，不无感慨地说："这几年回去发现，变化太大了，按原来的写法已经没办法描绘。农村出现了特别萧条的景况，劳力走光了，剩下的全部是老弱病残。原来我们那个村子，民风民俗特别淳厚，现在'气'散了，我记忆中的那个故乡的形状在现实中没有了。农民离开土地，那和土地联系在一起的生活方式将无法继续。"①

在罗伟章笔下，乡村秩序不再"温暖和透明"，乡村世界原有的"超稳定的内在结构"也在面临解体和重塑。在《大嫂谣》中，"房子彻底垮掉，到处是朽木烂瓦，周围长满了一人多高的蒿蒿，我路过的时候，几只肥野鸡从那蒿蒿丛里扑棱棱地飞起，嘎嘎地鸣叫着，飞到了遥远的树梢上。"在小说《我们的路》中，"田野忧郁地静默着，因为缺人手，很多田地抛荒了，田地里长着齐人高的茅草和干枯的野蒿；星星点点劳作的人们，无声无息地蹲在瘦瘠的土地上。他们都是老人，或者身心交瘁的妇女，也有十来岁的孩子。他们的动作都很迟缓，仿佛土地上活着的伤疤。这就是我的故乡。"土地依旧，但土地上的生命力已经没有了20世纪80年代初的那般生机。罗伟章努力做一个忠实的记录者，用类似于当年杜甫的场景呈现了一个个乡村世界的凋敝与萧条，其中批判的力量与直面现实的精神，直接续接了"文章合为时而著"的诗学传统。除了描写乡村场景的破落之外，乡村留守者也类似于鲁迅《故乡》中的形象，一律的贫穷、疲惫、困顿。"我的妻子金花，蓬松着头站在我的面前。她变得苍老了，与我记忆中的差距很大。她比我小两岁，现在只有二十六，

---

① 贾平凹、郜元宝：《秦腔和乡土文学的未来》，《文汇报》，2005年4月10日。

但看上去怎么说也是四十岁的人了，额头和眼睑上的皱纹，一条一条的，又深又黑，触目惊心。"在作家眼中，这些乡村图景的破败，正是农民生存世界的苦难，也是农民工进城谋生的根本驱动。

随着新时代"城乡命运共同体"的提出，城市化进程改变了乡村的状貌。在文化乡愁的视域下，诗意地书写"乡村振兴战略"推进过程中涌现的中国故事。关仁山的小说《金谷银山》中，范少山坚持发展生态农业，相信绿水青山就是金山银山。白羊峪有两大农作物，金谷子和金苹果。对于金谷子，他坚持不打农药，不用化肥，不施除草剂，用樟脑球来对付吃谷子的鸟，对于复耕的谷子地，宁肯将土地撂荒三五年，种上草籽，自然放牧，用牲畜粪便给土壤增加养分。对于金苹果，他也坚持不打农药，靠人工捉虫子，打沼气液灭虫子，让无农药苹果融入大自然的生态体系中。在范少山眼里，绿色环保的东西最金贵。为配合乡村旅游，引进大棚葡萄和草莓种植。他注重互联网＋技术、互联网＋销售，开办"中国白羊峪"网页，通过电商销售蔬菜水果，开办白羊峪微信公众号，扩大宣传力度。

在小说中："春天走得慢，夏天来得急。夏天就像个物件儿，咣当一声掉下来了。老天爷眷顾白羊峪，夏天一来，雨水不断。地里的俄罗斯土豆秧喝得欢实，玉米苗也都解了渴。范少山站在雨中，看着俄罗斯土豆秧的绿叶被雨水淋得油光油光的，想着地下的土豆一圈圈长大，嘴里禁不住哼起了歌。"白羊峪贫穷却充满着乡愁的亲切，一种情怀萦绕在其中。其中有范老井和狼的"恩仇记"，范少山扒坟开棺取金种子的"一波三折"，泰奶奶守着自己的棺材给孩子们上课讲《生命》的"襟怀大义"，怪风把李国芳刮到长城上的"吊诡"。这些神秘的乡村故事，既推动小说的情节展开，又给现代读者提供了一个异质空间中的乡愁韵味。连同范少山与迟春英、闫杏儿、欧阳的情感纠葛中的忠厚和重情重义，创业过程中的激情和困顿，还有对爷爷、父母和乡亲们的暖人亲情等，都真实、客观，可感可亲。

这些小说紧扣时代的节奏，在展示国际化、城市化带来的生活图景中，注重呈现乡村经济和文化的新变，在文化乡愁的诗意打造中聆听乡村振兴的时代强音。

三、时代伦理引起叙事伦理的变化

城乡二元框架下的乡村世界，权力、情感、性、家庭贯穿始终，承载了小说的文化建构与伦理变化。新时期初，联产承包责任制下的农民书写，本质上还停留在政治伦理的层面，更多地承载了政治和历史的反思，也体现了个体伦理对政治伦理的冲击。

农村联产承包责任制的实施，带给人们的不仅是经济上的解放感，更重要的是个体尊严的实现。何士光的《乡场上》将场景设置在一个乡村日常生活空间中，通过一个邻里间的纠纷折射出时代伦理的变化。梨花屯的"贵妇人"——罗二娘仗着男人在乡场上食品购销站当会计，家里又开肉铺，要求冯幺爸这个在梨花屯乡场上"出了名的醉鬼、破产了的、顶没用的庄稼人"为自己的孩子做伪证，证明乡场上的苦命女人"任老大女人"的儿子打了罗二娘的儿子。曹支书作为干部，负责处理这场纠纷，但实际上与罗二娘互相勾结。冯幺爸经过一番纠结，最后揭穿了罗二娘的"诬告"结束。其中的根本原因是此时已经实行了"责任田"，责任落实到每个农民自身，也就是冯幺爸从此不需仰仗村干部，靠自己辛勤种地打粮便可以过活。小说揭示了农村联产承包责任制的实施，带给农民的不仅仅是经济上的变化，更重要的是个体尊严的变化。于是，我们看到，何士光将"财产"这一符号纳入"尊严"这一形而上的精神概念，其目的正在于揭示主宰乡村世界的权力伦理正在朝着个体伦理转变。

在路遥小说《人生》中，包产到户的政策还没有在高家村完全落实，公社也还没有完全解体，但此时的政策已经开始松动。"随着城市和农村本身的变化和发展，城市生活对农村生活的冲击，出现了农村向城市化发展的倾向。由此产生出现代生活方式和古老生活方式的冲突，文明和落后、现代意识和传统道德观念的冲突等等。"① 高加林高中毕业返乡，之所以能够对村支书高明楼构成威胁，根本的原因在于国家城乡政策的松动，高加林无须困在农村，受到高明楼权力的操控，反而他能够走出乡村进入城市，从外部在经济或政治上构成对其动摇。高加林靠权力进入城市，顺利的话也就能够实现个体的价值。他与黄亚萍的相爱，尽管内心由于抛弃了巧珍而感到内疚，却是实现个体价值的一条路径。小说将巧珍与土地结合起来，实现了乡土道德对现代个体的压抑。因为此时人们的价值标准还是属于传统的乡村伦理，并没有接受现代个性伦理或城市伦理。所以，路遥要让高加林因为权力的作用而被遣返回乡。高明楼将高加林的民办教师的职位取消了，高加林实现个体价值的一条路被阻拒。张克南母亲把高加林的通讯干事一职告发了，再次阻拒了其进城的路。此时的政策已经今非昔比，高加林只是按照传统的乡土伦理回到了乡村，但其本质上已经不属于乡土，而是迟早要脱离乡土，融入城市。如《平凡的世界》中的孙少平，他不属于乡土的世界，而是为了个体的理想和价值走入城市。

进入 20 世纪 90 年代后，随着市场经济话语的席卷，乡村书写遵循的是生存伦理，书写农民在市场化语境下的生存与挣扎。对于广大进城打工的农民而言，农村的贫困、生活的窘迫驱使他们进入城市。王祥夫的《花落水流红》中，身处穷乡僻壤的桃花冲人为了摆脱贫穷，全村的女孩几乎都争着进城做暗娼赚钱，为的是能够更好地生存。刘庆邦小说《麦子》中的建敏不外出务工，家里的房子就没法翻盖，弟弟的学费也难以支付。荆永鸣的《北京候鸟》中，来泰瘸着一条腿，带着难以填饱的肚皮来到北京。他拉三轮车，被城里的保安殴打、敲诈；他开饭馆，却中了别人的骗局。对于本分的来泰而言，无论离开乡村，还是拼命挤入城市，生存总是第一要务。这些关于农民进城的书写中，广大农民的思想存在和精神状况基本被过滤了，底层生活的物质性存在成为当代作家

---

① 路遥：《关于〈人生〉和阎纲的通信》，《作品与争鸣》，1982 年第 2 期。

虚构和想象底层世界最重要的空间。作家们真正的用力之处，都在刻画和叙述底层世界物质生活的贫困方面，基本生存保障的缺失，贫困的物质生活构成小说故事层面城乡冲突的主要根由。在巨大的城乡差别中，体现了一种关注底层的人民伦理。

小说城乡二元对立，就像黑白分明的两个世界。其中城市代表着罪恶，代表着人性的诱惑，代表着对乡下人的凌辱和压迫，而乡村则代表着善良，代表着人性的淳朴，代表着与城市截然相反的贫穷与落后。声色城市以它令人炫目的奢华欲望和感官享乐引诱着这些朴实躁动的心灵，他们选择了城市的生活方式和欲望法则，却发现城市并非他们所想象的那样，城市是一个美丽的陷阱。池莉的《托尔斯泰围巾》中，代表城市的警察没有把老年农民工——老扁担当作"人"来看待，不分青红皂白地把老扁担抓进派出所痛打一顿。陈应松的《太平狗》中，农民工与狗形成互文，集中表现出城市最为黑暗和陌生的一面——城市人、包工头、黑工厂等。它适合城市人幸福地活着，却并不适合卑微的打工者生存，甚至不适合一条狗生存。作家们自然而然地站在底层农民工的立场上，以代底层立言、维护农民工利益自居，因而有意无意间形成"农村即正义"这种偏颇的道德认知方式，似乎只要是进城打工的农民，就不证自明地拥有道德上的正义感，就具有比城市阶层和权力阶层更高的道德水准。作家们在思想情感上承续着现代革命话语中的"为富不仁""贫穷即美德"的理念，为这类城乡创作赢得了道德上的同情与力量，在似乎接通左翼革命文学的现实主义精神时，赢取了主流意识形态的关注与重视。另一方面，也是农民身上原始的不平而起的民间伦理的体现，在探入人性深处的同时获得了美学上的局部成功。

进入新时代，基于城乡命运共同体的提出，文学开始关注城乡协调发展，关仁山等作家走进乡村社会的肌理，挖掘城市化进程中乡村社会结构中传统的、有价值的一面，文本遵循的是发展伦理、生态伦理。

在《天高地厚》中，鲍真南下广东打工，从保姆做起，跟着雇主买起了股票，赚了一笔财富。但她没有留在城里，而是带着辛苦积攒的钱回到了蝙蝠村。她拿出积蓄开荒种地，学习新型农业知识，运用网络获取农业信息；她敢于同恶势力做斗争，巧妙地从乡长的妻弟手中夺回被占用的村集体耕地，敢于向县长反映农村腐败问题，降低村民的税收负担；她利用科学技术搞现代生态农业，创建农业品牌，与梁双牙合作创办农民经纪人协会，为农民致富而努力。梁炜作为一个从农村走出去的农民子弟，学业有成后，带着城市媳妇回到了蝙蝠村。他把破产的塑料厂转型为豆奶厂，引入先进的生产设备和科学的管理经验，进行股份制改革，将豆奶厂改革成农村股份合作企业，让利于民，实现共同致富。铁凝曾在评价关仁山的《天高地厚》中说："《天高地厚》最成功的地方，我觉得是关仁山敏锐地把握并且表现了当代农村新一代农民的出现。他们不同于以往作品中的英雄或正面人物……他们只是一群有了新的眼界、新的见识、新的思维方式和行为方式、新的素质的青年农民，他们的命运逃脱不了他们的生存环境，他们的行为都比较合理因而比较合适地承载了他们所奋斗的时代内容。"[①]《金谷银山》中青年农民范少山放弃在北京卖菜的生意，回到故乡白羊峪，凿山修路、种金谷子、种金苹果、搞光伏发电等，带领乡民脱贫致富。同样，吴仕民的《旧林故渊》将浓郁的鄱阳湖风情与曲折的湖村人寻求发展的故事融合在一起，展现了一个渔村在改革开放后从片面追求经济发展到对生态文明的回归，在乡土江西的诗意呈现中完成了文化乡愁的守望。作者将书中的鲜活人物、曲折故事、诗意表达融为一体，着力描摹人类在面临前所未有的生存困难时的心灵挣扎和自我救赎，深入思考人类在处理自然生态与社会之间关系时的矛盾冲突和理性抉择，体现了保护传统村落、实现乡村振兴的理念。这些小说文本的背后，体现了一种 21 世纪以来文学叙述的发展伦理及其过程中坚持的生态伦理。发展经济、和谐共生是这些乡村小说的一个共同价值取向。

---

① 铁凝：《准确地把握时代生活本质》，《文艺报》，2003 年 4 月 12 日。

试论女性现实主义电影文化自信的基础

李 博　北京电影学院表演学院

基于国情和审美传统，中国电影有着深厚的现实主义基础，现实主义也是女性电影展示的重要方式和手段。但是，当下面对文化多元性的冲击，特别是技术革命下对传统审美的冲击，女性现实主义电影有越来越被稀释的倾向，笔者试图找到其文化自信的基础，重塑女性现实主义电影的重要地位。

一、中国女性电影早期现实主义背景

电影在19世纪末传入中国，从最初放映"西洋影戏"到1905年首部国产影片《定军山》的诞生，再到20世纪20年代开始制作长故事片，作为文化产物的电影，给中国带来了艺术表现的新技术，也带来了商业文化的新形式。拓荒者首先要解决生存困境，大量的资金投入、技术支撑、版权归属等问题，客观上要求电影作为产业首先需要获得观众的认可和喜欢。"五四"以来新文化运动对社会各方面产生着冲击，通俗文化是电影在萌芽和成长阶段自发的依靠对象。传统戏曲艺术、鸳鸯蝴蝶派文学、文明戏、神怪武侠等新旧通俗文化的借鉴和影响，早期从业人员身份构成的繁杂，以及新兴市民阶级的消费需要，裹挟着商业利益，对电影文化产品的再生产形成了强力的制约。而中国电影的发祥地上海，作为一座正处于城市化进程的移民城市，缺乏深厚的乡土文化防线，无根性、漂泊性在移民城市社会关系的重构中占据了一席之地，市民借助电影这种公共媒介，以及由此带来的特殊的私人公共交往空间（电影院）和交往方式（看电影），寻求自身身份认同。于是，既有传统趣味和传统文化的认同，又有对新兴现代城市生活的想象，这样的综合体验使得电影的发展远非一般娱乐活动可比，其发展疆域在最初就超越了简单的消费娱乐范围。也因此，中国早期女性电影首先是都市娱乐方式，注重情节、通俗易懂、关注婚姻爱情和世俗家庭。

20世纪30年代，激进的"五四"思潮糅合着传统观念，影响着各阶层的观念变革，黄金十年的建设拉高了近代中国的发展水平，从"九一八""一·二八"到1937年全面抗日战争的爆发中国陷入国破家亡的历史危难关头。因此，即使电影是作为一项娱乐形式被引入中国的，但是它在中国的发展离不开当时内忧外患的社会文化现实氛围的影响。同时，受到中国"文以载道"传统价值取向和"情景交融"传统审美观的影响，使得中国电影一开始就具有教化的功能，换句话说，就是试图在民间文化与官方意识形态、精英文化之间寻找一条兼容之路。如倪震曾指出的那样："三十年代电影中的现实主义方法之确立，首先和左翼电影的领导者、组织者在思想与艺术上的指导有直接关系……三十年代电影的现实主义艺术特色，又和新文化运动的深广影响有着密切的关系。"[1]这就不难理解，在苏联电影热衷造神、美国电影疯狂造梦的时候，中国的电影艺术家们被迫要勇敢地直面惨淡的人生和中华民族"最危险的时刻"，树立起现实主义的电影观和艺术观。

20世纪30年代这一时期的独特还在于特殊的时代背景变化和"文以载道"传统价值取向的存在，使得左翼意识形态能与作为通俗娱乐手段的20世纪20年代电影对接，民众的注意力从20世纪20年代的市民趣味迅速转向了关注民族危机，他们强烈而及时地对电影风格提出了反映时代的要求、对电影人提出了要肩负国家责任的要求，奠定了中国现实主义电影

---

[1] 倪震：《中国三十年代电影的现实主义与写实风格》，《北京电影学院学报》，1984年第1期，第6—22页。

的深厚基础，而女性现实主义电影就是在这样的土壤中发展壮大的。

二、中国女性电影现实主义的核心母题
——以《新女性》和《找到你》为例

中国的女性现实主义电影几乎是伴随着中国电影一起发展的，1931年中国首部公映的有声电影就是明星公司与百代公司合作摄制并由胡蝶主演的现实主义影片《歌女红牡丹》。自此，女性现实主义电影站在女性角度，以电影为手段，挥舞现实主义大旗，始终是电影艺术的时代旗手。

本文选择《新女性》和《找到你》两部电影来讨论女性电影的现实主义问题，其中一些原因是显而易见的，包括它们有同样的变革时代的社会背景，同样是以男性导演视角探讨女性社会话题，同样关注职业女性（新时代女性的主流社会地位）的困境，同样地利用片名产生某种指引作用，甚至影片中代表新希望的儿童角色也同样都是女性。而主要的原因是这两部作品在近一个世纪的时间跨度中仍在探讨近乎相同的问题：什么是新女性。换句话说，就是女性在变革时代中的社会角色应该是什么样的。时至今日，这一问题仍是中国女性电影现实主义的核心母题。

（一）《新女性》的现实主义解读

《新女性》于1935年旧历新年在上海金城剧院正式上映。影片讲述了知识女性韦明遭遇婚姻失败后，期望依靠自身力量和女儿生活下去，最后却在感情波折、生活苦难和流言蜚语的打击下，走上自杀之途的悲剧故事。

片中，观众在整个观影过程中一直被什么是新女性、谁是新女性、为什么要成为新女性、怎样成为新女性等一系列问题引领着。那么，女主角韦明是新女性吗？她不像同学张秀贞那样利用婚姻依附权贵，私奔、工作、独立抚养女儿，这些行为在当时那个年代的确称得上新女性。面对现实社会对女性的压榨，她清楚地知道，结婚不过是做一生的奴隶而已。一位女性在男权社会里，不想成为奴隶几乎是最高反抗，不仅仅是感情的，也包括社会地位、社会认知。但是这个抗争会让她很容易地实现吗？不可能。电影借用一个不经意的道具，提出了"不倒的女性"的

概念，电影人借由这个主题立意鲜明。片中使用了一个特别的不倒翁道具，是女主角韦明送给她女儿的礼物，但是它显然不是一个标准意义上的儿童玩具，韦明称它为"不倒的女性"。她希望女儿未来也成为一位"不倒的女性"，无论是精神上还是能力上都能够坚强独立。这不仅是她个人的愿望，也是千千万万个母亲和新时代的知识女性的愿望。但是当欺骗、骚扰、失业、贫困、疾病接踵而来，矛盾冲突绝不仅仅是电影的艺术表现手段，更是这个两性不平等社会的即刻报复。当她想尽各种办法去挽救自己的女儿，结果却只能被现实的社会逼死。更加残酷的是，当她想活下去时沉重的现实却又要让她必须死去……电影表达了在当时的男权社会背景下，韦明这样的新女性是无法活下去的，残酷的现实世界最终让她和她们倒掉了。

如果仅仅把《新女性》视为延续了中国传统戏剧的苦情戏情节模式的典范，用文艺传统中的"传奇"叙事手段达到教化的目的[1]，笔者认为是不完全的。如果说五四时期随着妇女解放运动的如火如荼，"新女性"就是指那些反叛封建礼教与男权主义而努力获取"人"的资格的女性，指那些追求独立、自由、平等而获得了"人"的资格的女性，其概念的边界是清晰的。但是随着 20 世纪 30 年代社会动荡的加剧，"新女性"的概念进入了抽象阶段，如李永东所言："'谁是真正的新女性'不再是一个不证自明的问题，关于影片《新女性》的讨论，证明了'新女性'的界定充满争议。"[2]

同时，这部电影的产生较之同时期其他女性电影、较之明星公司或者蔡楚生导演的其他作品有一个特殊的背景是我们不能忽略的：电影的人物原型是当时上海滩的女明星艾霞，她本身也是一位追求独立、自由、平等的新女性；而此片公映后不久，女主角的扮演者阮玲玉就以片中韦

---

[1] 汪方华：《〈新女性〉：中国电影传统——苦情戏》，《当代电影》，2004 年第 4 期，第 28—31 页。

[2] 李永东：《20 世纪 30 年代中国电影的"新女性"形象建构》，《艺术百家》，2011 年第 6 期，第 146—150 页。

明同样的方式选择离开了这个世界,留下了著名的遗书"人言可畏",重蹈了新女性面对残酷现实的无奈选择。60年后,为纪念阮玲玉,香港导演关锦鹏请张曼玉以半纪录片的形式拍摄了《阮玲玉》,张曼玉凭借此片荣获了柏林电影节最佳女演员,成为中国电影史上首位在欧洲三大电影节中获得表演荣誉的影星,真正实现了自己的演员价值。毫不夸张地说,一部《新女性》,戏里戏外为我们真切地展示了什么是女性现实主义电影,什么是新女性对现实世界的迫切诉求,其带来的对女性社会角色识别、生存发展困境、价值评判尺度等问题的思考从来都没过时。

(二)《找到你》的现实主义解读

作为第二届山一国际女性电影展开幕影片,《找到你》于2018年10月5日上映。电影悬疑片的结构技巧讲述了命运多舛的两位母亲因一个孩子而展开追寻与救赎的故事。

同样是女性主题的电影,从《新女性》到《找到你》,在这期间女性在中国社会经历了前所未有的变革,包括十七年、"文革"、改革开放、互联网时代。这期间,社会对女性的需求和女性自身的需求经历了不断的变化。所以,"新女性"才一直是女性现实主义电影关注的母题。特别是经历了新中国成立这一历史变革,从社会的边缘人、沉默人到半边天,女性因社会需要而提高了社会地位,在电影的探索中也从开始的彷徨,到半边天电影中的意气风发。改革开放后,从20世纪80年代的知识女性再次觉醒到20世纪90年代下岗潮中女性再次面临被社会要求退回家庭的局面,女性形象整体上开始被弱化。进入21世纪初技术革命背景下的经济高速发展阶段,在新媒体的强势助推下,女性形象的社会定位才逐渐多元化起来。女性本身的形象和电影艺术形象在时代变革中,无论是英姿勃发的半边天还是妩媚多姿的公关小姐,都是对固有的两性形象的解构,于是不同时代对"新女性"就下了不同的定义。令她们始料不及的是,新中国的成立将女性以"半边天"的姿态推到了历史舞台中央,结果是她们既没有改变男权时代的大历史,又增添了新的担当,即一面要承担生产资料的生产,一面还要继续人类繁衍的天职,在被塑造成为强者后就再也无法走下神坛。在这样的背景下,《找到你》要探讨的就是女性作为独立社会个体的自我寻找与女性地位的自我确认的矛盾与困境。

三、当代女性现实主义电影需要文化自信

电影在中国出现至今不过百年时间而已,其本身就是西方现代科技文明渗透、发展、壮大的产物。无论是一百年前还是今天,新媒介的诞生同时就意味着新商业文化的诞生。这种以技术为基础的新兴艺术一旦融入母国,就要融入母国的文化价值体系,并努力成为其文化自信的一部分。

"现实主义"电影在中国经历的一切始终伴随着中国社会的政治变革,在政治的威势下或者强势推进,或者唯我独尊,或者隐形消解。有学者据此将中国电影的现实主义分为四种形态[1]:左翼电影现实主义、社会主义电影现实主义、先锋派电影现实主义、新写实电影现实主义。笔者认为,中国女性现实主义电影也可以照此划分。但是,21世纪以来,中国社会伴随着前所未有的世界技术革命浪潮,整个时代也以前所未有的速度发生着变化,从衣食住行的时尚风格到社会心理、集体审美、价值取向的深层建构,当代女性现实主义电影却在这场集体狂欢中渐行落寞。

文艺无法脱离现实而孤立存在,文艺与现实之间依靠一种活力和韧性维持了相互依赖的关系。也就是说,文艺思潮始终与社会历史进程有着密切的联系。今天我们所面对的新时代,所面对的发展前景是全新的,所经历的实践和取得的成就是全新的,所面临的历史方位是全新的,文艺思潮也随之百花齐放[2]——但是方法论意识和问题意识始终是各种思潮终将绕不过的核心问题。

正确认识电影艺术所面临的时代风气,就是我们研究电影、评论电影的现实基础。怎么理解我们电影艺术所面临的时代风气呢?笔者认为:

---

[1] 王者凌:《中国电影现实主义研究》,北京师范大学,2007年。
[2] 郭运德在"骨四雅"的讲座中提到,约有四十种不同思潮此起彼伏。

一是现实主义精神是社会的需要，也是当今电影创作的主流。二是始终关注"人"，回归"人本主义"，不仅把电影视为空间艺术和时间艺术的结合，而是像贝拉·巴拉兹（Béla Balázs，早期马克思主义电影理论家）曾指出的那样，电影的艺术性就在于对人的作用[①]。三是多元文化背景下鼓励多元化的探索，特别是在全球化的大背景下，探索和创新都是电影得以发展的动力。四是新媒体对创作与评论影响日趋强大，在这前所未有的从公媒体到自媒体的变革时代里，是被舆论左右还是左右舆论已经由不得电影创作者们选择了，我们必须承认，电影评论将以前所未有的能力影响电影的创作。

面对中国作为全球第三大电影生产国、第二大电影消费市场，人们更愿意从产业价值、文化软实力塑造、国家品牌打造等角度鼓吹发展电影产业，但是我们仍然不要忘记电影作为第七种艺术，始终是人的思想、情感、认识、思维等表达的出口，是体现"人的本质"的手段。尚走在"第二性"道路上的女性，更是需要各种手段包括电影来实现自我解放。曾经很长时期，我们的女性电影都将个体女性的人性作为"私性生活"藏在轰轰烈烈的历史叙述之下，而艺术正是这些"个体"人性的最好出口。真正的现实主义电影就是要关注"个人"，平凡的个人，任何平凡的个人，作为一项综合性如此强大的艺术要成为女性表达最好的出口。对上述的正确判断和矢志不渝的践行，才能有当代女性现实主义电影的文化自信。

四、女性现实主义电影文化自信的基础

（一）电影批评的价值

李道新在《当代中国电影：现实主义50年》中归纳了当代中国现实主义电影自1949年以来的50年中，以1979年为分野，前期现实主义电影理论的困境"对1979年以后现实主义电影理论的深化或重建，形成一

[①] 李芳：《电影理论中的人本主义思想探窥》，《电影评介》，2014年第8期。

种潜在的呼唤",而"一种浸透着现实精神和现代意识,叙事方式不断创新的电影创作,成为电影界的迫切期待"[①]。转眼20年,似乎李先生探讨的问题还在,结论还有鞭策作用。

在前述两部女性现实主义影片中,我们看到了电影批评方式在中国女性电影中的转变。在美国著名女性电影《时时刻刻》中,114分钟里没有对女性施压和拯救的具体人物和实践,没有两性矛盾的对立和冲突,也就是说这种女性主义电影批评没有了伴随工业革命和启蒙运动的第一代西方女权主义运动的激进与惨烈,也没有现代女权主义运动的狂飙和犀利。这部电影代表的当今西方女性主义电影批评的表现形式是向内反映。它试图瓦解电影中对女性创造力的压制,让女性对自身的不利状况产生警觉,并试图创造出更多以女性为基础的文化现象,以利于她们与旧有的男权文化割裂。与之相比较,如果说《新女性》中还把女性的不幸归结为男权文化的狷獗,那么跨越了80年,在《找到你》中,我们中国的女性电影也出现了像《时时刻刻》中表现出的女性电影批评的态度:那就是女性对生存和生活的选择,不再仅仅是在外界环境的侵扰或干预下的被迫反抗,而是建立强大的自我驱动力,自主自觉地追求。因此,叙事方式的不断创新仍然是今天女性现实主义电影的迫切期待。

(二)真实的价值

给中国女性现实主义电影直接影响的西方新女性主义运动发轫于20世纪60年代至70年代间。超越了旧女性主义以社会运动为诉求的阶段,新女性主义更加注重唤醒女性自我觉醒的意识、培养她们建构女性意识的能力,带着一种力图重构一种新的文化价值观念的野心。因此,当今女性现实主义电影的难点和困境在于如何表现这种观念和这种价值。结合理论与实践,笔者认为重点是重拾"真实"。"真实"是判断电影现实

[①] 李道新:《当代中国电影:现实主义50年》(上),《电影艺术》,1999年第5期。

主义的关键词,这个脱胎于法国绘画艺术的词语,其法文原意就是"写实主义"(realisme)。现在这里所谓的"真实",应该包括影像真实、逻辑真实以及情感真实。影像真实是视觉化的真实,逻辑真实是叙事化的真实,情感真实是心理化的真实。影像真实是相对显性且静态的,是容易还原的真实,而逻辑真实和情感真实在电影艺术里建构是相对隐形且动态的,是不容易建构的真实。这三重真实内在还要保持必然联系。所以,也许我们会产生一种错觉,现实主义的影像话语在重构各种现实关系和秩序的过程中,也就是电影在创造"真实"的过程中,成为神话本身,而混淆了历史,从而确立自己的"真实性"存在。

(三)导演的价值

现实主义电影的导演本身就需要是有故事的人,至少也要会发现故事。笔者选择的这两部作品的导演都是男性,一则应和了在男权文化下女性现实主义电影创作的普遍状况,一则无论是20世纪30年代还是当今,女性导演(以及忠实于女性现实主义电影的女导演)都是稀缺的。

导演《新女性》时的蔡楚生还不到30岁,人生还未过半,这部电影不是他最好的作品。导演《找到你》时的吕乐已经从一位摄影师成熟地转型为导演。他们分属中国第二代和第五代导演,所以他们都不是开拓者,但都是探索者——无论是对个人事业还是对电影艺术。蔡楚生是位会讲故事的导演,对故事结构的嵌套和片段转换掌握得较好,新中国成立前首映就创票房纪录的4部故事片中,他的作品就有3部,是中国电影史上较早提倡艺术与商业兼顾的导演之一。16岁时成亲,19岁自组剧社,21岁已经有了女儿,早熟的他在"九一八事变"前拍的影片大多展示男女感情,1933年后开始成熟地拍摄左翼电影。所以说,《新女性》是传递导演正在转型中的爱国意识,服务于可以被革命感染,甚至成为革命者的女性观众。

而作为第五代导演的吕乐,有着那一代导演的几个鲜明特点:一是全能,二是有着现实主义的活法,三是偏爱文本。他长期和当代中国最好的一批导演共事,特殊的历史让他们这一代人有一肚子故事忍不住想讲。早期科班出身让他具备了七十二变的能力，特别是20世纪80年代在"新浪潮"背景下的法国深造的经历，使他在正式执业时能编能拍能导，只是大多数导演作品在早期都没公映而让大众忽略了他的导演价值而已。吕乐晚年得子，他自言站在男性的角度开始重新体会女性的现实主义世界，电影拍摄后从《谜踪》更名为《找到你》也是意味深长。所以，面对小女孩（也就是新女性）的命运，《新女性》中韦明的女儿最后死去了，也带走了母亲活下去的最后希望。而《找到你》中李婕的女儿找到了，也找到了成人（而不仅仅是女性的母亲）坚强面对世界的理由。李婕在女儿失踪前，正与丈夫打离婚官司，那时她身为一个职业女性、一个衣食无忧的母亲，面对女儿，面对世界，她认为，"一个女孩的人生不应该被爱情和婚姻定义，她应该比我们活得自由。"女儿失踪后，历经劫难后的她幡然醒悟，"六个月前，保姆带走了我的孩子，找孩子那两天里，我如深陷地狱，但也让我思考了很多。对我的孩子我陷入深深的自我怀疑，我觉得自己不配当一个母亲，我甚至觉得生孩子这是天底下最自私的事情，用别人的生命来完整自己。都说母爱是伟大的，但其实一个母亲对孩子的爱，也只是在对自己的选择承担后果而已，最该被感谢的是孩子，是他们带父母成长，让我们体验到一种毫无戒备的，甚至可以献出生命的爱，那是一种自由。"

当然，这部电影真正的女性视角藏在女性编剧笔下和女主角将自我人生体验揉碎后呈现出的表演里。而吕乐自己找到的是商业文化与艺术文化之间的和解之路，即使在宣传懈怠的情况下《找到你》仍是华谊兄弟年度最卖座的电影之一。

简而言之，两位导演都不擅长宏大叙事，却善于从现实生活里提取故事灵感，再艺术化地呈现出来，其间将自己对现实世界的思考或追问包容进影片中，作品与自己一同成长、思考，与观众一同分享。

（四）电影技术的价值

以技术为基础，电影艺术是区别于其他艺术的。从《新女性》到《找到你》，电影技术经历了从半默片到同期声、从黑白到彩色、从胶片到数字胶片等一系列变革。今天，面对微博、微信、短视频等渗入观众日常生活中的新媒介，让电影人自己都感慨，电影已经是很落后的艺术形式了。

吕乐拍过《非诚勿扰2》后就决定不再做摄影师，因为随着胶片工业的死去，他不适应数字设备，坦言："论数字摄影的功力和技术，我不如年轻人。"拍摄技术、放映技术，包括器材制造技术，电影技术伴随数字技术的发展也进入了一个崭新的阶段。未来光场、平面透镜、数字拟音、人工智能剧本等可以想见或无法想见的技术将为电影带来更多的可能性，而如何利用虚拟技术承载现实主义将成为一个有趣的话题值得我们深入思考。

综上所述，我们之所以提出当代女性现实主义电影需要建立文化自信，其实背后隐含了笔者的忧虑：我们的世界越来越复杂化，电影创作和电影批评的理论也在探索，但是反映现实和引发幻想始终是艺术构建的重要基础。新时期文化发展是一个巨大的历史性的跨越，女性现实主义电影有着众多的资源，那些是在未来发展中的基础。我们需要在时代的背景下，确定女性的真实境遇，倾听她们内心的召唤，多一份理性思考，多一份包容与理解，时刻不忘遵循艺术规律，重新赏识这些资源的价值，以建立我们的文化自信。

独立与共生：当代书法技法、研究、批评关系寻绎

刘　昕　北京语言大学博士研究生

自改革开放以来，各项文化、艺术事业开始复苏，书法领域也是如此。从1980年中国书法家协会成立，成功举办"历代书法展览"，到"现代书法"的各种探索性活动，再到"文化书法""学院派"概念的提出，书坛也逐渐因新时期过渡到新时代而展现出蓬勃发展的局面。雅昌艺术网在2014年7月曾刊登过一篇名为《当代书法三十年的变迁》的文章，认为20世纪80年代至90年代是传统艺术形式与当代书法精神之间的张力解构时期，促使书法"从传统走向现代"；20世纪90年代至21世纪初，时代书法精神在不断探求符合时代特征的艺术表现模式，当代书法精神仍未找到内容与形式相互统一的表现手段。21世纪的前十年，是"当代书法精神重新深入传统，返回书法的本原，继续探寻适合自身的艺术表现形式"的重要阶段。笔者十分认同这一观点，并认为目前正在进行的第四个十年在延续前三阶段种种特征之余，呈现出"一条主线，多元发展"的局面：主流依然是传统一派，主张学习二王书法和其他各代的经典法帖；追求书法当代性的"水墨艺术"以及崇尚"新理异态"的风格取法等支流也同时存在。但彼此之间的包容度逐渐增强，并不像之前那样相互诋毁和排斥，"非此即彼"的局面逐渐消失。另外中国书法的国际传播与交流也成为新时期的独特现象，中国书法家开始走出国门，同时也涌现出大批海外学者致力于中国书法的研究。

背景：新时代的书坛典型现象

从新时期到新时代，中国书法经历了四个阶段的变迁，且我们现在正处在书法领域的第四个"十年"，前所未有的文艺思潮和学术现象仿佛也给书法界注入了源源不断的新鲜血液，使其以崭新的面貌迅速复兴并发展。纵然书坛有过多次激烈的学术讨论，也有一些善于反思的书家、学者表示对现状的不满，但不可否认改革开放四十年，中国书法也是呈螺旋式不断上升和发展的，西方文艺的引进、崇尚理性而带来的反思以及自媒体与书法的紧密结合，都是这一阶段的典型现象。

西方文艺的引进

自新时期以来，西方文论逐渐进入中国学者的视野，艺术领域也受到影响，逐渐将国外的艺术理论应用于中国传统艺术门类的研究中，书法也包括在内。在此前提下，与书法相关的学术研究逐渐朝着多元化、全面化和立体化方向发展，"美学热""鉴赏热"开始兴起，书法美学也随之建立，填补了之前的空白。20世纪70年代末、80年代初，《书法研究》杂志发起了关于"书法是一门什么性质的艺术"的美学大讨论，涉及诸多书法美学问题，以"主体性实践美学"战胜"机械反映论美学"而告终。其中，以李泽厚为主要代表的"主体性实践美学"逐渐发展为20世纪80年代的主流美学，主张将"书法"看作"线的艺术""有意味的形式""自由的形象"，强调实践"主体"的创造性，从某种程度上促进了艺术精神的解放。但是套用西方的文艺理论研究中国书法并不是一件容易的事情，常有思维模式、理论框架是西化的，填充材料却是书法的、不伦不类"两不像"出现，正如陈振濂先生所讲："或更贴切地说，是立场观念方法都是西方的，只是材料和例子取用书法的而已。"如果只从西方美学立场出发，而不考虑中国传统文化和艺术的独特性征，书法领域的研究者无法接受，普通大众也如云里雾里，而专门研究西方理论的学者却只会觉得这种学术方法简直生搬硬套、缺乏说服力。

思想界、文艺界有了如此不同凡响的巨变，在此指导下的技法领域也随之变化，各种新兴书法现象层出不穷。众所周知，传统书法艺术的展现方式包括实用性质的信札、中堂尺幅的展示和长卷、册页形式的收藏雅玩，传授方式以师徒、尊长相授的家庭式、学堂式为主。但如今逐渐向西方展厅和工作坊性质的艺术形式演变，各种书法大赛和展览随之兴起，在这种趋势之下，欲略胜一筹的书家必然不能如之前只拿白色宣纸书写黑色墨字；取而代之的是以技法技巧和章法形式作为夺人眼球的方法，认为强烈对比、使人过目不忘的作品即是佳作，并将此作为评价尺度，使得书法朝着重形式而轻内容的方向发展。书法的受众方式进而发生改变，取法也更加日新月异，雄强豪迈、字形偏大的隶书、大篆、魏碑逐渐兴起，在清代之后又掀起了一阵复兴浪潮，但部分作品也存在过犹不及现象，朝着"野""奇""怪"方向发展；再加上自新中国成立以后，简单学习苏联的学科分化模式，学科专业划分过细，各专业之间隔阂很深。虽然改革开放以后强调"德智体美"全面发展，但在此背景下培养出的80后、90后书法从业者依然不可避免地存在知识面狭窄的问题。以上种种，或许就是当代书法的艺术性和文化性割裂的滥觞，也是实践技法与学术研究彼此独立的先兆。

对理性的崇尚

伴随着科学技术的不断进步，科学领域的研究方法也逐渐运用于书法领域。如将逻辑理性和图像分析应用于书法作品的解读，将书法的点画细化放大，追求外轮廓的模仿；将行轴线或字形外轮廓用折线进行连接，以便有理据地、量化地了解单字结体和章法的位置安排。不仅在技法探索方面如此，在学术研究中也常用到计量学、统计学等方式。如将新兴的大数据统计引入书法研究，了解书坛某种现象的数年走向等；同时书法在与各种人文社会学科进行交叉综合的同时，也与心理学、计算机等科学学科相互结合，从脑电波的变化数据观察书法对人身心健康的积极作用等。由此可见，改革开放以来书法艺术趋向于理性和客观发展，传统书学中的印象式品评和意境式的审美追求愈加居于次位。

随之而来的便是传统观念的颠覆，各种创新与矛盾相互交织，艺术工作者不断探索当下有时代特色的发展道路。所以"书法是书写汉字的"固有经验不断被挑战，出现了非文字书法、抽象书法、水墨书法等前所未有的艺术形式。或许把它们纳入"书法艺术"范畴还有待讨论，但一定是对于传统书法的特性——水墨晕染艺术效果的放大表现，或可称作"水墨艺术"或"当代水墨"。这是一批思想先进的艺术家通过理性思考，表达自我观念的一种形式，需要深层次的阐释和解读。古代书法史中也有崇尚理性的体现，但是前辈书家往往只是一笔带过，或有运用而不自知，也不刻意突出强调。今日将量化的理性标准专门提出，是当下书法必须经历的阶段和环节，但这种理性思维到底需要运用多少，这个尺度该如何把握，确实需要引发更多的注意和思考。

大众文化与自媒体

20世纪70年代末期到80年代初期，是中国大众文化开始孕育和萌芽的时期，20世纪80年代以后大陆本土大众文化不断发展，休闲报刊随着流行音乐、商业电影等文化形式逐步繁荣，自20世纪90年代以后，迅速扩张并走向鼎盛期。这一过程伴随着传播形式的变化，从纸媒到网络媒体再到自媒体，其中自媒体异军突起，使得文化传播的门槛变低，传播速度极快，传播方式便捷。由此，文化领域由以往的小众化、个体化的生产模式进一步转向大众化与平民化，商品性与即时性成为主要特征，以微信为代表的自媒体对书法领域产生了重要影响。

与书法相关的论坛、网站曾火爆一时，成为大众讨论书法、认识书家、了解书法知识和书坛动态的主要方式。但根据中国互联网络信息中心（CNNIC）的数据显示，截至2012年年底手机成为主流上网终端，书法领域亦然，微信、微博成为书法传播的重要形式。截至2013年年底微博用户迁移、流失量巨大，微信逐渐脱颖而出，成为书法界最常用的媒体方式，因为它不仅是以情感维系的私密平台，同时还兼具传播专业知识和迎合大众兴趣的特性。之后，各种书法类的公众号成批出现，各大网站、纸媒也随之建立自己的微信公众号；文章推送、朋友圈的信息更是多如牛毛，书法评论、书法研究和技法欣赏贯穿其中，影响大众的审美取向和审美判断。目前书法相关的微信公众号大致可分为几种类型：以普及和宣传书法基础常识为主，包括书法史、书论等；以展览和书家宣传为主，主要推送书家作品；以汇集展览、征稿、论坛信息为主；以推荐学术论文、书籍为主，专业性较强。但每种平台的类型并非单一，多以二至三种类型综合，且前三种类型的微信公众号关注人数较多。

可以说微信运营者的个人素质、审美取向、知识学养、书法观念等综合因素严重影响着公众号推送文章的主题和内容，对关注书法的普通大众，尤其是没有经过专门院校训练的书法爱好者产生重要影响，所以对于运行者或运行团队的选择需要慎重为上。现有的微信运营主体多是书法院校的本科生或偏重实践技法的相关人士，在某种程度上对于书法的认识或许存在片面性问题，易潜移默化地诱导关注者的潜意识，造成从众效应和刻板印象，且某些微信公众号在积攒足够大量的关注人数之后，就频繁发布低质量的无用文章或广告谋取利益，造成微信推送质量的良莠不齐，消耗关注者的时间和精力。其次，自媒体的特点是简捷和精练，所以推送的文章常常时效性强，但不够深入，很难对人产生更深刻的影响；而对应的另一面也具有优点：真正优秀的书法理论研究者或技法实践者都不会被埋没，可以利用自媒体传播快、门槛低、受众广的特点让更多人了解和认可自己的艺术和学术。

混沌：技法 vs 理论？美 vs 丑？

在以上种种背景下，从 20 世纪七八十年代起，中国书法蓬勃发展，甚至进入国际视野，书法的理论研究和实践技法两方面都越来越受人重视，大众普及度直线提升。一般来讲，艺术史或艺术理论研究大致可分为两大类，第一类是宏观艺术的研究，具有普世性意义，不针对某种具体的艺术门类；第二类则需要细化为美术学、电影学、音乐学等具体门类。但是以横向眼光看当今艺术界，会发现一个格外有趣的现象：无论哪类研究，研究者并不须被强制要求精通各种艺术门类，甚至不须具备任何实践操作能力，做好研究工作即可。但可惜的是，以上现象中并不包括书法，大众对于书法艺术的要求格外苛刻：只要是书法相关人士，不论何种身份，都须做好理论研究，又要写得一手好字，书法界必须培养出全能人才。由此看来，除书法以外的其他艺术，理论与实践的关系是相对独立和明确的，二者可以较为和谐地相处，但偏偏书法不可以，书法必须"艺舟双楫"，从而造成以下种种混沌不清、令人费解的现象。

对"书法博士"的诟病

所谓"书法博士"，其实目前并没有真正的"书法学"博士，常常将此方向的博士研究生归于美术学、艺术理论等学科之下，甚至也有归于历史学、古典文献学的。全国专门的书法博导仅50余人，每年书法博士的产出量在40名至60名之间，故"书法博士"或也称得上凤毛麟角了。正因为书法博士的数量少、学历高，又属于新兴群体，颇受大众关注。自2014年"荣宝斋·当代十二位书法博士作品展"开始，各种形式和名目的书法博士线上、线下展览纷至沓来，尤以数十人的群体展为多。但不知从何时起"书法博士"成为"贬义词"，饱受略懂书法、书法爱好者或偏重书法技法之人的诟病，认为书法博士只是外语好、会写点文章但技法水平低下的代名词，甚至不分青红皂白、不顾实际情况地一律冠以"不会写字"的头衔。

这种种诋毁和诟病，或许源于对书法博士能力认识的不足，或许出自一些别有用心之人"吃不到葡萄说葡萄酸"的不良心态，从而一传十、十传百地造成了如此的刻板印象。但书法博士到底是一个什么样的群体，到底能力几何？前文中已提到书法学科博士学位归属权的问题，所以这一群体不能仅仅以技法作为唯一的评判水平高下的标准。尤其是20世纪70年代至80年代的书法博士，在本科书法专业尚未大规模展开的情况下，多是从文史哲相关专业跨界而来，且随着国家对于学术研究的日益规范，经过全日制本、硕、博学术训练而产生的书法专业人才，在客观要求下就须具备一定的思考和学习能力，必须阅读大量的文献和相关书籍才能完成学位论文，在潜移默化中文化素养、知识储备等都在自觉或不自觉地提高。或许这一群体与专门致力于技法实践的书者相比，在书写技巧方面确实存在欠缺和不足，但就潜力和后劲而言，孰高孰低或不能妄下结论。

对"国展高手"的批评

自20世纪90年代以后，中国书协举办的各种书法展览此起彼伏，成为中国书协会员的条件之一即入选国展两次。艺术的标准难以制度量化，但在如此标准之下，成为"书法家"似乎有了目标和奔头，入选国展、加入书协成为衡量书法水平高低的杠杆，直至今日这种过于简单的想法依然存在。只要涉及展览和比赛，必然存在选拔和竞争，所以在投稿数量巨大的情况下，选手只能通过出奇制胜的作品形式以及炫耀似的技法展现夺取评委及观众眼球，对于技法章法的关注要远远多于对书写内容的熟悉和理解，难免给人造成"国展高手"就是参赛选手，与会写字的匠人无异的看法，再加上他们的技法太过熟练以致趋向流俗，同时文化内涵欠缺，很难与尊重的"书法家"画等号。

各种词典中界定"展览"一词，都解释为："陈列物品供人观赏。"书法国展本来就异于古代的雅玩与秘藏，所以参赛选手注重技法是无可厚非的，反而是他们按要求紧扣展览目的，牢牢抓住了"陈列"和"观赏"两个关键词。但对于他们的诽责中或许有一点是正确的，即"展览选手"与"书法家"不能画等号。"技法"只是书法艺术中的一个很小部分，大致可以理解为书写过程中的某种习惯和肌肉记忆，但一幅好的作品必然是以情动人，有深刻的思想且耐人寻味，是"气韵生动"，也是"骨肉相和"和"心手双畅"。而这种不可言说的美感不仅仅是技法熟练就能够达到的，还需融入个人的学识、修养、经历、性格等，正所谓"书如其人"。反观书法史，其中一些书家在技巧处理和章法设计上可能还不如今天的入展选手，但他们却在书史中名垂千古，这说明不重视技法不可，而太重视技法忽略其他也不行，需把握好其中的尺度和界限。

从某种角度而言,"国展选手"是成为书法大家的必经之路,但这样远远不够,还需善技法者在临摹古人佳作、关注前辈技法的同时,学习其书法的文本内容,包括文章辞藻、生活方式、德行操守等,逐渐懂得书法作品不能仅以技法高低来评判,需要不断通往更高的境界。

对"丑书"的误解

书坛自清末开始对于"丑书"的讨论就从未停止,但这些讨论在书法展览兴起之前,都可归属于美学领域。中国自古就有阴阳相生的哲学思想,如果转换成美学词汇就是"优雅""秀美"和"稚拙""雄强",对应的就是普通大众认为的"美"和"丑"。无论哪个朝代,这两种审美观念都是存在的,但是有一个孰占主导孰为辅助的关系。明末清初,面对书坛以赵、董书风为尚,书法风格由秀美走向流俗的现象,一批有识之士提出了复兴碑刻金石的口号,伴随着碑学的逐渐兴起,"宁拙毋巧,宁丑毋媚,宁支离毋轻滑,宁率真毋安排"逐渐成为当时诸多书家奉行的圭臬。随后以魏碑、大篆为取法对象的作品横空出世,字大气盛,结体自由不拘,点画丰富雄强,书坛面貌焕然一新。

而近段,各种千奇百怪的冠以"丑书"名号的书法作品或行为再次被群众热议,大众对于书法的审美标准越来越迷惑,对于书法的误解也越来越深。以器官书写(不特指残疾人),在人体上书写,是"丑书";冠以各种非正式组织会员、领导等头衔,但作品却不尽如人意,点画对比夸张,不合古法,没有传承和出处的"老干部体"被人们纷纷收藏。具体分析,前者根本就不能属于书法范畴,只是拿着毛笔、蘸上墨汁的哗众取宠,可谓低俗至极,有辱斯文。这种"丑"与艺术丝毫不沾边,甚至是对艺术的侮辱,为了谋求个人利益而大出洋相,观众将此与书法混淆,可见对于书法的界定都没有弄清,此其一。后者几乎是没有艺术价值可言,书写者主体技法水平低下,对于书法的认识浅薄,缺少临摹功底,且眼界有限。所以这种"丑"不被艺术界接受,却被普通大众追捧,这深刻反映了观赏者审美能力有限,艺术涵养还有待提高,此其二。毋庸置疑书法属于中国传统艺术之一,但是发展到现在,早已脱离了实用性,而格外强调艺术性。自改革开放之后,西方的美术作品和艺术理论大量涌入中国,一部分书法家开始思考如何将传统与当代、东方与西方相结合。隶变之后的汉字象形性降低,中国汉字固有的结字范式无法成为中西方的连接点,所以往往从笔法、墨色上寻找连接处,重新安排书法结构,反映书者的某些观念或艺术主张。艺术家强调自己的情感表达和艺术的纯粹性,有的放矢,但其本质是文化的向心,故将这种风格叫作抽象的"水墨艺术",不能归属书法范畴,此其三。观者无法欣赏美学意义上的"丑书",其原因之一在于新中国成立后宋体印刷图书普及,不论是所看的印刷品或网络文字,都是被宋体、楷体、黑体等秀美、匀整一路书法占据,潜移默化地将大众审美引入"美"的方向,超出经验之外的另一美学范畴就难以接受了。这种种现象或许是"丑书"找错了观众,也或许是观众傻傻分不清"丑"和丑吧!

原因:独立与共生

当代书坛对于理论研究和技法实践关系的认识较混沌、模糊,出现了很多自相矛盾的论调和毫无价值的讨论,导致普通大众对于书法审美的认识有所偏差,无法建立起完整而深入的评价体系。只有先厘清问题背后的诱因,才能对症下药,寻绎书法更加长远的发展道路。

书法的三重属性

书法在过去很长一段时间中主要是作为记载文字的工具而存在,犹如今日的电脑打字。但发展至今,平添了许多内涵,大致包括三重属性:与文字演变关系密切;同时又具有表意功能,是文学、历史、地理等的载体;而书法本体,即点画、结体、章法等又具有无可抹去的艺术性。它不能单纯属于某一领域,表意属性、艺术属性、文字属性等相互交织。故从书法的产生和源流来看,就无法彻底分割技法与理论。

书法的第一重属性是文字性。先有文字而后生书法,可以说书法是由汉字的书写而产生的特定概念,起初只表现为一定的书写法则。在此过程中,人们因追求美的本能而要求这种汉字书写不断向正确、工整、美观的方向发展。直到汉朝末年，书法开始出现自觉，蔡邕《九势》云："夫书肇于自然。自然既立，阴阳生焉；阴阳既生，形势出矣。"借助汉字的特点及含义，取法不同的自然，再依据每个人不同的特性，以书写为手段，以汉字的造型特点为参照，从而创作出合于法度、气韵生动的书法艺术作品。所以文字既造就了书法，同时也制约了书法。一部分书法发展史与文字发展史紧密关联，尤其是古文字时期，书法是文字的衍生品，为文字的发展而服务，且所有的艺术样式与文字的结构、生成方式、制作方法等密切相关，书法的构成，在实用范畴内就是汉字的书写；在艺术范畴内，就是借汉字的书写来表现点画线条的笔墨意味和创作者的审美情感。没有汉字，书法就成了无本之木、无源之水，没有书法，汉字也无从演变，二者相辅相成，不可分离。书法的第二重属性是文本性，也可以称为文学性，与书写内容相关。如果说文字是书法的载体和源泉，那么文本就是书法的成果和对象。声因交流而生，文以载声，字以写文，所以文字的产生是为了传达某种意思，之后以文本形式记录，故书法所写的内容也需要有其内在含义。从某种意义上讲，汉字的产生演变是整个社会推动的结果，书家也不能改变造字法则；但是由字而成的文，却与书家联系更紧密，不同字组合而成的词、文所表达的内涵在一定范围内是可由书家自由支配的，灵活自如的空间大，主体性就更易发挥，所以就更有耐人寻味的价值。书法的第三重属性为艺术性，是建立在文字性、文本性之上的更高要求。讲究点画的起收转折、结体的收放疏密、章法的安排布置，需要部分技法和技巧存在，之后再达到气韵生动的艺术效果。可以说对艺术性的束缚更少，较之前两者，不须考虑文字的字法，不须顾及文本的遣词造句，多为个人特性的宣泄和表达，更贴合创作主体，艺术之美无法用条条框框进行限制，而以无形囊括万象。

　　书法的三重属性是相互依存、相辅相成的，不能独立为之。在此之上偏重于某一方面，也称得上是书法大家。古人与今人不同之处在于三者同时学习，互为牵连，且将艺术性作为次要追求。但今日三属性之间的联系被弱化，往往仅从一方面入手，将三者割裂，这样或许在一定时期内能够效率极高地取得成绩，但就长远发展来看，可探索的领域将越来越窄，书法作品的格局也必定愈加缩小。

书法学科的"一定高度"

鉴于书法的多重属性无法割裂，再加上独立成为专门学科的时间较短，所以书法学科的归属仍然存在问题，学科定位也较为混乱。虽然近十年来高等书法教育迅速发展，2012年"书法学"作为特设专业正式进入普通高校本科专业目录，成为美术学的二级学科，但是硕士、博士的归属情况却不尽相同。目前所设书法专业的硕士院校共有81所，专业方向有书法史论、书法创作研究、书法产业、书画艺术、书法与篆刻研究等，多归属美术学或艺术学理论等二级学科，但总归还是在艺术学之下。但博士学位的归属就是"八仙过海，各显神通"了，因部分院校没有艺术类的博士点，所以多设在能颁发学位的文学、历史学，甚至是经济学之下。学科定位是书法专业发展的指向标，若研究生归入美术学、艺术理论或中国古典文献学，其研究方向不同，对于技法和理论的重视程度也不同。

本科阶段各大院校的书法教学都比较明确，即让学生掌握最基本的书写技法，对书法史和书法理论有初步了解，这就是书法第三重艺术属性中的一部分；之后各院校根据自己的学校资源和办学特色引导学生朝向不同的发展方向，即朝着第一或第二属性迈进。就前辈书者的学书经验来看，他们对于书法艺术性的认知是与文字性和文本性齐头并进的，而现在书法学的设立却单挑出前辈书家最后才关注的艺术性反向推进，这就造成了当今书坛关于实践技法和学术研究的割裂和独立，从而也造成了双方的矛盾与争执。其实传统有传统的一套范式，今日的我们必然不可能重返过去，所以书法以技法为先导作为切入点，旁涉其他，未尝不是一种创新与探索。但只关注技法，或者是只进行研究都存在弊端，只有当三重属性同时达到一定高度时，书家再根据自己的喜好选择偏爱的某一属性进行再发展，或许剩余两方面也能随之提高。所以书法学作为本科专业是合理的，硕士阶段应该有成体系、有规范的研究方向为学生指明道路，使得三重属性能够查漏补缺，达到可持续发展的"一定高度"，故此阶段或许也可设独立的"书法学位"；但博士阶段是研究方向和属性选择的分化期，最好能与相关学科相结合。就目前书坛状况而言，无论是学院教育或"国展高手"，或许有一多半人未曾达到这个"书法"三重属性共存融合的"一定高度"，就开始叫嚣某某只会写字没文化、某某只是学历高根本不会写字，实乃无知却不自知！最后需要明确的是，"一定高度"并无法以量化的标准具体形容，且随着各方面水平的提高，这一"高度"也随之变化，但"这个高度"的建立，足以支撑书者在此基础上、在一定空间维度内自如地完成目前的学术研究或获得个人期待的书法作品。

理论与技法的差异

从生理角度而言，理论研究和技法创作所牵动的左右半脑是不同的。左半脑主要负责逻辑理解、分类等，思维方式具有连续性、延续性和分析性，因此，被称作"意识脑""学术脑""语言脑"。而右半脑主要负责空间形象记忆、直觉、情感、身体协调、想象、灵感等，思维方式具有无序性、跳跃性、直觉性等特点。

从表述语言和表述形式来说，理论创作是偏重思考和逻辑性的，故其表述语言的方式是通过文本文字而阐述，判断标准应落脚到"思"的深刻性，即研究的深度、思辨的张力以及逻辑的清晰；而技法创作仅仅能够算作衡量其有无发言权的条件或前提，并非目标与高度。但是技法创作者以形象为创作法则，而"象"的典型特征便是可视、直观和形态鲜明，所需的感性思维要远远超出理性思维，并不需要以严密的理论和逻辑去演算和证明；表述语言是抽象的线条，是这些线条经由主观组合后带给观赏者的情感共鸣，所以创作型书家最重要的基础和前提是肌肉的熟练程度和惯性动作，从而才能将观念和情感表现在作品中，传达给观众。这两种不同类型的书法从业者之间都存在误会和不解，更别提普通大众和爱好者了。所以书法史研究、理论研究、技法实践需要在互通有无的基础上而各自独立。一些有价值的书法创作之所以被普通观赏者忽略，很大原因在于将技法和理论混为一谈，厘清二者而让观众懂得书法之美是书法评论家的重要责任。

书法评论的缺失

每一学科或专业都存在实践和理论的分化问题，但其他学科并未如书法学科这般如此对立，其他艺术种类也从未如书法这般招致如此多的负面评价。人们常说学习书法的门槛低，似乎会拿毛笔写两手字就是"书法家"了。为什么对于书法的误解如此之深？或许重要原因之一就在于书法评论的缺失。那么，首先把"评""论"二字拆开来解释，进一步明确评论尤其是书法评论，到底是何含义。《博雅》有云："平也，议也。"古时"评"与"平"同。《增韵》也说："评，品论也。"之后的《文心雕龙》进一步延伸："评者，平理。"由此可知"评"有衡量和判处优劣之意。《说文》中将"论"解释为："论，议也。"段玉裁作注："凡言语循其理、得其宜，谓之论。"即言之有理，摆出依据。在《蜀志·费祎传》中将"评论"二字并列："论平其是非。"以上种种说明"评论"就是有理有据地判别好坏，似乎将此转嫁于书法有些太生硬也太直接，所以针对"书法评论"，我们可以理解为有凭据有理由地帮助大众提高书法审美水平，合理指出书坛存在的不良现象，或提供启发性、可行性的方法策略。

书法评论是独立于技法实践和学术研究之外的中立者和旁观者，也是沟通作品和观者之间的纽带与桥梁，具有相对的理性、客观性和逻辑性。可以说，书法评论或许是书法领域中最难的一部分，评论者不仅需要深刻的技法实践体验，还需熟知书法史、书法理论，甚至对其他相关学科也要有一定理解，通过浅显易懂的表达方式对作品和书家进行公正客观的评价。但是当今书坛却几乎没有这样的群体存在，所谓的书法"评论家"常做的工作居然是对某些所谓的"书家"进行吹捧，多以追求利益和名誉为目的，为自己亲近之人大唱赞歌。且这些"批评家"的身份更令人质疑，当自身水平欠缺的时候（无论是技法或学术哪怕有一点优势），其评论或许也无法服众。

出路：区别对待

书法较之其他学科存在理论、技法、评论"一把抓"的现象，随着学科专业过于细化的弊端日益显现，当其他领域再次强调研究与实践融合的时候，书法学科存在的弊端或许也可能变成一种优势。理论、技法、评论这三方面是无法完全各自独立而存在的，但是可以在综合与统一的基础上，各有侧重，区别对待。

理论、技法分类的再思考

无论是致力于理论研究或技法实践，首先需要明确自己的所长和所短，若以技法入手，旁涉书法的三属性，在拥有一定基础后再思考个人的明确定位。纵观书法史，闻名于世的书家、理论家两方面皆善之人也是少之又少。如唐代著名书学理论家张怀瓘，传世著述甚多，有《书议》《文字论》《书断》《书估》《画断》《评书药石论》《六体书论》等，在书法史撰述、美学观念研究、品评方法创作方面都有重要贡献，不论是研究早期书论书史或清朝民国时期乃至现在的书法现象，都不能绕开此人。但这样一个大家，却不见任何书迹，或许是他的研究美誉盖过书名，或许是他不屑于以作品名世，也或许一心扑在书法研究中而无暇顾及实践技法的精进。可能有人要反驳了，宋代的黄庭坚、苏轼、米芾不是都有书论传世且书法作品也颇受人赞赏吗？请注意宋代的苏、黄、米存世书论多为平时的随笔散记，东坡和山谷在文学方面成就要远远大于书论，并未像张怀瓘一样上升到有系统、有学理的学术研究。

根据前辈书家学者的经验，再结合上文提出的书法三属性，可大致将改革开放以来的书法理论研究分为三类：其一是书法史与书论研究，这与书法的文字属性、文本属性息息相关；其二是书法理论研究，这是以书法的艺术属性作为研究对象，多运用中西方美学或者艺术学理论的研究方法；其三是书法技法研究，这一部分仅仅是对书法的艺术属性中最基本方面进行探索，可以最快地将研究成果应用于实践之中。书法自硬笔盛行之后就逐渐脱离了原有的实用性，而现在的电脑和网络几乎取代了硬笔书写，所以书法在当今社会的作用或许更多的是观赏装饰和收藏娱乐，作为区别于其他国家和民族文化的精神代表而存在。故相应的书法技法实践者大致可分为三类：其一，学书为乐，愉悦身心者。其二，屡次参展，鬻书授书者；其三，高等院校书法专业师生。

目标明确的区别对待

既然理论和实践者都可分为多种类别，就不能以偏概全地对待所有情况。根据以上理论研究和技法实践的分类，可大致分为四种层次区别对待，针对每一层次的理论和实践标准都有所不同。

其一为"眼高手低"层次。他们致力于理论研究中的书法史与书论、书法美学等方面，关注更多的是书法的文本内容，学术性较强，需要花费较多精力读书、查阅文献，而不需过于卓越的书法技法作为支持，只具备基本的书法相关的审美和常识即可。所以对于此种研究者，或许可以略微降低对其书法实践水平的要求，不以书作衡量学术成果。其二为"眼低手高"层次。此类群体技法实践水平较高，其中的大部分作品屡次入展全国性展览并获奖，十分关注每种点画形态的书写方法，笔毫的转换方式以及章法布局的安排等问题，按年龄段可分为老（40后～50后）、中（60后～70后）、青（80后～90后）三代。老、中代书者多在20世纪八九十年代时以参加书法展览出名，如今已在各自领域居重要地位，或是高校教授，或是各级书协领军人物。青年一代以书法专业的学生为主，多数获得高等院校的本、硕学历，但并不致力于学术研究，以卖字授课为业，将自己在实践中的经验所得传授于人，并整理成文字资料，可归属于书法技法研究。纵观书法史，自唐代起，也有一部分书法理论家专门研究书法法度，从形而上的意向式描述转向具体的书法构成因素与形式，研究主题恰好与"眼低手高"、善技法者关注的方向相对应，所以此类群体可以将技巧技法和具体性操作作为书法的切入点，在此基础上多读书、提高知识涵养。同时需要重申的是文化修养并不特指理论研究，提升这方面的能力或许可以帮助书者度过书写中的瓶颈期，避免不进反退的尴尬,向炉火纯青、心手双畅的境界发展,是锦上添花的美事。其三为"眼低手低"层次。这一群体只是学书消乐,将书法当作修养身心的活动,所以对于此类群体的要求不必太高,社会舆论及书法从业者应给予这一层次的爱好者以最大的包容,并引导他们不断提高审美能力,懂得欣赏不同类别的优秀书作。其四为"眼高手高"层次。这是对书法从业者最高的要求,须深刻体会书法的文本性、文字性和艺术性三种属性,做到理论与技法双善,是真正的"艺舟双楫"。想达到如此境界,或许最初着手的方面不同,但每一方面都能得到专业人士的普遍认可,这应该是一、二类型书者发展和奋斗的方向。最后或许因各人的天赋有别而部分群体未能如愿,但毕竟在此过程中加深了对书法的了解,也促进了个人原本擅长领域的提高。

书法评论者的担当和责任

三国时期的《典论·论文》有"文人相轻,自古而然"的言论,如果文质彬彬的学者都是如此,那么感性至上的艺术家必然有过之而无不及,所以当今书坛存在这样的现象:擅长技法者看不起学术研究者,而搞理论的认为只会写字的就是匠人,哪可和自己相提并论。这种隔阂在前文已经稍做分析,我们学书相较于古人是由"一点"出发,逆向而行;但其实还有一避而不谈的重要原因,就是自卑心理作祟,以己之长处攻彼之短,是人性中共同的弱点。了解这些,其实就很容易明白双方所想,技法实践者将大部分精力投入书写练习中,自然没有更多的时间读书和研究,所以对于不了解的理论研究领域自然是不自信的,只有通过"高傲"和"蔑视"来掩饰,反之亦然。此时,就需要书法评论者作为两方之间的沟通桥梁,调解书法技法和书法研究之间的矛盾,这是责任之一。此外,一幅书法作品中的用字或许观众能看出对错,多数观众也能读懂文本甚至能体会出更高层次的含义,但是作品中的艺术美却是大部分观众很难感知到的,这种美是抽象和无形的,所以无法以准确的标尺去衡量。再加上教育体制和美育的缺失,假设观众的审美水平是50分,那么50分以下的作品他们知道其优劣,60分的作品能够欣赏,但对超出日常经验太多的 80 分、90 分的作品就无从判断了，很容易被错误的舆论导向左右。这时书法评论者的作用就凸显出来，他们需要以浅显的话语和表达使得观众明白作品的美与丑，这是责任之二。

至于担当，书法评论者是集技法、学术于一身的大成者，只有自己深入体会过，才能向观众更好地传达。所以其担当之一就是需要经历"天将降大任"的磨炼，耐得住寂寞，然后才能获得可以评论的资格和话语权。在快节奏、追求效率和名利的今天，书法评论者应该作为不趋炎不附势的冷眼旁观者，以公平正义的眼光评价书法作品的优劣，揭示书坛存在的问题。当然不是说评论者就不能犯错，但必须将"搔痒不着赞何益，入木三分骂亦精"作为自己的准则和底线。

总　结

改革开放以来，随着文学、艺术领域的不断发展，在各种文艺思潮的影响下，书法也经历了从新时期到新时代的种种变革。作为新兴、独立的学科，又因脱离实用性而无法以古作为参照，书法就更需要结合时代特色不断探索和创新属于这一领域的发展方式和未来道路。或许较其他学科而言，从产生之初就要求技法实践和学术研究的"艺舟双楫"或许是一件幸事，但毕竟人的精力有限，不可能面面俱到，所以二者在达到一定基础高度后，也是需要区别对待、有所侧重的；在此过程中书法评论的建立就显得尤为重要，是增强前两者之间包容度和理解度的桥梁，是沟通创作主体和观赏者之间的纽带。所以不能以固有的眼光看待书法理论研究和技法实践的关系，无论是哪类书法群体，首先需要做到的都是重新审视自己的身份和定位，其次各群体之间要互通有无，转换视角，全方位地审视作为艺术、作为文化或作为其他的书法。书法理论研究和技法实践的关系是无法完全割裂的，与书法相关的人群也存在多样性，且研究与技法的关系是因类而异的，需要将书法评论贯穿其中，发挥不可替代的重要作用。书法家、学者、评论家有责任在以后可能产生的各种时代性的文艺思潮中，将传统的、中国所独有的书法传承下去，使后世子孙还能切实感受到历史的张力和温度,保持中华民族的伟大精神永不磨灭。

传统粤剧传承在动漫电影中的新探索

刘 妍 青年文艺评论工作者

一、"互联网+"背景下文艺的必由之路

(一) 改革开放文艺思潮的嬗变

传统经典粤剧《刁蛮公主戆驸马》讲的是西戎北狄借口凤霞公主嘲笑其两使臣驼背、跛足有辱国威而兴兵侵犯中原。三关元帅孟飞雄破敌擒将,因公主嘲辱使臣招来外患,于是回朝请旨究罪。凤霞公主聪明秀丽,深为帝后骄纵,金殿上先是唇枪舌剑,折服了两员北狄俘将,后又伶牙俐齿,辩赢了孟飞雄请旨追究罪责的诉求,令孟为之倾心。公主亦看上了孟飞雄的智勇轩昂,并当庭自作主张钦定驸马,帝后降旨许婚。大婚之日,驸马憨犟,公主刁蛮,遂使良宵虚度。在禅师斡旋、开悟下,这对小冤家终成恩爱夫妻。

世界首部粤剧动漫电影《刁蛮公主戆驸马》以动漫电影形式演绎了粤剧传统剧目,讲述了一个倡导夫妻、家庭、邻邦以"和为贵"的主题故事。1943年年初,红线女与马师曾首次合作该剧,并在广西梧州首演,受到好评。半个多世纪以来,《刁蛮公主戆驸马》一直是红线女的保留节目之一。面对粤剧艺术越来越不被青少年熟悉的现状,红线女希望寻找一种有效的方式向青少年推广粤剧。2000年,她第一次提出将粤剧改编成动画电影的构想,并与编剧着手改编剧本,经过4年的努力终于完成。

2009年,粤剧被列入中国非物质文化遗产名录。有潮水所至的地方,

就有粤剧发声,就有喜欢粤剧的观众听众。弘扬粤剧传统文化的同时,不能忽略戏剧自身的发展规律和外部因素。历史上,广东的粤剧有过无上的荣光和辉煌,如今呈现萎缩和弱势,当下多种尝试和探索的鼓与呼,并没有从根本上解决广东粤剧文化实质的问题症结。有"砖家"认为,粤剧被娱乐、外来文化侵蚀而备受冷落,年轻人不喜欢拖沓冗长沉闷的腔调;又认为传承的断层问题严峻,粤剧应该退出历史舞台。新时代背景下,作为优秀传统文化的粤剧,义不容辞地全力以赴争取和培养年轻观众,培养优秀粤剧从业人员和创作优秀剧本。只有一出好戏才能吸引到更多的年轻人。

从历史文化上看,广东是粤剧的重要发源地、形成地。一个地方剧种,三百年不衰不弃,名剧名伶辈出。它是两广地区群众最为常见的娱乐项目,还有分布在"地球村"各个角落的两千多万粤籍华侨华人,大多是观看收听粤剧的粉丝。一个粤剧团一年上百场演出是常见的事,逢年过节,美国、加拿大、澳大利亚、新加坡等国家及中国香港、中国澳门等地区的华人社团,对粤剧团是热烈欢迎的,有名望的粤剧团,声望与经济收入成正比,因此广东粤剧仍有相当大的发展空间。互联网时代,群众获取高质量的娱乐资讯更为便捷和有效,文化消费能力不断提高,艺术鉴赏水平日益呈现多样化和多元化,一味墨守成规,始终无法从困境中找到希望的曙光。

新媒体冲击下,青年人更青睐碎片化娱乐化阅读和观影,如抖音、快手等,他们容易被流行文化、娱乐资讯、追星文化、大众文化等吸引。往日高高在上的粤剧,一副"皇帝女儿不愁嫁"的样儿的日子一去不返。

1. 新媒体新技术带来日新月异的变革

互联网和移动互联网的快速发展使网络平台成为人们消息获取、交流和知识共享的主流平台。"十三五"时期,是承接第一个百年目标和第二个百年目标的重要过渡阶段,也是加快我国网上内容建设的关键时期。

党的十八大以来,党中央和国务院高度重视互联网内容建设。我国网上内容建设取得较大成绩。互联网为不同思想与言论的表达提供了一定空间，成为网民的精神家园。

在互联网内容与文化建设任务中，丰富网上文化产品与服务对于传统戏剧粤剧而言，任重而道远。网络动漫元素是指互联网产生后，以互联网为主要载体进行传播的动漫电影等动漫节目，它的传播形式主要是动漫动画片、动漫表情包、网络动漫游戏、H5动漫、网络插画等。一部好的动漫电影，能够延续和带动动漫品牌产业链，衍生并带动上游和下游产业链，刺激开发各种衍生品和动漫品牌产品。针对系列大 IP（Intellectual property）开发，不少动漫品牌衍生产品得到不断开发，如《熊出没》《喜羊羊与灰太狼》《十万个冷笑话》等，网络营销与产品应用所产生的经济价值均过亿元。

2017年中共中央办公厅、国务院办公厅印发的《关于实施中华优秀传统文化传承发展工程的意见》和《广东省建设文化强省规划纲要（2011—2020年）》精神强调，要积极发展和继承传统文化精髓。

中国早期电影（1905年至1949年间），在中外文化相互交织、新旧思想彼此对话的错杂语境中，呈现出独特的叙事格局并形成优良的叙事传统，通过曲折的情节设置和动人的情感诉求，电影生产者充分发掘出大量的民族民间故事资源，使电影接受者养成一种独特的类型期待视野和故事消费心理。"好故事"的生产和消费及其互动，构筑起中国早期电影的民族气派、大众面向和产业景观。

民族民间故事的选择是中国早期电影的重要特征，通过电影的生产和消费，在错杂的语境中坚守民族意识和个体身份，这也是早期中国电影民众维护民族自尊、反思文化传统和寻求精神寄托的重要举措。早期中国电影人为拓展本土电影的生存空间，将老百姓家喻户晓的话本、戏曲、鼓词以至流传在民间的谚语、传说等民族民间故事，纷纷搬上银幕，满足中国观众的欣赏审美趣味。据不完全统计，从1905年开始到1949年为止，仅仅出自中国古代四大奇书（《红楼梦》《西游记》《三国演义》《水浒传》）以及《聊斋志异》的"故事"影片，应该不下200部（集），根据《琵琶记》《西厢记》《桃花扇》等著名戏曲改编的"故事"影片，也不会少于50部；梁山伯与祝英台、唐伯虎点秋香、孟姜女、白蛇传等脍炙人口的民间故事，更是一次又一次地被翻拍。[1] 20世纪20年代中后期至1940年前后，古装历史片再度繁荣，如经典的岳飞精忠报国、木兰代父从军、关云长义胆忠君等壮举，纷纷通过银幕走进观众视野。1940年，因众多制片公司竞相拍摄民间故事片，被当时的权威电影杂志《廿九年银坛纪事》称为中国电影史上的"民间故事年"。

中国动漫电影最早萌芽并出现在20世纪20年代。早期的动漫电影代表作是《大闹天宫》。早期动漫电影的创作题材大都选取我国传统神话传说、文学名著、历史故事等。如民间传说《神笔马良》系1955年靳夕导演的《神笔》的创作源泉；《小蝌蚪找妈妈》系1961年以齐白石《蛙声十里出山泉》为母本；《哪吒闹海》系根据古典小说《封神演义》部分章节改编而成，不胜枚举。改革开放初期，中国动漫电影受他国影响较大，近年来，西化现象越来越少，中国民族元素日益凸显和加重。2018年7月上映的《风语咒》就是一个典型的例子。影片所呈现的民族画风，彰显中国传统儒家孝道、廉耻等精神内核，即便在暑期大片扎堆中，仍然叫好又叫座。

2008年横空出世的《功夫熊猫》瞬间征服了包括中国观众在内的华人华侨观众，几乎是老少咸宜，全年龄覆盖。票房无须赘述。功夫是中国的，熊猫是中国的，然而《功夫熊猫》却是好莱坞的。带着浓厚好莱坞风格的《功夫熊猫》，精神内核确实是地地道道的民族风格。由此产生一个思考：中华优秀传统文化如何与动漫电影相结合，制作真正属于本民族的动漫电影的高原高峰，更有效更好地传播中华民族的文化、思想？

粤剧面临的传承困境主要原因：传统社会的地方戏剧受到外来文化冲击，歌剧、木偶剧等西方戏剧和各种融合新媒体的娱乐方式日益被

---

[1] 李道新：《中国电影史研究专题Ⅱ》，北京大学出版社，2010年，第37页。

广大青少年所接纳。群众的娱乐不再单调枯燥乏味，越发多元化和多样性。近年来各粤剧团逐渐开展粤剧进校园活动，与高校群团组织紧密合作，开展形式多样内容丰富的粤剧观演活动，增设粤剧培训班。

建议：粤剧推广从基层群团组织抓起。年轻人有活力有热情，多鼓励学校建立涉粤剧的戏曲社团和兴趣小组，由学生自发地组织观演、研讨，从兴趣出发，从本能的喜爱出发，大力培养年轻观众群体。高校的粤剧社团组织成员具备粤剧方面的基本知识，是粤剧专业人才培养的后备人才梯队。

焕发粤剧活力的关键在于创新。时代瞬息万变，适应时代的变迁必须与时俱进。粤剧无法在年轻观众中留下印象，最为关键的原因是部分粤剧演出和粤剧产品无法适合年轻人的口味，而且在年轻人中形成了枯燥乏味的印象，自然无法激起年轻人了解和学习的热情和兴趣。粤剧若要留住年轻观众，就要求变求新，多推出粤剧的创新产品如粤剧网游、粤剧电视剧、粤剧动画等。在题材方面，多与时代当下接轨，多与生活现实联系。

全方位多角度培养粤剧人才，建立切实可行的培养人才机制。相关部门的资金扶持政策倾斜，专业院校的大力培养，为粤剧表演中各个岗位的人才培养，实现人才的全方位多角度培养和保障，方能有的放矢地促进更多的粤剧职业发展。

2. 哈罗德·伊尼斯的媒介决定论

哈罗德·伊尼斯的媒介决定论阐述，一种新媒介的长处，将导致一种新文明的产生。不同的时代都有和时代相适应的媒介形态，和社会现实的互动产生出各自的偏向，从而对社会文化产生影响，而不同的媒介也产生不同的艺术样式。网络的出现扩展消解了媒介决定论的影响。因为传统的倚重时间和倚重空间的分法是建立在时间的耐久性和空间的易传性的基础上的，传统的任何一种媒介都可以划分到二者其中之一。但是网络媒介我们找不到可以归入哪一类，因为网络媒介兼具以上的两种属性。储存解决了时间问题：即时传播的空间易传性。

何为电影的核心内涵要素？动漫电影、故事电影和纪实电影等类型电影，其内核均为叙事。从一个国家的文化意识形态体现而言，电影的叙事风格尤为重要。动漫电影与其他类型电影相比，在受众的意识形体、年龄、教育程度、阅历等方面，要求都不高，总体呈现低龄化的倾向，甚至有全年龄段覆盖的倾向。国产动漫电影在叙事风格和文化意识传播有效性等方面都有重要价值。动画作为动漫最初的表现形式，其诞生早于电影。先民很早以前就通过"走马盘"等装置来实现静止动画形象的运动。1877年，雷诺采用活动视镜作为播放装置；1892年，世界最早的动画片在巴黎雷万蜡像馆播出；1895年，电影出现。雷诺的早期动画片就已经具有现代动漫电影中的巧妙剧情、典型的人物、生动的形象以及拼凑的故事情节等诸多特点。戏剧、动画、电影三者结合，即戏剧动漫电影，极大地推动了动画电影的普及和发展，动漫电影作为电影类型片中一个较大分支，从诞生之日起就已经开始推进动漫电影的发展。动漫电影早期相当注重人物塑造情节细节表达，加上特技效果的巧妙运用，充分体现了动漫电影所具有的独树一帜的观影效果。

综上所述，叙事是电影的核心，戏剧动漫电影当然不例外。戏剧动漫电影对于文化产业表达，不可避免地传达文化意识，从叙事风格角度研究文化意识的表达问题，对于国产戏剧动漫电影叙事风格的观影群体培养和文化意识传播有效性、实用性具有重要价值。

任何艺术创作不可或缺的一项重要能力是想象力。戏剧动漫电影的想象力尤为突出，常规电影大多描写成人世界中的价值取向，当下不少青少年题材的电影中或多或少地人为加入了成人视野中的价值观。戏剧动漫电影是反常规反套路的，动漫戏剧冲突中寓教于乐，从而使动漫电影形成自己独特的表现形态和叙事风格。

运用中国传统戏剧文化元素，以憨驸马与刁蛮公主的欢喜冤家"爱情"为主线，展开了情节的再创造和情感的进一步升华，动漫电影表现手法的引入，充分体现了"中国元素""中国故事"的特点。

戏剧动漫电影中的中国语言文化是深入浅出的，深刻地体现了反传统反封建，生命个体的自我觉醒与追求自我实现自我价值的独立个性。戏剧动漫电影的传播，说明中国的传统文化正在"地球村"内闪耀光芒。戏剧动漫电影在本土文化的传播上，应赋予更多的"中国元素""中国故事"文化内涵。

戏剧动漫电影系一定时空内的情感艺术表达手段和形式，具有较强的民族性。除了伦理文化、审美趣味、文化心理等，最重要的还是选择什么样的艺术载体，艺术作品中怀揣本民族本时代的情怀，才能塑造出民族风味的艺术作品。粤剧是两广、海南等地区群众喜闻乐见的娱乐休闲方式，脸谱化的人物造型设计，强烈表现出民族性、地方性和戏剧性，是中华传统艺术的继承和民族化道路结合所达到的创新。

中华传统文化讲究意境美、含蓄美、内在美。从美学的观点上而言，意境是艺术中一种情景融汇的境界，艺术家心中的"情"，客观外在世界的"境"，是主客观世界相结合的产物，它是情与景、意与境的相辅相成。

戏剧动漫电影创作是历史性的创新，传统戏剧有其固有的特定"风貌"，是一个个体与群体相结合的过程，是艺术形式的创新变革，选择经典戏剧中"原型""母本"进行创作，遵循"生活艺术化，艺术生活化"的美学观点，是动漫电影创作之路。

戏剧动漫电影的文化阐释主要有两个维度，戏剧动漫电影独具特色的风俗民俗人情世故，是中华民族文化内涵的重要组成部分，暂且称之为民族艺术。戏剧脸谱的运用就是一大创新，一个"亮点"。中国特有的民族艺术——剪纸、皮影被搬上银幕，更加增添了中华优秀传统文化元素，讲述中国故事的手段更为多元多样。艺术手段方式的加工、再现、夸张等多次加工，瞬间转化为"动态艺术"，是中国传统文化与艺术审美结合所产生的价值体现，深厚的文化底蕴和内涵成为艺术审美中独特价值所在。

展现民族性为主的风格样式还是追求意境美为主的风格样式，高于生活为主的风格样式还是教化为主的风格样式，始终要回归到"民族性"

这个专有的灵魂中来。

影戏融合是"跨媒介叙事",是电影本体和戏剧美学的融合。电影与戏剧在本质上是两种不同的媒介。美国传播学者詹金斯曾在21世纪初提出"跨媒介叙事"[①]的概念。科技日新月异,新媒体出现和多媒体融合业态的不断深入,"跨媒介"叙事在电影产业中处于高频率的呈现。戏剧动漫电影作为一种新媒介的多样性叙事手法,同时保留了传统电影的叙事特点与基本叙事结构。影片内部增添传统戏剧元素所特有的叙事元素,增加了只有在戏剧中才会出现的桥段和情节;影片外部增添了对戏剧互动叙事学[②]的采用,与经典叙事学受叙者只能被动接受叙述者的叙事意志不同,互动叙事学强调叙事必须在叙述者与受叙者之间的互动中开展,无疑在影片与观众之间,搭建了一座互动的桥梁,观众可以通过对电影中的情节或细节的洞察与重新拼凑,最后获得全新角度的连贯叙事体验。

粤剧文化APP建设六大步骤主要有文本整理、图像采集、视频采集、音频采集、软件制作、输出呈现。在优秀的多媒体产品中如果只有文字、图片、视频是远远不够的,动画技术作为一种特殊的具有活力的表现力手法,设计软件中可以导入初级编辑完成的动画效果,根据对图像的深加工,对字体、行距、字距、颜色、背景、图片、底纹等进行处理。APP除了对粤剧主要流派的分析研究传播等外,还涉及最新的演出资讯、民俗文化、舞台艺术等介绍,与观众互动,形成强有力的粉丝文化等。

(二)新时代对"网络+文艺"创新模式的阐释

截至2017年12月,我国网民规模达到7.72亿,全年共计新增网民4074万人。互联网普及率为55.8%,较2016年年底提升2.6个百分点。党的十八大以来,党中央和国务院高度重视互联网内容建设,互联网为

---

① [美]亨利·詹金斯:《融合媒体:新媒体与旧媒体的冲突地带》,北京:商务印书馆,2012年,第423页。

② 美国学者玛丽-劳尔·瑞安《故事的变身》(北京:译林出版社,2014年)所涉及的概念,用以区分新媒介与旧媒介之间的叙事特征。

不同思想与言论的表达提供了一定空间，成为网民精神家园。互联网内容规制性法律法规的实行，维护了网络秩序。网络强国战略、大数据战略、"互联网+"行动计划，加强了网上思想文化阵地建设，国家顶层设计为网上内容的建设指明了方向。

网络文艺是呈现于网络媒介上的一切文艺样态的作品，托生于网络是基本要素，却未必是网络自身独有的文艺形式；网络文艺依赖网络受众的观赏和阅读，但也会影响到其他媒介的受众；网络文艺生存取决于网络媒体的生产操作模式，但开始规模化地在传统媒体衍生并扩大影响；多种形态的网络产品造就网络文艺多元互渗景观，但影响着传统媒体的创作和受众。或可将"网络文艺"界定为：受网络技术、新媒体和社会变迁作用与影响而禀赋互联网艺术思维，并以新型艺术生产方式来表征时代生活、表达现代性体验和思想感情的审美艺术形式。其外延包括网络剧、网络文学、网络动漫等。其质的规定性有互联网艺术思维、新型艺术生产方式、审美艺术三个方面。

二、以粤剧《刁蛮公主戇驸马》动漫电影改编为例

（一）传统粤剧的历史积淀和传承

红线女在当代粤剧史上占有重要地位，从演 60 载演出的粤剧近百部，艺术上承前启后、继往开来。粤剧在传统的基础上吸收京剧、话剧、昆剧、歌唱、西洋歌唱方法等技巧。

粤剧承载着数代人的集体回忆，成为"地球村"拥有共同语言文化人群的情感归属。真正理解和喜爱粤剧文化内涵的人，才能做出真正让人动情动心动容的设计。一代粤剧大师马师曾、薛觉先、红线女等早已驾鹤仙去，而他们留下的珍贵影像资料，却是时代的宝贵财富。运用先进的数字影像技术，还原或再现一代粤剧名伶的风姿绰约，实属一件幸事。由此，我们可以欣赏到高品质的粤剧视听效果和舞台服饰效果，充分利用 Flash 视频嵌入技术、3D 投影、VR 等体感交互手段，增强互动和参与性。众所周知，声音、图像、文字、动画、视频等多媒体信息手段

的综合运用，可呈现给观众全新的具有数字交互性的体验作品。例如，在动漫电影《刁蛮公主戆驸马》中，配音全是马师曾和红线女原声，让观众在欣赏真人原声之中，重温两人的定情之作。观众在不被刻意营造的氛围中熏陶，特殊的情绪中欣赏多媒体影片。年轻的粤剧观众，既参与了粤剧的生命史，心灵和情感世界也会因此而丰厚。

数字化是手机媒体的基本特征，具有网络媒体互动强、传播快、画面感强等传播优势。便于携带和使用是手机媒体的主要特征，而基于 Flash 视频嵌入技术、3D 投影、VR 等体感交互手段而创新的戏剧动漫电影《刁蛮公主戆驸马》则成为一种新形式的动画。Flash 视频嵌入技术是集现代计算机、互联网技术与当代流行的审美文化，运用规则化的设计原则，将数字媒体技术融入艺术设计中，给我们带来许多新的作品形式和美学概念，提高设计艺术和数字媒体技术革命性的变化。手机动画，通过互联网下载、玩、转发等功能服务，在交互式图形制作的多媒体动画内容中实现与消费者灵活互动，更加符合现代人的快节奏生活。这与互联网流行的动画是相同的，通过技术手段，以无线的方式直接在手机客户端呈现，接受相关动画服务，提供动画短片以及手机动画系列图片。

（二）粤剧《刁蛮公主戆驸马》动漫电影表现手段、人物塑造

动漫电影的传播具有交互式特点，主要体现为实时性、互动性、主控性等特点。传播是瞬间的传播性的，播放平台与观众互动基本上是同步的，无缝对接沟通无障碍，形象而言，就是一对 N 的沟通过程。从媒体传播到大量的观众，传播时表现为继时性的传播方式，无限大的"朋友圈"使得传播呈现最大规模效应。通过弹幕、留言等方式，传播者和观众在信息和观感的反馈上实现即时交流。好玩、褒贬、古灵精怪、奇思妙想都在弹幕中自然形成，粉丝群经济呼之欲出。根据各取所需而分散媒体元素，手机客户端用户可以实现点播、选择手机动画影片功能。

(三) 粤剧《刁蛮公主戆驸马》动漫电影受众年龄、鉴赏审美分析

动漫电影《刁蛮公主戆驸马》是传统粤剧戏曲内核加上新元素动漫。当动漫邂逅传统戏剧，会发生什么样的"化学反应"？主创人员认为，《刁蛮公主戆驸马》非常适合增添动漫元素。无论是从人物设计还是表达主题上都很适合加入动漫色彩这一现代化元素。从服装、头饰直至人物设计，都充满了动漫风和飘逸的浪漫情怀，色彩丰富的造型、民族特色的服装配饰，动漫人物代替了体现演员基本功的大花脸、大水袖等造型，无不让各个年龄层的观众叹为观止。粤剧焕然一新的观众体验，有趣好玩，新鲜活泼。给观众心中留下的视觉和心理的想象空间，引导观众留恋和再次消费，这一消费心理，引起15岁至25岁年轻观众的好感和兴趣。

传统优秀戏剧求变求新非突发奇想，而是时代的呼唤，观众的需求。2003年9月，两名中国戏曲学院毕业生的京剧动画作品《空城计》《霸王别姬》，在全国动画大赛中获得殊荣。动漫与传统戏剧结合，已成为传统戏剧生存与发展的必然选择。

《刁蛮公主戆驸马》是经典粤剧保留曲目，更是马师曾与红线女的定情之作。早在2000年12月，红线女首先提出将《刁蛮公主戆驸马》改编成动漫电影的设想。影片讲述一个刁蛮任性的公主如何被她的那个憨驸马所折服，宣扬"和为贵"的传统道德观念，戏剧节奏清新明快，既有爱情主线又有逗趣戏弄的情节。改编成动漫电影后的《刁蛮公主戆驸马》不仅保留了原有传统戏剧的艺术精髓念和唱，而且增加了电影中的独有技术、音响效果等方面的优势，较之舞台剧表现得更加美轮美奂，细节处理上更加逼真，颇具时尚美感。刁蛮公主的动作姿态表情全部使用了动漫人物进行塑造，传统的道具、服饰、化装在影片中不再使用，推动剧情不可或缺的火麒麟、八哥，在影片中处理成了写实的情景。"鹦鹉学舌"生动有趣，十分吸引年轻观众的观影兴趣。

动漫版的经典粤剧，情节更为紧凑，节奏更为明快，人物关系更为一目了然。影片的时长仅为原剧的一半，从3小时缩短到1小时19分

钟，更符合现代人的审美习惯。深爱粤剧的红线女曾动情地认为，动漫粤剧这一新载体，可使粤剧传播更为广泛。

从粤剧观众和专业研究者角度而言，此片存在一些不尽如人意之处。如人物造型过于日韩化，受日韩动画风的影响较深。传统粤剧中生旦在面部要涂抹胭脂，戴耳环、簪花、绢花等；影片人物对话中，面部表情要与配音口型同步等。

由此例可以肯定的是，通过多媒体技术将传统的粤剧动漫化数字化后，观众不仅可以通过互联网欣赏到唯美的粤剧表演艺术，还可以利用智能手机的上网功能随时随地随意地了解观看粤剧表演艺术。即便是片段式的欣赏观影，也能在不知不觉中进入年轻人的生活和视野中，对于发扬和传承粤剧文化是多多益善的。

三、网艺出海为抓手的新时代文化产业的构建

（一）中国网络文化产业具有四大特点

1. 中国网络文化产业覆盖的细分领域广泛

细分领域广泛，包括网络游戏、网络动漫、网络音乐、网络视频、网络直播等，产业迅速崛起，大大增强了文化产业的总体实力。

2. 技术推动，用户规模庞大，产业规模巨大

优秀的网络文化企业层出不穷，部分细分领域在技术水平、经营模式创新等方面走在世界前列，网络游戏、网络文学、网络直播，是全球最大市场。

3. 博大精深的中华文化成为网络文化建设的重要源泉

优秀传统文化瑰宝和当代文化精品的数字化、网络化传播得到快速发展。

4. 中国网络产业相互融合与共生特点显著

围绕 IP（知识产权），实现了电影与文学互动、电影与游戏互动、动画与游戏互动等。

产业链构成囊括孵化、运营、变现产业链环节。

（二）2017 年中国网络文化产业的市场规模分布

2017 年，根据内容流转规律、规模体量，网络文化产业依次覆盖上、中、下游产业层面。上游（网络文学和动漫）达 1627.6 亿元；中游（影视剧、网络直播、网络音乐）达 1453 亿元；下游（游戏和衍生品）达 2684 亿元。

网络文学改编影视占中国网络文化产业价值的 56%。文学出版中的三大块包括"青春文学"（少女系、清纯系）、"大众文学"（玄幻系、奇幻系、悬疑系、传奇系、历史系）、"影视星书"（同名小说、幕后传记）等。文学出版转换为影视制作序列，主要涉及改编权、品牌化、题材库等。其中改编权涉及委托创作协议、影视剧改编权转让协议、剧本购买协议等 40 多项。逐步形成的模式撬动了价值链杠杆和实现了长尾效应。

（三）网艺出海的基本要素与新时代文化产业的构建

"文变染乎世情，兴废系乎时序"，融媒体时代的基本要素主要有全球化、技术、资本（产业化）、政策等。泰勒·考恩在《创造性破坏——全球化与文化多样性》中，从艺术与经济相互关系的角度论证了经济全球化进程并非绝对地导致文化同质化，个中情形较为复杂，"文化的同质化与异质化不是替代的关系，它们会一同出现"。

动漫电影独特的表演艺术，能充分地表现粤剧的艺术美感。动漫人物更善于表现角色的幽默、夸张，用变形的手法，表现人物表情及语言，生动刻画人物性格，相比传统粤剧拖沓的情节和冗长的叙事风格，动漫粤剧电影更能吸引青少年观众，掌握和培养未来的社会消费主体，拓宽粤剧发展空间。网艺出海将是新时代文化产业构建的重要组成部分。

宁夏诗人诗语特征探析

马晓雁　宁夏师范学院文学院

中国当代诗歌研究中有较强的代际意识，尤其是对诗人以出生年代为依据的代群划分十分常见。比如"60后""70后""80后""90后"等。这种区分有一定合理性，突出了社会历史背景对诗歌创作的影响。但命名本身就是一种遮蔽，这种代群划分虽然带有文学史化的光环，也更便于陈述，却在一定程度上损伤了诗人个体诗美价值。更关键的是这种区分的依据并非出自诗歌最本己的语言特征，从而造成片面、粗暴和外在的队伍归属。作为一种外显为建筑材料的诗歌元素，诗语才是更本己的区划依据。在不同时代的文化格局中，诗语在语体、语言和话语等方面都呈现出不同的形态与特征，也形成了诗美的差异，显出诗歌这一文体发展过程中更有效的语言代际特征。[①] 因此，在考察特定地域中的诗歌创作群体时，能够从社会历史背景、诗歌言说内容及诗语特征等多方面入手才能够更加立体准确地关照。当然，相对于年代划分的便易性、确定性，从诗语特征的角度分析诗人创作的代际特征是一种冒险，甚至会是无结论的分析。因为诗语特征并不一定带有普遍性，它更多与诗人个性特征相关联，在短时期内不具有必然的历史演进性。而且，就个体诗人而言，其诗语特征在每一首具体的诗歌中可能因为具体的表达需要与情境都会随机变化，因此，从诗语特征出发观察诗人创作只能是以其

[①] 傅元峰：《寻找当代汉诗的矿脉》，太原：北岳文艺出版社，2014年，第37页。

最突出的特征进行描述，而不能做到绝对的全面。作为语言的艺术，诗歌更本己的质素在于语言本身，若能在诗语认知上有丝毫掘进，都值得冒险前行。在当代众声喧哗的诗歌创作中，宁夏诗歌创作相对宁静与疏离。但也正是这种宁静与疏离在某种程度上成就了宁夏诗歌，使其能够在"通向语言的途中"潜心于诗歌本身。

一、创作队伍概貌

新时期之前，受国内特定社会环境与文化氛围影响，宁夏本土诗人相对寥落的诗歌创作中充盈着口号化、公式化、概念化的政治抒情。新时期之后，宁夏诗歌创作在整体社会思想大解放的潮流中起步。1979年3月6日至10日在宁夏银川召开宁夏文学艺术界第一届第三次全委扩大会议，宁夏文学艺术界联合会正式恢复工作。1980年《宁夏文艺》第1期刊发评论员文章《文艺的春天必将到来》，以乐观的历史姿态预告了宁夏文学在"断裂"与"重建"中必将迎来真正的春天，在创作实绩中践行"新时期"的话语策略。同期刊登的诗人高深诗作《致诗人》，其中"当你凝视母亲的创痛时也不必哀伤／从苦难中站立起来的巨人格外坚强／历史的脚印已刻在九亿人民心上／寒尽霜穷春伊始，有道是多难兴邦"[①]的诗句带着话语与历史的双重伤痕，但一代人的社会责任感令诗歌充满豪情。远离政治、经济与消费文化中心的"西部"一方面在一定程度上造成宁夏诗歌在新时期起步期的岑寂以及与主流的疏离，另一方面却成就了宁夏诗歌的特质。在20世纪70年代末期历史惯性思维的滑动中，主流诗坛迎来现实主义创作的回归和"地下诗歌"浮出历史地表，宁夏诗歌在对苦难的书写和对西部的歌唱中获得了自身独特的言说。肖川、秦中吟、吴淮生、罗飞、丁文庆、屈文焜、葛林、高深等一批诗歌写作者带着历史的话语"伤痕"写作完成了过渡期承前启后的历史使命。20世纪90年代前后，一批出生于60年代的诗人逐步走向创作的成熟期，

[①] 倪万军：《叙述的困境——宁夏文学观察》，银川：宁夏人民教育出版社，第162页。

开始引领宁夏诗歌创作走向繁荣。杨梓、王怀凌、梦也、单永珍、杨森君、冯雄、雪舟、张联以及"70后"中较早步入诗坛的杨建虎等一批诗人的创作在独特的地域文化环境中又注入了各自个性化的人生体验。有雄浑、豪迈、粗犷、悲壮的西部气质的注入；有对故土家园的吟唱与对城镇化建设过程中转型期人与社会心理轨迹的刻写；有对人的存在困境的谛视与思考；有对自然和谐的文化人格的追求与对超然闲淡志趣的表达……正是这批诗人的创作使宁夏诗歌能够以自己独特的艺术风貌进入、呈现在国内诗坛。时至今日，撑起宁夏诗歌天空的依旧是这批诗人的创作。21世纪前后，"70后"诗人郭静、林混、阿尔、郭玛、林一木、马占祥、安奇、瓦楞草、西野、胡琴、谢瑞、刘学军、查文瑾等写作者在更加开放的诗歌文化背景中以更多元的价值观与更纷繁的创作技法步入诗歌创作。21世纪第一个十年以来，在"比特"时代、"自媒体"时代等纷繁的命名中迎来的是诗歌传播方式的巨大变革。尽管这也让当代中国诗坛更加混乱和芜杂，但以往诗歌写作者只有通过官方文学刊物、纸媒才能出线的局限得到一定程度的改变。在这样的大背景下，宁夏"80后"写作者大多走了一条通过网络筛选再获得纸刊认可的诗歌路途。在创作数量上，这个新生的群体也相对更加壮大：刘岳、马泽平、刘京、王西平、王佐红、许艺、陈永强、李文、田鑫、马璟瑞、王强、白军、朱喜利等。在新的传播方式中，一些此前相对"沉默"的"60后""70后""80后"诗歌写作者比如导夫、张富宝、木耳等经过网络淘洗显得格外耀眼。与此同时，"90后"诗人也以其殊异的教育背景、文化背景显示出诗歌创作的实力。

二、诗人诗语特征

（一）"60后"代表诗人诗语特征简析

作为"中间代"的"60后"诗人"贯穿式的写作见证了中国当代诗界的历史进程"。在"归来诗人""朦胧诗""第三代""七十年代"之间游走，在"主流"与"民间"之间，在"粗鄙"与"崇高"之间，在

"中国"与"西方"之间,在"传统"与"现代"之间穿行。① 构成了"60后"诗人在整体上丰厚饱满的写作。在宁夏,"60后"诗人的这种贯穿式写作支撑着宁夏诗歌的脊架。在诗语特征上,"60后"诗人的诗歌语言在整体上也显示出丰富多样性和多层次性。在个体诗人的诗歌创作中,诗语的单质化比较明显。但这也不能掩盖其中佼佼者的诗语光芒,或者,是将他们反衬得更显在。

在内容上,冯雄歌唱土地,歌唱乡村,他以雅致的喻体语言说出"大地上黄昏的谶语"。《乌鸦》一诗以层叠的追问结构,茂盛的隐喻赋予诗歌多义性。其诗歌意象也多于农事与自然事象中摄取:"那些月光 那些水桶/那些映在水中的脸庞/秋风的吟唱将迷途的蚂蚁/找回 谁的踽踽独行/将马车上的粮仓一扫而光"。这些并无直接因果联系的事物在直陈式的语言中被罗列,却因农耕背景而和谐共处。同时,疑问消解了单纯的物象描摹,使诗歌在抒情的向度上带有了思考的光芒。即使是"集合起所有的微尘/把乡村歌唱",诗人豪迈的诗情总能使其诗歌歌唱得荡气回肠,从而在"最贫瘠的地方"高扬起粗犷、豪放、悲壮的西部气象。更能体现冯雄诗学自觉的诗作《铁匠铺》《劈柴》《瓦》等将诗歌与农事行动完美结合而形成了浑然一体的诗境,在诗语空间上又开辟了相对多维的向度,诗歌主体的情感空间、诗词的织体世界、农事生长的季候相交织,大大开拓了诗歌维度而使诗作显得丰沛厚实。更为可贵的是,这些诗歌脱离了单纯对土地母性体质的情感依恋而饱含诗歌语言探索的智性因素,"火在刀刃上唱歌 赤膊的人/让词语和词语说话",诗人以铁匠般的锻打,锤炼语言,萃取语言中的诗意光芒,从而使诗人在做历史穿越的过程中并不因其"60后"的出身而在诗语上显得"过时"。

诗人王怀凌以一首《土鳖虫的歌唱》宣示了自己的诗学经验与理念。这只诗歌田野上的"土鳖虫"深情吟唱着他的故乡西海固,想要"为自己的生存留下证词,也为自己的经历留下依据"。与其诗歌理想

---

① 傅元峰:《寻找当代汉诗的矿脉》,太原:北岳文艺出版社,2014年,第33页。

相因，王怀凌诗歌最深刻的价值和意义也在于其对社会与当下的介入性上。城镇化带来生存方式与生活方式的急遽改变，农耕文明被城市文明取代的过程以及城市文明形成之初的种种"荒蛮"在西海固被放大。原本缓慢而漫长的时代更替在王怀凌这一代西海固人那里无疑是一场浩大的文化与精神动荡。作为诗人，吟唱故乡之时成为这场巨变的记录者。另一方面，其建构地方历史、风物、人物交织的诗学使其诗歌充满了社会学的辩驳。① 在诗语上，王怀凌能够在丰富的生活经验中体悟并精确使用不加雕琢的语言直陈出对象物。《中秋夜·阴》一诗在语言上直陈了司空见惯的自然事象，不需要点缀，不需要桥接，不需要兑换……只有精准的剪裁，单凭诗题就是对写中秋写月明的诗歌河流的绵延与丰富。《长兄》一诗十分简约："每次回家，都睡偏房／今年，小弟把堂屋让给我住／他什么也没说。但我知道／父母不在了，长兄如父／半夜惊醒／仿佛自己被岁月推到了悬崖边上。"虽依旧是散文化的叙述，诗语明白如话，在诗歌的换行上依赖于自然的语气停歇。但因为诗歌包蕴了深厚的人世经验而在情感上赢得普遍的共鸣。与冯雄相比，王怀凌的诗歌语言相对"单质化"，在诗歌维度的开掘上更忠诚于西海固大地上的生存景观呈现，同时，散文化的抒情语言使其诗歌相对"平面化"。但因为精确，其直陈式的语言同样在一些诗歌中因穿越历史的力量而获得了恒久的魅力。

单永珍是"60后"宁夏诗人中最具西部气象的诗人之一。他的诗歌在力与美中更多呈现前者。不羁的性情使其诗歌关注更加宏阔的地理空间与更加深广的历史空间。在词汇的选取上多充斥着雄浑奔放的诗情。"鹰有神示，无限的荣光在于飞翔／寒冷的内心有超度念想／／三危山绝命的海拔／大地上的光阴走如奔兔／／一叶被偷走的风马旗／羞愧的星宿上楔进信仰／／……敦煌啊！我带着飞天的梦想拼死一跃／留下羽衣霓裳／／天

---

① 牛学智：《文化现代性思想与当前宁夏文学题材透视》，《文学自由谈》，2018年第 5 期。

空啊！你无耻的广大里落木萧萧／我只带走飞翔。敦煌——"在生存空间越来越罅隙的当下，西部那带有神谕的天空已遥不可及。其粗犷的语言因缺乏对事物更精微的观照而在情感方式上与当下社会形成一定隔阂，尤其是其诗歌中遥远西部的意象很难在当下社会生存中获取读者的情感共鸣，反而是其《走西口谣》式的谣曲在民间性的弥合中更显生命力。

"60后"诗人中，杨森君是一位具有更清晰诗学版图的创作者。正如慢骑士所言：显明的个性风格使其诗作早已超逸出地域性的阈限而具有了更普遍的价值。杨森君富含哲学意味的抒情在并无雕琢痕迹的陈述性语言中化开，如糖在水，无核无迹却又无处不在。在诗句上均匀地用力，但平静的语言湖面下波涛汹涌。随意摘取其中一首，比如发表于2002年第9期《人民文学》上的《午后的镜子》："迷离的光线与停摆的钟之间／一扇获得了宁静的窗子变得幽暗／／它构成空虚／它在我脸上衰老／／旧木上的黄昏／移动着花篮悬浮的影子／／我已习惯了／眼前可能掠走的一切／／我在墙镜的反光里，看到了／慢慢裂开的起风的树冠"。无须修饰，单凭直陈却能抵达目的地，这种诗语能力来自诗人的禀赋，来自阅读与启悟，也来自长期的书写经验。这首诗在整体上是一次凝思的行动。除去目光、思考，一切在午后的静谧笼罩之下于镜子反照中完成。几乎绝对的静止在明亮的午后时光中自然生成诗歌意涵上主体的不安。在不安之寂静中，诗歌有了字、词、句、行、节与章。在换行上，该诗做到了诗思的换行，而非散文式的说话气息中断形成的自然换行。诗的换行要有意义上的跳跃，诗思上的断层，情感上的递进变化。最理想的状态是每一句有其独立的诗思空间，又在换行时与下一句之间形成梯级，如悬崖崚嶒。而诗意又能在无辞的换行地带流曳。不然，只能是无谓的另起一行，而非切换。在当下流行的诗歌写作中，常见的书写方式是铺陈，或者用漫衍的叙事装点思想与情感枯竭的诗歌建筑，在收束之时以机巧造成"事故"，从而在意料之外完结篇章。《午后的镜子》在墙镜的反光里迎来语词上的结尾部分："慢慢裂开的起风的树冠"。诗歌结束在名词地带，而非动作事件。但诗兴、诗味、诗意上，"诗"才在慢慢起风的树冠上打开。杨森君诗歌在凝望人世、凝思存在、谛听内里时，其"屏气凝神"的自制力来自诗人个性，也来自他对自我安放的态度："我肯定有一种死亡的美／衬托着一切生者"。

整体上，"60后"诗人在精神气质上是大气高昂的，也是深沉厚重的。在宁夏文学尤其是西海固小说惯于书写苦难的习性中，诗歌却独得豪迈。在诗歌语言上，"60后"诗人在本能使用语言的诗歌土壤中勇于探索，走上创造语言的开拓之路。

（二）"70后"代表诗人诗语特征简析

宁夏"70后"诗人的创作并没有像"60后"那样相对整饬地出现。有些"70后"在"60后"呈现整体创作实力时就已登上诗坛。有些"70后"直至21世纪第一个十年之后才在网络传播的环境中破壳而出。但在对诗人诗语特征进行观察时，这种先后与迟早会脱离出生年代的框定构成"70后"诗人诗歌语言经验整体的丰富性。在诗语特征上，"70后"诗人更多显示出个体诗语的复合性特征。

在"70后"诗人中，杨建虎较早步入诗坛。这位诗人以一种天然的浪漫情思深情吟唱了他所在的场域。他敏感、细腻的感受方式使其在呈现世界之时选取和剪裁了"白云""花朵"一样的纤敏美好的事物，又不免蒙上了美的易逝的忧伤。在诗歌语言上，清丽、明亮、甜美。在宁夏诗人集体高颂豪放悲美的西部情节之时，他的出现，为西海固贫瘠的黄土地诗情增添了一抹温柔的绿意，但明朗的诗语与散文式的表达并没有在诗艺上带来更多启示。

郭静是一位自觉用对象书写主体自我的诗人，他冷静的诗意与疏离的态度使诗歌并不过分热烈地拥抱又不决然地拒斥，而是："像一棵树一样倒下／听得见訇响或者什么也听不见／倒在宽恕着的大地上。这就够了"。他讲究的诗歌语言与关于存在的诗思在那些短章中以寓体的诗语得到轻松的呈现。《悬空的果实》中："我只看到果实／同好多人一样——／我看到她红艳、圆润，越来越丰满／我看到诱人的果香／仿佛裹着丝绸的光芒／穿过一片又一片叶子／照亮了整个果园／风轻吹 她晃动一下／

我的心就咯噔一声／整个夜晚／我就在这种不安和担心中／彻夜未眠"。这是对自我内心焦虑和不安的白描，也是对一种人类心理的寓言。

单永珍在西野诗集《青鱼点灯·序》中这样阐析西野："西野的选择是撕碎自己。那些忧伤、痛苦、哭泣、呐喊；那些黑夜、乌鸦、黄昏、野草；那些姑娘、谣曲、背影、醉眠；那些光辉、思情、太阳、绝恋，都与西野保持着呼应，冷暖色调交相构成诗人的写作谱系。"从意象选取看，这些与西野密切呼应的事物并不能将其与其所处的诗歌历史背景拉开。但进入其诗歌潜行的针脚，就能看见他在诗语的锋刃上做过怎样的冒险和舞蹈。朦胧、多义和含混的隐喻使其诗歌托付出立体的意涵。"旷野上的月光已经起轿／大地空空，盛满寂静／鹰在水底清点雷声／鱼在子夜缝补翅膀"，从鹰击长空到水底惊雷，从拍击到清点，西野拆桥撤梯，让词与词、词与物的搭配以跳跃的方式呈现。他丰沛的语词与想象使其诗歌语言滔滔，诗思天马行空。

木耳的诗歌语言则从喻体走向寓体。慢骑士在分析木耳诗歌时敏锐地截取其诗歌中"黑，一点点加深"来呈示木耳诗歌那精练的语言所蕴含的深长寓意。不是我们在用语言表达，而是语言表达了我们。"黑，一点点加深"所要道说的意涵超越了诗歌写作者一时一地的思考，也蕴含了具体读者能够给予的解析并可能大于它们的总和。作为寓示性的语言，它说出了它本身，又暗示和寄寓着超出它本身的可指。例如《大湾》一诗："父亲追着契河／我追着父亲／我追不上了，就扯心地喊了一声'大'／于是，河水停了下来／／我看见父亲，缓缓回过头来／眼神浑浊，弯道纵横"，是父亲与我的血脉顾盼，也是历史之河流的绵延相续，又有其他可能。尽管在诗语上，从喻到寓看似走向疏简，但实际却提高了对语言精确性和对事物的把握能力，尤其在智性因素上要求诗人具有更深刻的哲思能力而非感性本能的单纯宣泄。

张富宝的诗歌语言则是喻体、寓体与冥思的混合体。他晦暗的诗美在逐字逐句锤炼过的诗语中得到呈现。即使倾倒出全部意义，它的诗歌也以诗语探索的经验之美，带来创造语言的启示。比如《光的暗语》一诗："时间不能停留下来，像一只蜜蜂 / 悬在木棉的枝头 // 某个瞬间，我像是读懂了光的暗语 / 看它穿透我浅薄的肉身 // 一定有遭遇春天到达的人 / 口吐鲜血，站在桃花树下 // 一定有深于根的疼痛不能言明。"密织的喻体语言伴以预示的诗思形成晦暗的诗美。在此，索要明确的意义甚至是无谓的，更深沉复杂的诗思之下独特的诗语编织几乎是诗艺的纯粹呈现。

马占祥的诗歌语言是在文学体裁上做出的诗性弥合与兼取。《那么久远的事》《那么美好》，努力抗拒"诗"，倾诉的口吻、句内显露的戏剧性与故事性都仿佛在消解诗性。"我的抒情已经 / 凋零"，"我要对你说的是 / 那时，街道边的槐树还绿着"，"那么久远的事 / 像昨天"，既不依赖自然的语气转换，也不依赖诗思的跳跃，而是人为地中断，在中断处寻求未被说出的诗意，在诗行上又靠语义连缀。像王羲之的字，前后顾盼，在行云流水的语势中生成诗味。"深深的沟壑里，遍布的草木 / 耗尽了无边的风声。我潜伏在你身边，暗生爱意"。化重为轻，在诗歌的质底上饱蘸了道家哲学的底蕴。

林混在口语诗炽热的年代就掌握了它的抟塑技艺。他深谙"口语诗"的秘密，"诗到语言为止"，抛除语言的包袱，在口语化的诗歌写作中将诗语从茂盛的隐喻中解救出来，用叙事、直陈、日常的民间口语颠覆静雅绵密的书面诗语。当然，口语诗歌在应用不当和丧失诗艺标杆时很容易滑向口水诗的深渊。但林混的诗歌实验中还是诞下过值得吟诵的篇章。比如《每天》："每天早晨起来 / 洗脸 / 刷牙 / 吃饭 / 床上的被子 / 放着放着 / 就失去了温度 / 我感到异常紧张"。生命的温热、温情与温馨在每一天烦琐又机械的重复中流淌，在时间的流逝中悄悄降温，黯然冰凉。生命存在的无迹无痕、生命消逝的无声无息，带给每一个生命个体无影无迹的挤压和冲击。尽管近年来中断了他的诗歌创作而致力于散文书写，但他的诗歌探索在当代诗歌经验的意义上健全了宁夏诗歌诗语的版图。口语诗并不是诗语标准的降低，而是对诗人摄取语言的能力有更高的要求，对诗人裁剪现实的能力也提出了更高的要求。因为摒除了修辞，甚至放弃从句式中、从词语中要诗意，它更加萧疏的语言构造定然产生更大的难度。

总体上，宁夏"70后"诗人以更纷繁的创作技巧与更加明晰的诗学认知进入诗歌创作。在20世纪末期大写的"人"的垮塌过程中，他们在对所处场域的思考与介入中已与前辈诗人有了明显殊异的精神气质与感知方式。与"60后"诗人的大气磅礴相比，"70后"诗人更加精微绵密。

在诗语上更多个性化呈现，那种单质化、平面化的书写虽依旧在大部分诗人那里表现为一种欠缺与遗憾，但在本能的情感注入之外，更多诗人觉醒于诗歌语言，"70后"诗人在整体上更自觉地在诗歌中创造语言，在诗语上呈现诗思与诗美的完美结合。

（三）"80后"代表诗人诗语特征简析

"80后"诗人在相对芜杂的网络环境中成长，他们中能够坚持写作并具有持续创作力和保持平稳创作水准的并不多。

马泽平有着相对开阔的文化地理视野，他有意消解着中心与边缘的相对性，从外部的世界反观他身处其中的土地、民族与文化并给予其价值确认。但除却这些外在的技术，在诗语上，马泽平以确定的语言在诗歌整体上呈现出诗意的立体性、多义性甚至故事性。"人们从山里运出干柴，粮食和墓碑／人们保留住前些时候的肃穆／于是我开始担忧你的近况，贫寒是其中一种／／我托人们给你棉衣，向你问好／／我叮嘱人们把缺憾还给你，一样也不能少／并告诉你：河水就要卷起浪花，我就要忘掉你。"

王强是一个试图旁观自己的人。"从一张面孔里／向外张望。"这种观察方式与认知角度已足以将他同他的前辈诗人区分出来，而他完成这些并不依靠修辞。正如刘岳的品评："有一种诗不显山露水，不千转百回，不偷梁换柱，它跟随日常生活，静水深流。正经的笔写着正经的人正常的事，喻埋在'场'，属于深厚人生的那种据有。王强的诗就是这样。在我们站在芸芸众生中的某处，闭目还是环顾四周，我们感受的就是他曾表达的。这是好诗。"

刘岳是"80后"诗人中走得更玄远,在诗语上锤炼、萃取到"本真的诗歌"的诗人。斯奈德说:"每一首诗都是从一个有能量的、舞蹈的思想领域中产生的,而它自身又包含着一颗内在的种子。诗人的大部分工作就是让这一颗种子生长起来并自己开口来为自己说话。"比如《水窖遗史》:"我们等了很久。没有听到水的碰撞。//绳索依旧握在我们的手里。/我们用掏空的眼眶来回跑动的一只黑蚂蚁/想象系住的铁桶在如何晃动。"隐喻与寓示并行的诗语紧握住冥思又不失诗美。

(四)"90后"代表诗人诗语特征简析

"90后"诗人队伍尚在形成期,他们的边界还不十分明晰,但喜宁、李璇、郭雪宁等校园诗人已在网络平台中崭露头角。"90后"诗人禾必已在诗歌写作的质与量上脱颖而出。禾必的诗歌隐喻、冥思、叙事、寓示同在,旨归上可以看出年轻心灵对世界、对自我、对诗歌的探问更显迫切。他透明的探问、喑哑的思索有顾城式的敏感纤弱、明亮与忧伤。在感知世界的方式上又让人想起台湾年轻诗人宋尚纬,他们处世时的"阵痛"同病相怜。慢骑士说:"他的诗已经从积习的地方审美、流行趣味和农业抒情中脱离出来。"呈现出"90后"与其前辈诗人截然不同的知识背景与诗学修养,他的"《日历》一诗,已经显露出某种'经典气质',它将历史与现实、自我与集体、时间与命运等诸多问题融为一体,以一种极具张力和控制力的语言呈现出来"。他对宏大历史的诗性拷问包蕴在寓言性的诗歌语言中,也超出了他这个年龄段的认知与思考能力。

三、诗语代际特征

20世纪中国的社会动荡与"人"的主体自我的无处安放在话语层面呈现为语言的不断变革和新的追求。"从某种意义上说,现代中国人的漂泊状态和危机感正是现代汉语的不稳定状态中生成的。"[①] 但从另一方面看,这种不稳定状态也是诗歌语言觉醒的确证。当代诗歌在20世纪后

---

① 张向东:《20世纪中国诗歌语言观念的演变》,《甘肃教育学院学报(社会科学版)》,2004年第2期,第37页。

半叶经历了从政治化写作到个人化写作的嬗变,同时,当代诗歌也在诗学本体的纵深中不断探索与提升。在当代诗歌语言觉醒的过程中,诗人、理论家在20世纪末即认识到当代汉诗"汉语诗性"重建的重要意义。郑敏在探问民族母语、文学写作和文化继承与发展的相互关系中回顾了20世纪百年汉语诗歌新变过程中的得失,从民族语言发展变化的规律性角度指出:"若想抛弃汉语的根本象征、指事、会意等以视、形为基础的本质,将其强改为以听、声为基础的西方拼音文字,无疑是一次对母语的弑母行为。"[①]百年过去,人们还在讨论中国现代新诗的文体、特质、评价标准等问题。但不管怎样,我们所书写的新诗依旧是汉语诗歌,呈现和探索汉语特性与魅力是汉语诗歌在语言上要承担的重任。傅元峰在观察21世纪诗歌的代际特征时认为21世纪之后新的代际诗语"将以诗歌精神内涵的丰富性为主要特点",在语言上从"单质诗语"走向"复合诗语"。单质诗语典雅平顺,所有意象与意境的形成居于同一个平面,抒情者与人群共居同一维度。复合诗语更显出心灵的丰富层次,诗语则具有哲学甚至宗教的底蕴,诗语所开掘的空间具有多维特征。宁夏诗人在创作上从"60后"到"90后"的相继创作在整体诗语特征上生动体现了这一趋向。从散文化的平面诗语经验到立体的复合语言,从整体诗歌创作队伍看也是一个代际语言经验积累的过程。从单纯的应用语言本能地宣泄情感到创造语言智性地运用诗歌这一文体进行思考与感知,是这一过程中语言主体划过的痕迹。

---

① 郑敏:《世纪末的回顾:汉语语言变革与中国新诗创作》,载《文学评论》,1993年第3期,第17页。

阅读《希腊人》的 N 种方式

牛寒婷　辽宁省文艺理论研究室

一

有一本叫《希腊人》的书，它是这样开篇的："作者在此提请读者把以下说法作为言之有理的事实陈述而加以接受：在世界的某一部分，经过数百年的教化，而拥有高度发达的文明，在那里逐渐出现了一个民族，人口不太多，不算很强大，也未经良好地组织，但他们却对人类生活之目的产生了一种全新的看法，并第一次揭示了人类心灵的目的与意义何在。"之所以把这段话复述下来，是因为在一个朋友面前，我曾沾沾自喜地背诵过它。我清楚地记得，朋友当时只轻描淡写地说了句"记忆力不错"就把我打发了，对于她迅速而果断地把我背诵的激情和激情的背诵晾在一边，我并没耿耿于怀，可这让我明白了一件事：喜欢某些文绉绉的句子以至痴迷地背诵这类事，只适于自娱自乐自我表演而非诉求共鸣的交流，某种意义上，与他人分享精神快乐，只要超过了百分之五十哪怕只超过了百分之三十，都将如同痴人说梦。

对我来说，阅读《希腊人》有几种不同的方式，背诵某些奇异的句子，是若干方式中的一种。《希腊人》并不是我喜欢的那些书里的 Number One（即所谓的"种子选手"），可作为一本学术书，我没法不被它跳脱、灵动、鲜活的语言风格吸引。学术著作的"翻译体"，一向是不招人待见的，语言风格独树一帜的《希腊人》却能证明，并不是所有的学术翻译著作都晦涩难懂——当然了，这也许只是我一厢情愿的想法，对别的读者来说，《希腊人》的译文没准是种灾难也未可知。

　　语言风格与语义表达是一枚硬币的两面，准确地表述由思想与形式的双重准确达成。一位哲人说过，好的思想需要适合它的特殊的形式，这意味着在思想的统驭下，形式或风格并不能任意选择。喜欢某种表述，即是同时喜欢它的风格和思想，这也是为什么《希腊人》能让我着迷："希腊人在灵魂深处觉得专断的政府对他是一种冒犯"，"一个好故事绝不会妨碍有见识的读者"，"色诺芬讲过一个不朽的故事，这个故事因其不朽，故能在此复述"……书中诸如此类的句子，一如开篇那段思想清晰表达利落的话语，是思想和借由思想的表达而生成的语言游戏，带来了耐人寻味的阅读体验。也许，对于《希腊人》的作者 H.D.F. 基托来说，真实的情况同样如此：唯有使用跳出学术规范的、灵动活泼的语言，他才能准确表达那些有关希腊人的真知灼见，而板着面孔说教的学术话语则可能限制他的思想。

二

　　不知从何时起，反复诵读一些精彩好玩的句子，探查作者写下它们时的姿态和表情，窥视写作者与写作对象间的心理距离……成了我摆脱不掉的阅读癖好。而对于能让我产生这样连锁反应的书和文字，我似乎又有一种特殊的本领能随时捕获它们——正是以这样的方式，我才找到了《希腊人》。

　　遇到《希腊人》之前，我读过一本叫《柏拉图》的书，从名字上就能看出，这是本与柏拉图的生平和思想有关的著作。它之所以引起我的兴趣，是因为它的作者、大学教授约翰·E. 彼得曼，没有用一种高高在上的姿态来教授哲学，而是致力于在读者与柏拉图之间打开一条通畅的道路。在这本书中，彼得曼用心良苦耐心细致地引导读者，用平易近人的方式告诉他们：应该如何去阅读柏拉图，如何才能更好地理解这一伟大思想家卓越而动人的思想，以及怎样才能与一些先入为主的定见和道听途说的误读划清界限。在彼得曼的带领下，我虽然只是浮光掠影地感受了一次柏拉图思想的魅力，但作者邀请式的写作姿态和开放包容的思想观念，让我开始向往一个充满活力又通透澄明的思想世界。后来我意识到，正是这种对思想的欲求和对思辨力的喜好，才让我推开了希腊文化的大门。

用了五天时间，我就把彼得曼的《柏拉图》读完了，可那些仍然跃跃欲试并不善罢甘休的阅读癖好，还在不断牵引我，让我回到它上面。《柏拉图》的确是值得重读的那类书，因为它讲述的不仅是知识，还有比知识更为重要的观念和方法。跟随彼得曼的脚步，你会发现，柏拉图创造的哲学生活十分切肤，而思想能像生命那样充满活力，它们亲切自然得如同生活停顿和间歇之处，意味深长的一声叹息，凭借它们我们才能审视自己，才能随时随地打点行囊重新出发……在介绍柏拉图的生平和时代时，彼得曼建议读者参阅一些古希腊文化著述，正是在这里，他提到了基托的《希腊人》质量上乘，很值得一读。

其实我一直有点纳闷，初读时，我是怎么把这么重要的一句话给漏过去的，好在自从我发现了它，基托和《希腊人》就成了我进一步了解彼得曼的救命稻草——这是因为彼得曼这家伙，一辈子就只写了《柏拉图》这一本书！尽管这没什么稀奇，可作为《柏拉图》的拥趸，我自然期望了解彼得曼的其他作品，想看看他还写过什么，为此，我特意让定居欧洲的朋友帮忙查找，结果是：这的的确确是他以"约翰·E. 彼得曼"之名出版过的唯一著作。

就这样，遵循彼得曼的指引，我开始寻找大半个世纪前英国古典学者基托撰写的《希腊人》，恨不能立刻一睹它的真容。不承想我竟如此幸运，早在二十年前，就有学者将它汉译了过来。网购《希腊人》的过程格外顺利，以至于，两天后我把它拿在手里摩挲时，还有些如梦似幻之感。变幻莫测却又命中注定的阅读事件，令人匪夷所思兴奋莫名，渺小的人类，大概永远无法参透生活中凌驾于运气与偶然之上的某种必然性。彼得曼与《柏拉图》、基托与《希腊人》——书与书之间的隐秘勾连，趣味与趣味的遥相呼应，仿佛在无形中绘制了一张阅读的地图，它像希腊神话和希腊悲剧里的人物命运那样，在超自然的神秘气氛中，把不可抗拒的阅读律令向我显现出来。

三

对我而言，从《柏拉图》到《希腊人》，由彼得曼至基托，既是阅读的路径，也是《希腊人》的一种阅读方式。《希腊人》像《柏拉图》一样，也是学术中的异类，对此译者的概括可谓精准："它不是一本正经的学术著作，也没有用浩如烟海的史料来填塞我们的脑袋；相反，它以地道的英国散文风格，将古希腊文明的各个方面向我们娓娓道来，全面而不散乱，深入而不枯乏。"基托介绍希腊文化的方式，也与彼得曼介绍柏拉图的方式类似，他不急于向读者灌输知识，而是诉说那些对他来说格外重要以至于他不得不说的东西，就如同他是受制于无法遏止的写作冲动。然而这看似激情的写作，却在理性的掌控下显现出沉稳和克制，自有一种运筹帷幄的超然气度。"在整理对这一民族的这些叙述时，我们也许可以说上许多，与其让自己试图以一种系统的、面面俱到的急迫方式涉猎整个领域，还不如将华丽的词章留给我感兴趣的地方……"文辞并不算华丽的基托，和盘托出了自己言说希腊的方式。

看上去，在这张未完待续的阅读地图中，趣味好似成了潜伏的线索，它主宰了与阅读和写作有关的一切。钟爱基托和《希腊人》的我，同样钟爱彼得曼和《柏拉图》，而彼得曼对基托的认同，显然也来自不言而喻的"臭味相投"。然而，行走在或沉潜或回溯的阅读旅程里，我渐渐发现，在彼得曼简洁、硬朗、思辨、诗意、流畅的文风与基托理性、典雅、智慧、朴拙、戏谑的气质之间，在他们同样意味深长的写作方式里，趣味仅仅是表面的一个浮泛的连接物，隐藏在这趣味之下的，是他们对于阅读和写作与其对象之间关系的共鸣。换句话说，彼得曼和基托都致力于创造这样一种与"自我"发生深刻关联的作品。对他们而言，他们的"自我"时刻浮现在写作对象周围：他们时而与它们合而为一、彼此莫辨，时而从它们中出走、与它们保持疏离，但无论怎样，作为写作者，他们的自我形象始终存在着，明确而清晰。而对他们的读者来说，捕捉这种时隐时显的关系，揣摩它的深长意味，并借此创造自己与阅读对象的某种关系，则成为阅读的题中之义。

发现写作者的"自我"，探索阅读者的"自我"，这是打开一本书的正确方式。对我而言，它也是阅读《希腊人》最为重要的方式，有了它，其他的阅读方式才有存在的可能。与"自我"发生关联，意味着在阅读中收获未曾预料的自我理解，这让阅读真正属于了"我"。在《希腊人》之前，我并非没读过希腊文化，可它们不曾像基托的诉说这般让我流连忘返。我想知道的是，基托那些风格奇异的句子，与我的"自我"究竟发生了怎样的化合反应，才会让我如此动容。翻开这本书，在扉页和尾页上，可以看到购书日期和阅读结束的时间记录，随便翻开一页，可以看到画在文字下面的各色线条，还有书页空白处的那些涂鸦：有的是几个字，有的是些标点或符号，有的则是大段的随感……虽然曾有朋友对我如此"虐待"书籍提出过抗议，但我完全不以为意——我知道，正是它们，见证了我与《希腊人》非同一般的亲密关系。

四

《希腊人》全书十二章，除第一章"导言"外，其余各章的小标题看上去毫无章法，它们是这样的一些词组："希腊民族的形成""古典希腊：前5世纪""战火中的希腊人""城邦的衰落""希腊精神""生活和个性"。其中，唯独"荷马"一章与众不同，因为它是全书唯一以希腊艺术为对象的章节。对此，在第四章开头基托说道："这位欧洲最早也最伟大的诗人值得专辟一章，这既是为他本人的缘故，在荷马那里我们可以看到希腊艺术的全部特质；同时也因为他的诗对一代又一代希腊人所产生的影响。"

这是一篇极其漂亮的荷马评论，完全可视作独立的篇章。基托几乎是炫耀般地——尽管实际上他过于自谦——大展自己古典学的身手，从希腊文直接翻译了包括那著名开篇在内的六个《伊利亚特》段落,其中最长的一段足有两页多。他这么做,当然是为了给读者以直观的感受,但还有更重要的原因——"我们曾经谈论过,也将再一次谈论,希腊艺术的理智特性,因而,最好是令人信服地向读者展示,这种理智特性丝毫没有抽象或僵硬的意思。"借助这些严肃优雅简洁的诗歌,基托期望读者能感受到希腊艺术的特质:"本能的理智力量""本质上的严肃性""敏锐性""生动和简约",以及包括美德、卓越、热烈、自信、悲悯在内的真实人性,也许还要加上美的脆弱性……它们全都在欧洲最早的文学篇章"荷马史诗"中得到了完美展示。

不仅是第四章,在《希腊人》的其他章节里,类似这样的翻译片段还有许多,正是这些由基托亲手打造的希腊典籍的译文,成为我阅读《希腊人》的另外一种特殊的方式。遇到它们时,我一般会暂时中断阅读,尽可能去查找相关书籍里的相同段落,以比较它们的异同。对我来说,这是阅读基托所无法拒绝的诱惑,它成了一件其乐无穷的事情。这不仅因为,那些不同版本的翻译,常常天差地别得到了令人瞠目结舌的程度,更因为,通过这些准确程度与文采级别大异其趣的译文,可以窥见译者的翻译密码,即那个他在翻译这项创造性工作中所呈现的"自我"。

正是在"荷马"这一章里,基托第一次明确地提出了自己的艺术观念。他是从辨析"荷马常常直切正题"这一荷马评论界的定论开始的。众所周知,《伊利亚特》讲述的是特洛伊战争的故事,但盲人荷马并没让战争成为他的主题,而仅仅将它作为史诗的背景。在战争第九年,他截取了一个片段,又在希腊人尚未征服特洛伊城前便结束了诗篇。对此,基托评论道,诗人舍弃了战争的插曲和所有浮泛地解说神话故事的陈词滥调,他甚至舍弃了战争本身,只因为,他选定了他在全诗头五行就清楚说明了的主题——阿喀琉斯的愤怒。然而,主题统摄下对材料的剪裁得当,并不是基托想说的重点,他进一步指出,关于两个英雄的争斗给所有人带来了灾难这件事情,荷马想要表达的是这样一种观念:"它是一个宇宙计划的一部分,不是个孤立的事件——某种一旦发生,其结果全凭偶然机遇的事物——而是出自事物本性的东西；不是特殊的，而是普遍的。"基托反复强调，"正是出于明确感知到的主题，而非出于文学巧思，《伊利亚特》才取得了构成它的内在整体性"。

诗人的主题与观念是凌驾一切的，基托循循善诱、层层递进、由浅及深的评析所要说明的，正是这件事。事实上，荷马也许不费吹灰之力就能写一部关于十年特洛伊战争的漂亮史诗——"但这在本质上依然是一篇报道，一种再现，荷马并没有这样做，古典时代的诗人也没有这样做。"艺术的本质不是再现这个世界，它与新闻报道泾渭分明，用基托的话说，"艺术，poiesis（诗），乃是创造"，这即是基托在《希腊人》里，用非正式方式提出的艺术观念。

五

现在，似乎，终于可以正式地把基托推上前台了，夸张点说，我如此费劲巴力地铺陈这篇冗长的文章，仿佛就为了这一时刻。在《希腊人》第 115 页即第七章"古典希腊：前 5 世纪"中，提到古希腊戏剧时，基托灵光乍现般介绍了自己，出于它的重要性，在此我将全部引述："详述这些戏剧的课程，我自己——请允许作一次个人介绍——已经教了三十多年，而如今我发现它们比以往更有新意，更激动人心，充满着更多的思想：其中没有任何敷衍了事的东西，没有任何故作炫耀的东西（尽管其中有着一流的技巧），没有任何平庸的东西。"

生活中的基托突然华丽现身，在《希腊人》里，这可是唯一的一次。千万不要认为，我头脑发热甚至彻底被基托俘虏，变成了一个神魂颠倒的粉丝，才如此行文。这段话之所以重要，乃在于基托说出的自己是教授了一辈子古希腊戏剧课程的教师这一事实，几乎立刻就将他撰写的《希腊人》置于了一个费解的境地，或者说，他出于谨慎和克制的自我介绍，恰恰抛出了一个谜团：在这本全方位介绍古希腊文化的著作中，竟没有一章是专写古希腊戏剧的！

若说这是疏漏或出于避嫌，无异于说笑，事实上，任何可能的理由都不足以成立——古希腊戏剧在希腊文化中的地位是毋庸讳言的。对公元前 5 世纪的希腊人而言，在露天剧场看剧是最为日常的公共生活，一本以"希腊人"为名的书，另辟一章书写作者最擅长的戏剧领域是再自然不过的事。可我相信，某些谜题如同世间万物一般，自有它存在的依据，谜底是不可分享的秘密。即便出生于 1897 年的基托能活上一百多岁，即便他此刻就坐在我的面前，答案也许依然无法揭晓。好在，谜题虽然无解，但基托却留下了一个耐人寻味得可以与谜题本身等量齐观的诡异线索：在《希腊人》中，几乎所有章节都或多或少地论及了古希腊的戏剧作品。

更有意思的是，分布于各章的这些戏剧评论，都在论证同一个论点，这就是基托在"荷马"一章中提出的重要观念——艺术不是再现和报道，艺术乃是紧紧围绕主题与观念的一种创造。在基托信手拈来的讲述里，这些早已成为人类艺术经典的希腊悲剧，像《伊利亚特》和《奥德赛》那样，简约生动又清晰明确地指向这一观念。没错，基托的确没有专辟一章绘制他终生挚爱的古希腊戏剧的壮丽图景——关于这一点，我越来越愿意把它看作一个玄妙的玩笑——但他散点透视般地在全书的角角落落，不厌其烦地诉说着它们，喋喋不休地倾吐着热爱，这又实在让人唏嘘不已……在他别具一格的讲述里，希腊戏剧连同希腊的艺术观念，被放在了它们应有的位置。

于是，几乎是迫不及待地，我重读了《希腊人》中所有论及古希腊戏剧和艺术观念的部分，将它们串联起来，感受"观念艺术"的品质与力量——这是我阅读《希腊人》的第 N 种方式。基托无心插柳或是有意为之采用的散点透视法，始终吸引着我，它举重若轻、灵活跳跃、繁复跌宕，它描绘出一幅又一幅的希腊艺术图景。在这些杰出的诗歌、戏剧和散文作品中，思想、主题与观念统领着一切，它们拒绝复制现实生活，拒绝表现和再现生活的创作理念，它们甚至拒绝那些极易陷入陈腐、愚昧、狭隘说辞的生活解说，因为艺术的根本是为了创造现实而非反映现实。对此，基托有一句精当的评论——它们是适合背诵的那类句子："在所有希腊作品中，我们会发现它们牢牢把握了思想，并通过明晰和简约的形式表现它。伴随这种明晰、构造能力以及严肃，我们还发现了一种敏捷的感受性和持久的优雅。这就是曾被叫作'希腊奇迹'的秘密。"用第N种方式阅读《希腊人》，意味着接受希腊艺术观念的洗礼，意味着服膺这一观念，这是我至关重要的阅读收获。

六

终生浸淫于希腊文化的基托，在古希腊戏剧中领悟到了希腊艺术的观念，日复一日高山仰止地膜拜，让他把这一观念内化为自己的艺术观念。循着基托抛出的谜团——如同忒修斯跟随阿里阿德涅的线团，在第N种阅读方式中，我接力般领受他的传递，这种观念由此也成了我的艺术观念。这就是为什么基托在《希腊人》里的正式现身，让我如获至宝。说实在的，艺术与现实的关系这个老掉牙的问题，一直让我困惑不已，尤其是当下五花八门的艺术实践、不胜枚举的创作方法，越发让这种关系模糊难辨。可自从承接了希腊艺术的雨露，就如同拥有了强大武器，那些眼花缭乱的文艺创作，那些稀奇古怪的各式理念，都变得清晰可辨了。

基托念兹在兹的艺术观念，暗示了艺术需要"主题先行"。曾经有一段时间主题先行作为唯心主义的创作观念和方法，遭受了严厉的文学审判。可是，对于基托和希腊艺术来说，主题、观念与思想才是首要的和必需的，须臾不偏离主题的艺术创造与摹写现实的新闻报道式写作天差地别。不过，可千万不要小觑了这新闻式写作，它来自根深蒂固的思想观念，细心观察便会发现，它有着广泛的市场，它不可撼动地植入了艺术创作者和评论者的头脑当中。这就难怪基托对它的委婉批评要一而再再而三了。正是因为持有这一观念的人，把文艺作品看成了模仿现实的艺术，所以才会用日常的眼光、世俗的眼光去打量它。

与生活同质化，这仅仅是艺术所面临的困境之一，就当下的时代而言，消费娱乐和人工智能的狂潮让本雅明的"机械复制"和鲍德里亚的

"仿像"，实实在在地进入了我们的日常生活和艺术生活。也许，拿两个相去甚远的时代的艺术作品进行比较，不是明智选择，也有失公正，可人类文化的某些共通之处总会让它们彼此映照。无论是小说、诗歌、戏剧，尤其是影视剧集，我们身边随处可见的各门类的艺术作品都多多少少地呈现着世俗化倾向——可遗憾的是，它与莎士比亚戏剧在伊丽莎白时代所展现的那种世俗化，又并非同一样可爱的东西。

电影和电视剧可以说是当下最大众化的艺术形式，数量众多面目相似的影视作品如同生活的影子——它们当然不是蒙太奇式的曼妙幻影，而只是对生活表象的如法炮制；你若想从中发现点生活之上或之外的什么东西，那可得好好地碰碰运气。然而，在两千多年前的城邦生活里，戏剧就是希腊人定期观看的电影，戏剧比赛就是他们的电影节。在那个虽然持续了不到一百年，却是人类历史上绝无仅有的黄金时期里，无论是搞笑幽默甚至诲淫的喜剧，还是脱胎于神话、崇高庄严的悲剧，都蕴含着重大的主题和严肃的思想，都充盈着富于想象力的创造。虽同为大众化的艺术形式，可现代电影和希腊戏剧给人的感觉，像完全没有交集似的，对此，基托明确地暗示过二者在题材方面的不同，只是，它们之间的天差地别，又怎么可能仅仅局限于题材呢？

对《希腊人》每一种方式的阅读，馈赠于我的都是无尽的思考和无数的话题，就像永远也写不完的孩子的作业，我将之视为有关阅读的一种暗示：好书是未竟之书，我们随时可以打开它继续阅读。《希腊人》之所以让我念念不忘，不仅仅因为那些好玩的值得背诵的句子，那些书与书之间趣味的勾连，那些称得上孤本片段的漂亮译文，更重要的是，它乃是一本超越之书。虽然"超越"二字早已被用滥，可用它来描述我眼中的基托和《希腊人》仍是首选。对希腊文化的描述，基托曾说，他试过不加以理想化——这句话让我过目不忘——与《希腊人》耳鬓厮磨了这么久，我想我已理解了基托。在古代希腊世界，理想化的光辉从未黯淡，更不要说消逝了，基托只不过原原本本地描绘了它。他的态度如此诚恳，他的叙述如此克制，对这样一个卓越的人类文明，他难掩深沉的热爱。他把希腊文化中最为崇高、典雅、理性、庄严的东西，把它全部的伟大，完整而又隆重地展示了出来——当然，他也从未回避它的荒诞与悖谬——他如希腊文化般清晰、简洁、丰富、有力的讲述，交织成了一部自始至终都激荡人心的交响曲，让所有倾听它的人都为之动容：比如我们这些不懂虔敬、不知天高地厚的现代人，常常自以为是地，只把奥林匹斯山林的那些爱恨情仇和吸引眼球的绝妙故事，当成人类童年的古老神话；可对一个希腊人来说，神话的世界里，却自有人神共有的理性和秩序，神并非蒙昧与迷信的象征，相反，神的存在所代表的，是对终极的宇宙秩序和人类至善的彼岸向往，是对苏格拉底所献身的有关人应该如何生活的哲学探求。

远远地把我们抛在后面的希腊人，朝向神生活，他们中的一些人，也便成为神一样的人物：凭借此生，完成超拔此生的优美跨越——"言即上帝"！

（注：本文所有引文皆出自[英]H.D.F.基托：《希腊人》，上海人民出版社，2006年7月第1版。）

从"新时期"到"新时代":
文学中的"人性""国民性"与"人类命运之心"

裴春芳　西安交通大学人文学院

文艺思潮就像浩瀚无垠的海洋上,自深不可测处涌现而出的波纹,亦如茫茫苍苍的高原上,于气流交汇处瞬息而至的风声,它是人心和时代的交叠处的情韵。文艺思潮因时代而变,随人心起伏,是文学和艺术形式纷繁、精神各异中具有内在整一性和统治性的赋歌,一时代有一时代的歌吟曲调和言说风格。

"新时期"文学的"人性"与"国民性"("民族性")

在一般意义上,所谓"新时期",是指中国当代社会发展的一个阶段,始于1978年前后,这个时间节点也被认为是中国社会的改革开放的起点。自1978年改革开放以来,文学和文艺的外在形式和内在精神,与新中国成立后至1978年这段时间有了极大的不同,更加面向世界的外倾性、开放性精神,取代了前一阶段的强调独立自主、自力更生的内生性力量,成为推动当时中国面向世界的决定性力量。

那么,什么是新时期文学和艺术的特质呢?以这种社会、经济、政治和文化的总体转向为契机,中国文学和文艺思潮在人性的丰富性、多样性、复杂性方面进行了多种开掘,形成了这一时代的重要潮流。另一方面,社会生活总是多种多样的,文学潮流和文艺思潮亦然。作为平衡性的力量,强调独立自主、自力更生的内生性力量,在这种更加面向世界的外倾性、开放性的时代精神受到挫折和阻碍,或出现某些不良状况时,就会从潜在的背景里浮现上升,有时和人的内在精神觉醒相融合在一起,从国家民族的自我觉醒力量,成为个人前途和命运的内在自我觉醒时刻的动力。

在"新时期"多种形式的文学和艺术的试验中,大多洋溢着这种受外在开放和内在独立两种力量交互支配的个人人性深处的呼声和颤动。当代中国人内在精神和整体面貌,也多通过这一个个独立的形象去体现。

文学中所谓"人性"的多变与不变始终存在分歧。在近现代中国,鲁迅先生1927年在《文学与出汗》中对梁实秋"永久不变的人性"论提出质疑;[①] 茅盾1942年在《最理想的人性》中提及鲁迅在日本弘文学院时期常常谈到"怎样才是最理想的人性?"茅盾认为:"'人性'或'最理想的人性',原无时空的限制,然而在一定的时间条件之下,会形成'人性'的同中之异,此即所谓国民性或民族性。"[②] 在抗战相持阶段,延安文学质朴健朗,寄寓着崇高乐观精神,"严肃、坚决、勇敢与高度的警觉",是中国人"刚性的民族精神"的化身,乃是"最理想的人性"之一种体现。[③]

在新时期,随着社会分层中阶段性观念的淡化,与文学相对独立性的增强,文学的"人性论"事实上成为文学和艺术的新潮时尚话语和潜在主导性话语。在新时期,文学艺术叙事中的阶级性话语是常常隐匿的,作品中具体人物的人性的丰富性和多层次性通常得到了强调。

在文学和艺术领域,"新时期"所开启的诸阶段中,文学和艺术中的"伤痕"潮流、"反思"潮流、"寻根"潮流及其他形式试验潮流在较短的

[①] 鲁迅:《文学与出汗》,写于1927年12月23日,初刊于《语丝》第4卷第5期,1928年1月14日,收入《而已集》。

[②] 茅盾:《最理想的人性》,《文艺阵地》,第6卷第5期,1942年5月20日,第25页。

[③] 茅盾:《风景谈》,《文艺阵地》,第6卷第1期,1941年1月10日,第16页。

时间内次第而来。"伤痕文学"侧重于表现前一时代加于人们精神上的伤痕,其如泣如诉中蕴含了对"新时期"改革开放的憧憬和期望,酝酿了新时期文学艺术中更具个人性的情感动能,尝试了新时期文学的叙述模式和写作方式的调整,开启了新时期文学艺术的大门。"伤痕文学"的发生,在当时的中国引发了一系列社会文化新潮,整合了一度失去方向的社会文化心理,提升了某些受抑制的社会阶层的位置,抚慰了一度被排斥的社会阶层的情绪,调整和重新确认了中国不同社会阶层的总体前进方向。

在新时期文学中的"反思文学"阶段和"寻根文学"阶段,在进一步呈现人物的人性的丰富性和多层次性之外,还侧重于对中国"民族性"的历史和内蕴的反思,与对中国人的"国民性"的批判。这是新时期中国人精神向历史深处开掘和探求的尝试。这种种尝试,为重新"走向世界"的中国人,在世界性的、多国别的深度交往中,提供了一种寻找自我、确证自我的视角和方法。

支撑"反思文学"和"寻根文学"进一步展开的文学理论中的"人性"与"民族性"范畴,在思想脉络上与近现代时期的"国民性批判"潮流,是有着相当关联的;在新时期的文学中,"人性"与"民族性"理论得以焕发巨大动能的契机,也与梁实秋的"人性论"重新引起关注,和鲁迅的"国民性思想"重新得以阐释,形成内在的联动。而"国民性批判"思想,在新时期的文学研究中,一度被认为是鲁迅思想的核心观点。在新时期初期,在文学研究领域的鲁迅研究方面,对中国的"国民性思想"的批判,开始成为研究视野中的焦点性问题,也是这一时代所开创的非思想家的、非战斗者与非革命者的新型鲁迅研究范式的架构中心。

在"新时期"文学艺术风气转折的关头,有三次学术会议关涉文学之"人性论"与"国民性思想",分别是1980年6月16日至19日在巴黎举办的"中国抗战文学国际座谈会"、1981年12月21日至23日在香港举办的"现代中国文学研讨会"以及1981年5月25日至29日在天津举办的"鲁迅国民性思想讨论会",其中鲁迅国民性思想讨论会在鲁迅研究领域掀起国民性思想讨论的热潮，会后出版了《鲁迅"国民性思想"讨论集》。这次讨论会中的诸多参与者，在论述鲁迅"国民性思想"时，都提及许寿裳《亡友鲁迅印象记》"办杂志•译小说"和茅盾《最理想的人性》二文中关于鲁迅在弘文学院时期对"人性"与"中国国民性"的思考。

王瑶先生的会议论文已经觉察了鲁迅"改造国民性思想"与"资产阶级人性论"之间的微妙关联，他不认为"国民性思想"属于资产阶级人性论范畴，是为了与从"进化论"到"共产主义"的前后二分法的鲁迅观进行区分[①]，其实也触及"人性"论和"国民性"批判论者的幽微地带，而文学中的"人性"话语与"国民性"话语也常常发生着纠缠。

王瑶先生同样关涉到许寿裳和茅盾的相关论述。他注意到许寿裳《亡友鲁迅印象记》所记"举许寿裳的回忆，早在日本弘文学院时期，鲁迅最关心的是下面三个相关的问题，一、怎样才是最理想的人性？二、中国国民性中最缺乏的是什么？三、它的病根何在？鲁迅十分重视人的价值和人的社会作用，他认为国家的富强'根柢在人'，因此救国之道也是'首在立人……'"，"茅盾曾以《最理想的人性》为题，论述了鲁迅的这一思想特点：'古往今来伟大的文化战士，一定也是伟大的 Humanist，换言之，即是'最理想的人性'的追求者，陶冶者，颂扬者。正因为他们所追求而阐扬者，是'最理想的人性'，所以他们不得不抨击一切摧残，毒害，闭塞'最理想的人性'之发展的人为的枷锁，——一切不合理的传统的典章文物。……一切伟大的 Humanist 的事业，一句话可以概括，拔出'人性'中的萧艾，培养'人性'的芝兰。鲁迅先生三十年功夫的努力，在我看来，除了其他的意义外，尚有一同样或许更重大的贡献，就是，给三个相连的问题开创了光辉的道路。"[②] 王瑶先生对鲁迅改造中国"国民性"以使中国人抵达"理想的人性"的思想原初点，有一

[①] 瞿秋白《〈鲁迅杂感选集〉序》中，提出"从进化论到阶级论"的鲁迅二分说，被认为是"阶级论"鲁迅观的最有力的提出者。

[②] 王瑶：《谈鲁迅的改造国民性思想——在一次学术讨论会上的发言》，《文学评论》，1981年第5期，第7—8页。

种人文主义者的内在激情。

他认为"鲁迅关于改造国民性的思想,是鲁迅思想的一个重要组成部分。从他开始文学活动起,这一思想就占着极重要的位置","鲁迅的改造国民性思想是一贯的,包括前期和后期。所谓改造国民性包括两方面的内容,一方面是揭露和批判国民性的弱点,一方面是肯定和发扬国民性的某些优点,其目的都在促进一种新的向上的和符合时代要求的民族精神的诞生",鲁迅前期在批判国民性弱点之外,还赞美屈原的爱国主义精神、韩非子的"不耻最后"的精神(亦即"韧""锲而不舍"精神),后期在写《中国人失掉自信力了吗》剖析民族脊梁的承担精神,鼓舞民族对抗日本侵略的勇气的同时,不否认某些国民性的弱点。王瑶先生进而分析了鲁迅的"中国国民性"弱点产生的三原因,"封建等级制度,封建传统思想的毒害,与我们民族屡受外来侵略的历史",其中,第三点的辨析,是尤为重要的:"鲁迅把我们民族屡受外来侵略看作是形成国民性弱点的重要原因,前面所引他指出的中国历史上'历受游牧民族之害'所形成的'满是血痕'[①]的民族心理,是中国和日本国民性差别的原因;他并且担心我们这'奉迎过蒙古人满洲人大驾了的国度',在帝国主义的新的侵略面前,国民性的弱点很可能蹈过去的覆辙,'那结果,是反为敌人先驱,而敌人就做了这一国的所谓强者的胜利者,同时也就做了弱者的恩人。'"[②]

王瑶此处以鲁迅"国民性批判"精神的"反封建性",来应和新时期"思想解放"的意识形态要求,而在对欧美社会开放时代已临之际,虽弱化"元、清"两代的抵抗异民族文化的意味,却警示"(异民族)外来侵略"和"帝国主义的新的侵略"之可能,在言中之意与言外之意中,有颇多层叠隐复、言犹未尽的意味。

即使在新时期"思想解放"的显性层面,王瑶的论述影响也颇大。

[①] 鲁迅:《致尤炳圻》(1936年3月4日),《鲁迅书信集》(下卷)。

[②] 王瑶:《谈鲁迅的改造国民性思想——在一次学术讨论会上的发言》,《文学评论》,1981年第5期,第3—6页。

他对"国民性思想"贯穿鲁迅前后期的认定和辨析,被认为是"先生是老一代鲁迅研究专家公开否定鲁迅研究中运用'阶级论'之不当,及肯定鲁迅'立人'思想的第一人"①。

关于新时期"思想解放"命题与"人性论""阶级论"和"国民性改造思想"的关系及三者在当时的社会文化实践中此消彼长的微妙态势,参与这次会议的组织工作的王得后先生追述说:"'思想解放'的重大命题之一,是重新审视'阶级论'与'阶级斗争说',消除'人'就是'阶级的人',完全附着在特定阶级的身上的观点。1981 年 5 月,天津市召开纪念鲁迅诞辰一百周年学术研讨会,主题是探讨鲁迅国民性改造思想问题,问题的关键就在这一思想与'阶级论'的关系;鲁迅思想前期与后期的划分及其阶级性质。这在当时是极其敏感的问题。"②

这种"人性"论和"中国国民性思想"观,在文学和艺术层面,有其现实批判的锐利,与寻找自我的怀疑,承"国民性批判"潮流之余波,益加流衍而激荡,常以承接"五四"启蒙精神的口吻,加入"思想解放"的"新时期"大潮。不过,这种思想支撑下的"反思文学"和"寻根文学"之末流,一度也走向对中国民族性的轻率否定和虚无化呈现,其在散文杂文领域的极端表现是《丑陋的中国人》等。

"新时代"文学:中国的"人类命运之心"的生发涵育

"新时代"③中国的文学和文化需要增加骨力,为中国当下的社会提供精神性的、全局性的支撑。

"新时期"的开放,更侧重于面向欧美现代社会,注重它们国家社会

---

① 王得后:《王瑶先生的学术智慧》,《中华读书报》,2014 年 5 月 28 日。
② 王得后:《王瑶先生的学术智慧》,《中华读书报》,2014 年 5 月 28 日。
③ 习近平 2017 年 10 月 18 日《决胜全面建成小康社会 夺取新时代中国特色社会主义伟大胜利——在中国共产党第十九次全国代表大会上的报告》,提出中国社会自中共"十八大"进入"新时代"。该文提出"彰显文化自信"和"提升中国文化影响力"的目标。

的近期发展的文学和艺术果实，为那种种奇异的芳馨和靓丽的姿态深深迷醉；但相对忽视了广大世界的其他方面，比如亚非拉国家的多种多样的文化和文学中，那种苦难中的深沉和抵抗、承受中的朴实和美或平凡中的轻松等多样化的文化和文学实践。在这一时期，比较奇特的是，我们对这些一度与中国接近的国家和人民的了解，对他们的文学和艺术的领会，多通过英语、法语媒介和欧美社会，在文艺和文化上与其异质的欧美人的目光，反倒成为我们看待广大世界的一种通约性的透镜。这透镜，让我们看到了一些，同时，也是一种自觉或不自觉的阻隔。

很多人说，"新时期"文学和艺术领域的阶段——西方社会前半段致力于对西方最新潮流的追逐和模仿，"先锋派"文学和艺术多留有这种痕迹，这时文学和艺术"形式的创新"大于对文学艺术深度和内涵的追求。但是，真正的文学和艺术是富有自我省察意识的，慢慢地从新时期文学之内，诞生了对它的这种倾向的反省与反驳，许多先锋派艺术家、诗人和小说家逐渐不再满足于形式的尖新，而是注目于更为广大的迫切的现实，且从中国传统叙述资源和西方现代文学资源中汲取丰富的情感思想和叙述能量，以求更为准确精敏地表现当前这个急速变化的中国现实社会。于是，文学上的"新时代"来临了。

"新时代"文学的时代精神必将是熔铸了诸多异域精神之质的、具有更为包容和宏大的开放性的文学。中国近现代化过程中得以强化的"内在的同情心"和"命运与共感"，将成为"人类命运共同体"构建的心理根基。

在这一时期，中国文学和文化的开放性是全面的开放，既有对欧美社会的开放，也有对亚非拉国家等广大国家和社会的开放，其时代精神也必将是熔铸了前述诸多异域精神之质的，具有更为包容和宏大的开放性。前一阶段，那种全球化潮流中的美好质素，将会在中国人类命运之心中涵容，并且以中国"天下为公""四海一家"的恢宏气度和普惠精神得到发扬光大。

另一方面，中国人近现代社会发展历程中不断地挣脱被侵略、被侵害的自救历程，也能够使中国人对被损害的人群含有一种"内在的同情心"和"命运与共感"，这使得中国人在承担更大的全球责任时，能够设身处地去体察相关者的感触，在与其他国家和民族交往过程中，也呈现一种更为平等的身份和姿态。这对中国人承担"人类命运共同体"的关键角色，是至关重要的。

我以为，当下的文学和文化，需要融合"中华文化""革命文化"和"世界文化"之间的区隔和分歧，找出共通之域，这是中国文学和文化走向更高、更广、更远大的道路的一个前提。

中国的文学和文化要能够增强我们中国人的自信心和辨识力，在汇聚万川、吸纳众流，与世界优秀文化声息相通、情意相关的同时，延续中华文化优秀的血脉，承载革命文化沉毅的气度，具有自己的丰盈深邃的品质。同时，中国的文学和文化要能成为提升民族精神和骨力定力的有效手段，承担更为开放的也更为独立自主的当代中国的一部分精神性和意识形态性功能，发挥一定的组织力和动员力，促进中华民族整体的向心力和凝聚力。

新时代的中国文学和文化，将介入世界文学和文化发展的大势和主流中去，同时具有择别涵容的目光和心胸，我们将在扩大自我中加深自我认同，在吸纳世界优秀文学和文化的同时普惠世界。在这一进程中，将通过中文和相关国家的语言文字进行直接的沟通和交流。在这种强劲的需求中，中文的国际化、中国文学和文化的国际化具备了现实的可能性。与中国合作交流活动活跃的国家和地区的人们的文学和文化，也相应受到更大更多的关注。

"新时代"的中国人，希望用自己的双眼看待这个世界，希望用自己的双眼看待中国自我，希望用自己的双眼看待在"新时期"被理想化的欧美社会，也希望用自己的双眼看待处于生命、境遇与命运息息相关的欧美之外的广大世界。因此，现在每年有数百万的中国人走到国境之外，进行各种社会、文化、经济、休闲等相关活动。

在与此相关的大规模的一系列活动中，中国人和足迹所至之处的各国人民，十分期待以中文和相关国家的语言文字进行直接的沟通和交流。在这种强劲的需求中，中文的国际化具备了一种现实的可能性，与中国合作交流活动活跃的国家和地区的人们的语言文化、文学和艺术，也相应受到更大更多的关注。

思想和文化、文学和艺术，始终是不同国家民族之间的社会、文化、经济、休闲等交流和沟通活动的更高层次的、更为内在的动力，是一种相对柔性的、却不可忽视的力量。具体到文学和艺术领域，这种大规模的国人走向世界，将会给世界文化和文学带来中国人的视角，这是一个具有重大文化和社会意义的转变。

在这种文学和文化的更高层次的、更为内在的交流和沟通活动中，我们的文学和文化应该呈现出具有更为自尊、开放、勇敢、坚定、平和的性格，包蕴着"人类命运之心"的中国人的新形象，这是对中国人自我形象的新探求和新塑造。这将突破近现代文学中以欧美游历者和传教士为最初视点所呈现出的扁平化、刻板化的"中国人"形象。它需要突破文学上已成模式的，新时期以来逐渐定型化的一些颇受争议的叙事模式，人物构造、人物内在心理和外在环境的设定等。现实世界中更为广大开阔的中国人的目光，将在世界文化和文学中形成"中国人的视角"和新的"中国人的形象"，提供真切的动力。① 新时代以来的文学和艺术领域，在辨析现实生活中中国人本来具有的美好质素，进行文学化和艺术化的表达，在尝试着寻求一种新"中国人的视角"，寻求着在不断变动着的历史和现实中一种肯定性的新"中国人的形象"，比如《百鸟朝凤》《战狼2》《无问东西》《芳华》等文学影视作品。

世界和中国思想文化和文学艺术中的新"中国人的视角"的萌生，是一种意识的觉醒；新"中国人的形象"的呈现，是一种自信的展现；中国的"人类命运之心"的生发涵育，是一种责任的承担。在文学和艺

---

① 在不同的历史时期，"中国人的形象"有着相应的变化，抗日战争时期中国人的顽强抵抗和浴血奋战，将无数普通的中国人勇敢顽强、忠贞不渝的形象映入文学视野，其实已经动摇了基于"国民性批判视角"的中国人形象的想象与构建。

术领域，这种更为开阔、更为深邃也更为透彻的"中国人的视角"和"中国人形象"，是一种重新认识自我，也重新认识世界的眼光，将参与且映现出"中国梦"和"人类命运共同体"整体构想的逐渐丰满化和现实化。

　　这其实是"中国梦"和"人类命运共同体"的展开过程中，对中国文学和文化的时代要求，同时也是中国文学和文化领域自我发展的内在要求。在历史波折和重压的时刻，中国文学和艺术会更多地倾向于从独立自主、自力更生的内生性汲取力量，同时也不放弃更大的外倾性、开放性。在当今这个动荡不安、晦明未定的世界中，中国人已经意识到，世界也将逐渐意识到：历史悠久、体量巨大的中国作为世界性大国，已成为探索世界未来道路走向的重要的参与者而非旁观者，中国发展的向上向前之力，中国社会悠久绵长的自我支撑性力量，在展开中国自身梦想的时刻，也将成为世界逐渐展开和发展的支点之一。

　　如浩荡江河，浩然奔腾；如盛夏花木，茁然繁盛。"新时代"的中国人，也将以更具觉醒性、自洽性和开放性的精神面貌，为这个时代留下无数新鲜动人、感人至深的文学和艺术影像。

从《投奔怒海》到《明月几时有》
——谈许鞍华电影国族形象与想象的变迁

任茹文　宁波大学中文系

一、性别身份：国族之外与之内

许鞍华电影始终贯彻着她对于女性形象与身份追寻的意识、困惑和阶段性答案。她的电影主角基本是置身于不同的年龄、职业、阶层和国族背景中的女性。许鞍华电影的女性命题从来不局限于性别内部的封闭探讨，具有超越性别的深广度。她一贯致力于探讨女性本体命运与国族、社会、时代和民族等宏大叙事之间的关系。就本文所探讨的《投奔怒海》《客途秋恨》《明月几时有》这三部分别代表许鞍华20世纪80年代、90年代和香港回归20年之际不同阶段的电影而言，许鞍华对于女性与国族之间的关联与相互关系的思考经历了个人创作史的内在流动变迁。

《投奔怒海》中，生活在越南社会底层的少女琴娘和她母亲无法自主自身命运，她们的个人命运被国族身份所紧紧捆绑和慢慢吞噬，犹如在狂风巨浪大海中的小船随时有翻船掉进大海的危险。电影中，琴娘的母亲为维持一家生计出卖自己肉体依旧陷入疾病和贫困，她既无法给予自己经济的保障和生活的安全感，同时也将她年幼的孩子暴露在社会矛盾的巨大危险之中。琴娘母亲的形象是悲苦、病弱和命运岌岌可危的，她最终以个人死亡换来琴娘和其弟弟的逃离与出走。在《投奔怒海》中，即便是看起来处于社会上层的交际花："夫人"，也难逃悲剧的命运，她跟随交际花中国母亲来到越南，以飘零者身份流落和寄身于政权变化不断的越南权力社会，在不同的政治时期辗转于不同的男性之间，通过委身于侵略者日本人、法国人和美国人获得生存资本。许鞍华导演以处于社会上层和底层两种不同的女性，表达出她对于女性与国族两者关系的困惑与矛盾：在动乱黑暗的世界中，女性作为附属者和从属者的"第二性"地位与国族之间的被动关系。

20世纪90年代《客途秋恨》中的母亲葵子，相比《投奔怒海》中的琴娘母亲，既有内在的一致性，又发展了新的思想和意义答案。母亲葵子在年轻时因为在中日战争中寻找亲人从日本乡下来到中国东北，在日本战败撤退的过程中向中国人求助，最后因深爱的中国男人而选择留在中国东北、流落澳门和定居香港。葵子的一生在国族情感、私人情感和现实生存困境之间痛苦摇摆。她的前半生将情感倾注在永远回不去的故乡，经历了她与所定居的香港和现实生活之间的巨大冲突。她在日本—东北—澳门—香港—日本—香港等多地流动的过程中，逐渐更清晰地认识到她作为一个身上带着"二战"遗伤的女性，注定无法获得民族身份、国族认同与私人情感的完整统一。她的出生和她的一生都带着来自国族本身的天然伤痕和难以言说的隐痛和原罪。葵子在回到故乡之后与故乡亲人与旧友的交流更确认这一点，而这一点也是葵子与女儿两代女性之间情感深度和解的前提，女儿在母亲的故乡遭遇迷路语言不通之后，已经深切理解了一个因为爱情而离散在异国的日本裔母亲的内心焦虑与苦痛，这促使女儿深入思考自身的国族身份最终做出了确认自我的香港身份并留在香港的决定。

《客途秋恨》中葵子母女两代对于自身国族身份的困惑、寻找与最终确认，表现出导演许鞍华在这一命题之中更透彻的思考。相比于《投奔怒海》中琴娘母亲的被伤害和琴娘人生前景的无着落，《客途秋恨》以困惑、追寻、迷惘和确认等系列过程反映出女性主体与国族身份之间更加深度、自主和理性的两者关系。葵子对于故乡的告别也是许鞍华对女性被动地位的一次告别。葵子告别了情感幻觉中的故乡，最终回到了她长久居住的香港。她告别了对于母国的本能情感，最终确认了她在动荡复杂的现实历程中所确立起来的主体情感。

这种对于女性主体情感寻找确认的答案，在 2017 年上映的香港回归二十周年献礼片《明月几时有》中更加明朗。许鞍华在探索女性主体性的道路上以《明月几时有》为一个重要里程碑。她将女性主体与历史、国家、社会和时代这样的宏大背景关联在一起，将《女人四十》那样的凡俗和日常的普通女性进而提升为由平民上升为英雄的凡人女性。《明月几时有》中的方兰和她母亲，在电影一开始就是有独立主见并愿意为之付诸行动的有主见的女子。她母亲因不愿在大家庭里与别的姨太太分享丈夫而从大家庭里搬出来靠出租房屋自食其力，在战争到来之前方兰果断拒绝了李锦荣提出的先结婚战后再说的爱的提议，母亲将自食其力、不甘人下、不拖累他人的朴素价值观教给了女儿，这种朴素的女性自主价值观也成为方兰参与民族战争并成长为东江纵队领队的前提和基础。方兰一开始便是有着独立人格和坚定主见的女性形象，她跟随母亲从大家庭搬出的成长经历给予了这样的性格以合理的逻辑。方兰在战争中将儿女情长放在一边，电影结尾她和刘黑仔的一番战后再见的对话，暗示着在民族大义面前将儿女情长放在一边的方兰最终收获了她经历了血雨腥风的新感情。将个人成长与民族情义两条线索两种诉求合二为一，《明月几时有》为过去大多为国族身份所遮蔽或伤害中的女性主体价值命题提供了一份更加明朗和宏阔的答案。

国家和民族话语总是充满了性别政治的意味。我们可看到以女性故事讲述国族与民族话题的大量文本。由于民族主义和国家一般被当作公共政治领域的一部分，所以处于低地位的妇女往往被排斥在公共领域之外，也使她们被排斥在"民族主义"和"国家"这些话语之外。父权制的性别意识形态常常与民族主义相融合，共同将女性排斥在主流话语和历史文化之外，令其处于边缘和从属的地位。而女性导演许鞍华的电影则在以影像探索自我的过程中，逐渐突破这些性别陈述的陈规，将性别命题与国族、历史和政治的广阔视野相融合。借助女性的情感经验和成长记忆来呈现社会和历史的横断面，以个人记忆勾起集体和公共命题。使女性在以男性为主导的公共话语中现身，在这个过程中表达了深度困惑与困境，也逐渐在更宏大的视野中将女性的主体意识和独立精神进行确认和表现。

二、日本元素：作为国族身份的他者

许鞍华导演是中日混血儿，作为一个有着日本血统的中国香港导演，"日本"是许鞍华电影进行国族想象的一个重要参照因素。如果我们将这三部影片中的日本形象放置在许鞍华导演的全部作品谱系中来考察，会发现一个有意味的流变过程。三部影片中，日本作为中国国族身份的他者，是一个一以贯之的重要存在。导演对日本他者的定位与塑造，是另一条隐线，可以看到许鞍华对于国族身份思考的变迁，国族与地方、国族与他者、女性与国族、历史与现实是怎样呈现在三部电影中，连缀起许鞍华电影国族形象的隐线。

"日本"元素第一次出现在许鞍华的影片中，是其1982年导演的《投奔怒海》。该片讲述的是越战后到越南新经济区采访的日本记者芥川的所见所闻，由林子祥饰演的芥川在这部影片中是一个极富人道主义精神的人物形象。影片上映于1982年10月22日，此时香港的前途问题刚刚浮出水面，在这样的时代背景下，许多香港观众对该片进行了政治索引式的解读。越南人和香港人的感受息息相关，无归属感。其后，改编自张爱玲同名小说的电影《倾城之恋》（1984年）中再度出现"日本"元素。影片故事背景是1941年太平洋战争期间日军占领香港，这样的时间巧合以及许鞍华电影一贯的写实风格和政治触角，令很多学者和观众不自觉地将该片视为关于香港前途的政治隐喻。

《投奔怒海》中的林子祥出演的日本记者芥川是作为国际使者和国际友人来到越南的。在芥川身上，导演寄托着深切的国际人道主义精神和来自邻国友邦的关爱精神。芥川的身上凝聚着友爱无私敬业等美好善良的品质。他最终献出了自己的宝贵生命使琴娘和她弟弟坐上了去往不可知的远方的小船。对日本身份的芥川的美好形象的塑造反映出许鞍华在20世纪80年代对于国族身份与相互关系的浪漫主义想象。但显然这样对于电影想象中在国族、政治和人性之间复杂性的表达上，导演是避重就轻或是刻意浪漫。

《客途秋恨》中，葵子回到日本乡村的故乡，对于"二战"前后日本乡村的实际面貌和生活状况，通过葵子与其哥哥、弟弟、初恋情人、语文启蒙老师等多位亲友故知的交往得到展现，在人性的危机和突破危机的深刻冲突中，导演许鞍华更辩证细腻地展示了日本文化内在的运行逻辑和现实困境。儿时日本乡村的繁荣与富裕在战后已经化为乌有，葵子回到面目疮痍、人情失落的故乡，相隔近二十年的对于母国的浪漫想象粉碎一地。而葵子弟弟对于葵子在战争的残酷对峙中抛弃家人嫁给中国丈夫的行为始终不能原谅，也初步显示出许鞍华开始触及原始亲情和善良人性与国族、与民族之间的巨大鸿沟。即便葵子和弟弟之间有深厚的感情，在葵子的哥哥弟弟战败撤退回日本的过程中葵子后来的丈夫给予了医疗上的巨大帮助，但这一切行为都无法让葵子的弟弟谅解葵子因为爱情而嫁给彼时敌人的结果。显然，从《投奔怒海》中的对于越南，到《客途秋恨》中的对于中国，日本作为他者的形象，导演许鞍华的思考与呈现都逐渐深化。

《客途秋恨》中的"二战"背景只作为葵子今日香港生活的一个前史简单介绍和隐形存在，这一段历史背景只在语言和情节中予以说明而较少镜头正面表现。《明月几时有》借用东江纵队真实历史事件给予了正面表现。太平洋战争爆发以后，作为被英国殖民统治的香港被日本占领，对于本地民众而言，这意味着一种双重沦陷。殖民者之间既对峙冲突又暗中勾结的政治表演，在影片中也有所暗示。方姑和她母亲送传单，都曾被华人警察发觉，但最终都能化险为夷。最后，方伯母落在两个在渡船上搜刮民脂民膏的印度巡捕手里，是他们向日军告发，才导致方伯母和张小姐双双惨死在日军枪下。这一细节，深刻暗示出内地影片中很少涉及的种族意识。也正是因为这种不同，香港抗战才有了区别于内地的社会语境和历史表征。在这个意义上，香港抗战不应该被简单理解成为内地抗战在地理上的一种延伸，或是它的另一个翻版，而是应该被放置在香港百多年来反殖民化运动的历史背景中来加以思考和论述，具有深切的种族和国族追寻和确认的意义。

在自我与他者冲突、融合并重新建构的过程中，《客途秋恨》已开始展现种族与主人公的客途经历、国族想象及身份重构的艰难过程。通过葵子与知恩母女两代的代际冲突与和解过程，说明"身份建构"的力量更多来自外部。"身份并不是已经完成的、然后由新的文化实践加以再现的事实，而是一项永不完结、永远处于过程之中的'生产'。因而，身份是可建构的，并且是一个不断形成的、重视差异、杂交、迁移和流离的对象。"①影片中，葵子之于日本和中国东北、澳门、香港，晓恩之于中国东北、澳门、香港和英国，祖辈之于中国广州、澳门，空间地域的流变及不同的文化环境不断"生产"着他们对国族的想象和自我身份的建构。葵子心中完美的故乡在回乡之旅后被瓦解和重新认同，晓恩在英国求职因殖民地身份被差别对待；祖辈回到广州为祖国效力遭受严重打击，每个人都在经验与想象的激烈冲突中重新建立自我与国族群体的关系，也重新在国族群体中建立可被经验验证的那一部分自我身份。

对于国族与种族建构的复杂在《明月几时有》中表现得清晰和正面。这一影片中，日本大东亚战争香港指挥部最高长官大佐是一个被成功深度塑造的日本人形象。精通中国文化的日本人才有可能被派到中国，但对中国文化长久的学习和热爱并不能消弭侵略者与被侵略国之间本质性的紧张冲突与相互矛盾。《明月几时有》以苏轼诗为题眼，借此呈现出日本人大佐复杂的种族结构与性格内涵。他的身上有儒雅、热爱文化、渴望友谊的特点，但当种族矛盾和战争利益与之出现冲突的时候，他从小所受到的狼性教育就暴露出罪恶和残酷的本性。他是中国文化的爱慕

---

① [英] 斯图亚特·霍尔、保罗·杜盖伊编著，庞璃译：《文化身份问题研究》，郑州：河南大学出版社，2010年，第115页。

者和崇拜者，但他的种族身份和个人性格注定无法将中国传统文化融化为他自己的一部分，这种无法是借用大佐无法理解"明月几时有"和"明月何时有"之间的细微差别来体现的。大佐在识破李锦荣身份后发出的一枪，发出了许鞍华导演前后三十年贯穿影片主题的关于国族与种族身份的里程碑意义的声音。借"明月几时有"所表达的中国传统思想与审美趣味，更表现出她从徘徊、困惑到北望中国、回归主流的清晰方向。

许鞍华对于空间的流动、时间的选择，都是对中国大陆、台湾、香港历史和亚洲历史的补充和修订。在她的电影里，可以看到以独特的历史来表达族群的流动性，采用更为宏观理性的思维建构身份与思考历史，加强了华语电影的厚度和广度。对于以上两个分主题内涵的分析和梳理，大概可以从国族形象与想象的流动过程看到许鞍华导演完整的创作史。每一部重要电影都是导演个人思想与情感历程的记录，从不同影片的相互关联中去发现导演精神世界的变化和成长过程。每一个即便是指向模糊的瞬间和阶段都是有意义的。由此也可见，许鞍华导演的作品都有极其鲜明和确切的现实指向，呼应着每一个阶段的实际困境，也在思考与创作的过程中汇集成一个艺术家在自我与时代、主体与他者、艺术家与观众、个人史与国族史之间的丰富、动荡而深刻的影像展现。

重返现实主义的经验及可能性
——从贾平凹、毕飞宇的写作谈起

苏沙丽　中山大学中文系

20世纪80年代的先锋文学实验,恰似一场启蒙运动,一方面唤醒的是作家的现代性体验,关于个体记忆及伤痕、民族与国家共同体的寓言及表征,暴力血腥在几代人的书写中有着彼此共鸣的心结,像"高密东北乡""湘西""香椿树街"这样的精神地理与文学地理也由此在当代文学版图上扎根。另一方面则是对传统现实主义、社会主义现实主义的重新"镀亮"。用"镀亮"一词意味着我们面对的仍是"现实",留有传统的面影,是中国的社会形态与国民情感,现实主义的精神也从未在作家的写作中缺失,而真正变换的则是呈现现实的方式,即以现代主义的技法来打量,调和的是中西方的元素。这样一种"无边的现实主义",无疑也正像加洛蒂所说的那样:"每一件伟大的艺术品都有助于我们觉察到现实的一些新尺度。"[①]事实上,经过这一场先锋文学运动,现代主义已经作为一种普遍存在的精神质地内化在大多数作家的创作中,只是有的作家将其作为创作的标识,高扬先锋的旗帜,比如莫言、刘震云、阎连科、东西等;而有的则将其作为一种隐晦的淬炼,取法传统,底子全是民族味道的世情、国情与民情,但精神形貌已是现代的意味,比如贾平

[①] [法]罗杰·加洛蒂,吴岳添译:《论无边的现实主义》,天津:百花文艺出版社,1998年,第176页。

凹、韩少功、毕飞宇等。今天我们再回过头来看,他们的"分化",亦可以看作对作为方法的"现实主义"的实践。记得陈晓明是这样来阐析贾平凹与莫言的"分道扬镳"与"殊途同归"的:

> 在80年代,相比较于贾平凹,莫言在气质上更接近现代派,他的现代派潜质是他无拘束的个性或天生的叛逆性格所致,加上他的民间传统的文学教育,甚至孤独的放羊生涯。贾平凹骨子里渴望正统化,他天性温厚,生活于底层,对自己的命运几乎无能为力,他渴望走在正道上。传统、现实主义很容易对他构成规训,不超离主流太远,很长时间会成为他的文学生存的基本底线。当他长大到足够强大时,他自己都不知不觉地对中国的现实主义文学构成了尖锐的改革。与莫言相比,贾平凹是从内部破解了现实主义的陈规旧序的;而莫言则是从外部攻陷了中国现实主义的堡垒。如果说中国的现实主义有了一次彻底的(也是最后的)更新的话,那么这两个人无疑拔了头筹。①

当代文学七十年,如若从创作经验上来说,对现代主义的践行无疑是使得当代文学走出现代文学传统及十七年文学、"文革"文学影响焦虑,从而形成自身的文学传统的有效途径,而对由来已久的传统现实主义的继承、发扬与创新则更需要去领会一种精神的脉络,寻找一条更适宜中国现实及文化土壤的表现方式——看上去其实更为艰难。也是在这个意义上,我所要谈到的贾平凹、毕飞宇的写作才更值得珍视与正视,也可见现实主义本身在历史的发展中显现了自身的成长,不再是拘囿于革命、国族、政治的"现实"束缚,挣脱名义上的"现实"或"主义",而是真正来面对民族社会自身的痼疾、人性本身的疑难、人之为人的处

---

① 陈晓明:《乡土文学、现代主义与世界性》,《文艺争鸣》,2014年第7期,第9页。

境，它有可能成为一种更加朴素的、人文的现实主义。

一

贾平凹的创作始于20世纪70年代，这一时期的作品还留有比较深的社会主义现实主义创作方法的影响，问题小说居多，情节单一、人物形象简单对照。我曾在《贾平凹的"问题意识"与"现实主义"》一文中谈到贾平凹选择现实主义的个体经验及精神气质、文学教育背景及自身的文学素养、时代氛围及文学潮流，他的笔下有着不断扩充丰富的"现实主义"，这不仅是指他笔下的文学世界：以"商州""棣花村""清风街"为代表的地域乡土——无论是整体的把握，还是由具体的事件延伸开来，对乡村社会的表现越来越丰富细致，进而对现代性境遇中乡村社会的走向、历史暴力与记忆伦理这些重大命题进行实录与反思，也指向他表现现实的"形式"，如何在辩证传统"现实主义"与新潮"现代主义"影响的基础上进行抉择与变革，正是在这样一个过程中贾平凹对"现实主义"创作方法本身的改良与摸索得以清晰呈现，我以为他的"现实主义"有这样三重内涵及价值。

首先来看贾平凹的文学世界提供了村庄的"典型意义"。"典型"的概念我们在传统现实主义、社会主义现实主义的理论中要接触得更多，即在典型的事件与环境中突显并塑造典型人物。新时期以来的文学，特别是先锋文学实验之后，我们已经很少再触及这样的概念，所见的是被模糊了环境、时代的故事背景，平面化的人物，甚至是用符号来代替，感受更多的是一种精神意绪，而非人物的性格及特征，毕竟现代小说在意的并非是讲故事，而是回到内心及精神。与此同时，不管是现代乡土文学范畴内的"鲁镇""边城"，还是当代先锋文学视阈内的"高密东北乡""耙耧山脉"，其实都有着非常强烈的寓言色彩，要么承担着文化的象征意味，要么留有历史政治的符号所指，贾平凹的意义在于尽可能地消解了寓言性质的村庄型构，呈现了一个社会学意义上的村庄——以写实笔法，营造自然风情、乡风民俗的整体氛围；小到日常生活的饮食起居,大到乡村政治,刻画熟人经验中村民的知情意,从而来打探百年现代历史中村庄的物质与精神肌理。

从早期的《满月儿》,到1985年前后反映乡村改革的短篇小说系列《腊月·正月》《鸡窝洼的人家》《小月前本》,在这些作品中还有改革与保守的人物对立形象,而《浮躁》试图来把握当时社会上的整体状况,也就是受到改革思潮影响下社会风尚与伦理价值的变迁,这一种"浮躁"的情绪也正体现了作者理解现状的茫然,对现代性与乡村未来的忧思从此显现。同是在这个时候,贾平凹也在面对并尝试解决方法上的问题,"一个时代有一个时代的作品,我应该为其而努力……中西的文化深层结构都在发生着各自的裂变,怎样写这个令人振奋又令人痛苦的裂变过程,我觉得这其中极有魅力,尤其作为中国的作家怎样把握自己民族文化的裂变,又如何在形式上不以西方人的那种焦点透视法而运用中国画的散点透视法来进行,那将是多么有趣的试验!"[①]从这一段话的思索可以看到作者对现实主义创作方法本身的疑虑,以及对《浮躁》中那种渴望整体把握而形式与内容上又无法相谐同一的不满,这些问题在贾平凹后来的作品中得到了更好的呈现,比如如何理解写实,如何处理实与虚的问题。"写实并不是就事说事,为写实而写实,那是一摊泥塌在地上,是鸡仅仅能飞到院墙。在《秦腔》那本书里,我主张以实写虚,以最真实朴素的句子去建造作品浑然多义而完整的意境,如建造房子一样,坚实的基础、牢固的柱子和墙,而房子里全部都是空虚,让阳光照进,空气流通。"[②]——从《废都》开始,其实贾平凹就已经试着在调和实与虚的平衡。

到20世纪90年代的《土门》,叙写郊区的村庄在城镇化进程中的各种乱象,《高老庄》亦触及知识分子的还乡,同样是"归—去—来"的情感与回乡的双重线索,与现代文学史上的还乡叙事并无二致,也在哀叹无处还乡的精神境遇。再到21世纪的《秦腔》《带灯》《极花》,写出了村庄

[①] 贾平凹:《浮躁》,北京:作家出版社,2009年,第3—4页。
[②] 贾平凹:《古炉》,北京:人民文学出版社,2011年,第607页。

在发展进程中被远远甩在后面、慢慢凋零的景况。这些小说无疑都在回答一个问题，20世纪80年代从政治意识形态束缚中走向经济复苏的乡村，又如何在20世纪90年代开启的现代性进程中一步步地走向空寂与衰落？

同样给予关注的还有现代人的精神归属问题，不只是还乡或者回乡的知识分子，如高子路、带灯，还有留守下来与土地为生的那些村民，《带灯》里有这样一段，难免会让人为那些灰色的生存与生活动容，也许也可以视为贾平凹为民族精神面貌的忧虑：

> 一路上，竹子还在感叹着那十三个妇女的可怜。六斤说东岔沟村的女人命都不好，嫁过来的没一家日子过得滋润，做姑娘的也十之八九出去打工，在外面把自己嫁了，有七个再没回来，听说三个已病死。村里更有可怜的，后沟脑那家的媳妇是后续的，男人整天喝酒，又喝不上好酒，到镇街上买了些酒精回来兑水喝，喝醉了老打她，她半个脸总是青的。前年男人喝多了又拿刀撵着砍她，她急了抄个镢头抢过去就把男人闷死了。她一逮捕，她哥嫂来看护孩子，而第一个被离婚的媳妇要了钥匙又赶走了他们。那前房媳妇也留了一个女儿。现在两家人一家女儿进狱，娘家还要养两个小女儿，一家女儿带着孩子住娘家。两家父母都是老实疙瘩，说不全一句话。①

贾平凹提供的村庄的典型意义不止于此，他也在进一步打开历史境遇中的村庄形态，借由革命、战争、"文革"等事件来拷问人性，历史与暴力之辩证关系、历史的攻心与无情之维度，《古炉》《老生》《山本》即是如此。说到对历史的书写，过往的"进化"之路，感知被革命与经济生活篡改的乡村日常与伦理，现实主义作品大多会回到对重大历史事件的回溯、对重要历史人物的特写，即便不是这样，也在人与事件、与

---

① 贾平凹：《带灯》，北京：人民文学出版社，2013年，第89页。

环境的冲突中塑造那么一两个个性鲜明的主要或者英雄人物；或者如先锋文学，在极致的环境中来放大人的欲望与罪恶，而这些欲与恶有时是看不到来由的，像一种潜意识，抑或一种更为广大却又茫远的情绪或伤痕。在贾平凹这里，历史即是实实在在的生活流的日常。《古炉》一开始就描绘了一个病村的形象，人的病亦指向社会的病，伦理的失序、人心的失序皆在衣食住行、农业生产中触摸可感。《老生》里有关村庄的故事虽逾百年，但截取的只是四个时期村庄的片段，由国民革命、土改、"文革"、改革时期村庄意义上的现代性进程中不能自已的命运。不管是像《古炉》这样在琐碎日常、繁复的人事中看革命的欲火如何点燃，还是在《老生》历时性的梳理中，打量百年村庄的兴衰，一个时期的物质与精神风貌是显而易见的。

历史是回到日常的细节，因而，没有脸谱化的英雄，也没有个性太过张扬的主要人物，贾平凹笔下有的是小人物的群像。《古炉》里大概有这样三组人物，一是像霸槽、水皮、磨子、灶火这样在革命中蠢蠢欲动，甚至煽风点火的人；二是像蚕婆、善人这样革命的受害者，而又在动乱的时局中行善的人，还有如狗尿苔、牛铃穿梭在造反的两派间，传递消息，让大家免于更大的灾难；三是看似可有可无却无不经受着磨折的村民，如半香、来回、老顺等。这三组人物构成了革命运动中丰富的人性面相。《老生》里的三个地主，他们如守财奴一般的发家致富，勤勤恳恳，对待下人体贴关心，但是这并不能阻止他们在土改中沦为人民的"异己分子"，终又成为所剩无几的穷人。而那些懒惰的穷人却又翻身做主，谁主宰历史的发生似乎也有着人为的偶然性。然而，回看白土与玉琢之间那种朴素而又温馨的情感，不啻为晦暗年代的一抹亮色。贾平凹既写出了历史的不堪，也留下了历史的温情。在作者看来拷问历史，并不是要向人归罪，即使是那些面目可憎的人，亦没有从道德上进行彻底审判。因为在良善中能见欲望的涌动，在邪恶里未尝没有美善的杂念，更何况芸芸众生在历史的幕布下形如一个个木偶，风雨如晦，人心不宁。再者，从民间历史的眼光来看，人物形象的好与坏已不似传统的现实主义或革命现实主义观念所昭示的那样，黑白分明，善恶两面，这一种历史观在莫言那里得到了回应：

> 小说家笔下的历史首先是一部感情的历史。在一个村庄里面，老百姓心目中的阶级观念还是相对模糊的，其中存在着好／坏、善／恶、美／丑的划分，却没有进步阶级／反动阶级的绝对划分，否则很难解释一家弟兄几个参加了对立阶级的军队。这种斗争很难用经济和政治方法来分析，只能用情感的方式。所以，我还是从民间的视角出发，从情感方面出发，然后由情感带出政治和经济，由民间来补充官方或者来否定官方，或者用民间的视角来填补官方历史留下的空白，后来的许许多多历史小说也在走同一条道路：尽最大可能地淡化阶级观念，力争使自己站到一个相对超脱的高度，然后在这样的高度居高临下地对双方进行人性化表述。①

当我们淡化阶级观念、调试人物的刻画方式，不得不承认现实主义已经有了很大的改观，而对历史的重构也从此有了一种新的可能。

至此，可以看到，在贾平凹的创作中是有很浓郁的"乡愁"意识的，他的"现实主义"是能够读到胡风所说的"精神奴役的创伤"，"作家应该去深入或结合的人民，并不是抽象的概念，而是活生生的感性的存在。那么，他们的生活欲求或生活斗争，虽然体现着历史的要求，但却是采取着千变万化的形态和复杂曲折的路径；他们的精神要求虽然伸向着解放，但随时随地都潜伏着或扩展着几千年的精神奴役的创伤。"② 乡愁也就是这一种精神奴役的创伤，他正是带着这份意识来叙写百年乡土的荣枯与沧桑。

---

① 莫言：《我的文学经验：历史与语言》，《名作欣赏》，2011年第10期，第101页。

② 胡风：《胡风全集》（第三卷），武汉：湖北人民出版社，1999年，第189页。

二

毕飞宇曾在一次有关小说《青衣》的对谈中这样说过:"生活扑面而来了,你就不能不定下心来仔细地面对它。我不想检讨我以往创作的得失,我对我过去的创作是满意的。我想强调的是,我比以往任何时候都渴望做一个'现实主义'作家——不是'典型'的那种,而是最朴素的、'是这样'的那种。我就想看看,'现实主义'到了我的身上会是一副什么样子。"[1]意识到自己想成为一名现实主义者,并且想看看传统的笔法会发生什么异样与变化时,我想意味着一个作家自觉写作及个性标识的开始。事实上,褪去早期的"先锋"色彩之后,毕飞宇的"玉米"系列、《平原》,还有大量的短篇小说,也都在昭示着自身艺术形式的变革,今天来看这种努力也毫无疑问地为一种"现实主义"提供了重启的价值及意义。如若要论毕飞宇现实主义的本色,他与前面论述过的贾平凹一样是回到生活经验与日常经验本身,虽不是要提供村庄的典型意义,却也有着以村庄、以熟人经验为蓝本的社会学考察意义,特别是对基于"小传统"、人性所左右的现实生存与心理学意义上的社会分析。但是,相比于贾平凹叙事的散漫铺陈,甚至是烦琐,毕飞宇的叙事是紧凑而富有张力的,这就让他在营造一个矛盾集中的叙事场域、着力讲述一个故事时,也塑造了鲜明的人物形象,这些也都是对传统现实主义的承继,不乏茅盾在20世纪30年代所提倡的社会分析派的影子。

毕飞宇的王家庄是极"左"状态下乡村政治的象征,权力钳制、简单粗暴的意识形态,控制着人们的身份等级、行为与思维方式、日常生活、生产劳作,王连方可以以工作的名义"通吃"村子里老中青三代妇女,仅仅因为他是村支书。王家的失势,包括王连方只能选择一个油漆匠的活游走于几个村子,玉米的恋爱失败、两个姐妹在看电影后被强奸,

---

[1] 毕飞宇:《沿途的秘密》,北京:昆仑出版社,2013年,第49页。

主要的原因也是由于王连方不再是村干部，也就不再有权威的象征意味。而玉米想要挽救整个家庭还有自己的地位，无非也是要攀附上权势，她对找对象的唯一要求也就是有权。《平原》里的王家庄同样是处于政治高压时代，被权力、政治所驯服的人失去了性别，如吴蔓玲，也丧失了对爱情、人生道路、自身价值正当追求的勇气与路径，如王端方、"混世魔王"。与此同时，《玉米》之后的《玉秀》《玉秧》，这两个故事所发生的场域同样是王家庄的延伸，玉秀去投奔姐姐，她与姐姐、姐夫一家人之间，还有在这之外的断桥镇，也无不经受着权力及其等级的制约，她想要拥有一份工作，遇到帮助她的人，也必然是投身于权力之下。玉秧所在的师范学校也是如此，虽然已过了动乱的年代，但是从学校处理丢钱一事、成立地下校卫队、安排学生秘密监视师生日常的工作生活，都可见教育本身残余着政治意识形态的阴影。

与此同时，在王家庄掌控着人们的生活及情感思维的还有小传统，也即乡村熟人社会生态。玉米小小年纪就担当维系家庭抚养弟妹的重担，从她对几个妹妹的管束就可以看出来，她不只是熟谙权力的重要性，懂得人性趋利附势的本性，更重要的是，她也深知乡村社会的潜在势力。她看不惯与父亲相好的那些女人，常抱着弟弟去她们面前示威，让她们无形之中觉得羞愧。《平原》中的王端方作为一个念过高中的回乡青年，他在王家庄及继父家的立足，也并非靠他的知识学养，而是在与村民周旋弟弟的事、在姐姐红粉出嫁时强迫她认妈等一系列事件中树立自己的威信。他与玉米一样都是懂得乡村规则及人性隐蔽的人。

但是，人对权力、政治的屈服、为奴的心态只是表象，而人性恶的厮咬、熟人经验世界里暗涌的倾轧、猜忌、不自知不自觉的险恶，潜规则般的精明世故则更让人觉得后怕。比如，玉米家失势以后，玉米被人传言被人强奸，并被告知彭国梁，他们之间有关婚姻取消的信件也是被人拆开过的，王家庄似乎每一个地方都安装着一只监视的或者旁观偷笑的眼睛。而玉秀姐妹被人强奸的现场，似乎也听到了更可怕的声音："不要乱，一个一个的，一个一个的。"[1]那些看似肆意而起的报复其实蓄谋已久。后来，玉秀来到玉米家，与郭左互生好感，而玉米却活生生地掐断了这份感情，将玉秀被人糟蹋的事毫无保留地告诉了郭左。究其背后的人性险恶是让人不寒而栗的。

于此，我们可以看到毕飞宇所提供的王家庄及其所延伸并象征的中国社会场域，一方面撕裂的是政治与小传统的合谋生态，另一方面其实也关系着当时青年一代的出路问题，特别是乡村女青年的出路问题——这在大量的农村题材小说中是鲜少提及的，较多的关注都放在了回乡与下乡男知青身上——亦可从中察看一代人的精神底色，或者一代人的自我成长与实现，可以说他笔下的人物形象虽个性鲜明，却又无不联系着更广大的人群。像玉米、玉秀、玉秧这样的农村女孩，她们进入城市，或者进入权力阶层，又或者只是拥有一份在当时看来的正式工作，她们所能凭借的也只有两条路径，要么出生于权力阶层，要么能够攀附上权力阶层——王家庄的村支书，看上去是最基层的干部，在当时却掌握着农业分工、推荐上学和参军的重要话语权，从而逃离乡村及脸朝黄土背朝天的生活——玉米为此付出的是青春与爱情的代价，在她的眼里只是想通过这种交换来获得权力、地位及好的生活。玉秀的人生充满了太多趋炎附势与伺机取巧，她来到断桥镇后用尽心思去讨好姐姐一家人，还有周围的人，但最终也无法获得一份安稳的受人祝福的爱情，非婚生的孩子也被玉米送人。再说玉秧，她是通过自身的努力及考学的方式进入城市，本身在姊妹众多的家里就不受重视，来到师范学校同样也是默默无闻毫不起眼，始终如一只惊弓之鸟战战兢兢地生活着，以至于并不是自己所为却主动将被盗的钱寄回来，委屈却也顺从地接受魏向东的猥亵。她也想被注目与重视，因而偷偷地参加校卫队，对他人的报复心态也隐隐生起。我们在她的身上看不到知识的启蒙与读书人的明理，而是受制于权力、权威的奴役心理。同样的精神心理也发生在王端方的身上，

---

[1] 毕飞宇：《玉米》，北京：人民文学出版社，2017年，第91页。

高中毕业回乡后他所做的就是要以当兵的方式离开乡村,他博取好的表现,也试图来获得吴曼玲的好感,但是当他的价值观与人生观一次次在乡村的运动革命、日常生活中遭受冲撞,甚至是恋爱受挫时,他除了沮丧悲伤,看不到他有能力来重启人生道路的希望。

毕飞宇所刻画的青年形象,我想与路遥的高加林、张承志的白音宝力格、张炜的隋抱朴、贾平凹的金狗等,同样置身于20世纪七八十年代的乡村青年形象是不一样的,可能他忽视了这些人物身上的果敢与勇气,放大了他们身上的奴性与卑屈,但是毕飞宇无疑提供了另一幅人性与人生图景,特别是小传统经验中人的身不由己与不自知的沦陷。我想,毕飞宇的现实主义是有着一种隐而不发的批判色彩的。

值得注意的是,在加剧人物与环境之间的冲突,在突显人物命运及人生问题、自我认知与重构这些重大命题时,毕飞宇通过大量的心理描写,或者叙事人的旁白话语来呈现了人物与自我之间的冲突,我们看到的不只是人物外在的性格的成长、形象的丰满,而且感知更深的是内在的心灵争辩。比如同宿舍庞凤华的钱丢了,玉秧怕引起怀疑,竟主动将钱寄回来,看到学校的处理结果时,她是这样想的:

> 玉秧心存感激,内心的喜悦可以用"劫后余生"来形容。但是感激归感激,轻松归轻松,说到底还是冤。冤哪。这不是不打自招又是什么?不过玉秧退一步想,不招又能怎么样呢?人家派出所的人已经查出指纹了。庞凤华的箱子玉秧有没有摸过,玉秧一点底都没有。想不起来了。从常理上说,同在一个宿舍里头,真的很难免。万一指纹碰巧就是玉秧的,公布了,玉秧的活路就死了。这个赌玉秧打不起,赌注太大了。玉秧想,还是这样好,反正也没有人知道。别人怎么猜就让别人猜去吧。逃过了一劫,总是好的。怎么说退一步海阔天空的呢。①

---

① 毕飞宇:《玉米》,北京:人民文学出版社,2017年,第204—205页。

这一段将玉秧那种懦弱胆小、无法正视现实,在一种权力阴影之下以至于都不能确信自己真实行为的心理袒露了出来。在毕飞宇的小说中还有大量这样的心理剖白,现代小说回到内心,注重精神分析,去讲述内在的故事,我以为毕飞宇的现实主义是有着这样一种现代主义色彩的,更进一步说,他不仅要指向外在于人的环境,看这样一种场域强加于人的效力,而且在人自我的折磨中察看自身的思辨,将人的悲哀、无助,而又无知的精神心理显现。当毕飞宇一步步将玉米众姐妹、王端方等的行为与心理剖析于众的时候,会想起卡夫卡的《变形记》,往往在不知不觉中就将一个个悲剧演绎开来,他的中短篇小说《青衣》《怀念妹妹小青》《相爱的事》等小说也是如此,讲人事,透析命运,从中体味的是人的无奈、变异,以至于无法挽回的伤恸,只不过毕飞宇强化了性格与精神的血肉之感,而不是推及至平面化的写意效果。

三

曾经有一度,"现实"沦为一种观念上的现实,变得空洞与僵化,它与真实的人的处境、个体的情感毫无关系,与人本身的命运及生命存在毫无关联,我们感知到的只是大时代的律动节奏。也有一度,包括当下文学中的"现实",有的是扭曲变形甚至是魔幻的,有的则苍白无力,无从看到经验的有效性与体己性。贾平凹、毕飞宇的现实,不只是在于经验的丰富与可感,更在于作者与整个现实的关系是真切实在、有效往来的。换一句话说,他们都有自己的"现实"与"问题",贾平凹的"乡愁"里是对整个乡村社会的关注,为村庄作传的意识是始终贯穿的;毕飞宇的作品虽也大量地取材于乡村城镇、边缘人生,但他更在意人与社会环境的冲突、人与自我的冲突,人之为人的精神处境。在他们身上所得的启示便是,重返现实主义,首要的是重新建立作家与现实之间的关联。现代文学百年,鲁迅对现实主义的影响在于把现实主义的矛头指向瞒和骗的文学,强调正视现实人生的态度;写出灵魂深处的涌动,批判他人，亦挖掘自己的内心；是现实主义的影像，也能容纳浪漫主义。当年胡风曾提出"精神奴役的创伤"，也是需要见出人物与作家的灵魂。想一想，这样的主观精神向度，我们在当今的作家中是否还能真切地感知到？作家与现实之间的关系，一方面可以照见作家的文学地理与精神地理，另一方面则是可以察看到作品中那些细节、经验、语言等是否能落到实处，一个现实主义者是完全可以复活那些社会记忆，也是可以为他笔下的故事与人物寻得恰当的生活与逻辑的。

重建作家与现实之间的关联，说到底也就是重建文学与现实之间的关联，重建文学与社会、思想之间的深层关联，进而再次确认文学自身的信仰。20世纪80年代，文学之所以能够在社会上引起众多的回响，是因为社会思想的问题在文学中有诸多反映，比如农村改革问题、乡村青年的出路问题、工业发展问题、从"文革"阴影中走出后的心灵救赎问题等，当我们以"伤痕文学""反思文学""寻根文学""工业文学"来命名当时的思潮现象时，恰恰也可反证文学与社会生活的心心相印，文学有能力对社会问题进行书写，并提供自己的解读。重建文学与社会、思想之间的关系，并非是要生硬地演绎社会问题及政策时局，而是要有一种深广的问题意识，这既来源于我们周遭世界的发生，也来自那些普世价值理念所生发的疑问。近年来非虚构叙事的兴起，从文学创作的本身来看，有着作家对虚构文学表现现实无力，对当前问题无从深入书写的不满，从而从自身关注的问题出发，希图介入现实，反映现实。有着社会涵养与思想容量的文学，我想才能有足够攫人心的力量。我们从贾平凹、毕飞宇的写作中可以看到诸多社会思想问题的延伸、衍生与关注，而这些问题又无不关联着更多人的生活、生命及精神状态。

在这个意义上，作家也还需要有一种历史意识，这并非单纯指向对过往历史的亲历，而指向的是一种开阔的视野，由过往而来的，对当下处境的认知，理解并解析现状的一种能力，从一个人、一群人的命运中感知更多人的生命与人生。"历史感并非作家对历史的全部分析或即时反映，而是体现为作家'生活在其中'的意识，一种时间、空间与文明洪流汇集于此的坐标感,只有在此坐标轴中,人或历史才能体现出它们的存在与意义。"① 书写乡土的作家,不能一味地停留于一种情怀,更需要理解现代性所带来的变化,也需要从城市的角度来反观现象。书写城市的作家,也同样需要理解城市的乡土性,那些日常与人性里面恒常的东西。文学纵然是对现实的反映,但文学并非是对现实的简单模仿,她能否发出超越时代的声音,或许还是需要对时代及个体有更深入更透彻的认知与理解,特别是碎片化体验的当下如何重获历史与现实的整体感。

也正像迪克斯坦所说:"人们曾经有过这样的共同假设:赋予文学以意义的一切其他要素——对语言和形式的精通,作者的人格,道德的权威,创新的程度,读者的反应——都比不上作品与'现实世界'之间的相互作用那么重要。文学,尤其是小说,毫无疑问是关于我们在文学之外的生活的,关于我们的社会活动,物质生活以及具体的时空感。"② 重返现实主义,也就是要重拾文学的质感,与现实之间产生的硌人的摩擦力。而对文学创作方法本身而言,现实主义仍是一种需要继续研磨的方向。因而,我们应当有所警醒的是,新文学百年,虽是现实主义思潮主导的百年,但现实主义并没有获得长足的满意的发展。我想,今天所探讨的贾平凹、毕飞宇的写作,不仅仅提供了重返现实主义的经验及可能性,他们的践行同样可以视为"现实主义"发展路程上的有力探索。

---

① 梁鸿:《当代文学往何处去》,《文艺理论与批评》,2007 年第 1 期,第 26 页。
② [美]莫里斯·迪克斯坦著,刘玉宇译:《途中的镜子——文学与现实》,上海:上海三联书店,2008 年,第 1 页。

回到 21 世纪之初：重看中国电影美学的两种走向

万传法　上海戏剧学院

21 世纪之初，中国电影开始走上"复兴"之路。产量及其票房的节节攀升，都预示着中国电影创作多元性的到来。然而，与创作的多样性难成正比的，是中国电影美学"复数化"的不足。这一时期，从总体上来说，中国电影美学仍然延续了先前逐渐展开的"奇观美学"追求，呈现出对于"奇观"的偏好和迷恋。然而受到市场的影响，对于"奇观"的态度，却形成了两种截然不同的表述方式。一种以豪华大片为代表，它提升了"奇观"在叙事、人物、视觉等方面的程度，使之上升达至"事件"的层次，以其全方位的"震撼效果"震惊着人们的眼球、耳膜以及各种感官神经；另一种则以中小成本影片为代表，完全站在了与之相反的对立面，以消解、拼贴、戏谑、组合等方式无情解构着豪华大片所辛苦构建起来的"奇观"世界，企图达到以喜剧、幽默效果为目的的市场化追求。尽管这两种美学形态并不能涵盖这一时期中国电影的全部，但与先前相比，却无疑是变化最为明显的。换句话说，在朝向市场不断"升级"的过程中，中国电影的一极站在了与国际接轨的"奇观"巅峰之上，另一极则以此为基础，拼命玩着"消解"的游戏，构成了强烈的后现代特色。这种两极性反差，成为这一时期中国电影创作当中一个极为有趣的现象。它说明，在市场由封闭或半封闭状态一下过渡到开放状态时，这种两极化的现象更容易在一种市场弹性内产生。因为从策略上看，这种反差更容易造成一种市场化差异，从而在对一种不可企及的"权威"

进行挑战与突围中，以便更为轻易地获得"入市"资格。当然，这种现象并非此时期所仅有，在第四代与第五代之间，在第五代与第六代之间，其实也存在这种"反差性"诉求，是后来者对先前"权威"的一种自发性策略运用，只不过随着市场化的突飞猛进，这种进程被压缩了而已。所以，以"大奇观"为目的追求的"超视觉奇观美学"和以"消解""解构"为目的追求的"后现代美学"，成为这一时期最鲜明也是最主要的两种美学形态。在叙事、时空及影像风格上，它们由此而形成了两种表述。

叙　事

"超视觉奇观美学"形态在叙事上的策略特征表现在叙事人物的传奇性、叙事关系的反常性、叙事结构的段落性以及叙事主题的多义性等方面。这些叙事策略，都能在以往的美学追求中找到它们的影子，譬如人物的传奇性、关系的反常性、结构的段落性等。然而，细究起来，其中又有所不同。首先就人物的传奇性而言，在以往的"人物奇观美学"形态中，人物的传奇性大多偏向于主流意识形态一极，强调的是"传奇"中的"正"。这一点其实不仅在主旋律影片中如此，在许多娱乐片中也往往如此。但在这一时期，人物的传奇性更多偏向于"民间性"一极，强调的是"传奇"中的"野"。也就是说，这里的传奇式人物，大多是建立于民间立场上的，是普通百姓视野中的人物，他们是"英雄"，或者非同一般，但绝对不是完美无瑕的，他们既有好的一面，也有不好的另一面；他们既有"英雄"的一面，也有"非英雄"的另一面；他们"长袖善舞"，却又有致命缺陷；他们威风八面，却又极其孱弱；他们操控一切，却又孤独无援，如此等等，都成为这一时期此类美学形态在叙事人物设置上的一个基本策略。譬如《英雄》中的无名，作为亭长这样一个小人物的设置，其名字的模糊性和身份的卑微性，本身就是一种民间故事的开头。而当叙事力量集中全力对其进行"英雄式"塑造时，其"水浒式"的逆转，却让我们看到了"英雄"对于皇权臣服的另一面。你不能说无名不是英雄，却又难以完全认同他。人物在自身的裂变中，完成了一种

"奇观性"表述。在此后的《十面埋伏》《无极》《夜宴》《天下无贼》《满城尽带黄金甲》《投名状》《集结号》等影片中，这种人物设置方式被基本沿用。《天下无贼》中的刘德华，《满城尽带黄金甲》中的周润发，《投名状》中的李连杰等，都是如此。即使被主流意识形态广为赞扬的《集结号》，其英雄谷子地的设置，也是老百姓普遍喜欢的"孤胆英雄"式的人物，而不是指挥若定、统率三军的"将军"式人物。而2008年的《赤壁》等，则更是建立在"民间历史"的基础上的，其视野没有离开它的"民间立场"。

叙事人物关系的反常性设置，也是被作为一种"奇观"叙事策略而加以运用的，但与以往的"东方奇观美学"同中有异的是，这一时期的反常性，除了道德伦理关系的反常外，被大大拓展了。《英雄》里是君臣之间刺杀与反刺杀关系的处理；《无极》中是一个馒头所引发的背叛与反背叛的关系；《夜宴》和《满城尽带黄金甲》都是反常的家族关系，同时包含乱伦等反常性关系；《天下无贼》是贼与贼的反常性处理关系；《投名状》是兄弟间的反常关系；《集结号》是个人与组织之间关系的反常性设置；《画皮》则是三角与多角关系的反常性处理，如此等等，不一而足。这种叙事关系的反常性设置，不仅构成了故事本身"奇观性"的一面，也是创作者实现由"乱"到"不乱"，由"反"到"正"商业性追求的不二选择。同时，由于这种关系的"非正常化"，也带来了人物、情节、叙事之间的张力，它不仅带动了人物的发展、情节的发展，也带动了故事节奏和情感节奏的起伏，并为一种价值观的注入与阐释，提供了最好的路线图。譬如在《天下无贼》中，贼与贼之间的反常关系处理和对决，成为影片最精彩的华彩乐章，它不仅将故事层层推向高潮，同时再次借助于"贼"的反常性处理，将故事的主题和一种价值性追求，顺理成章地注入影片之中：纯朴与梦想，值得我们坚守。

叙事结构的段落性，也在先前的"空间奇观美学"形态中有所体现，可以说，它们的用意是基本一致的，皆是为了给各种魅力的展示提供空间，因此，在叙事上，便多采用段落式的结构方式。譬如《英雄》可以分成四个叙事段落,彼此之间由无名进行串联,又可单独成章;《十面埋伏》则可分成"牡丹坊""竹林""花海""雪野"四个叙事段落。与《英雄》相比,《十面埋伏》虽然因为情节线索隐匿性的增强使得段落感并不是那么突出,但其段落性依然因为叙事随着空间的转化所产生的转折而相当明显。此外,《无极》从大的方面看,可分为"命运受诅咒"和"解除命运诅咒"两个大的叙事段,而具体而言,它又随着张柏芝所饰演的王妃倾城在男人之间的流转而被自然分段;《天下无贼》按转变前和转变后分段;《满城尽带黄金甲》则按"王""王后""祥太子""杰王子"分层叙述;《投名状》按空间变化而自然成段;《集结号》则按组织关系的得与失分而述之。这种叙事结构的段落性,显然不同于《低俗小说》《暴雨将至》或《命运呼叫转移》等诸如此类的影片,而是仍然讲究叙事的连贯性和顺畅性,但从另一方面来看,它又不像戏剧式结构那样讲究因果相连、丝丝入扣,所以它更像是一种连缀式结构样式,讲究在松散却相连的叙事结构中,更多展示诸如武打、舞蹈等具有感染力、震撼力的场面。当然,作为"空间奇观美学"的"升级版",它更强调段落中魅力性的一面,通过更为华丽、壮观的场面书写,为段落性的展示提供非同凡响。

在叙事主题方面,"超视觉奇观美学"形态更加注重多义性的开掘,这样做的目的,一方面是为了保持艺术深度的需要,另一方面则更多是出于商业的考虑。在很多情况下,我们会错以为"豪华大片"更加注重叙事主题的单一性,以为越简单就会越容易被观众所理解、所接受。但事实上,几乎所有的"豪华大片"都没有这样去做,而是走向了寻求"多义性"的道路。譬如《英雄》,它本可以按照"荆轲刺秦王"的模式直接走下去,在最后的一击中完成英雄的定格。然而,张艺谋却并没有这样做,而是让主人公无名选择了放弃。这一突然的逆转,其胜利并非来自叙事,而是来自主题。谁才是真正的英雄?何谓英雄?这些最基本的问题忽然一下模糊起来,多义起来。这样的情形在《十面埋伏》《无极》《夜宴》《满城尽带黄金甲》《投名状》《墨攻》《集结号》等影片中也是如此。譬如《无极》，其主题游走于承诺与背叛、命运与爱情、控制与自由、东方与西方等之间，做任何的解释都可以；《满城尽带黄金甲》更是沉沦于欲望、权力、阴谋等之中而错综复杂；《投名状》则在兄弟情谊的"结盟"与"撕裂"之间，让人产生关于亲情、爱情、人生、人性等多重的唏嘘之叹，主题的多义性不彰自显。这种主题多义性的设置，在商业上，显然是针对不同的观众层的，也就是说，主题的单一性虽然很容易被人理解和接受，但风险性亦往往很大，而主题的多义性，则恰好解决了这一问题，它往往能使不同观众层的人在不同的理解中得到自己满意的答复和顿悟，从而赢得支持。

从总体上看，"超视觉奇观美学"在叙事上是对以往"奇观美学"不同层面的综合，有着"集众所长"的意思。但如果仅做如此简单的理解，则又是不正确的，因为在影像中，任何结果都不是简单的相加之和，而是碰撞、交融的产物，它所产生的叙事效应有时尽管不可能那么完美，但这种策略的运用，却无疑已成为这一时期的一种基本特色，鲜明而又闪耀。

与"超视觉奇观美学"在叙事上的策略不同，"后现代美学"在叙事上往往讲究叙事人物的形色性与反差性、叙事情节的戏仿性与拼贴性、叙事情境的夸张性与特定性以及叙事意义的消解性与颠覆性。与"超视觉奇观美学"追求叙事人物的传奇性相比，后现代电影美学更追求叙事人物的形色性与反差性处理。譬如在《疯狂的石头》中，围绕着一块玉石，创作者建构起了一系列形形色色的人物，有工厂快要倒闭的老厂长，有不务正业的儿子，有对自己充满自信却饱受前列腺炎折磨的保卫科长，有希望发财却被人愚弄的保卫科员，有房地产商和他的跟班，也有黑帮老大和他的跟班，有看似强大的国际大盗等。他们彼此交叉，彼此碰撞，在不断的反差性转折中，演绎出一幕幕人间"活话剧"，令人捧腹而又令人心酸。叙事人物的形色性与反差性在《彩票也疯狂》《天下第二》《十全九美》等影片中也被运用，譬如《天下第二》，让不学无术的末路镖师松三爷阴差阳错地获得天下第一的称号，又稀里糊涂地杀死了刺杀王爷的日本武士。这种人物的反差性处理，往往都能获得很好的喜剧性效果。再如《十全九美》中，两个"斗鸡眼"的每次遭遇所制造的反差性人物效果，都能让人忍俊不禁。

在叙事情节设置上，后现代电影美学非常喜欢戏仿与拼贴，这几乎构成了他们创作的灵感源泉。当然，这种处理手法在张建亚的许多影片中都能看到，在一些合拍片中也可以看到，但作为一种整体创作，这一时期它在市场上的表现和在观众的认可度上，都远远超过以往。关于戏仿与拼贴的运用，在此再以《大电影之数百亿》作为补充。此影片通过大量戏仿叙述了几位辛辛苦苦的炒房者被套牢的故事，影片中有曾志伟扮演的角色在赶往楼房开盘的路上与拆房办主任邂逅过招时对《疯狂的石头》中开发商秘书、《功夫》中包租婆的戏仿，以及找开发商求情退房时对黑帮片决战场景的戏仿，还有影片结尾对《十面埋伏》两捕头为争小妹决战的戏仿等。① 这种戏仿与拼贴的大量运用，是一种"消解"与"重建"的双轨机制，它反映出创作者多重的现实需求。当然，这种戏仿与拼贴的运用，离不开规定性情境的建构，所以，叙事情境的特定性以及适度夸张性，也便成为这一类美学经常使用的策略之一。譬如《彩票也疯狂》对人性贪婪的批判是建立在中了1200万元彩票大奖的情境中，于是夫妻、朋友、姐妹之间的情感受到严峻的考验，人们开始各怀鬼胎、互相算计，导致家庭关系处于危机之中。《合约情人》中，为使父亲接受性开放的女朋友，主人公特意雇用假情人，以更加开放的性态度挑战父亲忍耐的极限，在这一特定情境中，一系列夸张的喜剧行为具有了合理性。② 而在影片《十全九美》中，其历史情境被搬进了现实之中，借助于当下流行的后现代元素，完成了对历史语境的全方位改造。但其倡行

---

① 胡克、邵瑜莲、王乃华:《中国电影剧作艺术年度分析》，《2008中国电影艺术报告》，中国电影家协会理论评论工作委员会编，北京：中国电影出版社，2008年，第65页。

② 胡克、邵瑜莲、王乃华:《中国电影剧作艺术年度分析》，《2008中国电影艺术报告》，中国电影家协会理论评论工作委员会编，北京：中国电影出版社，2008年，第64页。

的，不是改造的方式，而是那种"天马行空"的自由，这一点，使它们备受年轻人的喜爱。

由于整体的追求在于一种"解构性"，因此，在影片的叙事意义上，这类影片并不强调其意义表达的完整性、崇高性、震撼性或多义性，而是侧重于追寻意义上的消解性与颠覆性。譬如在《疯狂的石头》中，其快感的源泉，往往产生于对国际大盗、房地产商、黑帮分子等的消解过程之中。换句话说，后现代电影美学并不是不追求意义，而是更加注重意义的产生过程。我们对其意义的获得，不在于它最后给了我们什么，而是它是怎么给我们的，所以，其对某种现象或某种权威的消解与颠覆，也就成了其意义产生的主要通道。但最重要的是，这种消解能够产生快感，所以，在某种程度上，后现代电影美学的意义就在于这种快感，它是一种感觉，而不可赋之成形。譬如我们观看《十全九美》，你既不能说它的意义在于爱情，也不能说它的意义在于欲望，它几乎什么都不是，但它却追求瞬间的快感，而正是在这个意义上，它获得了存在的理由。

时　空

从总体上看，"超视觉奇观美学"在时空上的策略表现为时间的历史化与模糊化和空间的奇观化与魔幻化，而"后现代电影美学"在时空上的策略则表现为时间的现实化与就近化和空间的情境化与随意化。这种两极化的现象显然并不是有意为之，而是在市场和创意的共同驱使下的一种自觉行为。

"超视觉奇观美学"在时间上的历史化与模糊化策略，具有与世界同步的同构性意义，这不仅是因为以往的历史方便书写，也不仅是因为中间的历史阻隔反而激起了人们的好奇心，更多的原因在于，它是现实的人们在拂去其历史原型模板的神秘面纱后，因重新认知或重新改造所由衷产生的快感所致。它显示出对于人类以往历史的态度，不是一种被动的接受，而是永远处于"改造"的过程之中，而源源不断的"改造力"，则正是人类前赴后继不断前进的根本动力之一。或许，这就是当年的《圣经》故事缘何被好莱坞摄制成"豪华巨片"后而成功大卖的根本原因。在出于对历史的尊重中,这种"等量齐观"的制作方式,让历史获得了"荣耀",也让后人因为历史的存在而倍加珍惜现在。可以说,正是这种潜藏于人们心中的历史驱动力,使得这些投资巨大的"豪华巨片"都几乎不约而同地选择了那些曾经过往的"历史",以达到"借历史而重生"并与"历史"平等对话的现实性目的。所以,《卧虎藏龙》《英雄》《十面埋伏》《无极》《霍元甲》《夜宴》《满城尽带黄金甲》《集结号》《赤壁》等,都是如此,都将故事发生的时间退到了历史的长河之中,在与历史的"私语"中,演绎着历史的辉煌。但正如前面所说,它们尊重历史,但并不等同于照搬历史,而"改造"才是它们的真正目的,所以,模糊化以及由此带来的虚构化,成为这类影片经常使用的附带性策略,它在应和着人们的"想象力"的同时,也给予了创作者和观众同样的"创造性"快乐。

空间的奇观化与魔幻化策略,仿佛是这类影片天生的标志物,它不仅勾画出与电视等其他媒体相互竞争所留下的历史痕迹,而且也呈现出历史与现实交相呼应的恢宏与气魄。壮观而夺人心魄的空间或场景不但是影片奇观性不可或缺的一部分,也是影片视觉快感的重要来源。《十面埋伏》的永川竹林和乌克兰花海,《英雄》的敦煌当今山、雅丹地貌、内蒙古胡杨林、四川九寨沟箭竹海、桂林漓江,《无极》的云南香格里拉,以及虚构的镜花水月等,都为一种视觉奇观的塑造提供了坚实的空间基础。此外,空间魔幻化也是这一类电影所经常使用的,这一点除了在《情癫大圣》《无极》中有所体现外,在《太阳照常升起》中也极具特色。尽管这部影片带有许多后现代的特征,但它同时也是一部十足的"超视觉奇观美学"影片。这里有世外桃源式的村庄,也有浓郁南洋风格的学校以及色彩炫烈的新疆戈壁。为了突出环境的神奇性,姜文甚至调用数十辆卡车不远万里把红土从新疆运到云南,铺在"疯妈"的院子里。绚烂落日中吐着黑烟前进的列车、绵延不绝的鲜花丛中的铁路、参天的大树、怪异的房屋、碧蓝的天空、苍凉的戈壁荒漠、炙烈的篝火热舞……都极其完整地模拟出姜文的魔幻梦境，更为观者呈现了一段神奇瑰丽的史诗画卷。[1]可以说，正是这种"魔幻化空间"的运用，给予了影片一种飞扬的感觉，在带给观众以强烈的视觉冲击的同时，也完成了"奇观化"由影片内到影片外的移置。

后现代电影美学在时间上，则喜欢采用现实化与就近化的策略方式。之所以如此，是与后现代和当下性的紧密相连密切相关的。也就是说，后现代一旦离开了现实的语境，就很难被认可或理解。所以，后现代电影美学的一系列电影，基本上是将故事发生的空间放在现实的语境中。尽管其戏仿或拼贴的情节空间随意性较大，但其主要的依据空间是现实的，譬如《大电影之数百亿》。由于这种时间上的运用与现实的紧密性，所以，对于现实的理解也就往往成为解读影片的一个关键。在影片《疯狂的石头》中，如果你没有失业的危机感，如果你没有被欺骗过，如果你没有被房地产商忽悠过，你就很难真正理解其中的某些"桥段"。同样的情形也发生在《彩票也疯狂》等影片中，这就使得"后现代"并非是脱离"现实"的一种随意组合，而是扎根于"现实"的一种策略运用。后现代的这种特性，使得此类影片即使是古装片，也会被纳入"现实"的语境关系之中。《十全九美》的票房大卖，其实就源于此。影片故事虽然发生在明代，却又"活生生"存在于当下，其语言方式、行为方式、飙歌、舞蹈，凡此种种，都是当下的流行文化元素的具体运用。由此，通过历史的"就近化"，从而获得丰富的现实感。

在空间上，后现代电影美学大多采用情境化及随意化的策略。显然，这是叙事情境化的顺延，或者说，它是叙事情境化在空间上的展开，是情境化在叙事和空间上共同作用的结果。譬如《疯狂的石头》中，国际大盗和房地产商互相厮杀一场，叙事的情境化与空间的情境化在此达成了一种合谋，它们共同指向了一种消解的目标，借助于互相厮杀，宣泄

---

[1] 梁明：《中国电影摄影艺术年度分析》，《2008中国电影艺术报告》，中国电影家协会理论评论工作委员会编，北京：中国电影出版社，2008年，第88页。

着长期以来人们对于房地产商的不满与怨怼。此外，空间的情境化，更多还是被用来作为一种幽默的手段加以使用，譬如电影《追爱总动员》中，狗仔娱记为偷拍别人而扬扬自得结果却发现自己被众人围观并拍摄，狠狠地用飞镖插仇人照片却被妹妹打搅而插了自己的大腿等，都是此类空间情境化使用的范例。而所谓随意化，并非是指空间使用上的随意化，而是特指空间转换上的随意化。这一点在《大电影之数百亿》等影片中都有很精彩的使用，譬如模仿《十面埋伏》那一段，它的空间转换也就自然而然地转到了竹林，而不再是现实的空间。这种随着叙事、情节或情境需要而发生的空间转换，是后现代电影中经常使用的方式之一，对此，我们只要再对照一下周星驰的电影，就会更加清楚。

影像风格

在此时期，"超视觉奇观美学"在影像风格上的追求主要表现为影像的史诗化和影像的特技化两种方式。在影像的史诗化方面，一是善于运用远景来展现两军对峙的宏大场面。以《投名状》为例，17米摇臂全景式俯瞰下沙尘滚滚的古战场和超广角镜头下扩张的群像，战马奔腾，千军挺进，从视觉上凸显出一种宏大豪壮的力度——这也是好莱坞史诗电影屡试不爽的造型手法。一是斯坦尼康的频繁使用。影片中许多场景是使用斯坦尼康跟随人物穿过战壕，沿途记录下呻吟的伤兵、废旧的枪械、坑洼的土沟，以流畅的运动带出战场全貌。一是大量采用手持肩扛摄影。以《集结号》为例，影片中许多镜头故意追求大幅度倾斜甩摇、剧烈晃动、失衡的摄影机运动，并在很多情况下为摄影机加上了震动器，以其颤抖的效果，力图真实展示身处战地的战士视角中血泪交织、激烈震撼的战斗场面。一是大量使用中长焦镜头。这种镜头的使用，因为虚掉了激烈战场的细节，使得观众还没来得及仔细观察战场全貌，镜头就已迅速切换，这样处理与急速晃动的镜头相配合，就能制造出剧烈紧张的心理效应。同时，中长焦镜头带来的小景深让焦点控制十分灵活，为了增强纪实感，战役段落中有意的虚焦镜头经常出现，就算有焦点也都不在准确的焦平面上，不是很实，许多画面在起幅时前后景都虚，在画面内人物急速动作时才"仓促"给上焦点，一些急甩镜头根本不顾及焦点，甚至有"拖尾"的效果，这就造成了画面的划破感和分裂感。中长焦镜头把景别都卡在中近景特写上，近景特写强化了战士情绪的迸发和力量感，而大量特写镜头用来表现中弹后四处飞溅的血浆和面目全非的士兵，淋漓尽致地展现出战场的残酷和一种"唯有牺牲多壮志"的激烈情怀。①一是多机位拍摄。《集结号》现场大部分一直使用五台摄影机同时拍摄。五台摄影机都是 ARRI 系列的摄影机，分别是 LT、535B、两台 435 和一台 3C。需要同期声拍摄时使用 LT 和 535B，战场上的肩扛运动镜头多选择使用 435 来进行拍摄，灵活性强。镜头选择的是 COCO 系列的 S4 镜头。多机位拍摄提供了更多的拍摄角度，使画面内容更丰富，也解决了战争片布置炸点导致拍摄时间长的困难。一是光线处理突出真实感和凝重感。《集结号》战斗场面的光线处理基本上是采用自然光照明来完成的，就是以阳光为主。光线角度上多选择为逆光和侧逆光。这种选择主要有两个原因，从影片主题和内容出发，逆光会使人物的造型感更为强烈，使画面更凝重，从而产生一种力量感。逆光也能够更好地表现出硝烟弥漫的战场气氛，使整个战场的画面影调保持一致。从技术角度来说，之所以选择自然光，是因为战争场面炸点多，被炸起的烟尘多，给打光带来了麻烦，一打光人物身上脸上就会被投射上爆炸后烟尘的影子，显得不真实，反光板在这种爆破多的场面中几乎没有用，因为尘埃会使其失去反光的作用。只有在黄昏时刻拍摄战壕中的情节时，会使用一些人工光对战壕内的环境进行补光，提亮环境整体照度 1/3 档或 1/2 档。②

此外，随着数字特技技术的发展，影像的特技化几乎已成为电影创作，特别是豪华巨片创作的一道重要工序。譬如《集结号》，把特效烟火

---

① 梁明：《中国电影摄影艺术年度分析》，《2008 中国电影艺术报告》，中国电影家协会理论评论工作委员会编，北京：中国电影出版社，2008 年，第 86—87 页。

② 尚艺采访整理：《战斗中对生命的新诠释：和吕乐聊〈集结号〉的摄影创作》，《电影艺术》，2007 年第 5 期。

中的高压气爆技术、特效化装中的创伤化装技巧、高仿真的特效人体模型用到了极致，在该片几十分钟的战争场面中，创造了众多近乎残忍、极具视觉震撼力的"碎块"现象。无论是近体炸点溅起的沙石块，还是爆炸中飞起的残肢断臂，或是涌出的血浆，乃至坍塌的砖墙等都达到了极为震撼的视觉效果。可以说是开创了国产战争片战争场面特效呈现的先例。当然，数字特技对电影影像的影响包含方方面面，其对类型片的开掘（譬如恐怖片），对银幕特殊形象的创造（譬如《画皮》），对电影风格化的塑造，对完美影像的创建，对电影时空的重构等，都起到了非常重要的作用。譬如对电影时空的重构方面，在影片《云水谣》中，为了完整勾勒出20世纪40年代台湾地区的风土民情，该片用了极富想象力的8个镜头，把传统的闽南戏、台湾布袋戏、婚嫁民俗、街头小商贩、国民党士兵以及丰富多彩的街景市貌一气呵成地纳入镜头中，无缝地连接在一起，形成了常人无法想象的超长镜头，就连以长镜头风格见长的著名摄影师顾长卫都不知此镜头是如何实现的。这个镜头的设计和实现，极端地说明了数字特技技术对电影时空的重构能力。[①] 由此可见，随着中国经济及技术的全面发展，数字特技技术对中国电影的影响必将是全方位的。

同时，数字中间片技术的使用，对中国电影的创作和影像风格影响也比较大，为摄影创作提供了更大的发挥空间。再以《集结号》为例，整个战场的色调要求蒙上一种灰绿色的调子，这在以前只能通过采用不同的滤色镜以及在置景和道具上做文章来实现，而人脸的调子和光线的调子很难准确和统一。在《集结号》中，使用数字中间片系统调整画面的色调为拍摄带来很大的方便。拍摄时只需要正常曝光就可以了，演员的服装和肤色随战场气氛走，在道具上避免红色东西的存在就行。画面的反差也可以通过后期调整得到最合适的效果，甚至以前传统工艺所不

---

① 郝冰：《中国电影新技术应用年度分析》，《2008中国电影艺术报告》，中国电影家协会理论评论工作委员会编，北京：中国电影出版社，2008年，第117—118页。

能还原的细节和层次都可以表现出来，这为摄影师的曝光控制提供了更大的空间。[1]可以说，正是因为上述一系列技术手段的使用，为"超视觉奇观美学"在银幕上给观众制造出震撼、逼真的视觉效果提供了保证。

与"超视觉奇观美学"的影像风格不同，尽管后现代电影美学也在数字特技及三维动画技术上有很好的尝试，比如《天下第二》，该片虽是一部小成本制作的古装片，但是在数字动画技术应用水平上却不亚于大成本制作。各种视觉特效的运用让观众眼花缭乱，耳目一新，其中片头使用二维和三维动画对故事的史前段落进行表现，简洁、幽默、富有创意，是一种大胆的创新性尝试，开创了中国电影创作的一种崭新风格。[2]再比如《十全九美》，影片开头通过数字特技技术所制造出来的"非现实感"与"夸张感"，为影片的整体风格奠定了调子。这类影片，虽然有时也尝试以一种"奇观性"影像表达来实现其艺术与商业的双重目的，但其本身的整体美学追求，以及在叙事等策略上的运用，决定了其影像风格的"非完整性"与"拼贴性"追求。这一点，与"超视觉奇观美学"在叙事、空间、影像语言运用上的高度一致性显然不同，从某种意义上来讲，它更偏重于多种影像风格的混合使用以及对这种多重影像的快速组合与拼贴，以图制造一种影像的"拼盘"和不稳定感，而迎合一种当下的现代性体验。所以，在以《疯狂的石头》《我叫刘跃进》等为代表的影片中，镜头配合情节链的高速前进，频繁地切换与组接。由此带来的紧张与悬念构成了影片卖点的"前景"。我们置身于Ａ，瞬间便转移到Ｂ，这种叙事人物的穿插而过以及影像的快速转换，显然是本雅明意义上的都市现代性体验。再由此回溯，在《疯狂的石头》中，故事的关节点是一块难分真伪的翡翠，人们盲目地偷来偷去，翡翠的真伪越来

---

[1] 尚艺采访整理：《战斗中对生命的新诠释：和吕乐聊〈集结号〉的摄影创作》，《电影艺术》，2007年第5期。

[2] 胡克、邵瑜莲、王乃华：《中国电影剧作艺术年度分析》，《2008中国电影艺术报告》，中国电影家协会理论评论工作委员会编，北京：中国电影出版社，2008年，第109页。

越难以辨识。在《我叫刘跃进》中，这一点又得到进一步伸展，翡翠变成了 U 盘，随着可复制性的增长，不稳定感陡然增强了。影片结尾处，U 盘又转化为信用卡，并且是一张已经被腾空的信用卡。于是，猎物的虚拟性被不断彰显，人们进入各种各样的快速而无目的的"能指的追踪"。在此，身份变得不确定，变成了能指和所指毫无联系的想象，一如刘跃进身份证上的照片不能指涉刘跃进的存在，倒是其来自河南的事实使他变成了"贼"。随之加剧的是多变而无常的震惊体验，人与人之间的冷漠与不信任，加之对于道德和法律底线的不断跌破。这一切都在影片中得到了高度的浓缩。影片的镜头也是极端不稳定的，在《我叫刘跃进》中，镜头几乎未曾停留地滑过各色人物，少有人给出稳定的视点，文本空间一片动荡。① 正如齐格蒙特·鲍曼所指出的："当不稳定性变成永久性并被这样看待时，存在于这个世界，感觉起来不像是一个受法律约束的、守法的、符合逻辑发展的、一致的、累积的行动链条，而更像是一个游戏。"由此，影片所传递出的游戏式的快速和跳跃，以及蒙太奇迅速切换的破碎感，使人们无暇体验游戏过程的正义性。也正是通过这种游戏式的包装，人们放弃了对于是或非的判断，放弃了对于所指的追寻。②此外，在这种"游戏式"快感的追求中，影像的"拼贴"也经常被大量使用，其中最典型的案例则是《十全九美》。在这部影片中，既有魔幻色彩的影像追求（影片开头），也有浪漫唯美的影像呈现（梨花落雨）；既有动感十足的影像拼接（演唱会），也有高速摄影下的慢动作展现（还绣球）……它们风采各异，反差不一，如同小孩游戏中的"拼图"，以其多样性和丰富性以及多变性和趣味性满足，实现着后现代电影美学"狂欢式"的影像追求。

综上所述，"超视觉奇观美学"在叙事上以追求叙事人物的传奇性、

---

① 李阳：《游戏：流动的现代性——从〈疯狂的石头〉到〈我叫刘跃进〉》，《艺术评论》，2008 年第 3 期。

② 李阳：《游戏：流动的现代性——从〈疯狂的石头〉到〈我叫刘跃进〉》，《艺术评论》，2008 年第 3 期。

叙事关系的反常性、叙事结构的段落性、叙事主题的多义性为主；在时空呈现上，以时间的历史化与模糊化、空间的奇观化与魔幻化为主要策略；在影像风格上，则追求影像语言的史诗化与特技化塑造。而"后现代电影美学"在叙事上则以追求叙事人物的形色性与反差性、叙事情节的戏仿性与拼贴性、叙事情境的夸张性与特定性以及叙事意义的消解性与颠覆性为己任；在时空呈现上，则追求时间的现实化与就近化、空间的情境化与随意化；影像风格上，又以"非完整性"和"拼贴性"为主，追求"游戏式"的快感呈现。可以说，这两种电影美学形态，是市场、产业、观众等综合作用的结果，它反映出为市场的创意是如何在这个事物的反面具体运作并发挥作用的。

21世纪之初的这两种美学走向，对其后（一直到目前）的中国电影创作，产生了重要影响：一方面，这两种美学一直处于不断深化中，超视觉奇观美学开始向"泛视听奇观美学"转移，后现代电影美学开始向后人类电影美学挺进；另一方面，这两种美学又在发展中遭遇"反作用"，开始部分回返"纯粹""正统"与"现实"，由此，"现实主义电影""主旋律电影""纯抒情类—青春电影"等，又重新焕发。

当代中国审美主义批判

王洪琛　吉林大学珠海学院

一、问题的提出

建构新时代中国文艺评论话语体系，20世纪以降的审美主义思潮是一个绕不过去的存在。从现实层面来看，其深广的影响力也吸引我们在学理意义上加以审视和批判。简单地说，作为问题的审美主义之所以受到关注，主要有两个缘故。首先，是对日常生活现象的观察。显而易见，新时期以来的当代中国，每一个平凡个体的日常生活，几乎无不受到美学话语的召唤和诱导。比如，在某个大型广告牌上，房地产商会以"诗意地栖居"的字样招揽生意；而有些滨海城市在出售沙滩门票时也不吝惜"散步美学"的口号。所有这些无意识话语，似乎都在暗示我们：文学乌托邦已全面降临，审美主义成了这个时代支配性的意识形态。

这种被称为日常生活审美化的现象，无疑与消费时代的价值观念直接相关，视觉愉悦和快感体验取代了对意义的追求，以"身体"为轴心的消费至上论跃升为一种主流心态。由此出发，艺术与生活的界限得以消弭，泛审美行为取代了传统社会里对艺术的敬畏。正如有学者所描述的，"今天的审美活动已经超出所谓纯艺术／文学的范围，渗透到大众的日常生活中，艺术活动的场所也已经远远逸出与大众的日常生活严重隔离的高雅艺术场馆，深入大众的日常生活空间，如城市广场、购物中心、超级市场、街心花园等与其他社会活动没有严格界限的社会空间与生活场所。"① 漫无边际的审美行为似乎召唤了失落已久的诗魂,但如果从消费社会这个宏观背景来看,其内在的工具理性却是毋庸讳言的事实。

审美主义与方兴未艾的现代性问题相关。众所周知,现代性问题,是一个持续多年的人文社会科学热点问题。对 20 世纪 80 年代以来的中国,更堪称一个元问题,不仅呈现跨学科跨专业的特性,而且体现出强烈的社会关怀色彩。从社会学的视角来看,尽管对现代性本质特征的概括非常多样,但马克斯·韦伯的基本判断依然得到了学界的共识。这个判断就是,现代社会的根本气质,一言以蔽之,就是世俗化,或者说祛魅之后的世俗化。由此,传统与现代之间的裂变,不仅呈现为历史的印痕,更深地体现在价值取向上的差异。从"神义论"到"人义论"的转化,是这一千年变局中的转向轨迹。在这个意义上,现代性问题的核心,就成为个人主体的正当性问题。

换句话说,既然世界的整体性意义遭到消解,真善美得不到有效统一,那么赋予生命以意义的,就只有一个个独立于世的个体。这意味着,此世的意义设定当然无法再寄望于超验的神力,"我们再也不必像相信有神灵存在的野人那样,以魔法支配神灵或向神灵祈求。取而代之的,是技术性的方法与计算。"② 这种计算及其方法奠定了科学领域和生活世界的基本原则,使得从经验层面认识乃至把握世界成为可能。而从生命经验层面来看,个人主体的正当性,主要包含两个层面:一是主体如何能够成为认知和道德的最后根据;二是主体如何能够共同建立一个合乎理性的现代社会。前者关涉个体的立身之本,后者则关涉社会的运转法则。

在这个大的框架下,现代西方关于启蒙、自由、审美等问题的探讨,不仅仅是一系列的"学说"或"话语",更是现代精神自我理解与自我确证的重要环节。对此,不妨以马克思的名言作为例证,"一切固定的古老

---

① 陶东风:《日常生活的审美化与文艺学的学科反思》,《现代传媒》,2005 年第 1 期。

② 马克斯·韦伯著,冯克利译:《学术与政治》,上海:生活·读书·新知三联书店,1998 年,第 145 页。

的关系以及与之相适应的素被尊崇的观念和见解都被消除了,一切新形成的关系等不到固定下来就陈旧了。一切等级的和坚固的东西都烟消云散了,一切神圣的东西都被亵渎了。"①《共产党宣言》中的这些话常被人引用,其根源正在于它们恰当地概括了现代人的生命感觉与当代中国社会的基本属性。总之,"神圣之后"的个体与社会的重建已是无法回避的关键性问题。而我们的中心论题——审美,抑或审美主义,正是在这个背景下出场的。

二、审美主义:历史与内涵

所谓"审美主义"(Aestheticism),在西方美学史上,指的是康德以降的一条思想线索,它以"审美无利害性"为出发点,以人生艺术化为旨归,以感性生命的自由解放为旗帜。如果以1750年鲍姆嘉通《美学》的发表作为最初起点的话,经康德、席勒到叔本华、尼采、海德格尔等人,最终构成一个相当清晰的演进路线。而在20世纪上半叶以至新时期以来的中国,这条线索依然有着强劲的走向与近似的轨迹。一般认为,就审美主义精神而言,审美自律论与艺术救赎论是贯穿始终的两个核心观念。

发轫于鲍姆嘉通的西方审美主义,实际上是以康德为奠基者的。借助于对知情意的区分,尤其是通过肯定"情"的存在,康德提升了审美判断力的价值,并力争在本体与现象、感性与理性以及道德与知识之间求得平衡。席勒沿着康德开拓的线索继续前进,并以激进的姿态将"审美"拔擢为人的本质,"只有当人在充分的意义上是人的时候,他才游戏;只有当人游戏的时候,他才是完整的人。"②这种近似格言的灼热宣告,凸显的不仅是按捺不住的济世情怀,也当然有知识者的乌托邦冲

---

① 卡尔·马克思:《马克思恩格斯选集》第1卷,北京:人民出版社,1972年,第253—254页。

② 席勒著,徐恒醇译:《美育书简》,北京:中国文联出版公司,1984年,第90页。

动。相对而言，叔本华、尼采的审美主义取向则更为可亲。特别是尼采对"日神"和"酒神"、"梦"和"醉"、逻各斯中心主义和非理性主义之间强大张力的发现，的确让人倾心不已。海德格尔自然是后尼采时代的哲学家，他的关于存在的絮语，同样引人心醉。总之，这是一个高度张扬审美价值的思想脉络，对于形塑现代以来的西方世界（也包括中国）意义重大。

中国审美主义的复杂面相在于，它在西学东渐的背景下获得话语与命名的权利，却实际上依傍一个漫长的文化传统。因此，新文化运动以来的中国审美主义思想一方面从西学中汲取资源，另一方面也不断回到古典，到明清文人趣味中寻找认同。比如，王国维在人生论的框架下审视艺术问题，有明显的叔本华美学思想的影子。"美术之务，在描写人生之苦痛与其解脱之道，而使吾侪冯生之徒，于此桎梏之世界中，离此生活之欲之争斗，而得其暂时之平和，此一切美术之目的也。"[①]周作人则在批判所谓的"人生派"时呼应了王国维的上述立场，"人生派说艺术要与人生相关，不承认有与人生脱离关系的艺术。这派的流弊，是容易讲到功利里边去，以文艺为伦理的工具，变成一种坛上的说教。"[②]而更为激进的拥趸，是郭沫若、郁达夫、张资平、田汉等创造社同人。他们在自己的创作中以狂飙推进般的激情，将"为艺术而艺术"的理念践行在文字中，也在事实上推动了审美至上论的诞生。

相对而言，在美学界享有盛誉的朱光潜、宗白华等先生，对"人生艺术化"思想的坚持是贯彻始终的。无论是朱光潜对艺术或审美的"超然物外""怡情悦性"之功效的强调，还是宗白华对古典中国圆融幽眇之境界的向往，都传达出一种审美以救世的情怀。"诸君若不相信，只要走出诸君的书室，仰看那檐头金黄色的秋叶在光波中颤动；或是来到池边柳树下俯瞰那白云青天在水波中荡漾，包管你有一种说不出的快感。这

[①] 王国维：《王国维文学美学论著集》，太原：北岳文艺出版社，1987年，第9页。
[②] 周作人：《新文学的要求》，《北京晨报》，1920年1月8日。

种感觉就是'美'。"①透过如此诗性洋溢的文字，不难读出一种对片段生活的热爱与珍惜。这种思绪在沈从文、汪曾祺乃至高尔泰等人的文艺创作和批评中均有不同程度的回响。可以认为，哪怕是这样挂一漏万的梳理，已然让我们在中西文化交融的背景下触摸到一条审美主义的线索——尽管发生不少变异，但其辐射力和延展性在一个消费主义时代依然强劲有力。

对审美主义发展历史的分析，显然有助于我们发现其思想内涵。开宗明义地说，在我看来，贯穿当代中国审美主义的两个核心观念，就是审美自律论与艺术救赎论。

首先看审美自律论。美学史上，有关艺术的自律与他律之争曾是一个聚讼已久的论题。而审美主义所主张的自律论，作为从现代知识系统中分化出来的话语之一，强调的是：审美是一种伴随个体独立而存在的价值。在这里，感性得以超越理性，感性的生存论和价值论地位得到肯定。可以想象的是，一旦感性，这个形而上学传统里遭到长久忽视的对象得到正名，它开启的潘多拉盒子将无以控制——身体的优先性最终在这里得以确认。

身体第一，作为后神权时代的理念，意味着个体的身体感觉值得尊重和肯定。在此基础上，倡导以"感性学"命名的"审美（学）"（而非"省察"）成了人生值得一过的理由。身体，不再是在世的负担，而成为享用性的在世者，是唯一值得赞美的在世者。显然，这是人类生活观念史上的重大转折，是感性对逻各斯中心主义的一次思想"造反"。审美主义呈现出来的这个意义，用康德的话来说就是——只有审美判断力是本质的，因为它是不依赖知性与理性的自律的能力，关涉的是愉快和不愉快的情感。

对于身体及其承载的情感，尼采的高调张扬显然起到了推波助澜的作用。但尼采的深刻在于，他不屑止步于"为艺术而艺术"的创作观念

---

① 宗白华：《美学散步》，上海：上海人民出版社，1981年，第269页。

层面，而是从生命的纵深发现其内在的根源。"艺术家的至深本能并非指向艺术，更确切地说，指向艺术的意义——生命，指向生命的热望。艺术是生命的伟大兴奋剂，怎么能把它理解成无目的、无目标的，理解为为艺术而艺术呢？"[1]不难看出，在艺术与生命之间搭建起桥梁，尽管并未超越艺术自律论的范畴，却以其独异思路跨越了康德、席勒、叔本华等人在此问题上的局限，这也是尼采的审美主义思想至今有其强大辐射力的根本原因。

其次来看艺术救赎论。这里所谓的艺术救赎，顾名思义，强调的是在宗教式微的时代里，艺术所具有的世俗救赎功能。这同样是感性对理性的补充和矫正，是一种与认知（工具理性）和道德（实践理性）不同的表现理性，具有突围其限定的功能。尽管许多人将此突围规定为一种乌托邦的冒险，但正如席勒所指出的，这种以"审美乌托邦"命名的世俗宗教，是一种能够解决人性分裂的决定性力量，是实现民族政治自由和人类解放的必由之路，对现代人而言不可或缺。这种救赎功能，以短暂与永恒的辩证法，化腐朽为神奇，以新奇、崇高、震惊甚至荒诞的审美体验超越平庸、陈腐的日常生活。

日常生活是值得超越的，这当然是审美主义的发明；艺术是无神时代里的救世主，也是审美主义的发明。在艺术的名义下，新的超越与救赎得到了统一。当然，理论姿态的昂扬绝不代表着无可置疑。比如，哈贝马斯在梳理现代性的脉络时就曾以嘲讽的语气说："一种被审美鼓动起来的主观化的犬儒主义，其恪守一种游戏式的洁身自好，这无疑是现代性的一部分。"[2]可是，作为现代性核心理念的审美主义毕竟树立起来了，而且在自律与救赎的律条下深远地影响了包括中国在内的文学艺术界。

总之，上述理念共同构成了审美主义的基本内涵。必须首先肯定的

---

[1] 尼采著，周国平译：《悲剧的诞生——尼采美学文选》，上海：生活·读书·新知三联书店，1986年，第326页。

[2] 哈贝马斯著，李安东、段怀清译：《现代性的地平线：哈贝马斯访谈录》，上海：上海人民出版社，1997年，第124页。

是，它们有其充足的积极价值。比如说对平庸的拒绝，的确在一定程度上唤醒了人们对崇高的向往和对美好生活的追求。而审美主义所内含的对歧义的包容，也更加符合人生的本来样态。这是因为，审美活动及其思维的特征不同于科学之处，就在于对意义和解释的"宽容"。按照接受美学的理念，现代艺术甚至鼓励歧义，所谓"一千个读者有一千个哈姆雷特"。所有这些，都是对多元性或多义性包容含纳的表现。

但正如一般所认为的，现代性是一把双刃剑；而作为现代性标志的审美主义，同样是一把双刃剑。它在焕发人的感性生命的同时，也表现出明显的脆弱与矛盾。20世纪的历史事实，尤其是奥斯维辛集中营、古拉格群岛等，这些以政治审美主义名义出场的乌托邦浪潮，实际上已经从侧面证明了现代审美主义的破产。如果从这个角度理解，德国美学家阿多诺关于奥斯维辛之后写诗可耻的断言，并不显得突兀和无意义。

三、当代中国审美主义批判

因此，在梳理新时期文艺思潮的历史嬗变、进而建构新时代中国文艺评论话语体系的今天，以批判的态度检讨审美主义，尤其是对其限度与不足保持清醒的认知，是我们必须完成的功课。在我看来，当代中国审美主义的缺失，主要表现为如下三点。

第一，艺术的自恋游戏。审美主义用感性或"身体"的话语对抗理性主义的绝对命令，同时产生两个后果：一方面是对现存社会生存状态的反叛，但另一方面它所提供的另类体验或欲望的满足却是对现存社会的一种补充和弥合。对"身体"的极力张扬固然有一定的意义，但矫枉过正之后却常常流于欲望的狂欢，而失去了社会批判之本义。更严重的是，主张"自律"的现代艺术尽管标榜一种"反文化"的社会批判路径，但它所内含的精英主义和贵族立场，却往往将艺术推到更为狭隘的专业圈子里，从而呈现出一种精致的自恋主义特征。也就是说，审美自律论尽管把自决、自在、自为提升到无与伦比的地位，这种自律却总是显得软弱无力。

不妨以周涛散文为例加以分析。知名作家周涛成长于军旅，在中国西部这块热土上笔耕不辍，早期曾做出不错的成绩，其散文特点可用西北视野、男性本位与诗性品格来概括。但遗憾的是，这种宏大的视野并未增加其文字的思想含量，盛名之下的周涛散文却常常流于自恋式的自赏游戏。这一点在描写亲情的《老父还乡》（1995）、《老岳母》（1997）以及书写自我阅历的《摔跤记略》（1998）、《阿克苏代职记》（2002）等作品中均有所体现。都说散文书写贵在真诚，但如果仅仅沉溺于小我经验的"概念游戏"，无法超越个体之经验、实现对存在奥秘的探望，则终究会在审美主义的旗帜下埋入故纸堆。

针对"概念游戏"的弊端，思想家史怀泽的话值得铭记，"（只有在个体）存在中感受到整个世界的波浪冲击，达到自我意识，结束作为个别的存在，（才能）使我们之外的生存涌入我们的生存。"[1] 这也意味着，真正有价值的文艺创作并非拒绝自我，而是从自我出发抵达存在的纵深。换言之，尽管"审美享受就是在一个与自我不同的感性对象中玩味自我本身"[2]，但这种认同必须以有意识的对自恋的超越为前提。有学者说得好："超越自恋的途径只能是在对'我'的个体性肯定的基础上做出的某种颠覆与解构。"[3] 因此，对审美主义这个维度的批判并非否定"审美"，而是在揭示其偏差的基础上实现生命的华丽回归。

第二，被高估的艺术家。审美主义对艺术家的赞赏乃至膜拜，蕴含于其内在逻辑之中。首先，按照查尔斯·泰勒的描述，审美主义，是作为构成现代自我的核心理念而出场的。而审美主义和浪漫主义之间，又有着很深的内在关联——浪漫主义美学对自由想象的重视，不能不通过

---

[1] 史怀泽著，陈泽环译：《敬畏生命》，上海：上海社会科学院出版社，1992年，第21页。

[2] 沃格林著，王才勇译：《抽象与移情》，沈阳：辽宁人民出版社，1987年，第5页。

[3] 徐岱：《美学新概念——21世纪的人文思考》，上海：学林出版社，2001年，第279页。

其创造者即艺术家来实现。于是，很自然地，他们在浪漫主义、审美主义、自由、创造、世界之本质和艺术家等符号之间，画上了等号。但吊诡的是，这种看似符合逻辑的推论，却在实际上构成了现代性的一个隐忧：极端个人主义得到肯定，个人主体性得以张扬，艺术家及其创作也在无意间拥有了至高无上的地位。

这个局面的形成当然有其历史背景。"艺术家，作为原创的自我定义的行动者，某种程度上成了人类的典范。从大约1800年起，一直有一种倾向，将艺术家英雄化，从他的生活中看到人类境况的本质，将他推崇为发现者、文化价值的创造者。"[①]但问题在于，潘多拉的盒子一旦打开，便不再有闭合的机会。正如前文关于"日常生活审美化"现象的描述，裹挟着现代性浪潮而来的，同样是对艺术家地位的过高估价。在这种观念的片面强调下，只有在审美状态中，人的生活才是有意义的，否则就是晦暗的、萧条的和无希望的；只有艺术家的生活才是有色彩的、值得过的。

这种矫枉过正的观念和实践，其问题是显而易见的。一方面，它直接导致了对生活的狭窄化、对普通人的日常生活的贬低。实际上，从波澜壮阔的生活视角来看，若想获得生命的意义感，一个人只能通过靠近艺术的方式，这样的思路终究显得不够开阔。对我们而言，牢记哲学家加塞儿的叮咛是有必要的，"生活是这样具体，一切抽象都结束了。我们的哲学探索最终找着的不是哲学理论，而是一个哲学家在进行哲学活动，一个思想者进行思想活动，一个人在生活。"[②]

另一方面，就艺术家的身份认同而言，审美主义的理解也有些偏激。任何时代都有其艺术杰作，当然也有相应的艺术家。这并不因现代性的君临天下而改变。如果我们将文化理解成一种符号存在的话，传统

[①] 查尔斯·泰勒著，程炼译：《现代性之隐忧》，北京：中央编译出版社，2001年，第70页。

[②] 加塞儿著，商梓书等译：《什么是哲学》，北京：商务印书馆，1994年，第112页。

社会与现代社会一样，也有自洽而完备的文化系统。"在传统文化中，过去受到特别尊重，符号极具价值，因为它们包含着世世代代的经验并使之永生不朽。"①以现代性研究名世的英国社会学家吉登斯的话，不仅让我们读出一种对传统的温情，也敦促我们重新审视艺术家的身份认同问题。坦率地说，在我看来，现代性美学中对"艺术家"的误读，恰恰是压垮审美主义的最后一根稻草——它不仅压抑了自我的存在，而且最终将"对象空泛"这个审美主义的病症推到了极致。

第三，被忽略的道德关怀。借文学艺术创作，表达深挚而持久的道德关怀，本来是文学艺术的伟大传统。这一点在中西文学史上都有很好的表现，通常也是衡量作家是否伟大的标准之一。例如，中国古典诗学的"文以载道"传统，始终是历代知识分子汲取营养的思想源泉。但是，一个审美的人，或者说精致的审美主义者，却很可能以"审美之名"忽略道德的严肃性，从而沉溺于趣味主义的迷宫不可自拔。在我看来，这种过于狭小的道德含量，是审美主义的最大缺失。

19世纪欧洲唯美主义运动的主将，英国作家王尔德、法国作家戈蒂耶以及波德莱尔等人，高扬纯艺术的旗帜，力图切断的正是艺术与真理、道德的联系。同样，20世纪早期的中国文学界，从前期创造社（以成仿吾、张资平等为代表）到象征诗派（以废名、戴望舒等为代表），也在不同程度地倡导并践行一种远离道德的书写方式。尽管已有研究指出，如果穿越表面文字的标新立异，事实上是可以辨识出唯美主义作家对现代性欲迎还拒的态度的。而这种态度本身恰恰折射出审美主义的内在张力。②但不能不承认的是，包含上述作家在内的审美主义者，更多地将"趣味"而非"关怀"奉为文学的至高圭臬。

实际上，如果我们尝试回到古典美学的传统，或者以康德、黑格尔的视角加以审视的话，当下许多审美主义者所表达的理念，恰恰是对审

---

① 安东尼·吉登斯著，田禾译：《现代性的后果》，南京：译林出版社，2000年，第32页。

② 王洪琛：《现代视野中的唯美主义》，《外国文学研究》，2004年第4期。

美的严重误读，是将所谓的自我实现扭曲成肤浅的主观主义的表现。必须正面强调的是，审美主义与理性主义并非是不相容的，它们都能够带给我们有效的、道德的力量。如黑格尔所说，"美感就是对各种形式的动态生命力的敏感性"[①]，那么，在恢复审美创造与鉴赏的道德效力时，应该努力做到的是，使理性与生命、自由与艺术处于有效的张力之中。在这个意义上，以批判的态度检讨审美主义，尤其是对其限度与不足保持清醒的认知，显得迫切而必要——如果说批判是为了继承，那么新时代中国文艺思潮，不仅应当是孕育"高原"和"高峰"的美学丛林，也应当充满着"人间正道是沧桑"的浩然之气。是所望焉。

---

① 黑格尔著，朱光潜译：《美学》第1卷，北京：人民文学出版社，1979年，第315页。

改革开放四十年中国动画艺术的嬗变探析

王亚全　河北师范大学汇华学院

一、中国动画艺术综述

中国动画行业发展已有90余年历史，由万古蟾导演的《大闹画室》（1926）是中国动画的开篇之作，中国动画经历了发端时期（1926—1941）、蓬勃发展时期（1948—1966）、缓慢发展时期（1966—2002）、动画大国培育时期（2004—2012）、动画强国培育时期（2012—2015）、互联网快速发展时期（2015—　），动画艺术从模仿到探索民族之路，再到当今与国际制作技术与模式接轨时期[①]。改革开放四十年以来，随着经济变革，在动画制作软件与硬件的变化、动画创作理念的变化、互联网技术的普及等多方因素影响下，中国动画产业快速发展。本文对中国动画四十年发展和创作成绩进行剖析，考察创作题材、创作手法等演变，力图探索当代中国动画创作前进的方向，进而在新时代下推动中国动画对标高质量发展。

（一）中国动画产业点的分布

改革开放对中国动画行业的影响是巨大而深远的，计划经济下动画电影实行统购统销，只需完成中国电影放映公司的收购任务，不能多制作也不能少制作。纵观四十年中国动画整体呈现点线面的发展，其中点

---

① http://www.entgroup.com.cn/.

线面的点即 1950—1978 年期间只有上海美术电影制片厂（128 部）、长春电影制片厂（1958 年《自作聪明的小驴》、1961 年《人参姑娘》《怒送瘟神》）、西安电影制片厂（1973 年《不差半分毫》）三个点，甚至可以说只有上海美术电影制片厂在制作动画。

（二）中国动画产业线的辐射

线是指改革开放后动画业呈线性分布，改革开放后动画制作和出品权归国有企业所有，制作方享受国家定价收购待遇。20 世纪 90 年代后，民营企业开始做动画，这期间民营动画企业的收入来源主要是电视贴片广告、音像制品销售。民营动画企业登场是从 1995 年，国家不再对动画统购包销，催生了一批民营动画企业，起初这些企业并未得到太多政府支持，主要业务模式是电视动画片播放、广告贴片收入和 DVD 销售。

改革开放后，以上海美术电影制片厂、长春电影制片厂、北京科学教育电影制片厂、中国电视剧制作中心、中央电视台等国有动画制作机构为代表，同时民营动画机构崛起，如大连阿凡提国际动画公司、深圳翡翠动画设计公司、北京金熊猫动画公司、苏州宏广动画制作公司、武汉江通动画制作有限公司、北京辉煌动画制作公司、上海特伟动画设计公司等，这些电影制片厂、电视台与民营动画公司形成合力，大大提高了中国动画的制作产量，动画制作也从国家投资向混合投资、民营投资多种投资模式并存的方向过渡，这一时期国外先进动画技术（制作设备、制作人员）不断引入国内，整个动画业呈现大踏步前进，中国动画产业从东北到珠三角，进而遍布大江南北。

（三）中国动画产业"面"的繁荣

中国动画业全面发展的契机最早可追溯到 1979 年 8 月 22 日，为调动电影制片厂积极性，有在部门制定了《优质影片生产奖励试行办法》《优秀电影创作奖暂行办法》：制片厂每摄制完成一部影片，全部符合评奖条件，在影片成本工资项中提取奖金的标准……美术片每部提取 1600 元。获奖影片还要发奖金：美术片每部（长）1500 元、（中）800

元、(短)600元[1]。1990年10月,国家新闻出版广电部电影局于山东威海召开全国动画联席会议,时任电影局局长的滕进贤发表主题为《为繁荣民族动画电影创作而努力》的讲话[2],上海美术电影制片厂、上海亿利美动画有限公司、北京科学教育电影制片厂、长春电影制片厂美术分厂、八一电影制片厂等共23家单位参加会议。会上这些单位联名向广电部、中央宣传部、中央思想宣传工作领导小组提交了《关于发展我国动画电影事业的汇报》,希望政府主管部门对动画片生产企业采取扶持和保护措施,并对国家政策、立法、收购价格等方面提出具体建议[3]。2002年4月2日国家广播电影电视总局广发编字[2002]263号文件,印发关于《影视动画业"十五"期间发展规划的通知》[4],通知中指出影视动画业是广播影视业的重要组成部分,强调中国政府扶持中国动画产业发展的六项措施。

2003年国家新闻出版广电总局把动漫产业列为重点扶持的文化产业,2004年国家广播电影电视总局印发《关于发展我国影视动画产业的若干意见》[5],2005年5月,发布《关于促进我国动画创作发展的具体措施》,提出为扶持国产动画,鼓励在黄金时段播放优秀国产动画。2006年4月国家十部委联合发布《关于推动我国动漫产业发展的若干意见》[6],对国内动漫产业发展提出较为系统和全面的若干政策,我国动漫行业迎来大力发展的契机。2006年8月,《广电总局关于加强电视动画片播出管理的通知》[7]指出17:00—20:00,禁播国外动漫节目,且每日全国动

---

[1] 陈播主编:《中国电影编年纪事》,北京:中央文献出版社,2006年,第667页。
[2] 滕进贤:《为繁荣民族动画电影创作而努力》,《电影》,1990年第12期。
[3] 上海美术电影制片厂等单位:《关于发展我国动画电影事业的汇报》,《电影》,1990年第12期。
[4] http://zwgk.gd.gov.cn/006940079/201104/t20110413_36593.html.
[5] http://www.sapprft.gov.cn/.
[6] http://www.gov.cn/index.htm.
[7] http://www.sarft.gov.cn/art/2008/2/19/art_106_4480.htmlh.

漫播出总量中，国产动漫比例不少于70%。2008年8月，文化部下发的《关于扶持我国动漫产业发展的若干意见》[①]，提出扶持原创动漫产业，推进传统动漫产业升级，延伸产业链条，引领动画制作逐渐从量向质进行升级转型，以及在党和政府系列文件《关于发展我国影视动画产业的若干意见》《中共中央关于深化文化体制改革推动社会主义文化大发展大繁荣若干重大问题的决定》《中华人民共和国国民经济和社会发展第十二个五年规划纲要》《国家"十二五"时期文化改革发展规划纲要》《国务院办公厅转发财政部等部门关于推动我国动漫产业发展若干意见的通知》推动下，2012年6月，文化部发布《"十二五"时期国家动漫产业发展规划》[②]，指出"十二五"期间要打造5~10家国家骨干动漫企业和动漫IP品牌，同时完善动漫产业融资政策，鼓励各类资本投入动漫产业。2016年7月，文化部发布《2016年弘扬社会主义核心价值观动漫扶持计划入选项目的通知》，确定20个产品类项目、30个创意类项目入选扶持计划。2017年2月，《文化部"十三五"时期文化发展改革规划》中指出推动重点文化展会（中国国际动漫游戏博览会等）向市场化、专业化、国际化发展，并支持原创动漫企业的生产和宣传推广。2018年5月，财政部、税务总局发布《关于延续动漫产业增值税政策的通知》，动漫企业增值税税收优惠，即实际税负超过3%的部分实行即征即退政策，并对动漫企业软件出口实行免征增值税政策[③]。

国家各部门相继出台"强力"政策扶持国产动画后，国家新闻出版广电总局批准设立了20个国家级动画产业基地，其中长三角经济区动画产业基地最多，为7个（上海美术电影制片厂、杭州高新技术开发区动画产业园、常州影视动画产业有限公司、上海炫动卡通卫视传媒娱乐有限公司、苏州工业园动漫产业园、无锡太湖数码动画影视创业园、南京

[①] http://www.gov.cn/gzdt/2008-08/19/content_1075077.htm.

[②] 王亚全:《动画艺术短片创作——任务驱动式教学方法研究与实践》，河北师范大学，2014年。

[③] http://www.mof.gov.cn/index.htm.

软件园）；珠三角经济区 2 个［南方动画节目联合制作中心（广州）、深圳动画制作中心］；北京市 3 个（中央电视台中国国际电视总公司、中国电影集团公司、北京文化创意产业集聚区）；东三省 3 个（大连高新技术产业园区动画产业园、长影集团有限责任公司、沈阳高新技术产业区动漫产业园）；华中地区 3 个（湖南三辰卡通集团、湖南金鹰卡通有限公司、江通动画股份有限公司）；西南地区有重庆市南岸区茶园新区动画产业基地；东南沿海有厦门软件园影视动画产业区；8 个国家动画教学研究基地（中国传媒大学、北京电影学院、吉林艺术学院动画学院、中国美术学院、浙江大学、浙江传媒学院、广播电影电视管理干部学院、西安美术学院）；文化部设立了 8 个国家动漫游戏产业振兴基地；新闻出版总署规划了 11 个国家级动漫创意产业基地，包括 4 个国家网络游戏动漫产业发展基地和 7 个国家动漫产业发展基地。

中国动画产业的振兴可谓紧随着改革开放的脚步，从 1979—2018 年国家层面不断出台新的政策扶持国产动漫发展，2004—2008 年国家新闻出版广电总局批准成立的动画产业基地涵盖东北、华北、长三角、珠三角、西南、中部等地区，8 个国家动画教学研究基地的确立为动画教育的良性发展、保证人才培养质量，对国内动画专业院系建设起到示范性作用，从动画人才输出上保持中国动画业可持续发展。

二、改革开放四十年动画创作观念和观众审美流变

（一）中国动画创作观念的变迁

中国动画自开创以来就与社会政治历史发展密不可分，如 1931 年至 1937 年万氏兄弟制作的《同胞速醒》《精诚团结》《狗侦探》，1940 年钱家俊编导的《农家乐》，中国卡通社（香港）制作的《老笨狗饿肚记》等都是宣传抗日题材的动画，注重政治教化意义。1949 年 7 月全国首次文代会上确立了"文艺为工农兵服务"的方针，同年 8 月中央下发文件明确"为少年儿童服务"为美术片（动画）的创作方针，时任文化部部长沈雁冰指

出:"美术电影主要是以儿童为服务对象,用社会主义思想教育他们。"[1]

若干年后动画创作人员提出加上"主要"二字,即动画"主要为少年儿童服务","教育至上"为指导和"寓教于乐"的审美原则。回顾改革开放前近30年动画创作,大致可分为以儿童形象来反映现实生活(1965年《草原英雄小姐妹》,1970年《半夜鸡叫》等);儿童形象并带有幻想奇遇故事(1962年《没头脑和不高兴》,1978年《画廊一夜》等);以动物为主角的拟人化童话故事(1958年《小鲤鱼跳龙门》,1959年《萝卜回来了》,1964年《冰上遇险》)。"既有益,又有趣"即"寓教育于娱乐之中",长期以来其为动画的创作主旨。改革开放之前动画片存在普遍性问题,就是缺乏"总体构思"。它包括:主体思想的开掘,人物性格的确立和人物关系的构成,风格特色的把握;结构、情节、细节的构思,动作设计,造型、背景美术风格,音乐、音响效果的设想和要求等的总和;同时,还必须考虑各个方面的相互关系,互相协调,使之统一在导演的整体构思之中。

著名文艺家夏衍说:"新中国的电影真正走向世界是从动画片开始的",周恩来总理也对国产动画给予了高度评价:"中国动画片,是在中国电影事业中,找到独立方向的比较卓越的部门。"[2]改革开放前国产动画大都以中华优秀的传统故事为蓝本创作,并遵循中华精神"儒释道"的内涵,重视教化功效,传播主流意识形态。改革开放以后国内优秀动画作品纷纷涌现。第一部彩色宽银幕动画长片《哪吒闹海》,是一部突显创作者解放思想、焕发改革精神、齐心协力的佳作。1980年的《三个和尚》用极简的视觉形象和丰富的影视语言来传达影片思想。《猴子捞月》(1982年)、《鹬蚌相争》(1984年)创造性地使用水墨拉毛剪纸制作,还有水墨动画创作二次巅峰之作《山水情》(1988年),1983年上映的第三部动画长片《天书奇谭》(原定中英合拍,后因故独立摄制)等。

---

[1] 周晨:《文化生态的衍变与中国动画电影发展研究》,苏州大学博士论文,2011年。

[2] 特伟:《富有民族特色的中国美术电影》,《百科知识》,1981年第1期。

20世纪80年代中后期，随着电视机普及率的提高和中外文化交流的加深，我国引入了大量国外动画片，如《铁臂阿童木》（日本，1981年）、《森林大帝雷欧》（日本，1982年）、《鼹鼠的故事》（捷克，1982年）、《聪明的一休》（日本，1983年）、《三千里寻母记》（日本，1984年）、《花仙子》（日本，1985年）、《蓝精灵》（美国，1986年）、《变形金刚》（日本，1988年）、《巴巴爸爸》（德国，1989年）、《机器猫》（日本，1991年）、《猫和老鼠》（美国，1991年）、《圣斗士星矢》（日本，1991年）等。面对电视播出平台的崛起，译制动画片大量播出和收视率的高涨，上海美术电影制片厂1984年开始着手动画系列片的生产，1986年至1988年一举推出《邋遢大王奇遇记》（13集）、《葫芦兄弟》（13集）系列等在电视中播出，打破了以制作艺术短片为主的创作状态，此时期的动画系列片传播范围广、受众多、影响深远。

1988年广播电影电视部下发文件指出："中国美术电影创作应该压缩单体短片产量，积极发展系列片数量。"上海美术电影制片厂此时期深入改革，创建"一厂三制"新模式，国营、集体、合资三种不同所有制并存，上海美术电影制片厂、上海亿利美动画有限公司（与香港亿利发展有限公司合资），并与珠江电影制片厂、香港时代艺术有限公司联合创建广州时代动画公司（1986年），打破了独家制作动画的格局。1985年翡翠动画公司、1988年太平洋动画公司在深圳成立，开启了中国动画加工时代，1985年9月长春电影制片厂复建美术片分厂，在译制动画片、国外加工动画、国家政策等多重因素的影响下，国产动画系列片开始迅速发展，北京科学教育电影制片厂、中央电视台、辽宁科影制片厂、北京红叶动画公司等纷纷开始发力动画业。该阶段影响力比较大的系列动画片有《舒克和贝塔》（1989—1992）、《大头儿子和小头爸爸》（1995年）、《大草原上的小老鼠》（1996年），1998年的《学问猫教汉字》《蓝皮鼠和大脸猫》《海尔兄弟》《小糊涂神》，1999年的《小糊涂仙》《月亮街》，该阶段创作的动画注重商业性、娱乐性，美术风格也与之前的风格化艺术短片有所不同，多是以小朋友或小动物为主角的童话故事。1999

年上海美术电影制片厂制作的《宝莲灯》，采用国际动画制作标准，前期录音和后期数码制作，并首次创作动画主题曲和插曲，以好莱坞惯用的爱情为主题。随着改革开放的深入，中国动画创作者逐渐认识到动画应娱乐性和思想性、艺术性相融合，动画制作者也进行了大量的尝试，相继制作出不同风格特色的动画作品。

20世纪后大量的民间资本涌入动画制作业，在国家政策大力支持和市场热度下，动画创作观念不拘一格，现象级的动画有《隋唐英雄传》《大耳朵图图》《蓝猫淘气3000问》《虹猫蓝兔七侠传》《马丁的早餐》《太空牛仔》《中华小子》《喜羊羊和灰太狼》《熊出没》《超级飞侠》等，动画创作题材更加丰富，包括童话、历史、教育、科普、科幻、神话、现实题材等，主角也不局限于儿童或动物，形式和内容呈多元化状态。

（二）市场经济制度下观众的审美流变

1985年至1992年国民经济水平大幅增长，中国大陆电视机用户逐年提高，据1992年年初的统计资料显示，当时我国的居民拥有电视机2.07亿台，电视观众总数为8.06亿，平均每台电视机占有观众3.9人。[①] 电视机的普及使得观众欣赏动画不再局限于单一的影院屏幕，而以往动画制作统购统销模式下的产量也难以满足多个电视台播出的需要，引进动画的出现成为可能并最终实现，观众从"自觉"接受教育的观影行为，变为"自主"选择多元化国别动画，译制动画逐步占据中国屏幕，使得动画观影主力"70后""80后"受日、美动漫文化影响深远，个人观影品位和期待已经逐渐偏离本土动画形象。

20世纪末影碟机进入千家万户，大众观影逐步转为小众观影，盗版光碟给日本、欧美影视提供了特殊传输通道，国外文化通过影视产品对中国文化产生冲击，影视文化消费特征向快餐化、碎片化转变。这些"视效大片"对中国观众审美产生流变，审美导向遵循简单、快乐，突出

---

① 中央电视台总编室：《1992年全国电视观众抽样调查分析报告》，北京：中国广播电视出版社，1994年。

瞬时情感宣泄。

中国动画受众群体从"70后"到"00后","90后""00后"审美呈二次元化，中国的二次元开始萌芽于20世纪90年代，2001年之后进入长达十年的培育期，2015年以来迎来高速发展期，根据公开数据显示，目前我国二次元用户数已突破3亿，以动漫为核心的二次元文化在"90后""00后"群体中迅速传播发展。以"95后""00后"为代表的年轻群体是动画作品的消费主力军，同时他们具有较强的消费意识和购买力，伴随着二次元文化扩张的流量红利，我国动画行业的发展迎来前所未有的市场机遇。此前已诞生出包括《秦时明月》《画江湖之不良人》《大圣归来》《大鱼海棠》等国漫动画奇迹。

（三）中国动画艺术多样性特征

中国动画艺术诞生在中国传统艺术基础之上，是在电影、文学、美术等多元学科支撑下的新艺术形式，动画艺术与其他艺术门类最大的差别在于其学科跨度、交叉性、包容性强，多种艺术元素、时空元素参与动画艺术创作，为动画艺术赋予了"多样性"的形态特征。由于国内动画导演大多美术背景出身，铸就了中国动画美术形式的多样性，例如剪纸动画片（1958年《猪八戒吃西瓜》，1959年《济公斗蟋蟀》，1961年《人参娃娃》等）；水墨动画片（1961年《小蝌蚪找妈妈》，1963年《牧笛》）；折纸动画（1960年《聪明的鸭子》，1962年《一棵大白菜》），这是其他影视艺术门类所难以比拟的。

动画艺术除美术形式多样性外，还具有艺术语言多样性，如镜头语言（色彩、光效等），声音（配音、音效），造型（角色、道具），特效等。动画还具有思维的多样性，是视觉和听觉思维的多元思维方式。

中国动画艺术形式虽多样但归根结底要为内容服务，恩格斯说："一首诗可能以诗句的流畅和响亮见称，具有美丽的外在形式，可是不能给人留下深刻的印象。"[1]改革开放前中国动画多为短片，改革开放后动画

---

[1] 文化部电影局编辑室：《美术电影创作研究》，北京：中国电影出版社，1984年。

形式更加多元，但创作内容应既要注重其文学性，又要用动画独特的艺术手法、通过角色或者情节传达作者思想，打动观众的内心世界，形成积极的广泛的社会性。

三、"中国动画学派"国际地位的新力量与新气象

"中国动画学派"以鲜明的民族特征兼具东方审美韵味的风格著称，题材选取上广泛挖掘民族文化，如古代神话、传统民间故事、优秀古典小说等，美术风格创作与传统艺术（皮影、剪纸、汉砖、水墨画等）密不可分。用中国的美术形式讲述中国故事，如《小蝌蚪找妈妈》水墨动画是以齐白石的《蛙声十里出山泉》为原型，《阿凡提》系列动画以维吾尔族民间故事木偶动画形式创作，《一幅僮锦》取材于壮族民间故事。

"中国动画学派"和"威尼斯画派"等其他流派有很多相似之处，但不同于"萨格勒布学派"，萨格勒布学派是对当地一个时代艺术思潮和技术特点的统称。而"中国动画学派"不仅仅是美影厂的中国学派，更是除了美影厂以外的更多动画公司、动画院校，如中国美院、中央美院等公司与院校的中国学派。

中国独立动画经过近 20 年的发展，已成为中国当代艺术的重要组成部分，独立动画人为"中国动画学派"树立了新的国际地位。2010 年入围第二十六届柏林国际短片电影节的独立动画《打，打个大西瓜》（导演杨宇）；《冬至》（导演陈曦）获广岛国际动画节评委会特别奖；《弗洛伊德，鱼和蝴蝶》（导演王海洋）荣获第二十五届荷兰国际动画电影节最佳短片奖；2012 年《卖猪》（导演陈西峰）、《纪念日快乐》（导演程腾、梁帆）荣获东京动画大奖"特别赏"大奖，2013 年《抢狮头》（导演段雯锴、马维佳）再次荣获此殊荣；刘健导演的《刺痛我》获 2009 年意大利城堡动画电影节 Fabrizio Bellocchio 社会奖，并入围 2010 年法国昂西国际动画电影节、2010 年西班牙国际动画电影节最佳动画电影奖、2011 年里斯本国际动画电影节最佳动画电影奖等；《大鱼海棠》入围第二十四

届斯图加特国际动画电影节、提名第二十六届安纳西国际动画电影节动画长片；《低头人生》获第四十四届学生奥斯卡金奖、入围第九十届奥斯卡最佳动画短片初选，入围包括圣丹斯电影节、安妮奖、昂西动画节等；《大世界》入围第六十七届柏林国际电影节金熊奖、获第五十四届台湾电影金马奖最佳动画长片、东京动画奖长片优秀奖等。

独立动画作品近年来在国际上展示"中国动画学派"的新活力，是有别于政策扶持下的"动画高原"，独立动画大胆探索题材、内容、形式等，用动画讲好中国故事、传播中国形象、中国声音，展现出中国动画独特的诗情和意境。

四、中国动画与"四新"的有机融合

改革开放前多数为有纸动画，随着技术变革逐步到无纸动画（二维动画、三维动画）。相对于传统有纸动画而言，无纸动画可以从前期到后期全流程在电脑上制作输出。动画行业巨头迪士尼于 2004 年正式停止传统动画制作，并以 40 亿美元收购皮克斯动画工作室，全面转入无纸动画领域。随着国外先进动画技术引入国内，国内动画制作也开始转变，逐步开始动画生产模式的无纸化作业。

1999 年创办的闪客帝国网站，成为全国 Flash 动画制作者的聚集地，推广出闪客文化代表拾荒《小破孩》系列、小小的《火柴人》系列、老蒋的《新长征路上的摇滚》等，新技术的产生和互联网的普及对二维无纸动画产生极大的推动作用。1995 年皮克斯工作室推出了世界第一部三维动画长片《玩具总动员 I》。历时 5 年制作的国内首部高清三维动画电影《魔比斯环》于 2006 年问世，它是从内容风格、制作技术到市场运作完全与国际接轨的 CG 动画电影。

1986 年诞生的三维打印技术，经过 30 年的发展日趋成熟，动画创作者敏锐地把该技术应用于动画创作，2012 年的《通灵男孩诺曼》是第一部采用彩色 3D 打印机制作角色面部的影片，也是一部数字定格动画电影,从前期的预览到现场拍摄再到后期制作,这部影片都和"数字"紧紧相连。①

20世纪后网络视频蓬勃发展,以爱奇艺招股说明书为例,截至2017年年底该平台移动端月均访问用户约为4.21亿人,移动端日均访问用户为1.26亿人。互联网视频平台的崛起,为中国动画带来了新的发展机遇,原创动画可借助网络平台播出,可以大幅度提升用户影响力,在电视市场萎靡时期创造了更长久的生命周期。另一方面,各平台巨头之间纷纷抢资源、抢内容,加大对动画作品采购成本,这些推动了动画行业的发展。腾讯视频推出了"百番计划",优酷视频推出了"动漫创计划",爱奇艺推出了"轻春联盟""晨星计划"及"苍穹计划"等,使得优质的二次元动漫IP得到全产业链的开发,助推中国动漫产业健康、良性发展。

VR(虚拟现实)、AR(增强现实)的高速发展,极大拓宽了应用动画的领域,网络游戏、单机游戏、手机游戏等大规模的发展,都为中国动画业开拓了前所未有的市场。当代动画在科学与艺术深度融合,增进文化交流,丰富人民文化生活等方面具有重要作用。中国动画与"四新"的有机融合,对动画本体创作提出新的要求,并革新了动画产业模式,拓宽了动画应用领域,生成更具活力的动画新业态。

结　语

改革开放四十年,在政府强有力政策扶持和中国动画人不懈努力下,中国动画产生了量与质的高速发展,在动画全球化的当下机遇与挑战并存,新时代的动画人奋斗有多努力,中国动画未来就有多辉煌。在数字技术浪潮下对动画艺术审美产生新的建构,中国动画从业者应打破模式化的创作思维,深度挖掘生动的中国故事,用动画叙事手法讲好中国故事,勇于创新、敢于竞争、勤于探索,发扬"中国动画学派"精神。中

---

① 王亚全:《三维打印快速成形技术在定格动画中的应用》,《艺术科技》,2013年第2期。

国动画业的创作生产机制应适应数字时代和信息社会发展，并尊重市场经济规律，注重动画艺术创作的核心价值观，如此，定能创作出新时代下极具中国特色的优秀作品。

互动·IP·奇观：电脑游戏如何改变艺术？ [①]

温彩云　东北师范大学传媒科学学院

　　电脑游戏被称为继绘画、舞蹈、电影等之后的"第九艺术"，它的诞生伴随着电子媒介尤其是网络技术的迅速发展。自诞生后的半个多世纪以来，电脑游戏的产业发展规模和对人们日常生活的影响日益强大。从经济上，2017 年，中国游戏行业整体营业收入约为 2189.6 亿元，同比增长 23.1%。《2018 年全球游戏市场报告》指出，根据数据统计机构 Newzoo2018 全球市场报告，全球游戏市场将达到 1379 亿美元的市场规模，较上一年增长 162 亿美元。从玩家数量上，在普华永道发布的《2018—2022 娱乐及媒体行业展望》中，2017 年，中国游戏用户量超 5.8 亿。游戏玩家的平均年龄为 35 岁，年龄在 50 岁以上的玩家（26%）与年龄在 18 岁以下的玩家（27%）人数比例相当。玩家的平均年龄在持续上升，女性数量比例逐渐接近人口比例。在文化影响方面，游戏融入金融、教育、社交等元素，与影视、旅游、社交、医疗、贸易等行业产生关联，VR 等技术的加入也让其与现实生活的关系日益密切。因此，电脑游戏作为生活中不可忽视的文化与艺术形象，对人们的生活方式与思维方式都产生了重要的影响，也让电脑游戏成为学界关注的对象。在国外研究中，西方学者分别从文学理论、叙述学和艺术哲学的角度切入研究，对电脑

[①] 本文系黑龙江省哲学社会科学研究规划项目"短视频时代的城市形象传播研究"（项目编号：19YSE350）的阶段性成果。

游戏的数字媒介特征与审美研究已经正式进入艺术本体论层面的研究，让此领域的研究成为显学。目前，我国学者对电脑游戏的研究更多侧重于外围研究，其艺术本体的研究还未正式展开。近年中国网络游戏的快速发展，对东南亚国家甚至日本、西欧、北美等电子游戏大国产生重要影响，然而与网络游戏的艺术评论、与网络游戏市场的规模和繁荣程度并不匹配，游戏批评对游戏产品的文化价值导向也并未起到应有的作用。

那么，从媒介传播与艺术批评的视角看，网络游戏这种新型的艺术形态，对艺术形态和当代人的艺术思维及审美有何影响？其艺术评论的标准、视角与传统的艺术形式有何不同？这正是本文需要解决和考虑的重点。本文将从艺术的生产、传播与接受三个层面论述网络游戏对现代艺术形态的影响。

人机互动：艺术创造中游戏思维的革新

游戏与艺术创作之间的关系非常密切，游戏思维也是影响艺术创作的重要思维方式。游戏是各个民族的共同语言，从古希腊开始，西方哲人就开始对游戏与艺术、与教育的密切关系有了专门的论述，后来到康德的人学体系，游戏被认为是审美的本质。西方学界有艺术起源的"游戏"说，王国维则在中国古代游戏理论的基础上借鉴西方游戏理论建立了现代形态的游戏说，认为文艺是天才游戏的事业。到了麦克卢汉则认为"游戏是传播媒介"，进而电子游戏诞生后，游戏的媒介性、科技性才受到关注，"游戏"研究终于从哲学、教育学、心理学等转到文化、媒介领域。

在媒介融合的环境下，电脑游戏成为集文学叙事、音乐、绘画、电影于一体的艺术形式。其艺术创作的理念、方式、结果都与传统的艺术形式有很大的不同。总体来说，网络游戏产品的开发是靠一个游戏开发与研制团队，但是其完成却是靠具体的玩家进行人机互动的方式共同参与完成。当一个电脑游戏被开发出来的时候，它只是一个半成品，而游戏玩家则利用人机互动的形式对游戏的叙事艺术起到参与性的创造作用,与游戏开发者一起完成最终游戏产品。每一个玩家根据游戏设置可以创造截然不同的剧情,甚至还可以由此拍摄成为不同故事情节的游戏电影。因此,在电脑游戏的艺术创作过程中,玩家与传统艺术的受众有很大的区别,正如莫滕森所说:"读者是玩家的一部分,但是玩家不仅仅是读者而已。"而作为艺术本体的游戏本身,在玩家的多重参与下,"既包含了静态的界限与解构,又为创造性的操作提供了空间。"同时,在玩家参与电脑游戏的创造过程中,其与机器之间的即时互动成为主要的形式。这种人机的即时互动让玩家与机器之间形成了某种奇妙的置换,人对机器发号施令安排任务,机器又反过来反馈给人新的指令和要求,人与机器在不断的重合置换中完成游戏过程。这时,机器相当于人的第二个身体,与大脑之间进行配合。

随着电脑游戏在人们日常生活中的普及,迥异于日常生活逻辑的游戏思维也开始对生活以及艺术生产产生重要的影响。电脑游戏中障碍与成就的量化思维、生命可以重来的重置思维、升级打怪的规则思维、游戏人物的非黑即白的极端思维,还有游戏叙事中迷宫式的空间概念、多元线索并进与随机组合的时间概念,这些思维都已经融入人们的日常生活,同时也表现在影视艺术创作中。例如电影《罗拉快跑》中可以重来的三次生命,电视剧《延禧攻略》中升级打怪的攻略式程序和复仇的即时性反馈带来的观剧爽感,其实都蕴含了典型的游戏思维方式。斯皮尔伯格的《头号玩家》更是实现了"以电影的故事、叙述、动作、类型、形态等承载游戏的内容、直面游戏的社会伦理问题,轻松游移于电影时空和游戏时空之间,电影叙事美学与电玩游戏美学及文化精神相结合"的"跨媒介融合"。

IP 运营:不同艺术形式在传播过程中的互融互促

IP,是英文单词 Intellectual Property 的缩写,原指知识产权。但是在中国,这个词的含义已经超越了知识产权的本意,笔者认为,IP主要是指将具有知识产权的文化产品所拥有的文化内核进行改造的创意产品开发，IP 开发则是利用其本有的精神内核与用户群体，将创意产品延伸到其他领域的商业活动。其实，IP 的改编形式在传统文学中早已存在，近年 IP 概念突然升温，受到网络文学的改编热潮以及互联网媒介掀起的流行文化的重要影响。电脑游戏的商业变现能力主要来自 IP 游戏的开发。数据显示，2016 年，月流水过千万的游戏中有 IP 的产品占比超过 70%。腾讯集团 2012 年发布的"泛娱乐"战略核心就是"IP 运营"，阿里游戏总裁也在 2017 年战略发布会上宣布：阿里游戏正式全面进军游戏发行领域，2017 年将携 10 亿资金助力游戏 IP 生态发展，并与阿里文学、阿里影业、优酷联手推出"IP 裂变计划"。

  网络作家南派三叔对文化娱乐领域的三种业态在 IP 开发中的不同作用做了如下描述："我们把小说和漫画称为种子业务，把影视作为放大器，游戏称为钱包业务。"这个论断对电脑游戏在 IP 开发链条中的商业变现能力做了精准的归纳。网络文学的盛行以及其带来的青年流行文化的传播为 IP 开发提供了土壤，带动了 IP 改编的兴盛。据《2017 年中国网络文学发展报告》数据，截至 2017 年年底，中国网络文学作品高达 6942 部，改编电影累计 1195 部，改编电视剧 1232 部，改编游戏 605 部，改编动漫 712 部。2017 年网络文学市场营业收入规模 129.2 亿元，同比增长 35.1%，继续保持同比增速。反过来，游戏 IP 的变现能力则给网络文学 IP 带来巨大的价值增益，带动泛娱乐生态链的联动效应。由于手机游戏开发比较快捷，又受年轻群体的欢迎，因此，从热播影视剧开发的手游可以凭借影视剧的热度快速跟进。比如 2015 年电视剧《琅琊榜》播出后一周时间，同名手游就上线并达到每日营业收入百万级别。单在中国市场上，《花千骨》《屌丝男士》《小时代》《十万个冷笑话》《仙剑客栈》《大闹天宫》《琅琊榜》《师父》等有影响力的影视作品，都推出了同 IP 的游戏产品进入市场。

  事实上，影视到游戏 IP 的开发仅仅是电脑游戏 IP 的链条之一，游戏 IP 链条更为复杂。作为"放大器"的影视作品本身也可能是一个 IP 产品，文学—影视—游戏这个链条可以双向、跨越并进行多元复合型开发。漫威作为世界知名的漫画公司，其《蜘蛛侠》漫画被改编成《蜘蛛侠》与《超凡蜘蛛侠》两个系列的电影，并获得奥斯卡、土星奖等多项大奖，之后利用漫威粉丝与电影的 IP，又开发了蜘蛛侠系列游戏，还原了电影中蜘蛛侠的经典动作，成为漫威进军游戏市场的第一部作品。此外，由漫威漫画到电影再到《蝙蝠侠》阿甘系列游戏，日本著名漫画作品《火影忍者》和《海贼王》的同名游戏等都是漫画—电影—游戏系列的典型 IP。益智策略类单机游戏《植物大战僵尸》，在上线 15 天内，全球下载量突破 2500 亿次，成为苹果商城中的年度最佳游戏，因为僵尸与植物的可爱卡通形象成为小朋友的读物，完成了从游戏到文学的 IP 转变，甚至综艺节目《爸爸去哪儿》也开发了同名电影和游戏。

在一个 IP 链条中，小说、电影、游戏几种艺术形式可以进行互补和扩充。例如游戏《魔戒》系列 IP 来自英国小说家约翰·罗纳德·瑞尔·托尔金的文学作品《魔戒》，后被改编为电影《指环王》系列与《霍比特人》系列。游戏包含《中土世界：暗影魔多》和《中土世界：战争之影》，运用 3D 技术成功再现了托尔金笔下的中土世界，向玩家展示了《霍比特人》和《指环王》中间的 60 年剧情。玩家除了完成游戏剧情，还可以自由地在地图中探索其他地方，了解电影中没有的剧情，例如索伦想要重新打造至尊魔戒，同时小说中的一些重要角色也会出现在该游戏中。游戏通过剧情一方面填补了电影系列的故事，缝合了小说与电影，还加入了其他电影的经典情节，如《中土世界：战争之影》游戏结尾插入电影《王者归来》的剧情，表现了索伦的灭亡和男主人公的死亡。异形系列 IP 则通过回溯叙事重新探索异形世界。电影《异形》开启了新的恐怖片风格，讲述一个太空小队在执行完一件任务后，不小心将外星生物异形带上飞船，因而在狭小的飞船中与异形搏斗的故事。同名恐怖游戏《异形：隔离》则将剧情设定为 15 年后，《异形》女主角的女儿再一次卷入了异形事件中。玩家要扮演女儿寻找母亲失踪的真相，探索异形事件的来源。游戏可以成为小说与电影的叙事缝合机，电影也可以成为游戏的集合体。电影《无敌破坏王》是首部将多部游戏整合在一起的电影，电影通过破坏王拉尔夫，带领观影者重温20世纪的游戏角色，出现了20世纪多部经典街机游戏角色，例如《拳皇》《超级玛丽》《吃豆人》等。今年的《头号玩家》更是集结了上百个经典IP的符号，并采用了游戏的互动叙事方式，成为游戏IP的连接器。

大的IP总是在不断的借鉴互融中形成。《古墓丽影》就是一个典型的影游互融互动案例。该系列游戏自1996年第1部发布后到2018年共发布11个系列。游戏的成功促使美国派拉蒙电影公司推出同名电影1和2。2018年，改编自游戏9的电影《古墓丽影：源起之战》正式上映。电影根据游戏的创新更新剧情并吸收其他电影的要素。三部电影中女主劳拉都和游戏人物模型极为相似。前两部安吉丽娜·朱莉所扮演的劳拉来自游戏1～8，展现出了一种自信、勇敢、掌控一切的气质，是一个超人形象，符合游戏中劳拉无所不能的特点。《古墓丽影：源起之战》中，艾丽西卡·维坎德所扮演的劳拉，则较为符合游戏9和10的劳拉形象。开始时劳拉不再是神一样的存在，而是一个活泼好动、喜欢尝试新事物的少女，在剧情发展中劳拉慢慢增添游戏中劳拉的技能，直到完全成为游戏中的劳拉形象。在剧情上朱莉版的两部《古墓丽影》剧情独立，与游戏的关联度不高，只采用了游戏的闯关模式，每一部分的剧情就是游戏关卡。《古墓丽影2》又加入了好莱坞式的炫酷特效和动作镜头。由于游戏9设置了全新的故事和玩法，劳拉从古墓探险变为对抗圣三一组织，游戏的自由度和难度提升，同时也摈弃了惯用的可以续命的游戏思维，最高难度提升到模拟现实。第三部电影也随之进行了调整，剧情更贴近游戏。整部电影就如同一个缩小版的游戏，每一部分的剧情就像游戏关卡一样，既独立又相连。

电脑游戏IP链条的构造让文学、影视IP发挥了最大的商业效应，但是各种艺术形式之间毕竟有很大的不同。游戏与电影的最大区别在于一个注重玩家的体验，一个注重故事的讲述。那么，从游戏到电影的改编就有一个难题，就是如何把冒险的体验感受转变为剧情叙事。《最终幻想》游戏系列改编电影的过程就生动地体现了这一点。作为一部经典游戏,《最终幻想》至今已有 15 个版本,其前六部游戏更强化冒险要素,玩家在未来世界完成事先设定好的冒险活动,冒险和收集完成后游戏结束。从第七部开始,《最终幻想》系列在剧情上开始成人化,加入深度的人物世界观,展现爱情故事和英雄的成长过程。玩家解锁并推进剧情,见到预先设置好的女主角,共同完成一系列的任务并产生爱情。游戏结局女主角死亡,主人公也完成由普通人到英雄的转变与自我成长。游戏还提供了丰富的职业技能和副技能、3D 技术、丰富的动作音和宏大的配乐,让游戏体验与剧情融为一体,为电影的改编提供了良好的前提。《最终幻想》电影讲述了游戏剧情结束后两年,在新的危机面前,已回归各自生活的英雄们,再次集结在拯救世界的战场上,保卫他们的家园的故事,沿袭了游戏中的世界观与丰富的剧情、紧凑逼真的动作和富有感染力的配乐,还采用了当时最先进的动画制作技术,受到游戏的玩家粉丝的欢迎。另一个游戏《马克思·佩恩》讲述了纽约警探马克思·佩恩为了调查家人被害的真相,深入黑手党家族执行卧底任务的故事。虽然故事题材不错,游戏也采用了电影镜头的手法,但游戏中玩家操纵马克思·佩恩,在不同的地图中用枪械射击敌人,强烈的射击感和打击感是游戏的核心内容。为了克服叙事上的困难,好莱坞导演约翰·摩尔拍摄同名电影时加入真实的纽约城市环境,保留了游戏的黑色基调,让背部长有一对黑色翅膀的恶魔贯穿电影的始终,构成故事悬念,同时取消和淡化了一些邪恶势力的角色,对游戏剧情和线索进行了较大的变动。

如果不能做到从体验到叙事的改变,即使一个好的游戏 IP 也不会促成影视作品的成功。如休闲益智类游戏《愤怒的小鸟》,因为轻松的游戏模式和有趣的游戏画面受到全球玩家的欢迎和喜爱,其下载量 35 天突破 5000 万。但是由于游戏几乎没有剧情,直接改编成电影并不容易。同名电影采用了游戏中三种小鸟和敌人绿猪的形象,保留了轻松可爱的游戏画风,又给不同形象的小鸟设定了截然不同的性格,加入了滑稽搞笑的片段和对美国政治的讽刺等剧情,也获得了不小的反响。但是电影前半部分对游戏的生搬硬套让叙事逻辑很生硬,明确的对抗模式也消解了故事的深刻性，与游戏的影响力无法相比。

总体来说，网络游戏通过与文学、影视、综艺等艺术形式进行 IP 产业链条的总体开发，吸引共同的受众，借用其他艺术领域的成型文化元素构建游戏的世界观，借助网络媒介的融合共通达到良好的传播。

从受众到粉丝：艺术接受者对奇观的追逐

电脑游戏的变现能力主要来自特定用户群的粉丝效应。IP 之所以具有价值，是因为一个大的 IP 通常具有庞大的用户群，而用户是"产业链条中大家最容易共识和判断的价值硬通货"。魔力小鸟信息技术有限公司事业部总经理王喆认为："影游联动中的游戏端所面对的玩家中，90% 其实是由影视端粉丝引流到游戏端的，粉丝依旧是核心资源，对于绝大部分玩家来说，他们选择 IP 手游的最大原因恐怕还是因为他所喜爱的影视作品和明星而已。"因此，从艺术接受角度看，电脑游戏在 IP 传播过程中，传统意义上的受众身份变为粉丝群体。

对"粉丝"的研究起源于大众文化研究，费斯克认为"粉丝"是"过度的读者"，其行为往往是主动的、参与式的和狂热的。与传统受众相比，粉丝更加主动地参与到艺术过程中来，更热衷于二次文本生产。他们"会付出更多的时间、精力和情感，并创造出更强烈的快感和意义。他们是不计成本的过度消费者，也是'馆藏式消费'（收罗一切与偶像有关的物品并收藏）的积极实践者"。魔兽游戏的粉丝就是一个典型案例。暴雪公司 1994 年发布即时战略游戏《魔兽争霸》，2004 年正式发布网络游戏《魔兽世界》，承接了《魔兽争霸》的剧情，发售的第一天就受到玩家的疯狂追捧，其最新资料片"争霸艾泽拉斯"更是吸引了全球玩家的关注。到 2016 年游戏改编的电影《魔兽》上映的时候，该游戏的全球粉丝数量已经超过 1 亿。魔兽的粉丝群将电影的首映式当作了魔兽文化的超级派对，他们穿着印有《魔兽世界》图案或标语的服装，在电影院进行道具展示，让评分并不高的《魔兽》成为一部典型的"粉丝电影"，达到了 4 亿多美元的票房。

粉丝群体能产生规模庞大的经济效应来自其建立的游戏虚拟社区。社区意识最初是一个心理学概念，是社会成员对社群接受并认同，与其他成员相互分享情感、相互依赖和支持的群体关系。随着电脑网络的发展，网络上形成的虚拟社区成为新的人际关系网络，成为"由一群主要通过计算机网络进行沟通和互动的人组成的集合体，他们互相认识，并且发展出对彼此的归属感和依赖感"。由游戏玩家组成的游戏虚拟社区以多种形式存在，有游戏论坛、贴吧、网络游戏直播平台等，如《魔兽世界》的粉丝玩家就建立了粉丝 QQ 群、YY 语音频道、"魔兽世界吧"贴吧、独立论坛等，甚至建立了包括 NGA.cn 在内的专题游戏讨论网站。游戏虚拟社区的第一个功能是信息交流。在游戏虚拟社区里，游戏玩家们可以分享游戏经验，甚至直播游戏过程，新手玩家可以通过观摩成熟玩家的游戏过程和吸取他们的游戏经验提升自己的游戏技能。虚拟社区的第二个功能是召集集体活动。游戏玩家虽然身处网络虚拟社区，但是其可以通过虚拟社区在现实社会进行活动召集，产生世纪社交的效果。《魔兽世界》玩家的专题网站 ngacn.com 在 2006 年 6 月 27 日，举行了纳克萨玛斯全国 FD 竞赛活动，该网站还获得了游戏官方承认的艾泽拉斯最佳 fan-site 奖项。虚拟社区的第三个功能是情感表达和身份认同。对游戏粉丝来说，游戏虚拟社区是一种情感依赖，是集体归属感。基于共同的兴趣爱好，粉丝们在虚拟社区中塑造不同于现实社会的新身份，昭示其与其他群体的不同，共同建构一个亚文化社区。虚拟社区的第四个功能是消费功能。粉丝经济是文化工业的产物，"对于文化工业来说，粉丝已经成为一个额外的市场，他们不仅经常大量购买'衍生'产品，还提供许多宝贵而又免费的有关市场和偏好的反馈。"

游戏粉丝群体的经济效应与情感表达具有深层的心理动因，弗洛伊德在《创作家与白日梦》一文中曾指出艺术的实质就是白日梦。他认为，儿童通过做游戏和成人通过艺术创作都获得现实世界无法获得的满足感，也体验着"白日梦"。电脑游戏给粉丝所造的"白日梦"是通过塑造"奇观"的方式实现的。居伊·德波在《景观社会》中认为费尔巴哈描述的

"符号胜过实物、副本胜过原本、表象胜过现实"的世界已经被景观社会所证实,"生活本身展现为景观(spectacles)的庞大堆聚。直接存在的一切全都转化为一个表象。"在景观社会,作为"主导性生活模式"的景观,在生活中成为人们追求的绚丽的景观秀,在媒体的景观展示中,事物本身丧失自己的批判性与创造性,而是浮于表象。电脑游戏所创造的奇观世界,其因与现实世界的截然不同而体现出梦幻般的魔力。

游戏 IP 都有一个与现实相异的独立世界观,一般是古代世界、未来世界、想象世界和武侠世界等。如《魔兽世界》系列游戏中以兽人巫师古尔丹打开黑暗之门入侵艾泽拉斯星球为剧情,展示了艾泽拉斯这个虚构的星球,《生化危机》以僵尸、超能力、未来科技为主要元素,为观众营造出刺激、惊悚的视觉画面,《刺客信条》以第三次十字军东征、文艺复兴、美国独立战争、18 世纪海盗、法国大革命等历史时期为游戏背景,《古墓丽影》则体现古墓探险,《疯狂的麦克斯》表现了核爆炸后的废土世界和想象中的末日世界,早期的国产单机游戏《仙剑奇侠传》则将仙侠题材融入游戏,国内的玄幻题材大 IP 还有《西游记》《聊斋》系列、奇幻小说《诛仙》等类型。随着游戏世界观的深度开发,奇观世界从场景奇观向心理奇观发展。《寂静岭》就满足了人对自我内心世界的探索。《寂静岭》秉承了日本民族对人类复杂内心世界的认知,加入宗教、心理等神秘元素,突破了传统恐怖的模式。该游戏讲述主人公前往寂静岭小镇去拯救陷入寂静岭异世界的家人或朋友,玩家在探索地图与游戏剧情之外,更多在探索自己的内心世界。寂静岭中存在着两个不同的世界,一个是充满迷雾的现实世界,另一个是充满黑暗和怪物的异世界。这种设定也是对现实中人们所处在现实世界和内心世界的反映。在黑暗世界中的怪物,实际上是游戏主人公妻子内心情感所幻化出来的。每个人内心都有一个寂静岭。

在电脑游戏塑造的奇观世界中,玩家在游戏过程中利用"化身"进入一个与现实世界完全不同的虚拟世界,可以重置自己的身份,挑战自己的命运,完成在奇幻世界中的传奇经历,实现拯救世界的英雄梦。可以成为一名技艺精湛的刺客，经过精心策划实现最终的信仰之跃（《刺客信条》），成为正义与理想的化身，与平凡黯淡的现实生活形成鲜明的对比。对玩家来说，游戏世界创造的奇观，可以同时满足幻想场景和心理世界的双重梦想。这种被植入世俗生活中的奇观世界，构造了一个"隔离的伪世界"，玩家沉陷于光怪陆离的虚假幻象中不能自拔。玩家在闲暇时间内对电脑游戏的主动时间投入表现出伪主动性，从而实现了景观支配与控制现实世界的统治过程，而且，现实世界与景观世界结为同盟、互相吞噬、消弭边界、彼此异化，实现了"现实显现于景观，景观就是现实"。

从认知心理学的角度看，文学与电影等艺术形式都需要接受者动用自己的思维方式和已有的记忆对艺术形象进行再次加工与创造，"一千个读者就有一千个哈姆雷特"的说法充分说明了艺术接受者对艺术形象的再造能力。文学中的倒叙、插叙等叙事手段，电影中的闪回、特写镜头，都需要利用接受者的主体记忆与认知加工达到艺术效果。但是，上述的接受者主体智力参与与电脑游戏中的玩家的参与仍然不属于一个深度等级。总体来说，从艺术创作过程看，电脑游戏的玩家对游戏的参与已经融入艺术本体创造过程中；从艺术传播过程看，电脑游戏的变现能力让IP运营成为各个艺术门类之间互融互促的关键一环；从艺术接受角度看，受众变为粉丝，通过构建网络虚拟社区催生了新的亚文化类型，在场景与心理的双重奇观世界中实现自己的白日梦。通过这三个环节，电脑游戏实现了艺术领域的大变革。

融合与转向
——"新亚洲"的崛起与中国当代文化的构建路径

吴晶莹　中央美术学院科研处

长久以来，关于"西方"与"非西方"文化的讨论似乎永远绕不开"自我"与"他者"这对范畴。西方，作为一种先进文化的表征，常常被赋予"自我"的内涵，而相反，"他者"则被指认为一种次级文化，被指向于"他者"。然而，随着人们对于晚期资本主义逻辑和后殖民主义文化霸权的解构与批判，"自我"与"他者"之间似乎有所转圜，演变为一种游弋的符号，一种漂浮的能指。也即是说，在"西方"文化与"东方"文化之间，其所指并不一定固化地对应于"自我"与"他者"，而是转换于一种机动的、可变量的内涵。

继而，在20世纪末以来"新亚洲崛起"的文化趋势之下，一种在西方左翼知识分子的文化理论中往往被加以批判的晚期资本主义和亚洲本土文化的视觉表征加以融合，从而，致使一种全新的亚洲形象被逐渐确立起来，而更重要的，则在于构造其"新亚洲"想象背后的意识形态隐喻。而就此，在"新亚洲崛起"的景观之下，应该如何在充分利用自身文化特性和传统遗产的基础之上，超出本土文化的界限，参与到亚洲内部诸多文化的互动、杂糅与融合之中，从而在西方文化仍旧占据主导权的语境下，实现多元文化时代的一种跨文化实践，使自身永远处于一种"反身呈现"的意义重赋与融汇调和之中，似乎不失为在中国当代文化的建构与输出方面一种可行、真切的文化策略。

"自我"与"他者":"东方"与"西方"的邂逅

众所周知,"东方"与"西方"这对概念在历史长河的涓涓细流之中始终成为炙手可热的文化议题。这不仅在于它关涉到既定历史结构下一种特定的跨文化关系,更在于当一种伟大的文明试图去接近、了解另外一种伟大的文明时,它们又是如何定位对方与看待彼此的。

然而,当以历史留存下来的"图像"文本作为研究对象,去考察西方人眼中的"东方形象"时,似乎问题要芜杂得多。个中缘由,一部分由于"东方"作为一个宏大的概念,实际上是西方文化之外诸多其他文化杂糅之后的统称,因而难以凭借固定的结论去"终结"判断,另一部分则由于随着"东方"经济实力、政治地位的渐趋崛起与提升,使得西方人眼中的"东方形象"也处于苍狗白衣的动态之下。而更为核心的原因,则在于,在西方主体对于东方文明的"观感"和"互动"之中,实质上远非完全出于对客观现实的观照,而是依赖于西方的潜意识需求或意识形态类型的权力质因之上对于东方的主观想象。

然而,不变的是,长久以来,在西方文化脉络中,始终隐含着这样一种倾向,即将西方文明之外的"他者"文明定位为"异国情调"。尽管在东方人的语汇中,尤其在中国,"异国情调"在大多情形下是作为一个中性词存在的,甚至被当作褒义词。但在西方文化结构中,却多少承载着一点独特的意涵。"这不仅意味着西方人对于神秘事物的欣赏态度,同时也或多或少地蕴涵着批判甚至是轻视的意味。今天,这种倾向也许有所减弱,但它却远远没有消失。"[①]

从两千年前自西汉张骞出使西域之后古丝绸之路的不断向西扩展,到传说中马可·波罗曾于元朝抵达中国,游历各地后将所见所闻描述给西方人,从 15 世纪奥斯曼帝国攻占东罗马帝国及其此后在欧洲的渐进

---

① [澳] 马克林 (Colin Mackerras):《我看中国:1949 年以来中国在西方的形象》,北京:中国人民大学出版社,2013 年,第 2 页。

扩张，到15世纪末16世纪初欧洲大航海时代的到来，从随之而来的欧洲帝国主义长达几个世纪的殖民拓殖，到将一切存在裹挟进一起的全球化时代的降临……自古至今，西方，作为与东方"邂逅"的主动一方，往往被作为世界历史发展和现代化进程的首要推动者，特别是对于那些秉持"欧洲中心论"的学者而言，西方乃是主导全球力量的优势一方。而相应地，在过往的图像中，东西文化之间的冲突与碰撞则往往呈现出"西方中心主义"的范式。

在世界史纵横捭阖的经纬观之下，对于东、西方而言，13世纪至16世纪的三百余年间具有截然不同的意义，其肇始于蒙元帝国所建立的世界经济与文化体系，终结于欧洲现代文明的萌芽——意大利文艺复兴与现代性开端的标志性事件——西班牙、葡萄牙的地理大发现。对于西方而言，这是一个从征战不断、宗教压抑、瘟疫无所不在的黑暗的中古时代，转向开始步入现代社会的时期，即"近来被沃伦斯坦等'世界体系论'学者们视为历史上第一个以西方为中心的'现代世界体系'或'资本主义世界经济体系'建构的时刻"[①]；对于中国来说，则为宋、元、明王朝更替，走向由盛转衰的时期。

因此，毋庸置疑，在这经年累月的几个世纪之间，除了欧亚大陆之间的跨文化交流日益频繁之外，同时也是"西方中心主义"神话初具成型的时期。现藏于法国巴黎国家图书馆由亚伯拉罕·克莱斯克绘制于1375年的《加泰罗尼亚地图（Altas Catalan）》，作为目前现存最重要的中世纪地图，该地图是由当时法国国王查理五世订制，用于教导他的儿子查理六世所绘制的。从欧洲视角出发，该地图描绘了从地中海海域直到中国东部海域的广阔区域，并着重描绘了一个包括中国在内的令人遐想的东方世界，从象征着东方岛屿的五彩斑斓的宝石，到充斥于东方空间中的鬼魅奇异的怪物形象，从地图上所描绘的传说中的马可·波罗商

[①] 李军：《13至16世纪欧亚大陆的跨文化交流——重新阐释丝绸之路和文艺复兴》，《美术观察》，2018年第4期。

队，到东部大陆上被再现为西方人形象的忽必烈……如上种种，足以印证，在此时，对于当时的西方世界来说，东方无疑是一个充满着堆金叠玉、奇山异水、令人遐想的奇妙世界。

如果说 15 世纪、16 世纪地理探险的蔓延与 16 世纪的宗教扩张，致使旅行家和传教士们纷纷漂洋过海来到东方，"东方"之于"西方"尚只是一种被悬置的功利的存在，而堕落为一个客观的、遥远的瑰异之地的话，那么，到 18 世纪之后，经由启蒙思想家们的关注与挖掘，东方的观念才逐渐被引入欧洲思维当中。为了验证他们的理论观点与政治主张，这些启蒙思想家纷纷以东方的安宁、繁华和自然的气息，反向抨击欧洲的封建专制制度与贵族腐败。于是，启蒙主义者向往东方、研究东方，一度在欧洲掀起了一股"东方热"。继而，到 19 世纪，这种对于东方的欣赏与狂热愈演愈烈。伴随着欧洲资本主义的发展、拓殖进程的加速以及自身文化危机的日益彰显，"东方"进一步被西方人作为寻回人类失落"精神家园"的理想之地，神秘、荒蛮、野性的东方被演化为欧洲人疏离理性、诉诸情感与想象的灵感源头。因此，在此时欧洲的文学和绘画作品中，尤其是浪漫主义潮流中，"东方"则作为一种异域的表征成为当时艺术家们普遍采用的题材，用来呈现出完全不同于以往的美学诉求与造型方式。

其中，法国新古典主义画家安格尔便是一个可靠的例子。尽管安格尔一生从未涉足过包括北非在内的"东方"，但东方题材却始终贯穿于他的整个绘画生涯，从 1808 年开始的"浴女"系列到 1814 年的"宫娥"系列，从始于 1834 年的"安条克与斯特拉托尼斯"系列到 1862 年的《土耳其浴室》，安格尔以视觉图示的方式勾勒出一幅想象中的东方主义图谱。尤其，在创作于 1839 年至 1840 年的《宫娥和女奴》中，所呈现的是土耳其王族妇女的闺房生活。富有东方情调的宫室氛围内，肤白如脂、百无聊赖的年轻宫女横卧于席上，两个女奴在身旁侍候，整个画面充溢着色欲化的视觉特质，却依旧处于古典主义的语汇之内。

对于东方题材的迷恋，在浪漫主义绘画中得到了更多的表达。法国当代汉学家雷蒙·施瓦布（Raymond Schwab）就曾在他的专著《东方文艺复兴》一书中明确提出"东方文化"与"浪漫主义"之间的实质性影响。在他看来，"东方和浪漫主义的关系不是局部性、暂时性的，而是一种实质性的关系"[①]。因此，毫不乖张地说，施瓦布将"东方的闯入"视作文化上的革命与复兴，即为"东方复兴"，比肩于欧洲文艺复兴，它所带来的是一种"世界人文主义观念（World Humanism）"。于是，相比于安格尔与德拉克洛瓦在绘画创作中对于"东方题材"和"浪漫主义"的联姻所"产生"的是更为浓烈的"异国情调"。正如在绘画作品《萨尔丹纳帕勒之死》中，描绘了古代亚述国王在兵临城下之际，从容命令侍从处死自己心爱的妻妾犬马，最后放火焚烧自己宫殿的故事。整个画面的构图、色彩以及人物形象都处于一种异常不安的动势和混乱之中，明朗而艳丽。在此，残暴、专制、野蛮、淫乱的东方形象跃然于画布之上。

至此，如果说在绘画中，"西方"对于"东方"的形象塑造是基于想象的创造性建构的话，那么，在摄影的视觉文本中，则彰显出一种变质性的因素，趋向于更为具体的、真实的感官经验。

英国著名纪实摄影艺术家菲利斯·比托（Felice Beato）的重要摄影创作便主要集中于东方。在他的镜头下，真实而深刻地记录了传统的日本女性形象、第二次鸦片战争下的中国以及大英帝国殖民下的印度，从中无不流露出浓浓的西方帝国主义殖民扩张的气息。1858年拍摄的《斯坎德拉宫前的遗骸》便以一种刻意的摆拍手法，定格下印度兵变被英军镇压后的场景。拍摄时，比托安排几个印度当地人站在几近废墟的斯坎德拉宫前，同时将印度士兵的遗骸从远处捡来，撒在这座印度皇家别墅的院子中，然后按下快门。这种对于19世纪英国殖民史上重大事件的记录继而成为一种有关"权力"的叙事。"它将胜利者对于失败者的惩罚（实际上是对冒犯大英帝国统治的一种警告）、胜利者对于历史现场的随

[①]Raymond Schwab, The Oriental Renaissance, qtd in Forest Pyle, *The Ideology of Imagination: Subject and Society in the Discources of Romanticism*, Standford University, 1995, P87.

意处理这样的元素突出呈现,更因为生者与死者在同一空间内的局促相处而带来一种观看的惊悚。"①

相似的语义策略同样适用于当时将镜头对准战乱中国的那些摄影作品。西方摄影师被获准深入中国内地旅行、拍摄,是1860年第二次鸦片战争之后的事情。1869年至1872年,游历中国的英国摄影师兼冒险家约翰·汤姆森(John Thomson)拍摄下当时正处于半殖民地半封建时期的落后中国。相比于比托新闻式的记录,汤姆森的镜头更热衷于那些来自中国的淳朴民风与普通民众。在他的摄影中,晚清人们的服饰、庭院、特殊职业以及一些奇怪的特异习俗,比如裹脚、长辫子等,在他眼中,都别有风趣。尽管其拍摄照片的出发点与当时流行英国的人种学和科学精神探索相关,但毫无疑问,其中依旧无法抹杀作为一种"殖民者"的"凝视"因素。

到此时,如果说此前"东方主义"的空间指向主要为包括摩洛哥、阿尔及利亚以及中东的近东地区,那么,到19世纪中叶之后,欧洲人的目光则扩散至日本、中国、南亚以及美洲、南太平洋等更为遥远,同时也更具原始气息的地方。因此,在19世纪末20世纪初,东方题材在欧洲绘画史中开始衍生出更具风格特征的日本主义与原始主义,这种源于东方的"异国情调"构成了欧洲现代艺术变革的强大催化动力,从而致使欧洲现代艺术大师们将自身真正从模仿现实的欧洲传统中解放出来。从印象派画家笔下再现的日本风物,到马蒂斯单纯而宁静的平面性画面,从高更绘画中那狂野而原始的塔希提景致,到毕加索在非洲黑人雕刻的启发下将传统三度空间的营造拆解并重新结合为几何形体,再到受到中国书画影响而形成线条意境的克利……

由此,我们足以窥见,在以往的这些视觉图像当中,西方对于东方的"再现"是以西方作为文明的、先进的、现代的、被凝视者的主体

---

① 南无哀:《东方照相记:近代以来西方重要摄影家在中国》,北京:生活·读书·新知三联书店,第10页。

出现，而东方则是一个野蛮的、落后的、充满原始力量的被凝视者的对象。其背后所隐匿的是西方作为元文化，东方则作为次级文化的固化逻辑。而其所引申出来的则是美国学者爱德华·W.萨义德（Edward Wadie Said）所提出的"东方学"的叙事策略。也就是说，作为一种知识体系，西方通过对于东方的描述、想象和定义，形成西方对于东方的态度，继而直接影响了西方对于东方的行动策略与方式。这正如萨义德曾在其重要的后殖民主义批评文本《东方学》中所说："我们可以将东方学描述为通过做出与东方有关的陈述，对有关东方的观点进行权威裁断，对东方进行描述、教授、殖民、统治等方式来处理东方的一种机制：简言之，将东方学视为西方用以控制、重建和君临东方的一种方式。"[1] 因此，"东方并非一种自然的存在"，而是一种可被建构的话语机制。也正因此，我们常常会陷入一种所谓"马可·波罗综合征"的尴尬境地之中。那么，什么是"马可·波罗综合征"呢？主要有两个层面，其一在于默认并且从未怀疑过西方是全球文化的绝对主导，而另一方面，也是最具有讽刺意味的，则是东方往往深陷于一种"自我他者"的悖论当中，即通过将自己包装为西方需要的形象和属性，自觉地进入对于西方文化的谄媚当中。而这样一种"马可·波罗综合征"的存在，实际上又反向导致了视觉文本中，对于东、西方形象的建构。因此，可以说，这成为一个难以破解的循环往复的咒言。而每一次循环，似乎又再次加重了上一轮表述的西方中心化倾向。

新亚洲的兴起："互动的亚洲"与"陌生的亚洲"

于是，在所谓的"东方"与"西方"之间，应该说是"西方"发现了"东方"，还是"东方"发现了"西方"？抑或是终归谁是"发现者"已不再重要。或许，"自我"与"他者"的视角更符合唯物主义的历史视角，在它们身上，本就不应该被沾染上任何"主义"的色彩，也更能消

---

[1] [美]爱德华·W.萨义德著，王宇根译：《东方学》，北京：生活·读书·新知三联书店，1999年，第4页。

解人们对于欧洲中心主义的质疑与诘问。于是,"自我"与"他者"成为一种充分的角色变量,"西方"既是"自我",也是"他者";"东方"既是"他者",也是"自我"。在此,没有"主导"与"被主导",没有"凝视"与"被凝视",没有"殖民"与"被殖民"。而对于"东方"范畴的重要组成部分——"亚洲"而言,这种状态尤其在20世纪末伴随着"新亚洲"的兴起而凸显出真正的改变。

20世纪90年代以来,随着亚洲内部经济的飞速增长、政治的互动合作,以及文化共同体的深入挖掘,使得"新亚洲的兴起"逐渐被确立起来。作为一种亚洲区域各主体开放合作的新理念,其背后最为本质性的特点,便是"开放的地区主义",其含有两层意味。其一,在于亚洲对于"世界"这一客体的更加开放,如果说以往的情形是西方艺术家以援引东方因素作为手段,其目的只是实现西方文化自我诉求的话,那么新的趋势则是他们开始以东方的思想和资源作为目的,达成一种平等的对话方式;其二,亚洲内部国家开始走向更为深入的彼此开放,其以强调亚洲内部各文化单元的同质性为途径,力求实现一种异质性文化结构的共生模式,而这种共生模式的最终旨向是形成一种混合体的构成。因此,我以"互动的亚洲"来称谓这一趋势,不仅用来指向"亚洲"与"西方"之间的互动,同时还囊括了亚洲内部的互动。

可以说,这样一种趋势除了广泛存在于全球化下的当代艺术创作之外,更典型地凸显于数年来备受艺术界和普通公众瞩目的亚洲在地性艺术项目之上。其一方面以废弃或利用率不高的村落、海岛或古镇作为艺术项目在地场所,邀请艺术家对废旧建筑或自然景观进行就地改造、创作和展示作品,使其成为在此地长久保留的公共艺术,并与当地居民形成文化互动;另一方面则是通过定期展览的方式,在展览期间展示临时作品。而通常情况下,这两种方式是相互结合的。

在日本,"越后妻有大地艺术祭"和"濑户内国际艺术祭"作为在亚洲和世界层面上极具影响力的"艺术祭",均以三年展公共艺术节庆的形式出现,并致力于日本自我文化形象的再包装与再创造。

位于日本本岛中北部的越后妻有，地域广阔，分布着大大小小两百多个村落，可以说是日本交通最闭塞的地方。也正因此，在这里亦保留着日本最为传统的农耕生产方式、最为纯朴的精神诉求，以及最为原生态的自然景观。2000年之后，在当地政府的支持下，开始举办"越后妻有大地艺术祭"活动，鼓励并征集来自全球各地的艺术家进入社区就地创作作品，继而重新探讨"现代"与"传统"、"都市"与"乡村"、"艺术"与"自然"以及"公众"与"艺术家"之间隐秘而复杂的关系。因此，"越后妻有大地艺术祭"所制造和展示出来的是一种艺术与社区共生的艺术作品，同时也聚焦于营造一种文化上的杂糅与互动。可以说，这种艺术是"生长性"的，也是"鲜活的"，是一种不断被附加上精神沟通和文化冲突浸润的客体。

其中，最能代表"越后妻有大地艺术祭"精神内涵的作品之一便是俄罗斯著名艺术家卡巴科夫夫妇（Ilya & Emilia Kabakov）自2000年以来展出于越后妻有农舞台二楼的作品《梯田》（*The Rice Field*）。在此，艺术家充分利用了越后妻有当地天然形成的梯田地貌，装饰以叙述农耕文明的诗句，以及耕田农民的雕塑。可以说，这种完美的组合充分挪用了象征着当地最大传统的农耕文化，同时也经由艺术家本身并不隶属于此传统文化的西方身份，达到了一种东、西方文化的彼此契合与高度升华。

此外，还有展示于越后妻有里山当代美术馆的作品《蓬莱》（*Penglai/ Hōrai*），由中国艺术家蔡国强创作。整件作品由完整营造的蓬莱岛以及展场周边悬挂的、密集的稻草雕塑构成。其中，蓬莱岛仿若中国神话传说中仙人居住的仙岛，暗示着源自东方的、神秘而和谐的理想之地。被刻意悬挂起来的稻草雕塑则是当地孩子在艺术家亲自指导下制作的军舰和飞机模型，在作为蓬莱的装置周边刻意排列成一个龙的形状，从而引向在东亚国家不断引起纷争的多个岛屿的归属问题，进而反思并再次强调东亚地区内部和平的重要性。因此，在《蓬莱》中，所隐喻的是东亚地区各单元主体之间诡谲多变的多元政治格局与多重文化意识。

相似地,"濑户内国际艺术祭"则充分整合了濑户内海大大小小将近十个海岛上的物质资源与文化灵光。美国知名光艺术家詹姆斯·特瑞尔(James Turrell)的作品《蓝色星球的天空》(Blue Planet Sky)被收藏、展示于坐标直岛的地中美术馆中,其充分利用了安藤忠雄所设计的美术馆建筑结构与自然光本身的有效结合。当人们走进这件作品的展示室时,仰望天空,将会直接感受到人与自然的和谐共生,沉静的氛围促使人们感受到天地万物之间人之渺小,从而陷入追求自心、淡然宁静的潜意识状态之下。进而,詹姆斯·特瑞尔所要传达的乃是一种渊源于东方的禅宗内涵以及内观的存在主义。也是在这里,"西方"与"东方"得以浑然一体。

同样隐秘着禅宗境界的还有法国著名艺术家克里斯蒂安·波尔坦斯基(Christian Boltanski)在丰岛展示的两件永久性公共艺术作品——《心脏音的资料馆》(Les Archives du Coeur)和《低语的森林》(La forêt des murmures)。《心脏音的资料馆》储藏着波尔坦斯基从2008年开始搜集而来的世界各地人们的心跳声,目前为止已经收录了三万多个生命心跳的声音。在心音倾听房间,这些声音配合着孤独而纯粹的灯光随机播放,直入人心。而《低语的森林》则是在无比安静的丛林当中,悬挂着四百个风铃,上面雕刻着参观者心中念及的某个人的名字。缘此,无论是心脏脉搏的声音,还是风铃摇曳的音响,都是在空无寂寥之处,对于内里的反思与观想。而这又何尝不是东方禅宗的内核所在!

在中国,带有如此文化交互特质的在地艺术项目也只是刚刚起步,却已经能够明晰地力证这一趋势,2016年举办的乌镇国际当代艺术展便是一个典型案例。在此次艺术展中,诸多艺术家同样是从东方出发,通过挖掘其本有的文化资源,继而加以再转化和再创造的。无论是美国著名艺术家安·汉密尔顿(Ann Hamilton)的作品《唧唧复唧唧》(Again, Still, Yet)援引《木兰辞》中的诗句,在乌镇古老的国乐剧院里以一台老式织机牵引着线轴在观众席内转动、蔓延,试图利用乌镇当地传统纺织技术,力求唤起公共空间中有关古老文化的群体记忆;还是荷兰以观念艺术和公共艺术著称的艺术家弗洛伦泰因·霍夫曼（Florentijn Hofman）的作品《浮鱼》（Floating Fish）因受到当地人在池塘中投喂锦鲤和古镇墙壁上的鲤鱼浮雕而得到启发，于远离喧闹街巷的水剧场，将一条约七米高的放大"锦鲤"形象装置浮于水面之上；抑或是冰岛著名艺术家芬博基·帕图森（Finnbogi Pétursson）的《下／上》（Down/Up）以三个正弦波在一个水池的表面勾勒出涟漪，并反射至正对的墙面上形成巨幅影像，伴随着接近冥想状态的脑电波频率，观众迅速被带入非日常的感知状态……

至此，我们足以探察，在"新亚洲兴起"的语境之下，"互动的亚洲"正在以承认亚洲内部各合作主体独立自主的价值前提下，一方面实现着东方与西方的文化对话，另一方面则意在凭借亚洲内部国家互利共赢的聚合性共同体发展，作为其集体定位和发展目标，从而试图实现维系亚洲肌体"生命结构"和意义"多价哲学"的文化建构。

而同时，不容忽视的事实在于，当前的亚洲并非只停留于单一结构的状态，而是呈现出一种双螺旋样态，即在"新亚洲"崛起的同时，在"互动的亚洲"之外，亚洲内部诸多次级文化之间仍旧处于一种彼此"陌生"的状态。正如西方著名艺术史学者、批评家招颖思（Melissa Chiu）、本杰明·吉诺齐奥（Benjamin Genocchio）曾在其主编的《亚洲当代艺术批评读本》导言中明确指出的那样："对于当今的艺术界学者来说，'亚洲'更偏重于一种难于理解和把握的概念而不是一个具有物质、社会和文化同质性的地区实体"[1]，"亚洲当代艺术的话语形成是一个不断发展的过程"[2]。在"亚洲的互动"之外，历经殖民化、现代化以及全球

---

[1] 招颖思（Melissa Chiu）、本杰明·吉诺齐奥（Benjamin Genocchio）著，宋晓霞、周颖南译：《何谓亚洲当代艺术？——发展中的话语版图》，《美术》杂志，2016年第5期，出自《亚洲当代艺术批评读本》，美国麻省理工学院出版社，2011年。

[2] 招颖思（Melissa Chiu）、本杰明·吉诺齐奥（Benjamin Genocchio）著，宋晓霞、周颖南译：《何谓亚洲当代艺术？——发展中的话语版图》，《美术》杂志，2016年第5期，出自《亚洲当代艺术批评读本》，美国麻省理工学院出版社，2011年。

化的亚洲，其地缘地貌、人种种族、宗教信仰和精神文化形态丰富各异，从而赋予了亚洲本身多样化和复杂性的特征，加之，其本身彼此交叉的文明和历史所显现出无所适从的庞杂与尴尬，使得即使人们身处其中，也会发现在亚洲不断的发展变化和新媒介技术支持下的文化交杂中，渐渐产生出一种陌生之感。

反身呈现：中国当代文化的建构路径

于是，当我们以"新亚洲的崛起"这样一个双重结构作为事实背景时，处于全球化全方位渗透于亚洲本身后殖民话语阴影下的新亚洲成为当前亚洲所面临最大的文化困境。而当以此转而反思"中国当代文化的建构路径"这一问题时，如何顺应这一新趋势并以此趋势作为中国当代文化未来发展的重要契机，如何真正在全球化的话语版图下实现中国当代文化的话语建构，成为一个现实却又棘手的问题。而从上文的论述窥见，本文认为主要涉及以下三个向度。

首先，关于"传统文化"的界定问题。在 20 世纪的大部分时间里，中国人的文化意识都停留于一种文化激进主义或者反叛传统的状态当中。如此，带来的最大后果便是与儒学精神的渐行渐远。正如美国知名历史学家、汉学家列文森（Joseph R. Levenson）曾于其著作《儒教中国及其现代命运》中，以"博物馆中的陈列品"来引喻儒学在现代中国的命运。他写道："在现代中国，儒学已经进入历史，沦为一种博物馆里的历史收藏物或陈列品；也正因如此，它才能得以保存。"[①] 于是，中国当代文化建构所需的、本应最为内核化的儒学精神并不完全独立存在，而是依附于留存至今的物质本体或者被割裂到当前西方化的各个分科当中，成为一种偏颇的知识化儒学。这也使得今天，人们对于"传统文化"的界定还停留在异常狭隘的阶段，往往将其同中国书画、古董文物及其背后所承载的支离破碎的儒学思想作为"传统"的核心内容，却未能深

[①] [美]列文森著，郑大华、任菁译：《儒教中国及其现代命运》，北京：中国社会科学出版社，2000 年，第 346 页。

入人们日常生活的惯例、习俗乃至风尚之中。而后者恰恰能够为"传统文化"带来更加充盈而厚重的内涵,从而不断延展和深化我们当下最为重要的文化基因。真正的儒学复兴,应该不仅仅停留于阐明宇宙万物之大义,不仅仅停留于当下物质文化遗产的解析,而是更要切合于广袤的生活之中。

其次,传统文化的当代转化与重新激化问题。汉代儒学大师董仲舒曾言:"道之大原出于天,天不变,道亦不变。"[1] 儒学传统富有其一贯的精神实质,这种实质并不会因时代的变迁而失去其本有的普世价值。同理,任何传统,当它们一成不变的时候,便会走向"没落"与"死亡"。因此,传统文化在当代如何流变新生,成为一个重要话题,尤其是在中国文化面对西方话语权,显得无所适从的时候。2008年,上海正大艺术馆举行了名为《软力量:亚洲态度》的当代艺术展览。此次展览的主要目的就是要试图首先让人们意识到这一问题,继而思考如何从自身的传统文化中思考应变对策。展览中尤其谈到,"当代艺术的语境"是完全从西方语境中源发而来的,是以欧美为主导的当代文化产物。它的发端是和西方社会发展与文化变迁有文脉关系的,当这样的一种新的文化样式在全世界扩展和影响时,而我们在自身文化的根性中找不到相应的价值标准来加以评判时,因此容易产生文化的失语状态[2]。这意味着首先,要与"传统"形成文脉上的延续性和可读性,如此才能确保传统文化在时间潮流的冲击下免遭肢解与遗漏。其次,根基于传统的创新与转化,要能够立足于当前乃至未来的当代性,却又不脱离于中国传统文化的母语思维去思考,让"经典"再次成为"经典",成为面向亚洲内部其他文化乃至西方文化的有效讲述者,进而形成一种平等的对话关系。

最后,"新亚洲崛起"语境下亚洲文化的内部互动。在"新亚洲崛起"作为当前重要发展的语境之下,亟须一种"区域性文化"的文化自

---

[1] 张文治编:《国学治要·集部·子部》,北京:北京理工大学出版社,2014年,第730页。

[2] 《软力量:亚洲态度》,《美苑》,2008年第1期。

觉意识。以"亚洲"作为一个特定的地理文化区域，便需要将彼此间的文化关联建构从"消极客观"的态势向"积极主动"转变，从而将该区域的文化共赢联结起来，同时助力于呈现出不断发展的、多维的区域化进程。因此，在本文分析之下，中国当代文化的建构首先要着眼于与亚洲内部其他文化类型的互动，在深入了解亚洲内部文化之后，继而整合成存有差异但彼此交融的文化资源；其次，在亚洲文化共同体的样态基础上，吸收并依赖于对西方异质文化的不断吸收和持续融合，从而自觉地进行自我形象的再塑造。

于是，这或许象征着中国当代文化建构路径的一个新的转向。这一转向的内在要求在于中国当代文化的建构路径旨在既要实现与亚洲诸多其他文化的共生，同时亦要在"新亚洲崛起"的整体层面上实现与西方的共融。

为此，1996年以来新加坡剧艺工作坊（Theatre Works）两年一次举办的跨文化研讨会和工作坊成为标志这一转向的不二典范。以研讨会中被讨论最多的剧作——《李尔王》为例。该剧名义上是基于莎士比亚的同名悲剧，实际上却是由剧艺工作坊的王景生（Ong Keng Sen）构思并执导，由日本剧作家岸田梨旭（Rio Kishida）重新编剧，并且全部使用了亚洲演员，角色分别由日本能乐演员、中国京剧演员、泰国古典剧演员、一位精通印度尼西亚武术的演员和一位新加坡演员出演。而他们的表演所显示的是出自亚洲诸多文化体之下，渊源于不同类型戏剧的表演语言与训练传统。

可以说，这部《李尔王》所创造的是一种全新的跨文化景观，它一方面实现着对于亚洲内部多种文化的混融与交汇，同时又以坚持亚洲文化的差异性和文化话语次序的复杂性，试图批判西方晚期资本主义所声称的文化霸权。正如李荣材（Lee Weng Choy）曾在《真实性、反思性与景观——新亚洲的兴起不是世界的终结》一文中对此剧进行的评议："王景生的战略性亚洲本质主义表面上可以被认为是对欧洲文化霸权的批判。《李尔王》再造了挪用和积聚的逻辑，从而表现出新加坡意识，即采东西之长，构造其'新亚洲'的意识形态。"[1]而以"新亚洲"的意识形态作为话语条件，从而确定中国当代文化的建构路径，恰恰是本文的要义所在。

---

[1] 李荣材（Lee Weng Choy）：《真实性、反思性与景观——新亚洲的兴起不是世界的终结》，载于[英]佐亚·科库尔，梁硕恩编：《1985年以来的当代艺术理论》，上海：上海人民美术出版社，2018年，第333页。

从传统人伦鉴识视角谈书画艺术的格韵与艺术家修为

肖震山　福建艺术职业学院

一、人物评鉴的学说为艺术批评提供一种有价值的理论参考

中国自古以来就有人物评鉴的风气，古代文人非常讲究自己的风度姿容，而且热衷于相貌品性的相互评骘。中国古代关于人物评鉴的典籍很多，像先秦的《山海经》，汉代司马迁的《史记》、班固的《汉书·古今人物表》，三国刘劭的《人物志》、曹植的《相人》，南北朝时陶弘景的《相序》、刘义庆的《世说新语》，隋唐时期的《麻衣相法》《相经要录》，宋代的《齐东野语》《容斋随笔》，元、明、清的《神相全编》《柳庄相法》《古今识鉴》《冰鉴》等，都有关于人物品鉴的大量记载。

虽然俗话常说"人不可貌相，海水不可斗量"，但在现实生活中，人们的交往经常是从对相貌的观察和判断开始的。人的相貌凝聚了一个人的丰富的信息，它既呈现个人的外在形态，也传达内在的文化气息。相貌的形态与一个人的行为方式、生活历练和精神状态之间有着必然的联系。面相术即是通过相貌的辨析，对人的身体情况、性格特征、精神状态甚至人生运势等有一个基本的认识。相貌基本上就是一个人内心世界和人格状况的反映。《左传》云："人心之不同，如其面焉。"说的就是性格和相貌的关系。《论语·为政》曰："视其所以，观其所由，察其所安，人焉廋哉？"《孟子·第十五章》曰："存乎人者，莫良于眸子。眸子不能掩其恶。胸中正，则眸子了焉。胸中不正，则眸子眊焉。听其

言也，观其眸子，人焉廋哉？"也是说根据相貌观颜察色，在一定程度上可以判断一个人的心性和作为。晚清名臣曾国藩善于以貌鉴人，他的相人口诀："邪正看眼鼻，真假看嘴唇，功名看气概，富贵看精神，主意看指爪，风波看脚筋，若要看条理，全在语言中。"他主要是通过一个人的相貌及言谈举止，把握他的气质和精神面貌，然后凭自己的经验做出判断。有些人他只要见过一面，基本就能断定此人能够干什么，能不能重用。

异人自有异相。一个卓尔不群的人，一般来说也具有与众不同的相貌，即使是平凡的外表也掩盖不住他非同凡响的精神气质。刘义庆的《世说新语》中有一个故事：

> 魏武将见匈奴使，自以形陋，不足雄远国，使崔季珪代，帝自捉刀立床头。既毕，令间谍问曰："魏王如何？"匈奴使答曰："魏王雅望非常。然床头捉刀人，此乃英雄也！"魏武闻之，追杀此使。[①]

曹操自以为容貌一般，担心没有魅力和威慑力，找了个漂亮的替身。然而，容貌与相貌是两回事，那种超迈的气概和精骛的神情是无法安在另一张漂亮的脸蛋上的。尽管他扮成侍卫站在边上，但那种一代枭雄南征北战雄才大略的气度，仍是掩盖不住的。

容貌是天生的，而相貌是后天形成的。一个人可以不为自己的容貌负责，但他要为自己的相貌负责，西方有一句俗话说："人到了一定年龄，有义务对自己的相貌负责。"佛家语说："有心无相，相由心生；有相无心，相随心转。"是生活的历练和内在的修为逐渐形成了一个人的相貌，他的伟岸或猥琐、雍容或窘迫、刚正或狡诈、真诚或虚饰……都是领受自身生活方式、价值取向和精神境界的结果。所以，相貌的形态中

---

① 余嘉锡：《世说新语笺疏》，北京：中华书局，2007年，第713页。

隐藏着一个人生活和精神的秘密,他的鼻子、眼睛、嘴唇、额头,他的一顾一盼、一举一动、一言一语,都带有自己人格的印迹。

相貌是人格的结果,所以以貌取人是有一定道理的,什么样的人大概就会有什么样的相貌(当然,特殊情况总会有的)。陈丹青经常用"好相貌"来评论人物,他倾慕民国那一代人的教养和风采,他那双长于"看相"的眼睛,经常带来一种新鲜的视角。他说,民国年间的文人,一个个好相貌,像他们的字,无不耐看。他认为,"五四那一两代人,单是模样摆在那里,就使今天中国的文艺家不好比"。

> 平心而论,郭沫若、茅盾、老舍、冰心的样子,各有各的性情与分量。近二十多年,胡适之、梁实秋、沈从文、张爱玲的照片,也公开发布了,也都各有各的可圈可点,尤其胡适同志,真是相貌堂堂。反正现在男男女女作家群,恐怕是排不出这样的脸谱了。①

他尤其欣赏鲁迅先生,他认为"鲁迅先生长得真好看":

> 这张脸非常不卖账,又非常无所谓,非常酷,又非常慈悲,看上去一脸的清苦、刚直、坦然,骨子里却透着风流与俏皮……西洋人因为西洋的强大,固然在模样上占了便宜,可是真要遇见优异的中国人,那种骨子里的儒雅凝炼,脱略虚空,那种被彼得卢齐准确形容为"高贵的消极"的气质,实在是西方人所不及。好比中国画的墨色,可以将西洋的五彩缤纷比下去;你将鲁迅先生的相貌去和西方文豪比比看,真是文气逼人,然而一点不嚣张。②

---

① 陈丹青:《笑谈大先生》,桂林:广西师范大学出版社,2011年。
② 陈丹青:《笑谈大先生》,桂林:广西师范大学出版社,2011年。

陈丹青说："我这不是以貌取人么？是的，在最高意义上，一个人的相貌，便是他的人。"那一代人相貌的儒雅和从容，正是那一代知识分子文化学养和人格精神的体现，也是那个时代文化性格和社会风气的折射。因此，从一个相貌看出一个人的精神世界并不是无稽之谈，从一张面孔读出一个大时代的文化风貌也并非空穴来风。

在书画艺术领域，有大量这样的典籍，古代文论书论画论中也有很多有关人物的评鉴，"知人论世""书以人传""画以人重"是传统文艺美学的重要特征，人物的容貌、举止风度以及主体精神甚至成为一种审美的对象。从庾肩吾的《书品》、谢赫的《古画品录》、钟嵘的《诗品》、萧衍的《古今书人优劣评》、李嗣真的《续画品录》、张彦远的《历代名画记》、朱景玄的《唐朝名画录》、黄休复的《益州名画录》、刘道醇的《宋朝名画评》、郭若虚的《图画见闻志》、邓椿的《画继》等，直至近现代的许多艺术批评，都把人物品藻之风引入书画的品评。这在一定程度上形成中国书画艺术批评的特色，可以说人物评鉴的学说为中国书画批评提供了一种有价值的理论参考。像张庚的《浦山论画》中的这一段，就是典型的"画以人重"式的批评：

> 试即有元诸家论之，大痴为人坦荡而洒落，故其画平淡而冲濡，在诸家最醇。梅华道人孤高而清介，故其画危耸而英俊。倪云林则一味绝俗，故其画萧远峭逸，刊尽雕华。若王叔明，未免贪荣附热，故其画近于躁。赵文敏大节不惜，故书画毕妩媚而带俗气。若徐幼文之廉洁雅尚，陆天游、方方壶之超然物外，宜其超脱绝尘，不囿于畦畛也。[1]

---

[1] 张庚：《浦山论画》，王伯敏、任道斌主编：《画学集成·明—清》，石家庄：河北美术出版社，2002年，第456页。

画为心印，人品即画品。艺术作品是表现人的情感的，艺术作品也要通过它的形式和内容来影响人、塑造人。那么，自己成为一个什么样的人，是一个与艺术品格高低不无攸关的问题。因此，运用人物评鉴来判别一位画家的艺术价值也是不无道理的。

二、格韵是艺术生命的品相

绘画在社会教化中承担重要的作用，张彦远《历代名画记》中说："夫画者，成教化，助人伦，穷神变，测幽微，与六籍同功，四时并运。"① 王延寿在《文考赋画》中说："图画天地，品类群生。杂物奇怪，山神海灵。写载其状，讬乞丹青。千变万化，事各缪形。随色象类，曲得其情。……贤愚成败，靡不载叙。恶以诫世，善以示后。"② 因此，对于画家来说，他既要创造美的艺术作品熏陶社会、教化人心，同时，作为创造艺术作品的主体，他也要以自己美的相貌形态——从本质上来说，是一种精神形态——呈献给世人。真正的艺术家必然产生于那些有性情、有教养、有品格的文化人之中，正如张彦远说的："自古善画者，莫非衣冠贵胄、逸士高人，振妙一时，传芳千祀，非闾阎鄙贱之辈所能为也。"③ 他认为只有那些高雅之士，才有高标超迈的格韵，才能在绘画中为天地传神。

对于画家来说，"格韵"是他艺术生命的品相。

北宋《宣和画谱》："梁驸马都尉赵岩，本名霖，后改今名。喜丹青，尤工人物。格韵超绝，非寻常画工所及。有汉书西域传、弹棋、诊脉等

---

① 张彦远：《历代名画记》，王伯敏、任道斌主编：《画学集成·六朝—元》，石家庄：河北美术出版社，2002年，第95页。

② 王延寿：《文考赋画》，俞剑华编著：《中国古代画论类编》，北京：人民美术出版社，2007年，第10页。

③ 张彦远：《历代名画记》，王伯敏、任道斌主编：《画学集成·六朝—元》，石家庄：河北美术出版社，2002年，第106—107页。

图传于世。非胸次不凡，何能遂脱笔墨畛域耶。"[1] 提出"格韵"的高下与创作者的个人修养密切相关。"格韵"指书画作品的格调、韵致。"格"指的是骨格、品格、格势、格调等；"韵"是指气韵、神韵、韵律、韵味等。

格韵具有三个层面的意义：

一是人伦鉴识的观念，指人的骨格体韵，风姿气质。骨格是一种身体的格势，是能显示人的形体气派、精神风度的骨格架构。《史记》说："人之贵贱在于骨法。"骨格能够反映出人的尊卑贵贱。我们经常说一个人相貌好，说他骨格清奇、神清骨秀等。我们也经常用"有骨气"形容一个人的人品气节、精神品格。体韵，指人体气韵，是一个人的形体中流露出来的姿态美。骨格体韵的风雅端正可以反映出人品的风雅端正。《晋书·王坦之传》记王坦之给谢安书中云："人之体韵，犹器之方圆。方圆不可错用，体韵岂可易处。"

二是指笔墨线条的风采。格韵是中国画最突出的个性，失去了格韵，便失去了中国画。黄庭坚说："凡书画当先观其韵。"谢赫著名的"六法"，最重要的是"气韵生动"和"骨法用笔"。刘道醇的"六要"，前面两个是："气韵兼力一也，格制俱老二也。"顾恺之对骨法与绘画的关系有精辟的论述："有奇骨而兼美好"，"重叠弥纶有骨法"，"有天骨而少细美"，"骨趣甚奇"，"有骨俱"，"隽骨天奇"，等等[2]。谢赫评画也谈到骨气和体韵："观其风骨""虽不该备形妙，颇得壮气"，"体韵遒举，风采飘然"等[3]。唐志契《绘事微言》说："盖气者，有笔气，有墨气，有色气，俱谓之气；而又有气势，有气度，有气机，此间即谓之韵。而生动处则又

---

[1]《宣和画谱》，王伯敏、任道斌主编：《画学集成·六朝—元》，石家庄：河北美术出版社，2002年，第485页。

[2] 顾恺之：《论画》，王伯敏、任道斌主编：《画学集成·六朝—元》，石家庄：河北美术出版社，2002年，第3—4页。

[3] 谢赫：《画品》，王伯敏、任道斌主编：《画学集成·六朝—元》，石家庄：河北美术出版社，2002年，第16页。

非韵之可代矣。"① 董其昌也提出"格韵说",他的《画旨》中说:"烟云淡荡,格韵俱超。"② 提倡在墨韵骨力中体现人的精神风度。

三是指艺术作品的精神状态,突出其中的人格内涵。"格"偏重精神品质的外现,"韵"主要是情采风姿的展示。"格韵"概念在这个层面的内涵是指对具体事物的超越,不是外在的、感官的直接感受,而是一种内在的精神力量,表示艺术的精神魅力和文化意义,尤其是在人格层面上的价值实现。古代画论中像"体韵精妍""天韵标令""风韵迈达""神韵冲简""玄韵淡泊""道韵平淡""情韵疏刚"之类的评点,都是指绘画的格韵之美体现出来的精神气质。格韵高者,必是道迈俊逸、神明英发。

在绘画艺术中,这三个层面之间存在环环相生的关系:画家的风姿气质转向笔墨线条,笔墨线条生成画面气韵和艺术风格,而画面气韵和艺术风格又呈现出某种精神状态。

陈传席在《六朝画论研究》中对骨格体韵与绘画气韵、精神气质的关系有一个生动的描述:

我这里以人喻画。一个人(尤其是女性)的风姿如何,关键在其骨骼结构,一人短而宽的骨骼结构绝不会有苗条的身姿;其次是附于骨骼上的肌肉和皮肤;再次是衣着打扮。前两者只要很美,不论穿什么衣服,甚至是越简淡的衣服越美;前两者若很丑,不论穿什么衣服,甚至越穿华丽的衣服越是丑。前两者如不十分美,衣着打扮也可以增加一些美,但这不是理想的美,或者不是本质的美。喻于画,则气(以组成画面上的各种线条为主,包括类于线的用笔)好比人体的骨骼结构。韵分三种,一种是气本身的韵,好比人的骨骼结构中显露出的人的姿态,这是主要的。一种是"隐迹立形"辅衬气的韵,即墨色,这好比人的肌肉和肤色,它是以一定的骨(气)为基础的,但有气必有韵,犹如有骨必有肉,这

---

① 唐志契:《绘事微言》,王伯敏、任道斌主编:《画学集成・明—清》,石家庄:河北美术出版社,2002年,第263—264页。

② 董其昌:《画旨》,王伯敏、任道斌主编:《画学集成・明—清》,石家庄:河北美术出版社,2002年,第220页。

里说的是更加丰腴的韵（肉）和色（肤），此二条只要美，画就美，然终以第一条为最重要。此二条若丑，画就丑，而且越是染色越丑。即以韵取韵，犹如穿衣，这是第三种。因之一幅画如果气骨好，甚至可以不染色或染极淡的色，犹如一位极美的人，越是简淡的衣着越能显示其风姿的美，穿多了，反掩盖她的美。一个人终究以在骨骼结构中所显示的风姿之美为最美，画亦如之。①

这段以人为喻论述绘画艺术的格韵之美十分精彩。格韵就是艺术生命的品相，艺术生命的相貌之美，它从艺术家的人格精神中来，作品的气韵骨格——根本上是艺术家本人的人格精神——是决定绘画美学品位高低的关键，而技巧，它像人的穿着打扮一样，只是一种辅助手段而已。张大千更直截了当地指出："艺术，是感情的流露，是作者人格的表现；笔墨技巧，只不过是表达感情的手段。因此作者平日，必须注意培养自己良好的风骨和节操，如果只是徒研技巧，必然即落下乘。"②

三、格韵、品相与学养修为的关系

"格韵"既然可以看作为艺术生命的品相，一个艺术家就有义务为自己的艺术品相负责，而负责任地去改善自己相貌（身体的相貌以及艺术的相貌）的措施，首先在于要不遗余力地提高自身的内在修养。学问与品性的修养对于艺术家特别重要。明代谢榛《四溟诗话》中说："体贵正大，志贵高远，气贵雄浑，韵贵隽永，四者之本，非养无以发其真，非悟无以入其妙。"③ "养"即学问知识、思想品性方面的修养，只有提高修养，方能达到"体""志""气""韵"的隽永高绝。

绘画作品实际上是画家主体精神形貌样态的外化。中国绘画既强调对客观对象的表现，又强调主体精神的表达。即顾恺之所谓的"以形写

---

① 陈传席：《六朝画论研究》，天津：天津人民美术出版社，2006年，第154页。
② 张大千：《大风堂中龙门阵》，上海：上海书画出版社，2005年，第111页。
③ 谢榛：《四溟诗话》，丁福保辑：《历代诗话续编》（下），北京：中华书局，2006年，第1141页。

神""形神兼备"之说，用石涛形象化的说法是："山石写我心。"形神统一论是对客体形象与主体精神的双重重视。在具体表现上，既要求画家具有较高的表现客观对象的艺术技巧，又强调画家的文化修养和人品修养的重要性。画家通过笔墨技法、图绘形式把握自然景象，而同时又要通过外化形态——绘画作品及自己的立身处世表现人格精神。

最高的艺术格韵必自人格中来。黑格尔在《美学（第一卷）》中说："法国人有一句名言，风格就是人本身。风格在这里一般指的是个别艺术家在表现方式和笔调曲折等方面完全见出他的人格的一些特点。"[1]徐复观在《中国艺术精神》一书中引用费夏的观点认为："观念愈高，含的美愈多。观念的最高形式是人格。所以最高的艺术，是以最高的人格为对象的东西。"[2]

艺术品格是建立在画家内在修为的基础之上的。绘画艺术的格韵是画家的思想情调、人格修养在笔底的自然流露，艺术品格的提高是人格提高、精神升华的结果。画品系于人品，人品高则画品高，人品卑则画品卑，文徵明说"人品不高，用墨无法"，李日华说"笔墨亦由人品为高下"，蒋骥认为"笔底深秀自然有气韵。此关系人之学问、品诣，人品高，学问深，下笔自然有书卷气，有书卷气，即有气韵"[3]……所以说，面相即心相，画家心正通于画正也。

加强修养首先要去除恶俗。人格不俗，画自不俗。"夫俗者，恶之先；韵者，美之极"[4]，"作画之病重矣，惟俗病最大"[5]。蒲松龄的《聊斋志异》里有一篇《司文郎》，里面有一位盲僧，善于评判文章，他平常

---

[1] 黑格尔：《美学》第1卷，北京：商务印书馆，1979年，第372页。

[2] 徐复观：《中国艺术精神》，上海：华东师范大学出版社，2001年，第34页。

[3] 蒋骥：《传神秘要》，俞剑华编著：《中国古代画论类编》，北京：人民美术出版社，2007年，第510页。

[4] 范温：《潜溪诗眼》，郭绍虞：《宋诗话辑佚》，北京：中华书局，1987年，第372页。

[5] 韩拙：《山水纯全集》，王伯敏、任道斌主编：《画学集成·六朝—元》，石家庄：河北美术出版社，2002年，第615页。

以耳代目，通过听来判断文章优劣。一次有两个书生各拿文章请盲僧评判。盲僧说，文章太长，没有耐性听完，不如烧成灰，他用鼻子闻一闻就行了。其中一人文章尚好，盲僧嗅一嗅，夸了几句。而当他嗅了另一篇文章的灰，呛得咳嗽了好几声，连忙说千万别再烧了，文章俗不可耐、臭不可闻，他实在咽不进这股浊气，就要吐了。我们由此懂得一个道理，艺术一旦沾染恶俗之气，不但面目可憎，而且骨子里散发一股腐臭的气味。所以说，艺术家及其创作一定要去除恶俗，否则即坠入万劫不复的深渊。张大千说："（画）最要紧的不在技巧，而在于气味如何。趋利诌媚者，太俗气；草率急就者，太浮气；因袭相称者，太匠气；若将生活中的某些丑行形诸笔墨，肆意渲染，那更是一股令人作呕的秽气！"[1] 趋时附众、急功近利、蝇营狗苟、沽名钓誉正是书画界最容易染上的俗气、浮气、匠气、秽气，画家们应当思之、警之、慎之、戒之。真正的艺术家应当做到孟子说的："吾善养吾浩然之气。"这才是艺术家的做人之本，从艺之道，修身之法，"一个画家，应当养成自己博大的心胸，心中须长存有一股浩气。这样画出来的画，方才能够打动人，甚至震撼人。这样的画，也才能称得上是一幅好画。"[2]

　　读书是去除恶俗、养浩然之气的一剂良药。读书可以开阔眼界，扩大胸襟，改变气质，多读书，重修养，则书卷气自然上升，市俗气就自然下降。正如清人王概说的："俗尤不可浸染。去俗无他法，多读书则书卷之气上升，世俗之气下降矣。"[3] 这书卷气就慢慢转化为画家的个性气质，从而转化为绘画的"格韵"。当然除了"读万卷书"，还要"行万里路"，在自然广阔天地中游目骋怀，"仰观宇宙之大，俯察品类之盛"，品读天地卷帙，感悟人生真谛。董其昌说："然亦有学得处，读万卷书，行万里路，胸中脱去尘浊，自然丘壑内营，成立鄞鄂，随手写出，皆为山

---

[1] 张大千：《大风堂中龙门阵》，上海：上海书画出版社，2005年，第111页。
[2] 张大千：《大风堂中龙门阵》，上海：上海书画出版社，2005年，第112页。
[3] 王概：《学画浅说》，王伯敏、任道斌主编：《画学集成·明—清》，石家庄：河北美术出版社，2002年，第356页。

水传神。"[1]

当一个画家完成这样的自我修炼，人品自然提高到一个境界，郭若虚《图画见闻志》中说："人品既已高矣，气韵不得不高；气韵既已高矣，生动不得不至，所谓神之又神而能精焉。"[2] 那么，在艺术品相上，他会有一副"好相貌"。这"好相貌"并不是天生的，而在于后天的修为，唐代一行禅师说得好："七尺长的身体不如一尺长的脸，一尺长的脸不如三寸长的鼻子，三寸长的鼻子不如一点心！"西蜀莫将居士也有一偈，诗云："从来姿韵爱风流，几笑时人向外求。万别千差无觅处，得来元在鼻尖头。"

---

[1] 董其昌：《画旨》，王伯敏、任道斌主编：《画学集成·明—清》，石家庄：河北美术出版社，2002年，第213页。

[2] 郭若虚：《图画见闻志》，王伯敏、任道斌主编：《画学集成·六朝—元》，石家庄：河北美术出版社，2002年，第317页。

改革开放以来中国民间舞蹈传承研究综述与反思

许晓云　山西大学音乐学院

改革开放以来，中国民间舞蹈研究获得了长足发展。自 2001 年，昆曲进入联合国教科文组织的"人类口头与非物质文化遗产代表作"名录以后，舞蹈界就对非物质文化中民间舞蹈的研究日渐增多。据中国知网统计，有 1729 篇是关于民间舞蹈传承主题的研究文献，而在 2001 年前，只有 3 篇论文，这说明民间舞蹈的传承研究，逐渐被大家所熟知并成为高频词。人们一直在关注，也一直在思考：怎样更好地传承民间舞蹈和它所蕴含的深厚文化。党的十八大以来，习近平总书记就传承弘扬中华优秀传统文化发表了系列重要讲话。2013 年 11 月，总书记在山东曲阜孔府考察时强调，一个国家、一个民族的强盛，总是以文化兴盛为支撑的，中华民族伟大复兴需要以中华文化发展繁荣为条件。到 2017 年，十九大报告中指出："没有高度的文化自信，没有文化的繁荣兴盛，就没有中华民族伟大复兴。"因此，对于民间舞蹈传承的研究有着重要的理论价值和现实意义。

民间舞蹈传承研究综述

民间舞蹈的传承，其实早在 20 世纪"三四十年代，我国老一辈舞蹈家戴爱莲、吴晓邦、彭松、贾作光等就开始关注并研究、应用民间舞"[1]。

---

[1] 赵铁春：《与时俱进 继往开来——中国民族民间舞的历史传承与学科定位》，《北京舞蹈学院学报》，2003 年，第 22—30 页。

他们"秉承着《在延安文艺座谈会上的讲话》（1942年）精神苦苦求索，希冀汲取传统，创作出代表新中国风貌的'新舞蹈'"①。1946年，"他们与育才学校的师生在重庆推出'边疆音乐舞蹈大会'，对边疆民族民间的传统舞蹈进行舞台化的表演与呈现，这场晚会以巨大的社会影响力和文化创新价值载入中华民族舞蹈的史册。"②让更多的人了解和认识到中国多民族的民间舞蹈其绚丽的风采和种类的繁多。

1949年，随着中国舞蹈艺术研究会的成立，盛婕等人发起了傩舞调查（1956年）；1981年中国艺术研究院研究生部舞蹈史论专业硕士研究生教育开设；1986年由吴晓邦提出了"舞蹈学"学科概况，以及1986年开始，历经20年才完成了国家艺术科研重点项目《中国民族民间舞蹈集成》。这些零星的事件构成了20世纪传统舞蹈保护研究的时代图景，也为后来民间舞蹈传承的研究奠定了坚实的基础和人才储备。

2003年，文化部、财政部联合国家民委、中国文联，启动了"中国民族民间文化保护工程"，以及"2006年，京西太平鼓等41项舞蹈被确立为第一批国家级的非物质文化遗产代表作，相关研究成果明显增多"③。2008年，第二批国家级非物质文化遗产代表作名录和"2011年第三批国家级非物质文化遗产代表作名录的确立标志着我国国家级传统舞蹈最主要的非遗名录基本确立完成"④。2014年、2018年确定了第四批和第五批国家级非物质文化遗产代表作名录。中国"非遗"传统舞蹈（包括民间舞蹈）的确立和国家对"非遗"工作的大力支持，积极推动着民间舞蹈

---

① 罗婉红:《寻根传舞：非物质文化遗产视角下传统舞蹈学术史的回顾与评述》，《民族艺术研究》，2018年第2期，第173—182页。

② 刘青弋:《1946:"边疆音乐舞蹈大会"——七十年后值得钩沉的历史》，《北京舞蹈学院学报》，2017年第1期。

③ 罗婉红:《寻根传舞：非物质文化遗产视角下传统舞蹈学术史的回顾与评述》，《民族艺术研究》，2018年第2期，第173—182页。

④ 罗婉红:《寻根传舞：非物质文化遗产视角下传统舞蹈学术史的回顾与评述》，《民族艺术研究》，2018年第2期，第173—182页。

传承研究的广度与深度。从整体看，关于民间舞蹈传承研究的主要领域和观点如下。

全境式对民间舞蹈传承的把握

全境式对民间舞蹈的研究，代表性的研究者有朴永光，在《论"非遗"语境下传统民间舞蹈的保护》[1]中，就保护什么、为何保护、如何保护这三个问题展开具体翔实的分析与论述，提出保护的内容是传统舞蹈的规矩、知识、风格和精神的观点。从当代传统民间舞蹈的现状成绩、经验、问题中提出了切实有效的四种方法，即提高认识达成文化自觉、加强组织达成协调机制、建立制度达成行为规范和多种举措达成保护目的。邓佑玲在《应对中国人口较少民族舞蹈文化传承危机的对策研究报告》中对立项背景、项目的实施、传承面临的问题、理论分析和对策展开论述。其中提出其传承问题是：舞种数量趋少化；舞蹈传承人断代化、老龄化；舞蹈内容空洞化；舞蹈情感空心化；舞蹈仪式简单化导致的民族文化的肢解与碎片化；舞蹈时空语境随意化和舞蹈音乐变奏电子化。对策为：要从中华民族文化复兴的高度，充分提高对人口较少民族文化复兴重要性的战略认识；要贯彻落实国务院《扶持人口较少民族发展规划》，促进人口较少民族地区经济发展、社会进步和文化繁荣；健全完善民族文化传承人制度，充分利用文化传习机制，建立"人"（活态）的传承机制；着力营造人口较少民族舞蹈及其文化的社会传承氛围；努力做好人口较少民族舞蹈及其文化教育传承工作和加强落实科学研究，努力为人口较少民族舞蹈及其文化传承发展提供智力支持。韩珂在《民族舞蹈对民族文化的传承规律及发展趋势探究》[2]一文中提出，传承所面临的现状是在我国推行改革开放以前，因思想路线处于不稳定状态，民族舞蹈一度被看作带有"封建迷信"性质的原始活动，倾向学习西方理论者

---

[1] 朴永光：《论"非遗"语境下传统民间舞蹈的保护》，《北京舞蹈学院学报》，2017年第6期，第62—71页。

[2] 韩珂：《民族舞蹈对民族文化的传承规律及发展趋势探究》，《大舞台》，2012年第8期，第80—81页。

将之否定为"农民的自娱自乐"的文化，并认为必将最终消亡。现如今，舞蹈业内有一小部分艺术家，由于其本身对于民族舞蹈缺乏了解，同时又没有足够的诚意与耐心去舞蹈发源地进行长期的深入实地调研，仅仅依靠在官方举办的一些肤浅的民族舞蹈艺术会演基础上获取到的相关素材与资料，就理直气壮地以"原生态""新观念民族舞"等为名进行创新，导致国内舞坛甚至出现对民族舞蹈的异化、淡化、丑化的舍本逐末倾向。有一部分舞蹈艺术专业人士，以"民族舞蹈文化传承"为自身事业的奋斗目标，以自己或者社会力量创办了集诸多传统民族艺术于一体的社会组织。总结其传承规律为本民族百姓传承的直接性规律；民族舞蹈传承环境的区域特色规律；民族舞蹈在社会文明的不断发展中持续传承。果崇英在《文化融合背景下少数民族舞蹈传承问题研究——以羌族为例》[1]中，对羌族舞蹈的传承现状、途径和建议展开相关分析，提出尊重地方知识，积极开展教育活动，促进民间舞蹈传承的观点。

有些研究是从地方民间舞蹈为切入点，展开全面论述。如谭婧怡在《从院坝到舞台：重庆南川石溪板凳龙舞的保护传承》[2]中分析了重庆南川石溪板凳龙舞的历史、形态、已有成果、发展困境，并提出建议。张天彤在《非物质文化遗产视角下的达斡尔族传统音乐舞蹈保护与传承》[3]中从非物质文化遗产视角分析了达斡尔族传统音乐与舞蹈的传承现状、问题，并通过梅里斯培训班开设的个案经验，提出了相关建议。

以上研究成果，是关于民间舞蹈传承所涉及的现状、价值、问题、策略的全面性研究，这些成果对民间舞蹈传承的整体情况和具体策略有重要的参考价值，但是笔者发现，地方民间舞蹈的传承研究和民间舞蹈

---

[1] 果崇英：《文化融合背景下少数民族舞蹈传承问题研究——以羌族为例》，《贵州民族研究》，2016年第2期，第102—105页。

[2] 谭婧怡：《从院坝到舞台：重庆南川石溪板凳龙舞的保护传承》，《四川戏剧》，2014年第8期，第91、92、111页。

[3] 张天彤：《非物质文化遗产视角下的达斡尔族传统音乐舞蹈保护与传承》，《中国音乐》，2013年第4期，第222—227页。

整体性的传承研究成果，并没有明显的区别，不能很好地体现地方知识对当地民间舞蹈传承的具体影响和意义功能的解读。

传承方式的研究

有关传承方式的研究，主要涉及两方面内容：一是传承方式的具体分析；二是传承方式的特点分析，其中具体分析的研究成果较多。在继承方式的具体分析中，有晓飞在《论傣族舞蹈的继承与发展》[1]中分析道：在过去的岁月里，傣族舞蹈文化主要是"口传身授"的形式自发在民间进行传承，有一定的地域局限性。20世纪中期以后，傣族舞蹈快速发展，主要得益于传承方式的科学化，比如艺术院校、表演团队和研究机构的建立和加强，但也出现一些问题，比如只注重追求外在的酷似、主张"神似即可"，但作者主张"神形兼备，形、意、气有机统一"才是科学的认识。作者还提出，继承只是手段，创新才是目的，二者相辅相成，相得益彰，典型的傣族舞蹈，无一不是经历了学习—继承—突破—创新—再创新的发展轨迹。作者借用舞蹈理论家赵国政的观点来说明突破与创新的重要标志：当代意识与乡土风情的神遇；表现意识与浪漫主义的契合；心灵与技巧的完美统一。作者又提出民间舞蹈未来的发展趋向，一是文物式保留型；二是创作式继承发展型。罗雄岩在《试论中国民间舞蹈的文化传承》中[2]认为，传承的方式可分为：群众之间的直接传承、民间舞教学的传承和舞台艺术升华三个层次。他在2006年《羌族舞蹈文化传承与发展规律的探索》一书[3]中还提出，要动态保护与多种开发。动态保护就是保护民间舞蹈的生态环境与民族群体的认同，在表现形式上既有社会经济与生活条件的局限，又有舞者融入时代精神中孕

---

[1] 晓飞：《论傣族舞蹈的继承与发展》，《民族艺术研究》，1990年第1期，第41—45页。

[2] 罗雄岩：《试论中国民间舞蹈的文化传承》，《北京舞蹈学院学报》，2002年第1期，第29、35、50页。

[3] 罗雄岩：《羌族舞蹈文化传承与发展规律的探索》，《北京舞蹈学院学报》，2006年第3期，第30—34页。

育的新创造,并在遵循民间舞蹈文化传承规律的前提下,倡导多种开发以达到保护与传的目的。石裕祖在《民族民间舞蹈文化传承规律及发展趋势》[①]中提出,把舞蹈表演、旅游舞蹈,纳入民族文化特定地域进行综合性的实证研究,不仅可以深化和发展民族民间舞蹈传承的理论与实践,也为民族舞蹈跨学科研究开辟了更加重要的研究空间。要真正做好保护继承民族民间舞蹈文化传统的宏大工程,必须突破常规的思维模式,必须深入民族地区进行田野考察,立足于从国际国内、各地区各民族等多方位、多角度、多层次学术视野,对此进行全方位地剖析研究和科学论证。应采用多学科交叉,文理科相互渗透、相互融合的方法,并运用多学科现有资料、知识、技术、手段和成果,通过对云南民族民间舞蹈文化的传承规律及其文化特点和历史意义加以理论阐释和揭示,同时对其发展趋势进行探索研究,提出具有可行性和前瞻性的多元化开发思路和对策。李永惠在《彝族烟盒舞的活态传承》[②]中提出彝族烟盒舞的九种活态传承建议:着力倡导草根艺人在原生地的自我传播;守住社区广场民族舞活态传承的文化阵地;文化馆、站的指导性传播;专业艺术团承担引领民族歌舞活态传承、传播的重任;鼓励各级各类院校、传习所,实施因材施教的活态传承教育教学传播;文化产业和旅游景区的社会责任;通过民族传统体育和健身运动进行活态传播;通过电视传媒、网络及制作发行光盘等多种手段进行视频动态传播以及注重静态传播。曹柯香在《俄罗斯民族民间舞蹈的保护和传承——打造额尔古纳市文化特色品牌》[③]中认为,可以在当地建立一支民族艺术团。一是保护民间艺人让他们的艺术绽放异彩;二是培养年轻人传承民间艺术,让它后继有人;

---

① 石裕祖:《民族民间舞蹈文化传承规律及发展趋势》,《云南艺术学院学报》,2005年第2期,第64—69页。

② 李永惠:《彝族烟盒舞的活态传承》,《四川戏剧》,2014年第9期,第137—141页。

③ 曹柯香:《俄罗斯民族民间舞蹈的保护和传承——打造额尔古纳市文化特色品牌》,《前沿》,2008年第3期,第201页。

三是把这具有独特风格和鲜明特色的优秀民族艺术推向市场，既可以展示民族文化的底蕴和风采，又可以扩大地区的知名度和影响力，还可以获取一定的经济效益。王松在《一个古老艺术的再生与传承——浅析土家族舞蹈"毛古斯"》①一文中提到，各级政府的保护和推动对于民间舞蹈的保护与传承至关重要；地方专业院校可以加强教材建设工作以及积极推进科研机构的普查与研究工作。张晓丽在《民族民间舞蹈文化传承规律及发展趋势刍议》②一文中认为，可以将现代舞编舞理念运用到民族民间舞蹈创作中。杨云在《晋南社火与民间舞蹈文化传承》③中还提出，在群众自娱自乐的活动中得以传承。尚江川在《对跨文化交流中藏族弦子传承与发展的思考——以巴塘弦子和芒康弦子为例》④中提出，加强文化交流，促进再生发展的传承意见。曾涛在《民间传承：关于原生态民族民间舞蹈保护与传承的思考》⑤一文中提出，把原生态民族民间舞蹈的传承发展放入民俗之中，是保持其文化精髓的正确选择。卫艳蕾在《华夏第一都的鼓舞传承》⑥一文中提出家族传承、村落传承、社团传承三种民间传承方式，并提出对传承主体多加关注的主张。

关于通过教学和创作的方式进行民间舞蹈传承的研究有赵铁春的

---

① 王松：《一个古老艺术的再生与传承——浅析土家族舞蹈"毛古斯"》，《戏剧文学》，2007年第7期，第100、102、106页。

② 张晓丽：《民族民间舞蹈文化传承规律及发展趋势刍议》，《大舞台》，2016年第1期，第92—93页。

③ 杨云：《晋南社火与民间舞蹈文化传承》，《北京舞蹈学院学报》，2005年第4期，第58—65页。

④ 尚江川：《对跨文化交流中藏族弦子传承与发展的思考——以巴塘弦子和芒康弦子为例》，《四川戏剧》，2013年第4期，第21—23页。

⑤ 曾涛：《民间传承：关于原生态民族民间舞蹈保护与传承的思考》，《贵州民族研究》，2015年第12期，第85—88页。

⑥ 卫艳蕾：《华夏第一都的鼓舞传承》，《舞蹈》，2013年第12期，第60—61页。

《与时俱进 继往开来——中国民族民间舞的历史传承与学科定位》[1]、李静波的《论中国民间舞蹈中时代精神的升华》[2]、曹菲菲和林毅的《保护文化瑰宝 传承历史经典 发展创新舞蹈——浅谈江苏民间舞蹈的历史、现状与发展》[3]、尹建宏和江东的《中国民族民间舞的原生态情结与时代变革——从杨丽萍的艺术创作说起》[4]、肖灵的《民族舞蹈文化的传承与民间舞蹈的教学》[5]、傅小青的《高校民族舞蹈文化传承及其"心授性"与"规训性"》[6]等。还有关于其他传承方式的研究,如白靖毅的《浅议民族民间舞蹈表演中的继承与发展》[7],张冬梅、谭壮、孙姗姗的《燕赵民间舞蹈文化对推动河北省旅游业发展的研究》[8],成慧慧的《对传统民间舞蹈与现代流行舞蹈"同构"的文化思考》[9],李北达的《"传习"与

---

[1] 赵铁春:《与时俱进 继往开来——中国民族民间舞的历史传承与学科定位》,《北京舞蹈学院学报》,2003年第21期,第22—30页。

[2] 李静波:《论中国民间舞蹈中时代精神的升华》,《四川戏剧》,2009年第1期,第127—128页。

[3] 曹菲菲、林毅:《保护文化瑰宝 传承历史经典 发展创新舞蹈——浅谈江苏民间舞蹈的历史、现状与发展》,《舞蹈》,2014年第8期,第66—67页。

[4] 尹建宏、江东:《中国民族民间舞的原生态情结与时代变革——从杨丽萍的艺术创作说起》,《北京舞蹈学院学报》,2009年第1期,第85—91页。

[5] 肖灵:《民族舞蹈文化的传承与民间舞蹈的教学》,《北京舞蹈学院学报》,2005年第1期,第32—36页。

[6] 傅小青:《高校民族舞蹈文化传承及其"心授性"与"规训性"》,《北京舞蹈学院学报》,2016年第3期,第64—68页。

[7] 白靖毅:《浅议民族民间舞蹈表演中的继承与发展》,《北京舞蹈学院学报》,2009年第3期,第71—76页。

[8] 张冬梅、谭壮、孙姗姗:《燕赵民间舞蹈文化对推动河北省旅游业发展的研究》,《大舞台》,2009年第4期,第20—21页。

[9] 成慧慧:《对传统民间舞蹈与现代流行舞蹈"同构"的文化思考》,《北京舞蹈学院学报》,2010年第1期,第111—115页。

"传承"——关于建立高科技手段传习馆的设想》[1],刘慧的《大众传媒语境下民间舞蹈文化传承研究》[2]等。

关于继承方式的特点分析的相关文献,如王世雄（1993）[3]认为,今天佤族民间舞蹈既有纵向传承的独立性,也有横向传播的变异性和融合性。纵向传承主要指佤族民间舞蹈的产生和发展和古老的民俗活动一脉相承,横向的变异性主要指功能的变异和与外来文化的交融。罗雄岩（1997）[4]认为,原始舞蹈遗存,其中具有原始形式、原始观念的遗存,又有向自娱性舞蹈过渡的特点。杨云（2005）[5]认为,在民间舞蹈的传承中,政府的参与显然比民间自发力量要有力得多,那些产生、发展于民间土壤的民间艺术,在国家意识形态的影响下,要么自生自灭,要么改头换面,以符合主旋律的形式出现,但是,作为民间文化学术研究则需要加快研究步伐,把濒临消亡的民间艺术记录整理下来,做深入研究。

在笔者收集到的相关研究成果中,民间舞蹈传承方式的研究成果最多,其结论的雷同性较为明显。其中主要观点有如下几点:要重视民间舞蹈传承的文化性;把民间舞蹈放置到一个具体语境中来理解与表述,比如具体的节日和宗教仪式中来研究;传承应该具有时代气息,多样化、多元化地传承,比如结合现代流行舞蹈、大众传媒的方式、产业化的方式以及加强国际与国内交流;民间舞蹈应在教学、表演和创作领域中更好地保护与体现文化性和整体性的研究;还有提出要重视传承人主体性

---

[1] 李北达:《"传习"与"传承"——关于建立高科技手段传习馆的设想》,《北京舞蹈学院学报》,2007年第4期,第73—75页。

[2] 刘慧:《大众传媒语境下民间舞蹈文化传承研究》,《中国报业》,2018年第6期,第91—92页。

[3] 王世雄:《浅析佤族舞蹈的传承与风格》,《民族艺术研究》,1993年第5期,第64—66页。

[4] 罗雄岩:《中国民间舞蹈的文化探究》,《北京舞蹈学院学报》,1997年第2期,第36—41页。

[5] 杨云:《晋南社火与民间舞蹈文化传承》,《北京舞蹈学院学报》,2005年第4期,第58—65页。

的观点。但笔者发现，自罗雄岩1997年在《中国民间舞蹈的文化探究》中提到，具有原始形式、原始观念的民间舞蹈遗存，正在向自娱性舞蹈过渡的观点以后，就有越来越多的研究者开始倡导如何传承民间舞蹈文化的观点。但是我们也可发现，这种倡导正是和现实产生了一种强烈的矛盾与冲突，民间自然传衍的民间舞蹈正在以一股强大的势力往娱乐性发展，而国家层面或者说人们意识形态的期望中，是要努力扭转这种自娱性的趋势，这种内力与外力的冲突，自然传承与人为传承的矛盾，更多人只是从现象展开分析，即因为文化性的丢失，所以要加强文化性的重视。但从国家层面、地方层面和个人层面对这种矛盾的深层研究还实为少见。

传承意义的研究

罗雄岩（1997）[1]提出，通过原始舞蹈遗存、积淀古代文化、鼓舞开先河、乐舞技三者结合以及充分运用道具等方式，进行舞蹈文化与审美特征的传承，使人们从仍在流传的民间舞蹈中，看到中国舞蹈发展的脉络，看到先人们"舞影"之遗存。他还在2002年[2]提出，中国民间舞蹈的文化传承，其实质是通过丰富多彩的舞蹈形式，传承"自强不息""厚德载物"的民族文化精神；传承中国文化风格和各民族的审美情趣。白洁在《中国文化报》[3]上也提出过相同的观点。石裕祖（2005）[4]认为，保护和传承民族民间舞蹈文化的最终目的，就是为构建和谐社会搭建一个更有作为的精神文明平台。广泛开展传承研究，具有文化价值、教育

---

[1] 罗雄岩：《中国民间舞蹈的文化探究》，《北京舞蹈学院学报》，1997年第2期，第36—41页。

[2] 罗雄岩：《试论中国民间舞蹈的文化传承》，《北京舞蹈学院学报》，2002年第1期，第29—35、50页。

[3] 白洁：《夯实民间舞蹈传承人基础》，《中国文化报》，2007年8月22日。

[4] 石裕祖：《民族民间舞蹈文化传承规律及发展趋势》，《云南艺术学院学报》，2005年第2期，第64—69页。

价值、产业价值、创新价值和政治价值。朱娅妮（2017）[①]提出，民间舞蹈具有遗产保护、深化研究、普及推广的意义。李北达（2007）[②]指出，建立高科技手段的传习馆，就是建立一个顶尖的科研单位，它具有承担传承、发展、研究、教学多维一体的教科研究任务的重要意义。冯丽（2015）[③]认为，传承与发展跳花棚的意义在于：守住民族文化记忆，弘扬民族精神；展现传统舞蹈审美情趣，弘扬民间传统舞蹈；带动地区经济，构建地域人文精神，促进区域文化繁荣。

以上学者，从物质层面、制度层面和精神层面对民间舞蹈传承的社会功能展开了分析与论述，但笔者看来，从人本主义关怀和重视人的感受与情感角度的研究相对较少。

传承规律的研究

罗雄岩（2002）[④]认为，语言由语音、词汇、语法三大要素组成。民间舞蹈的"语言规律"，似可做如下比拟：民间舞蹈的韵律、韵味，有如"语音"；动作、姿态、技巧，有如"词汇"；动作、技巧、姿态等节奏性的衔接规律与组合方法，有如"语法"。语言中语法的变化是极其缓慢的，民间舞蹈的"语法"也是如此。民间舞蹈中不好的"词汇"、不美的"语音"，即便扬弃也不会影响"语法"；恰当地吸收与运用外来的"词汇"，也不会改变"语法"，这正是民间舞蹈的"语言规律"。他在2006年的《羌族舞蹈文化传承与发展规律的探索》[⑤]中提出，舞蹈是通过动态

[①] 朱娅妮:《民间舞蹈对民族文化的继承发展》,《四川戏剧》,2017年第4期,第85—86页。

[②] 李北达:《"传习"与"传承"——关于建立高科技手段传习馆的设想》,《北京舞蹈学院学报》,2007年第4期,第73—75页。

[③] 冯丽:《化州跳花棚的传承与发展之我见》,《四川戏剧》,2015年第7期,第101—103页。

[④] 罗雄岩:《试论中国民间舞蹈的文化传承》,《北京舞蹈学院学报》,2002年第1期,第29—35、50页。

[⑤] 罗雄岩:《羌族舞蹈文化传承与发展规律的探索》,《北京舞蹈学院学报》2006年第3期,第30—34页。

形象传承民族文化的,舞者在一定时空中表演的各种舞蹈,他当时的动态形象与心理状态,是探索其舞蹈文化传承规律的根本,因此研究羌族民间舞蹈的文化传承,必须研究"释比文化"。杨云(2005)[①]认为,对美好生活的追求是晋南社火传承的原动力;政府的大力倡导是晋南社火传承的促进力。

笔者认为,对民间舞蹈传承规律的中观和微观的研究较少,比如对"民间舞蹈形态在传承过程中有哪些特点""其原因是什么""传承人'口传身授'的共性和个性是什么""民间舞蹈在动作上的传承规律是什么"等问题的研究还需要更进一步,更深一层。

传承现状的研究

石裕祖(2005)[②]提出,当今世界,古老的民间舞蹈文化传统在不断受到经济大潮和外来文化的强烈冲击下,濒临流失和消亡的威胁。民间舞蹈传承研究正在向着研究范围不断扩大、研究学者的增加,以及研究主题不断深化而发展。梁萌在《中国民族民间舞蹈的传承与保护》[③]一文中也持此相同观点。石裕祖(2005)[④]提出,一部分发展中国家及欠发达地区的舞蹈艺术家们却面临着观念陈旧、理论滞后、资金短缺、人才不济、设备落后等诸多困扰。王松在《一个古老艺术的再生与传承——浅析土家族舞蹈"毛古斯"》[⑤]一文中提到,许多民间老艺人相继过世,有一部分在世的艺人也年事已高,年轻人大多到大城市打工,"毛古斯"舞

---

① 杨云:《晋南社火与民间舞蹈文化传承》,《北京舞蹈学院学报》,2005年第4期,第58—65页。

② 石裕祖:《民族民间舞蹈文化传承规律及发展趋势》,《云南艺术学院学报》,2005年第2期,第64—69页。

③ 梁萌:《中国民族民间舞蹈的传承与保护》,《大舞台》,2014年第3期,第171—172页。

④ 石裕祖:《民族民间舞蹈文化传承规律及发展趋势》,《云南艺术学院学报》,2005年第2期,第64—69页。

⑤ 王松:《一个古老艺术的再生与传承——浅析土家族舞蹈"毛古斯"》,载《戏剧文学》,2007年第7期,第100—102、106页。

蹈的生存状态非常令人担忧的问题。李胜在《让花鼓灯在百姓的欢笑中得以传承》[1]中分析了当下花鼓灯进行活态保护与传承的情况，并提出现在很多花鼓灯传承者生活困难，甚至还要为"接待"任务，自己掏腰包去参加比赛等活动。曹柯香在《俄罗斯民族民间舞蹈的保护和传承——打造额尔古纳市文化特色品牌》[2]中提出，由于经费不足、设备落后的困扰，以至于阻碍到民间舞蹈的保护与传承工作的进行与开展。张晓丽（2016）[3]认为传承中出现的问题有如下几点：大众对民族民间舞蹈文化的认识出现了误区；盲目创新，破坏了民族民间舞蹈的原生态；旅游业的兴起极大冲击了民族民间舞蹈。

从民间舞蹈传承现状的研究来看，大家都不约而同地表达了对传承状况的不乐观与严峻性，但是，笔者的博士生导师在2018年的一次实地调研中，却看到并感受到了当地民间舞蹈自身强大的传承力量和乐观的持续力。因此，笔者认为，也许我们可以对那些传承较好的民间舞蹈展开深入研究，把这种来源于民间又作用于、服务于民间的传承经验，传播到民间舞蹈传承事业之中，想必将会对中国民间舞蹈的传承发展有积极影响。

传承文化的研究

李运国（2010）[4]从历时的远古时期、殷商时期、两汉时期、盛唐时期和明清时期，分别分析了龙舞的文化内涵，并得出龙舞历经数千年而不衰的重要的因素之一，就是在于在它的发展过程中不断孕育着时代精

---

[1] 李胜：《让花鼓灯在百姓的欢笑中得以传承》，《舞蹈》，2013年第8期，第62—63页。

[2] 曹柯香：《俄罗斯民族民间舞蹈的保护和传承——打造额尔古纳市文化特色品牌》，《前沿》，2008年第3期，第201页。

[3] 张晓丽：《民族民间舞蹈文化传承规律及发展趋势刍议》，《大舞台》，2016年第1期，第92—93页。

[4] 李运国：《浅谈"龙舞"的历史传承》，《大舞台》，2010年第6期，第53—54页。

神。罗雄岩（2002）[1]从历史的角度，从"动态切入法"的视角，对旋转技艺分析了其绿洲文化的传承体现。孔令平（2015）[2]分析了在节日语境中民间舞蹈所承载的文化事项，并提出民间舞蹈应保存在它特有的民俗文化环境中的观点。还有很多文章，将某一民间舞蹈的文化传承作为一部分，分析该民间舞蹈的历史起源与深厚的文化印记，比如谢莉《桂东南民间采茶舞的艺术特色与传承研究》[3]的文章中，就在第一部分对采茶舞的文化缘起做了探讨与分析，并在其基础上对其艺术特色从内容、表演形式、舞蹈形式和音乐形态展开论述。与此相似的论文还有《湖南土家族"地花鼓"文化传承探索》[4]《岭南民间舞蹈文化的传承与发展》[5]《民间传统舞蹈的艺术价值与传承思考——以羌族传统舞蹈"萨朗"为例》[6]等。

对于民间舞蹈的历史和文化意义的研究已经成为当下民间舞蹈传承研究中的重要组成部分，但随着文化人类学、民族学、民俗学等学科对民间舞蹈研究的关注以及舞蹈学交叉学科研究的趋势来看，舞蹈界对于舞蹈文化的研究在其理论与方法论上还有待进一步提高与专研，对国际研究前沿的关注和了解也需要进一步重视与跟进。

---

[1] 罗雄岩：《"胡旋舞"与绿洲文化传承新考》，《北京舞蹈学院学报》，2002年第4期，第40—46、18页。

[2] 孔令平：《节日文化空间视域下民间舞蹈的传承与保护》，《节日研究》，2015年第2期，第55—63页。

[3] 谢莉：《桂东南民间采茶舞的艺术特色与传承研究》，《大舞台》，2013年第12期，第79—80页。

[4] 刘洁、王印英：《湖南土家族"地花鼓"文化传承探索》，《贵州民族研究》2015年第5期，第66—69页。

[5] 石钧尹：《岭南民间舞蹈文化的传承与发展》，《大舞台》，2015年第3期，第219—220页。

[6] 车晓夏：《民间传统舞蹈的艺术价值与传承思考——以羌族传统舞蹈"萨朗"为例》，《四川戏剧》，2016年第8期，第106—108页。

传承人的研究

熊云在《彝族舞蹈"擦大钹"传承人调查研究》[1]中，从传承人基本情况、传承方式、传承作用和传承文化环境对传承的影响展开分析，得出应该充分尊重和承认传承人重要地位的观点。吴丹（2014）[2]通过对共性结构的民间舞蹈传承人的群体意识、个性差异的民间舞蹈传承人的能动性以及共性与个性的交叉点三方面的研究，得出研究传承人不但要把握民间舞蹈本源以及呈现方式在他们身上的共同体现，同样重要的是研究他们各自风格的独特存在的观点。张璨（2017）[3]通过对江苏民间舞蹈传承人黄素嘉和荣杰的从艺史的描述与分析，得出传承人对民间舞蹈的传承与创新有着不可忽视的重要性。作者还在《江苏民间舞蹈传承人口述史调查及分析研究》[4]中，提出传承人口述史对民间舞蹈传承具有重要性。白洁（2007）提出，对民间舞蹈传承人的评选等工作需要注意三点：须加大基层传承人数量；要考虑多种风格流派；县级文化部门确立职责。除此之外，还有刘诗琦（2016）[5]对湘西苗族鼓舞女性传承人的研究，该文重点阐述了女性传承人对苗族鼓舞形态和审美的构建，得出女性传承人的局限性：传承方式保守单一、风格趋于女性化，也提出建议：以人传舞、保护为主、多元开发。

对传承人这一视角的研究，可以说对民间舞蹈的传承有重要的意义，也是笔者一直关注的领域。费孝通先生曾在文章《个体·群体·社会——一生学术历程的自我思考》中写道："我回顾一生的学研思想，迁

---

[1] 熊云：《彝族舞蹈"擦大钹"传承人调查研究》，《保山学院学报》，2013年第3期：第40—44页。

[2] 吴丹：《民间舞蹈传承人——群体意识与个体风格的交叉点》，《艺海》，2014年第7期，第142—143页。

[3] 张璨：《江苏民间舞蹈传承人从艺史研究》，《戏剧之家》，2017年第11期，第162—163页。

[4] 张璨：《江苏民间舞蹈传承人口述史调查及分析研究》，《艺术评鉴》，2017年第7期，第50—52页。

[5] 刘诗琦：《湘西苗族鼓舞女性传承人的研究》，福建师范大学，2016年。

回曲折，而进入了现在的认识，这种认识使我最近强调社区研究必须提高一步，不仅需要看到社会结构，而且还要看到人，也就是我指出的心态的研究。"但笔者认为，从目前成果来看，对传承人的分析还有待缜密，研究还有待细致和深入，比如同一民间舞蹈不同传承人对于其形态、阐释等方面的区别研究，同一传承人在不同场合、时段中表演时的异同研究。笔者还发现，我们总是把传承人的研究放到了那些有"非遗"传承人头衔的民间艺人身上，但对于其他也同样热爱与坚持跳民间舞蹈的艺人研究甚少，这样可能导致我们对传承人的研究不够全面与系统。民间舞蹈离不开传承人，传承人也离不开民间舞蹈，笔者认为，我们在对"人"的活态研究中，切不可把民间舞蹈传承人与舞蹈脱节，与民间脱节，忽视了人与舞蹈、人与生活互文互现的密切关系。

民间舞蹈传承研究反思

回观改革开放以来中国民间舞蹈传承研究的已有成果，可以说数量多、涉猎广，对中国民间舞蹈和地方民间舞蹈的本体、教育、创作以及文化研究，传统文化的复兴与再生产以及中华民族核心价值观的理解有着重要意义，也为民间舞蹈传承研究储备了人才。

关于全境式传承的研究，让我们可以对民间舞蹈的传承有一个整体性和概括性的把握与认知。关于传承方式的研究，有利于人们积极开展对濒临失传的民间舞蹈进行抢救性保护的行动。对于传承意义的研究，将增强人们对民间舞蹈传承的重视和投入，并对民间舞蹈和传承人的重要性有更深一层的解读与认同。关于传承规律的研究，是一种对民间舞蹈传承共性的提炼与升华，一种深层结构的剖析与阐释，有助于传承研究深度的挖掘。关于传承现状的研究，会促使研究者更加理性和具有当代意义地分析，进而对具体语境下民间舞蹈的传承研究更具时代性和针对性。关于传承文化的研究，将有利于民间舞蹈的传承研究在更加具有理论依据和方法支撑的道路上，越走越远，越探越深，将对民间舞蹈走进教室、走向舞台提供更加饱满和生动的素材与灵感。对于传承人的研究，将是民间舞蹈传承研究更加关注人的主体性和更加全面的重要推进力量，同时也开启了传承研究的新领域。正如2018年6月6日文化和旅游部副部长项兆伦在《人民日报》发表的文章中谈道："要尊重传承人群的主体地位，尊重其创造性表达权利。只有人的积极参与和主动实践，才有非遗的生命力，才有人类文化不断增长的多样性。"

在2011年之前，主要研究集中在民间舞蹈的文化性与规律性的探索、某一民族或某一舞蹈文化的传承研究。2011年之后，则研究的点和面更多更广了，主要聚焦在传承人现状研究和口述史研究、民间舞蹈传承现状和途径的研究、活态传承研究、民俗宗教语境中民间舞蹈传承研究、大众媒体视角的传承研究、传承人身体与心理的研究、"非遗"视野下民间舞蹈传承研究等领域。究其原因，北京舞蹈学院罗雄岩教授在《中国民间舞蹈的文化探究》一文的开篇写道："舞蹈是一种特殊的文化现象，它是以人体为表演中介的动态艺术，既具有语言文字的功能，又不受语言文字的局限，既可以积淀古代文化，又能够传承民族审美心理；它可以把社会生活升华为艺术形式，不断汇入时代精神与新的审美情趣。由于民间舞蹈是一切舞蹈之母，因此，研究民间舞蹈的文化特征，探索中国民间舞蹈的文化传承、文化类型及其审美特征，不仅是研究中国舞蹈文化之根本，而且有助于中国文化精神的探究。"笔者以为，舞蹈学术界由于受到罗雄岩教授关于民间舞蹈是一种文化现象观点的启发与影响，以及"21世纪初艺术人类学的兴起，使不同背景的学者也将视野投向民间艺术，中央民族大学王建民教授在北京舞蹈学院开设了'舞蹈人类学'课程，并撰写了《大河之舞的文化阐释》等文章。中国艺术研究院开设了舞蹈人类学的博士招生方向"[1]。还有像朴永光、冯双白、罗斌等人借用文化人类学的理论与方法所撰写的学位论文等原因，在2011年之前，人们就开始注重舞蹈形态背后所蕴含的厚重历史文化的意义探

---

[1] 闫晶：《舞蹈中共享的身体印迹——云南兰坪杂居民族的圈舞研究》，中央民族大学，2015年。

索,更是把这种文化印记放到了文化传承的研究领域,不仅在整个中国民间舞蹈的传承研究中有所体现,而且还具体到某一民族或是某一舞蹈的传承研究中。

到了 2011 年以后,由于一些民间舞蹈快速消亡的现状,以至于关于传承保护途径的研究非常多。随着先进技术的引进与发展,民间舞蹈传承方式中具有了更多面的研究,比如关于大众媒体视角的传承研究以及孙传明的博士论文《民俗舞蹈类非物质文化遗产数字化技术研究》[1]的成果。与此同时,人们研究的视野也越来越具体化,比如,由于"非遗"工作在中国进一步的开展,越来越多的人专门投身到"非遗"保护工作中,有一些研究成果开始从"非遗"的视角展开论述,比如朴永光的文章《论"非遗"语境下传统民间舞蹈的保护》。还有一些研究把民间舞蹈放置到民俗节日中展开传承研究,如孔令平的文章《节日文化空间视域下民间舞蹈的传承与保护》。也许是受到后现代人类学关于主位与客位的反思,以及人类学关于人文主义关怀的重视与追求,舞蹈界开始对传承人的现状和口述史展开研究,并且开始关注到舞蹈者的身体和心理方面,但这方面的研究还是非常少,并且还不够细致。

总而言之,中国民间舞蹈的传承研究已经取得了越来越多的重要成果,它就像一棵根基很深的大树,结出了愈加繁盛的果实,并且向着新时代茁壮成长。但客观地讲,也存在问题,不够细致,欠缺厚度。我们依然习惯于依赖文本,但对文本查阅和利用的科学办法和科学分析以及对于田野调研的理解和实际考察还有待做得更加扎实和全面。对理论的积淀和方法的灵活运用还有待提高。对民间舞蹈传承事项中所涉及的身体、观众、场景等方面的研究还不够细致和深入。在中国语境下,对民间舞蹈传承研究的经验与总结以及理性的认识与分析还有待挖掘。

2018 年 6 月 6 日文化和旅游部副部长项兆伦在《人民日报》发表文

---

[1] 孙传明:《民俗舞蹈类非物质文化遗产数字化技术研究》,华中师范大学,2013 年。

章《非遗保护要见人见物见生活（新语）》，其中谈道："要尊重传承人群的主体地位，尊重其创造性表达权利。只有人的积极参与和主动实践，才有非遗的生命力，才有人类文化不断增长的多样性。"今后的民间舞蹈传承事业，更多将是在"活态传承"中，活跃于人民群众之间，活跃于生活生产之间，民间舞蹈的传承意义更多是增强人民群众的幸福感和认同感，带给人民更美好的生活。总之，今后我们需加强多学科的理论融合，研究舞蹈文化在促进人类情感共鸣，文化共享，构筑人类理想，特别是人类终极关怀和审美意义上的独特功能和价值。相信在国家政策的大力支持下，在越来越多关注、研究与实践民间舞蹈传承的学者和民间艺人的共同努力下，民间舞蹈的传承研究将会更加具有学理性和应用性，中国化和国际化。

《左传》的审美体验

杨金波　哈尔滨师范大学

中国现代美学的发生发展，以西式学科划分的输入为总体背景，在研究范畴及话语方式上与中国传统文化中对美的讨论具有明显的区别。对此，20世纪初"审美主义"被译介到国内之时，学者进行了深刻的反思并试图建立二者之间的沟通，如朱光潜先生将传统文化中对美的认识视为一种美学思想，并以此为基础进行中国美学研究体系的建设。然而，这一情况在肇始于20世纪80年代的新时期审美主义文艺思潮中并未得到充分的重视，邹华对此阶段"审美主义"进行总结时，认为其理论形态上的共同特点之一是："对审美的纯净化理解以及由此导致的古典主义的延宕和滞留。"[1] 新时期审美主义文学思潮的形成有其特定的历史文化氛围，即对文艺过度政治化的解构，但站在建设中国美学话语体系的宏观视野下，这显然不能构成新时期审美主义与传统文化疏离的充分条件。更何况，正像我们看到的那样，这一情状不只体现在审美主义发展自身，也体现在研究者对审美主义发展的考察和反思中，比如学界广泛讨论的"现代性"等问题。所以，从经典文本中挖掘中国传统美学元素，不只有关新时期审美主义的发展方向，也是中国美学话语体系构建的基础步骤。下文对《左传》蕴含的美学思想、体现的审美原则以及文本审美体验试做略述。

---

[1] 邹华：《近三十年来中国审美主义思潮的三种形态》，《学术月刊》，2011年第3期。

一、本天地、"致中和"的美学思想

《左传》对美的直接阐述如季札观乐等展示了先民的审美意识，而《左传》中的美学思想，更体现在其人文构建中的思维方式和对审美主体情感如对"生于六气"之"好、恶、喜、怒、哀、乐"等的关注，这是我们认识《左传》美学思想的基础。不以"大喜大悲"示人不一定是我们的优点，但以其为缺点则无从谈起，这只是审美方式的一种，对文本而言，也只是一种审美呈现。"致中和"语出《中庸》："致中和，天地位焉，万物育焉"[1]，所以将"致中和"放在"天地位"和"万物育"之前，是强调"天命之谓性，率性之谓道，修道之谓教"中，"教"的结果或效果，而"致中和"的起点，则在"天命之谓性"，是谓本文所言"本于天地方致中和"。万物自本于天地，人文须始于自然，这是先民来自生活实践的宝贵经验。"天反时为灾，地反物为妖"，在经历无数次的摸索之后，人们保有对天地造化的敬畏，而基于敬畏的沟通，形成了"经纬天地曰文"的人文建设理念。源于生存和生活需要，人们寻找人与自然之间的契合点，是为人文建设之所起，寻找"契合点"即以"和"为目的，则充分展示了先民的经验与智慧，二者即起点和目标之间的桥梁，是"礼"。

"礼"是《左传》人文思想的重要凭依，其语义内涵在《左传》中的体现也较为复杂，春秋后期对"礼"与"仪"的区分，如晋之女叔齐言："是仪也，不可谓礼。礼所以守其国，行其政令，无失其民者也"，是"礼"内涵发生变化的重要转折点。昭公二十五年赵鞅"问礼"于子大叔，子大叔再次明确区分"礼"与"仪"，并对"礼教"进行了全面的阐述，此不同于《礼记·经解》之"礼教"，与后世所言之"封建礼教"更有本质差别，我们可以将其视为"诗教"思想的延续，也可以认为其具备了制度甚至是"法治"意识。同时，此段文字中关于个人情感的表

---

[1] 王国轩译注：《大学中庸》，北京：中华书局，2006年。

述，也是我们认识《左传》美学思想的重要参照：

> 则天之明，因地之性，生其六气，用其五行。气为五味，发为五色，章为五声，淫则昏乱，民失其性。是故为礼以奉之：为六畜、五牲、三牺，以奉五味；为九文、六采、五章，以奉五色；为九歌、八风、七音、六律，以奉五声。为君臣、上下，以则地义；为夫妇、外内，以经二物；为父子、兄弟、姑姊、甥舅、昏媾、姻亚，以象天明；为政事、庸力、行务，以从四时；为刑罚威狱，使民畏忌，以类其震曜杀戮；为温慈惠和，以效天之生殖长育。民有好、恶、喜、怒、哀、乐，生于六气。是故审则宜类，以制六志。哀有哭泣，乐有歌舞，喜有施舍，怒有战斗；喜生于好，怒生于恶。是故审行信令，祸福赏罚，以制死生。生，好物也；死，恶物也；好物，乐也；恶物，哀也。哀乐不失，乃能协于天地之性，是以长久。①

对这段文字，我们至少可以分为四个层面理解。其一，"礼"的来源。在指出"礼"不同于"仪"后，子大叔首先借子产之言明确礼的来源："天之经也，地之义也"，对子产又提到的"民之行"，特别解释为"民实则之"即效法于此。在对话的结尾处，子大叔再次强调了"礼"为"天地之经纬"这一认识，并将"民之行"进一步上升为"上下之纪"，定性了其社会功能，也强调了人的个人修养。这是"经纬天地"以为人文的具体表现。其二，"经天纬地"不只表现在认识层面，有其具体发展的过程。效法天之星辰斗转、地之高下刚柔，六气之显、五行之用，乃有"五味""五色"和"五声"，至此，效法自然的人文社会初具形态：感受于"五味"、辨识以"五色"、外现为"五声"。然而，"天作之合"

---

① 本文所引《左传》原文，除特殊标注外，均出于杨伯峻先生《春秋左传注》，北京：中华书局，1990年第二版；"杨注"则指杨伯峻先生对《左传》传文所作注解。

只能是一种理想的社会样态，天不只有星辰斗转，仍有风雨晦明，在沟通人与天地过程中的一个关键概念即"度"出现了，"经纬天地"的人文建设也进入另一个阶段：维护"天作之合"。其三，"礼"的具体制定原则是"审则宜类"，实现方式是"审行信令"。子大叔阐述了"礼"的具体内容，也可分为两种：以礼奉之和以礼则之，奉行自然而规范人文，此不细述。需要关注的是，子大叔将人文建设的根本归结于个人感受，起于生、死，显为喜、怒，思以好、恶，归于乐、哀，这既是对人作为社会活动主体的深刻认识，也是对个人体验的深刻反思，具备了现代美学认识的基本元素。其四，"礼"的终极目标是"和"：协于天地之性。至此，子大叔完整地向我们展示了本于天地最终以"礼"协于天地的人文建设思路，其中有关被现代归结为审美感受的表述，则是《左传》美学认识的具体组成部分。

哀乐不失，归于天地之和，这是《左传》人文建设的终极目标，对这一目标，子大叔更多关注个人感受，也可以说是一种指导思想，对于其具体呈现，可以看昭公二十六年在讨论齐国的去向时晏子的表述：

> 唯礼可以已之。在礼，家施不及国，民不迁，农不移，工贾不变，士不滥，官不滔，大夫不收公利。
>
> 礼之可以为国也久矣，与天地并。君令、臣共，父慈、子孝，兄爱、弟敬，夫和、妻柔，姑慈、妇听，礼也。君令而不违，臣共而不贰，父慈而教，子孝而箴；兄爱而友，弟敬而顺；夫和而义，妻柔而正；姑慈而从，妇听而婉：礼之善物也。

子大叔注重以礼"生民"，晏子强调以礼"为国"。第一个段落中"家施不及国"可特定指向陈氏，余则指向各个群体，指出了稳定的重要性，此有关"人员流动"问题。第二个段落更多指向个人行为，在某种程度上也指出了个人修养的相对性。这两个段落的共通之处是对各安其位和各尽其职认识的明确。

"中和"是儒家思想的核心观念之一，宋、明解读过甚，多涉哲学范畴，不关本文旨趣，不做顾盼。裴斐先生的《情理中和说质疑》有其针对性，又具有年代印迹，但能够代表对"中和"与文学关联的一类认识。裴斐先生指出："诗家的诗论才是古代诗论的主流，其范围之广，成就之大，观点之丰富，均远超过前者，只有对它加以分析和归纳才能说明中国诗论传统，也才能说明中国人的文学观念和中国文学的民族特征"，找到了"中和"与"抒情诗的传统"之间的关键点，然而其得出的结论即"用情理中和原则规范整个中国古代文学，尽管论者未必意识到，实质上是对作家个性的抹煞"却偏离了这一认识，甚至偏离了文学讨论的初衷。很显然，"抹煞"作家个性的只能是作家自己，至少，"情理中和原则"无法作为一个主体，去"规范整个中国古代文学"。具体而言，在结果层面就像裴斐先生自己看到的那样："世界上没有任何文学像中国文学那样充满千奇百怪的个性，也没有任何文学像中国文学那样和自己民族的历史连得那么紧"[①]；在过程层面也须凭借裴斐先生之言，即找到"从创作实践经验出发言诗的诗论"，梳理总结。"中和"，只是儒家文化的一个部分，也只是文学观念及美学原则的一种，它所反馈出的是先民对天人关系认识的发挥与延续，是阶段性的文化形态。如果反思，观察趋之若鹜者如过江之鲫，或可得到一种结论。

二、理性致用的审美原则

《左传》本于天地而和于天地的美学思想是中华文化的重要起点，也对后世产生了深远的影响，如《文心雕龙》首篇谈"文"的发生时即言："为五行之秀，实天地之心。心生而言立，言立而文明，自然之道也。"[②]这种美学思想与《左传》"国之大事"的具体记述内容相结合，产生了《左传》理性致用的审美原则。《左传》对美的展示包括美人、美物和美才等。其对"美人"的记述，如叔向之母所说的"甚美必有甚恶"，叔向

---

① 裴斐：《情理中和说质疑》，《文学遗产》，1987年第5期。
② 周振甫：《文心雕龙今译》，北京：中华书局，1986年，第9页。

娶夏姬①之女而果有羊舌氏灭族之祸，本质上是对审美对象社会属性的关注；孔父被杀起因在其妻"美而艳"，"公子鲍美而艳，襄夫人欲通之"等则同时关注了美的"度"及与美相关的其他概念，而亦统一于理性致用之上。

先看一个直接的审美事件。子产能够走上郑国执政的岗位，直接影响因素是良氏与驷氏之间的斗争，"良霄即伯有就戮"《左传》有重点记述，公孙黑沦落到"驷氏与诸大夫欲杀之"时，子产怕赶不上这场好戏，"乘遽而至"，历数了公孙黑的三大罪状，其中之一是"昆弟争室"。"昆弟争室"事在昭公元年：

> 郑徐吾犯之妹美，公孙楚聘之矣，公孙黑又使强委禽焉。犯惧，告子产。子产曰："是国无政，非子之患也。唯所欲与。"犯请于二子，请使女择焉。皆许之。子晳盛饰入，布币而出。子南戎服入，左右射，超乘而出。女自房观之，曰："子晳信美矣，抑子南，夫也。夫夫妇妇，所谓顺也。"适子南氏。

爱美之心人皆有之，徐吾犯的妹妹美丽，所以在公孙楚已下聘礼之后，公孙黑又"委禽"即再下聘礼。一般来说，类似的事件在《左传》中是靠实力来解决的，比如诸多"美而自娶"的例子，但这次的解决方式有更多民主成分，徐吾犯为自己美丽的妹妹争取到了选择的权利。自我展示环节，公孙黑的表现是"盛饰入，布币而出"，公孙楚的表现是"戎服入，左右射，超乘而出"。最终，徐吾犯美丽的妹妹盛赞公孙黑以"信美"，而以"顺"之故选择了公孙楚做自己的丈夫。"所谓顺也"，杨注"顺古所谓理"，整个事件从展示过程看，是孔武有力战胜了盛装华

---

① 侯文学、李明丽结合清华简《系年》及《国语》等对夏姬形象有综合解读，可参考，详见《清华简〈系年〉与〈左传〉叙事比较研究》，上海：中西书局，2015年，第169—182页。谭家健在《〈左传〉的美学思想》一文中对《左传》涉及的审美对象多有举例，见《文学遗产》，2010年第3期。

饰；而从人物语言所反映的思想看，是"顺"战胜了"信美"，二者同样体现了《左传》理性致用的审美原则①。

再看《左传》理性审美的反馈。喜、怒、哀、乐是人类最基本也是最重要的审美感受，依前述子大叔之言，喜、怒生于好、恶，乐、哀也源于好、恶，而"生，好物也；死，恶物也"，最大的好、恶莫过于生与死。我们看《左传》对生死的认识与记述，体会其理性致用的审美原则。文公十三年，邾国因迁地占卜，结果是利于民而不利于君，邾文公言："命在养民。死之短长，时也。民苟利矣，迁也，吉莫如之"，君子评价为"知命"。孔疏"俗人见其早卒，谓其由迁而死。死之短长有时，不迁至期亦卒。传言'君子曰知命'，所以证俗人之惑"，而又言"邾文公以庄二十九年即位，至今五十一年，享国久矣，命非短折也"。享国就已有五十一年，以春秋时寿命，俗人亦不当有惑，此一"知命"，应为《系辞下》所言之"乐天知命"，即理性地认识世界并遵循其运行规律。同时，《左传》中的"命"，不单指向寿命，亦包含现在所谓的命运。成公十三年成肃公"受脤于社，不敬"，刘康公说："吾闻之，民受天地之中以生，所谓命也。是以有动作礼义威仪之则，以定命也。能者养以之福，不能者败以取祸。"生命受之于天，行为举止或可"养"命或可"败命"，所以成公十四年有言："古之为享食也，以观威仪、省祸福也"，成公十六年又引《周书》曰："唯命不于常。"我们看到，《左传》中很多人物的最终命运归宿，可能只取决于一个事件甚至是一个动作，这与先民的生活经验相关，但这并不是宿命论，它只是实录的一种表现。记述历史的特点决定了结果的唯一性，而《左传》的难度还在于，以有限的文字记述二百多年的历史，不可能将每位人物的生活经历哪怕是主要矛盾

---

① 对徐吾犯之妹所说的"夫也"，孔疏取"夫夫妇妇"所指，言"夫如夫道，言刚强也。妇如妇节，当柔弱也"，而如前引，晏子亦言"夫和妻柔"。此段文字或者因为对材料的取舍而给人以虚构描述的感觉，比如可不可以"戎服"入他人之家，家里是否具备"左右射，超乘而出"的客观条件，至少是"自房观"能否全见"超乘而出"等。

一一列举，不但结果唯一，而且不具备过程丰富的条件。另一方面，《左传》注重道德意旨的传递，原因与结果的简单对应，可以提高道德接受的效率，对此前文曾谈及。同时，对于当时代的重要人物，《左传》关注了人性的复杂，展示了人性的光芒，这一点尤其值得后世文学借鉴。比如对叔孙豹，《左传》褒奖其建言立行的同时，对于其被召立时"不告而归"并未隐讳；叙述竖牛之乱时的种种细节乃至心理描写，也弥补了因梦境所带来的宿命色彩，此事也如高士奇所言："第庚宗之舍，竟以谗入，凶于而家，而身亦随之，岂所谓老将至而耄及者耶？"①《左传》对"命"的认识，强调个人修养但更尊重自然规律。

《左传》中人物对待生死的理性态度还表现在处理此一问题时的从容，这与有选择机会相比，具备了悲壮即前言之悲剧性质。比如楚国的弃疾，楚灵王将要剪除其父令尹子南时据实以告，弃疾表示了"父戮子居，君焉用之"和"泄命重刑，臣亦不为"两层意思，在其父被杀后，又有"吾与杀吾父，行将焉入"和"弃父事仇，吾弗忍也"两种思考，最终，其以自杀的方式全君臣之道、父子之情。更从容的是宋昭公。对宋昭公《左传》直言"无道"，又以"春秋"之"书法"为证。从《左传》的记述看，导致宋昭公被杀的原因有三，继位之初"将去群公子"政策的失败、对手"礼于国人"和襄夫人的介入，后二者因"公子鲍美而艳"纠缠在一起，而最根本的导火索在"将去群公子"②。我们重点关注其在被杀之前的表现：

既，夫人将使公田孟诸而杀之。公知之，尽以宝行。荡意

---

① 高士奇：《左传纪事本末》，北京：中华书局，2015年，第82页。
② 宋昭公被杀的根本矛盾是公室与世族之间的矛盾。宋国的世族，绝大部分为公族，以起始之祖统称为戴族、穆族等。此次事件中，宋国的各大世族纷纷粉墨登场，而且在宋昭公被杀后仍有"武、穆之族"被逐的余响，奠定了其后宋国世族的基本样态。此一事件显示公室与世族矛盾的同时显示了世族之间的矛盾，《左传》也特别记述了这一期间宋国卿位的变化。

诸曰："盍适诸侯？"公曰："不能其大夫至于君祖母以及国人，诸侯谁纳我？且既为人君，而又为人臣，不如死。"尽以其宝赐左右以使行。

这段文字传递给我们三个信息。其一，宋昭公对自己的处境有明确的了解：襄夫人将要杀他，包括即将动手的地点；其二，宋昭公对自己的问题有清醒的认识：失睦大夫、不礼祖母、无恤国人；其三，宋昭公对自己的将来有明确的打算：去死。宋昭公为什么选择去死呢？从其"既为人君，而又为人臣，不如死"的语言中我们看到的是"不能下"的思想，如果我们以鲁昭公客死乾侯为"悲"，那么宋昭公慷慨赴死也当得起一个"壮"字。宋昭公的从容，体现为其在无可选择时所做的选择，而上文中的细节即"尽以宝行"和"赐左右以使行"，则更体现了其气度，却并无鲁昭公类似行为时的凄凉。

《左传》记述乱世之事，然不崇尚"丛林法则"，从各个角度展示人物语言行为而体现人性之复杂之外，人物所具备的自我认知也使其记述充满人性的光辉，这是《左传》理性致用审美原则的文本呈现。

三、开阔舒展的审美体验

关于审美体验，李泽厚先生的"积淀说"回响不断，李泽厚先生曾对"积淀"做出过明确的解释："'积淀'这个词，就是指社会的、理性的、历史的东西累积沉淀了一种个体的、感性的、直观的东西，它是通过'自然的人化'的过程来实现的。"[①] 沿着这一解读我们看到，审美体验首先是一种个性化的存在，不只取决于审美对象，与审美主体的知识积累及审美经验亦息息相关。但在另一方面，在共有文化系统的影响下，特定群体对于美的感受也必然有其共通之处，比如宏大的场面、整齐的排列、和谐的节奏等。朱光潜先生在讨论审美鉴赏过程时指出："同一物

---

① 李泽厚：《美学四讲》，上海：生活·读书·新知三联书店，1989年，第132页。

甲在不同的人的主观条件之下可以产生不同形式的物乙，这就说明了不同的人的美感能力可以影响到物乙的形成，可以使物甲的客观条件之中某些起作用，某些不起作用，某些起百分之八十的作用，某些又起百分之二十的作用。美是对于物乙的评价，也可以说就是物乙的属性。"[①]这既适用于审美过程，也适用于审美对象的创造过程，对《左传》这一具体审美对象而言，又与不断的阐释层累等密不可分。将《左传》的审美体验概括为开阔舒展，是文本阅读带来的最直观感受，当然，这可能是"百分之八十"，也可能是"百分之二十"。

《左传》的开阔舒展主要来自叙事视野。孟子言《春秋》"其事则齐桓晋文"，体现在《左传》中是对争霸和霸业的展示，《左传》以经为纲而叙事围绕争霸展开，宏大的叙事视野带给我们开阔舒展的阅读体验。宣公十二年，楚庄王伐郑，是有晋、楚邲之战，应对战败的结果，晋国召集了清丘之盟，奠定了此后一个时期内的各诸侯国关系格局，其后影响最大的事件是宣公十五年的"宋人及楚人平"，阻断了楚庄王的"问鼎"之路。对"宋人及楚人平"，《公羊传》的记述也比较详细：

> 外平不书，此何以书？大其平乎己也。何大其平乎己？庄王围宋，军有七日之粮尔！尽此不胜，将去而归尔。于是使司马子反乘堙而窥宋城。宋华元亦乘堙而出见之。司马子反曰："子之国何如？"华元曰："惫矣！"曰："何如？"曰："易子而食之，析骸而炊之。"司马子反曰："嘻！甚矣，惫！虽然，吾闻之也，围者柑马而秣之，使肥者应客。是何子之情也？"……故君子大其平乎己也。此皆大夫也。其称"人"何？贬。曷为贬？平者在下也。

[①] 朱光潜：《美学怎样才能既是唯物主义的又是辩证的》，《朱光潜美学文集（三）》，上海：上海文艺出版社，1983年，第39页。

《公羊传》的记述，紧紧围绕《春秋》经文，解释"何以书"与"何以书'人'"两个问题，但就内容看，对"何以书'人'"解释得比较清楚，突出了华元和子反两人的作用，但解释"何以书"的原因为"大其平乎己"即依靠自己的力量，则只提供了事件的正面。《榖梁传》涉及"宋人及楚人平"的内容比较简单：

　　平者，成也。善其量力而反义也。人者，众辞也。平称众，上下欲之也。外平不道，以吾人之存焉道之也。

　　《榖梁传》的认识与《公羊传》不同，增加了对"平"的解读外，认为"书'人'"是因为"平"是"上下"即诸侯与臣子共同的愿望，而对于"何以书"，认为是由于公孙归父参与或见证了此事。就此段解释而言，《榖梁传》的内容具有一定的针对性，或者以大家都了解事件的过程为前提，或者直接针对其他记述而言。涉及"宋人及楚人平"，与《左传》记述更加接近的是清华简《系年》：

　　楚穆王立八年，王会诸侯于厥貉，将以伐宋。宋右师华孙元欲劳楚师，乃行，穆王使驱孟诸之麋，徙之徒禀。宋公为左盂，郑伯为右盂，申公叔侯知之，宋公之车暮驾，用抶宋公之御。穆王即世，庄王即位，使申伯无畏聘于齐，假路于宋，宋人是故杀申伯无畏，夺其玉帛。庄王率师围宋九月，宋人焉为成，以女子与兵车百乘，以华孙元为质。

　　对照《左传》的内容，可以看到，《系年》明确了"楚子围宋"的原因，以及这一原因的原因，同时介绍了"平"的具体内容。《系年》不同于"三传"的解经系统，记事之性质也可由此一见。我们再将《左传》的相关内容节录如下：

>楚子使申舟聘于齐，曰："无假道于宋。"……
>
>宋人使乐婴齐告急于晋。……
>
>使解扬如宋，使无降楚，曰："晋师悉起，将至矣。"……
>
>夏五月，楚师将去宋。……

上列四段传文中的第一段，对应的是宣公十四年的经文"秋九月，楚子围宋"，是"宋人及楚人平"的起始阶段，在叙事层面应该归入此一事件。与《公羊传》《穀梁传》的就事言事或揪住经文的某个字做文章相比，《左传》将宋、楚之平放在晋、楚争霸的全局视野下叙述，突出了晋国的态度，展示了晋国的行为，使整个记述事件紧凑、生动形象而格局宏大。晋、楚争霸，势在陈、蔡、郑、宋，晋国占据优势，则事发于陈、蔡，楚国占据优势，则战于郑、宋，经过"邲之战"，郑国倒向楚国，楚庄王求霸的下一个目标必然是宋国。所以，在申舟出使前有楚庄王"杀女，我伐之"的铺垫，而在楚国将要撤兵时，对申舟之子"毋畏知死而不敢废王命，王弃言"的陈情，楚庄王"不能答"：如果我们以申舟为中心人物，"宋人及楚人平"是申舟的悲剧。与不畏死而废王命的申舟相对应的是晋国的解扬，解扬以"义无二信，信无二命"解释自己出尔反尔的行为，实际上其所作所为与申舟在出发点上并无二致，我们也可借此在《史记》等记述之外解读楚庄王为什么会"舍之以归"。在解扬之事以前，《左传》记述了晋国所面临的"天方授楚，未可与争"的客观情况，也记述了伯宗"川泽纳污，山薮藏疾，瑾瑜匿瑕，国君含垢，天之道也"这一"《春秋》之失也乱"，在词语上的华丽与逻辑上的滑稽，所以再铺张笔墨记述解扬之事，是为了引发"义""信"之论，也是与申舟之事的对比。楚庄王"围宋九月"终以"宋人及楚人平"收场，在本质上是对"郑昭宋聋"，对宋国"城下之盟，有以国毙，不能从也"之国家性格的忽视；《左传》对此的叙述，宏大处着眼，细微处落笔，有晋、楚争霸的视野，有"申舟以孟诸之役恶宋"的事件间勾连，有"见犀而行"与"申犀稽首"的细节照应，有"亡一也"到"不能从"的华元形象展示，也有"投袂而起,屦及于窒皇,剑及于寝门之外,车及于蒲胥之市"楚庄王行为的具体生动,其叙事的开阔舒展,实非《公羊传》或《穀梁传》可比。

《左传》叙事的开阔舒展还体现在人物语言的选取和文本阐释的层累等方面。《左传》的谏言等记录了排比整齐乃至具有骈文雏形的语言,其中的节奏感给我们以舒展的审美体验,此外《左传》还记述了很多极具画面感的语言。如宣公十二年楚伐萧,《左传》用人物对话展示了萧人的毫无战心:"叔展曰:'有麦曲乎?'曰:'无。''有山鞠穷乎?'曰:'无。''河鱼腹疾奈何?'曰:'目于眢井而拯之。''若为茅绖,哭井则已。'"这段对话的后半段将事件说得非常明确具体,包括标记和联络暗号,而这些以"号"为表现方式,所以前半段当无用"隐语"的必要,应该即如"赋诗言志"一样,是在同一话语体系内的交流。叙事体例带来的文本张力和经典定位带来的阐释层累,使《左传》事件内容具有众多文化意味及关联,这导致了《左传》审美体验的开放性,比如对《左传》文公十三年记述士会归晋的过程,可以关注"履士会之足于朝"这一细节描写及其所带来的想象空间;可以观照当时的人才意识或者反思士会的出奔;可以思考《左传》的人物塑造乃至对范氏及刘氏[1]家族的重视;也可以对照绕朝的"子无谓秦无人,吾谋适不用也"之言,联想到《三国演义》中"庞统巧授连环计"桥段中庞统与徐庶的对话,进而将"乃使魏寿余伪以魏叛者以诱士会,执其帑于晋",与黄盖的"苦肉计""诈降"等[2]联系起来。

从王道衰微到世族乱政再到陪臣交叛,是春秋时期社会发展大致脉络,也是《左传》记录的主要内容,但《左传》对此的表述,即少"黍

---

[1] 此涉及刘汉之祖问题,也涉及《左传》是否有后人篡入文字问题,杨伯峻先生有详辩,可参看《左传》杨注本第596—597页。

[2] 见《马王堆汉墓帛书》(叁),马王堆汉墓帛书整理小组,北京:文物出版社,1983年。

离不复闵宗周"①之叹怨，更无"雕栏玉砌应犹在"的亡国之音，这是史官文化"书法不隐"的自然表现，也是《左传》思而不惧、大风泱泱之美学追求在效果层面的注释。季札观乐，"为之歌《王》"，季札评价："美哉！思而不惧"，杜注："宗周陨灭，故忧思。犹有先王之遗风，故不惧"，《左传》之"思而不惧"，不只是"先王遗风"，更有新秩序的理想。季札观乐，"为之歌《齐》"，季札评价："美哉！泱泱乎！大风也哉！"杜注："泱泱，弘大之声"，《左传》对黄河文明与长江文明交融时期二百四十二年开阖宏阔历史的把握能力，实堪"大风泱泱"之称。

---

① 见苏轼《别择公》。为季札所歌之《王》，杜注"《王·黍离》也"，孔疏解杜预之意："《王》诗，《黍离》为首。王非国名，故举首篇以表之。"《左传》所显示的"宗周"之思，有昭公九年"世有衰德而暴灭宗周"的愤慨；有昭公元年引《诗》"赫赫宗周，褒姒灭之"的反思；有昭公十六年引《诗》"宗周既灭，靡所止戾。正大夫离居，莫知我肄"，对秩序的渴望；有昭公二十四年借"有言"之"鼟不恤其纬，而忧宗周之陨，为将及焉"，做现实性解读。其"暴灭"或"赫赫"的情绪，"既灭"或"之陨"的表述，皆无"惧"意。

建构文学批评的学理品格
——论陈晓明的学术精神

杨荣昌　楚雄师范学院

陈晓明是中国新时期文学发展的见证者和重要推动者。作为 1978 年恢复高考后的第一届大学生，他的文学批评与改革开放以来的文学实践产生紧密联系，在重要的文学现象、文学思潮和作家个体的阐释方面，常以同频共振的理论发声，聚焦文本形态，深研话语修辞，探究作家精神，不断抢占学术制高点。跟众多先天理论储备不足的批评家不同的是，陈晓明从登上文学批评的舞台，就始终重视理论的力量，追求文学批评的学理品格，显示出较深的理论维度。

一、西方学术视角下的先锋小说研究

对理论的敏感和偏爱源自陈晓明从小对书籍的痴迷，在多位批评家的学术评析中，都提到他早年在学校图书馆发现汉译学术名著时的标志性意义，这套书练就的"童子功"，为他打开了透视世界的开阔眼光，奠定了日后作为重要理论家的基础。20 世纪 80 年代中期，西方现代派文学进入中国，与本土文学发生碰撞，产生了寻根派和先锋派，相似的文化背景和对文学回归自身的渴求，使得他对作家创作的焦虑感同身受，对作家们在文学主题的挖掘和形式上的创新，往往能够心领神会。先锋小说以华美的语言表达与繁复的形式主义策略，推进中国文学艺术的创新，把强烈的表意意识转化为抽象的方法论活动，以形式主义探索挑战经典现实主义的美学规范，内部特征具有鲜明的后现代性，实现了从"写什么"向"怎么写"的转变，弥补了中国文学形式主义的课程。在《无边的挑战：中国先锋文学的后现代性》中，陈晓明对这批作家的探索精神给予了热切激赏，"（先锋小说作家）把先锋小说的叙事功能发挥到无所不能的地步，他们把中国小说推到前所未有的高度和难度。就小说叙述的复杂性方面而言，他们的水准可以和西方现代以来的小说同步对话。而他们对汉语言的表现力的开拓，向现实主义写实一类的美学法则挑战，使现代中国白话小说语言过于华丽典雅，但他们的描写力，对细微感觉的捕捉，对乖戾心理及生存状态的表现，特别是对情景的创造，都使当代汉语言文学达到一个全新的境地。"① 值得注意的是，陈晓明的先锋小说研究，所依据的是结构主义学说和解构主义理论，使中国的先锋小说批评走出传统意识形态分析，进而走向价值中立、平面性的文本解析游戏，为小说批评提供了一套全然不同的话语形态和术语系统。

先锋文学在玩够了极端形式主义之后悄然退场，这次短暂的美学裂变对当代中国文学的影响是持久而深远的，它预示着文学从追求表现外部世界的宏大叙事中解脱出来，"向内转"而返回文学的自身。然而文学表现的核心永远是"人"，人性是其挖掘不尽的写作主题。在20世纪80年代后期，一批没有追赶上先锋文学的写作者登场，他们既从先锋文学夸张、怪异的表意策略中获取文学技巧，又受到新写实关注日常生活原生态的视角的影响，于是把目光投向了生活的内部。这批写作者被陈晓明命名为"晚生代"，他们没有相近的艺术风格，但都有着"当下性"的特征，面对"现在"说话。"晚生代"的写作冲动来自个体的生存经验，个人的文学经历在很大程度上是远离既定的体制和主导文化的，以其对生活表现的深度性和悲悯情怀，重新唤起了文学的道义和责任。陈晓明敏锐地看到，"晚生代"的作品艺术存在着二重性：一方面，对人民性及其苦难意识的表现，作家回到现代性的审美意识中去，回到现实主义的

---

① 陈晓明：《批评的旷野》，广州：花城出版社，2006年，第88页。

艺术传统中去。另一方面，在不能进行现实批判性表达的时候，作家转向了性格和心理刻画，本来是进行社会现实发掘的表现，却转向艺术上对人物性格和心理进行淋漓尽致的刻画。这些人性的内在性一旦依赖对其极端状态的表现，也就转化为文学性的审美意蕴、表现情境、修辞效果以及风格标志。而在20世纪90年代初期兴起的女性主义文学，更是进入了人性隐秘的深处，把生活的极端性、碎片化推向更深的维度，在生活变形和裂开的瞬间抓住"存在"之真相本质，促使文学性在此刻涌溢而出。

　　细读陈晓明的著作，会发现他是为数不多的对西方后现代文化理论运用自如的中国批评家之一，他对西方理论的运用在显示其宽阔的文化视野的同时，也不可避免地染上实用主义的色彩，在国门初开的年代，面对蜂拥而入的理论浪潮和初步显露出后现代迹象的中国文学作品，他抑制不住抢占话语制高点的兴奋，急切地想在中国文学的舞台上施展他的后现代理论，而无暇顾及脚下的这片文学土壤能否适应外来的理论滋养。他用西方文化理论求证正在发生着的文学事实，出现了某种程度上的不对应性，造成他早期的文学批评生涩难解，所做的审美判断也常有牵强附会的现象。

　　陈晓明一直关注世界文学对中国文学的影响，以及世界文学中的中国表达和中国经验，同作家一样，怀揣着一份与世界文学对话的内在渴望。与"文学死了""当代中国文学都是垃圾"等危言耸听的论调不同的是，他对当代中国文学一直持肯定的态度，毅然喊出"不死的纯文学"！他认为最近二十年来，中国小说注重在主体意向非常充分的视角下去展现乡土中国的历史和命运，从中体现出来的精神气象，标志着中国的乡土叙事向着作家个人风格和小说艺术炉火纯青的境界行进。例如《受活》表明汉语小说有能力处理历史遗产并对当下现实进行批判；《秦腔》表明汉语小说有能力以汉语的形式展开叙事，能够穿透现实、穿透文化、穿透坚硬的现代美学；《一句顶一万句》表明汉语小说有能力以永远的异质性和独异的方式进入乡土中国本真的文化与人性深处，独异地进入汉语自身的写作，按汉语来写作，汉语小说有能力概括深广的小说艺术。这些作品给世界文学提供了许多新鲜而宝贵的经验。在21世纪以来的文学批评中，陈晓明逐步改变了出道时那种对西方文论全盘接受的姿态，更加注重中国的批评立场和方式，力图在吸收西方理论和审美经验的基础上，对由极富民族特性的汉语写就的文学，做出中国的阐释，对中国作家在更加多元的艺术表达层面上来把握人类的生存经验，进而实现艺术创新，寄予了深切厚望。

二、回归文学自身属性的学理判断

关注中国当代文学的现代性转型问题，是陈晓明文学研究的理论重心，是他数十年批评历程中从不间断的观察视角。他曾经坦言，从现代性来论述中国当代文学并不是为了趋赶理论时髦，而是由于当代文学曾经在先锋派的实验形式中触及后现代性，但随着先锋派经验的常规化和普遍化，后现代在中国当代文学中并没有扎下根来，这使得他不得不重新思考更大的理论框架。"现代性"则可以在更为宽阔深远的历史背景中重新整理和展开文学叙述，使当代文学一直寻找的20世纪的总体性或者重写文学史的整体性，有了一个最恰当的框架。《现代性的幻象——当代理论与文学的隐蔽转向》是陈晓明在主题论文基础上修改而成的专著，全书在现代性理论和中国当代文学的流变视野中展开论述，既有对现代性理论的一些关键问题的阐述，又有对当代文学转折变革中隐含的现代性主题的思考。在书中，陈晓明尽可能地降低意识形态的色彩，聚焦文学性，回到文本的主体地位，抵拒庸俗社会学批评，把论述引向知识分析的轨道，引向美学问题的本身，并且紧扣当下性，积极应对当下具有实践特征的问题的挑战，彰显出当代学科的优势和意义。

中国现当代文学的发展一直与社会政治变革有着紧密联系，每个批评家都有撰写一部文学史专著的梦想，陈晓明亦不例外，他的《中国当代文学主潮》叙述了自1942年以来中国当代文学主导潮流的形成及变革历程。与同类著作的鲜明区别在于，它不再单纯地以政治事件作为划分文学界线的依据，而是直接切入文学的内部，以文学性的变革作为判断文学规律变化的尺码。其首要表现，便是对现当代文学分界的表述上。之前的文学史论著几乎都以1949年新中国成立作为当代文学的开端，但在陈晓明看来，当代文学史的起点应是1942年毛泽东《在延安文艺座谈会上的讲话》的发表，因为从《讲话》开始，中国文学在很长一段时期内走入了与政治同构的轨道。在这部文学史论著中，他力图阐释20世纪中国现代性激进化与社会主义革命文学形成的互动关系，揭示20世纪80年代改革开放促使中国文学广泛吸收西方现代思潮后发生的深刻变化，呈现20世纪90年代至21世纪以来的文学创新流向与多元化的错综格局。尽管在学术界，这一分期法的观点似乎还未引起更大范围内的关注和认同，但是它所开辟的一种新的文学史观，以及可能由此带来的哲学理念的变革，却是不应被学界所忽视的。

尽管中国的社会主义文学与政治意识形态之间存在着纠缠不清的暧昧关系，陈晓明关注的重点却是政治意识形态规约下的文学性。从《讲话》到"十七年"，是经典现实主义确立的时期，在政治意识形态的规约下，中国文学从写作主题到表现方式建构了一整套的表意系统，文学的社会功能被强调到无以复加的地步，然而在政治的约束中，文学依然在倔强地、无意识地生长着，无论意识形态的影响多么强大，一种文学性的品性依然从历史的缝隙中流露出来。他通过对几部重要作品的解读，看出了来自文学内部顽强的创生力量。例如赵树理自然质朴的小说特色，是中国革命文艺苦苦追寻的文艺与大众结合及文艺的民族风格的体现。从大型歌剧《白毛女》的成功创作中，表明了"社会主义革命文艺可以从一种意识形态理念出发创造一种艺术形象，而这种艺术形象可以通过对个别特殊的形象的塑造来达到普遍性的效果，进而有效创造一种'历史真实'，最后，这种'历史真实'又成为革命斗争的依据"[①]。但是在陈晓明看来，"文学作为一门语言艺术，不可能脱离它的基本规则——这些

[①] 陈晓明：《中国当代文学主潮》，北京：北京大学出版社，2009年，第50页。

规则在长期的文学史的传承氛围中形成，作为评价文学的标准，它总是有一种基本规约和底线。作家的写作，确实受着多种力量的支配，思想的、观念的、道德的——所有的这些来自观念层面的影响；另一方面则来自艺术本身的支配作用，总是有一种语言的和表达艺术的规则在起作用……确实有一种超出政治的文学性的东西始终在起作用。"①以梁斌的《红旗谱》为例，在这部被视为"中国文学的革命叙事所达到的成熟阶段"的作品中，依然存在着大量溢出革命历史叙事的艺术要素，如生活细节、家庭伦理、婚姻情爱等，它们作为革命历史叙事的补充和"佐料"，其实却正是小说叙事的血肉，支持那些革命故事得以存在和展开。陈晓明说："在这种客观化的革命历史叙事中，依然有一种主观化的东西在起作用，写作的个体性特征终究难以被政治性彻底抹去，这就使得历史化的叙事承受着文本修辞与写作主体艺术个性的双重分解，使得历史化的叙事与文学性之间的背离关系得以成立。那些被认为是冷静、客观的描写，其实与作家个人长期的经验、个人的内心生活、情感记忆相关涉。"②即使对备受争议的长篇小说《艳阳天》，陈晓明也看出从中溢出政治樊篱的文学性，认为它所描写的乡土生活韵味和生活细节具有准确性和生动性，并且写出了农村社会主义革命时期国家政治对家庭伦理的深刻冲击，以及小说叙事的共时性结构，这些特点使其成为那个时期最具代表性的文本。的确如此，文学总是在政治的影子无法企及的地方，顽强地延伸着它的触角。比如在"文革"超级"历史化"的时期，以白洋淀诗派为代表的地下诗歌运动，集中反映了诗人在坚定和迷茫的交错中穿行的意志、时代的豪迈与个人的忧伤的结合，真实再现了知青一代的共同心理特质，这些"潜在写作"的作品，成为后来的文学史叙述最具说服力的文本。

陈晓明从现代性的角度论述中国当代文学的发展历程，使文学研究

---

① 陈晓明：《中国当代文学主潮》，北京：北京大学出版社，2009年，第106页。
② 陈晓明：《中国当代文学主潮》，北京：北京大学出版社，2009年，第131页。

回到文学文本的内在结构,回到历史变动的实际过程,回到文学发生、变异和变革的具体环节。现代性视角给予中国当代文学史以一个完整的、有秩序的、合乎逻辑的总体趋势,又试图去揭示这个历史过程中被人为缝合起来的文学现象的关联谱系,在此基础上,让人深刻感知文学走过的是一条被"全面历史化"到"超级历史化",再到"再历史化"和"去历史化"的道路。这样的论述,有效地厘清了文学与政治、文学与社会变革之间的关系,最大限度地保持了文学史叙述的学术立场。

三、重建文本细读的批评方法

陈晓明认为,文学批评应该是对文学作品文本的再创造,而不是简单的意义解释,它在创作实践中占据主导地位,始终有其自身的文化目标,和创作是一种对抗性的关系,而不是相互抚慰、共同投机的关系。批评依据自身的文化目标,对创作提出各种读解,提出各种质疑,以饱满的"主观精神"对文学写作进行全新的阐释,给文学实践的历史重新编码,使之成为批评的知识谱系,成为批评重建自身的理论话语的无穷资源。正是基于对文学批评自身价值的坚执守护,在数十年的文坛风潮激荡中,他才没有随波逐流,而是坚持发出异质而独特的声音。文学史家的眼光赋予他一种学理性,对文学作品和思潮的评析,总是要置于一定的理论背景或知识谱系中进行考察,那些流溢出来的审美特质,被他作为丰富理论发展的佐证材料,在双向关系中,注重理论发展的当代性和当代文学批评的理论性。诚然,任何一种文化理论的推演,如果缺乏对当下正在发生的文化实践的界定及指导能力,那它就散失了存在的价值和发展后劲;相反,如果对当下作品的解析无法提升到理论的高度,那么批评本身就无异于隔靴搔痒式的表层抚摸。他把西方学术资源引入当代文学批评,用西方文论去寻求和阐释正在发生着的文学现象,从中发掘新的文学经验和存在经验。构建一种新的时代话语,成为他学术追求的核心精神,"总是要阐释出中国现代性的异质性,不是被同一性所统摄的那种现代性,而是开掘出中国的现代性的面向,在把中国的社会主义经验纳入西方的现代性，纳入世界现代性的范畴的同时，释放出中国社会主义的现代性的异质性意义。这样的异质性，不只是亦步亦趋地按照西方的现代性文学标准给出标准，而是有中国历史经验和汉语言的文学经验，以及文化传统的三边关系建构起来的异质性。"[①] 从早期以后现代文化理论解读先锋文学作品，到关注当代文学的现代性转型，一种宏阔的理论气象一直贯穿于批评实践中，其基本的理论体系在20世纪90年代中期就已初见雏形，并在后来的写作中不断完善，使其更加系统化，这种对文学批评体系性与完整性的执着追求，使他的文章有了一种扎实的厚度感，有力地提升了文学批评的学术品格。

陈晓明在深化纯理论演绎的同时，付出了极大的精力对当代文学创作进行阐释，以自己特有的理论话语解读中国当代小说。在《无边的挑战》《表意的焦虑》《不死的纯文学》《向死而生的文学》《审美的激变》《众妙之门》《无法终结的现代性》等批评论著中，他一方面持续深入地推进先锋理论和后现代文化理论的研究，一方面热情关注当下正在发生的文学实践，对文坛出现的最新文本做出敏感的反应，对文学发展中的变革性力量给予热情的支持。他把后现代理论引入中国先锋小说研究，做出了当时学界最权威、最具说服力的先锋小说批评，对其他文学思潮的归纳，也曾一度影响了批评界的理论命名，成为原初性的学术资源。21世纪以来的写作中，特别是从《中国当代文学主潮》到《众妙之门》，再到《无法终结的现代性》，他逐渐走向一条论述明晰又诗意沛然的批评之路，理论内化为生命体验，更加切近批评对象的自身特质，文字也愈加本土化，极力发挥汉语的智慧和表意功能。经过严格学术训练，掌握了各种理论方法之后的陈晓明，回归到中国文学的文本细读，更加的得心应手。他不再满足于理论观念的抽象演绎，而是在文本细节的精微之处捕捉精彩，呈现作家的机心与秘密。这似乎是与普遍的文学批评路径

[①] 陈晓明：《中国当代文学的评价与创新的可能性》，《上海文化》，2010年第3期，第16页。

相反的方向，一般而言，文学批评要由文本细读走向理论演绎，再向文学史转化，由个案向普遍性提升。陈晓明却反其道而行之，在早期的批评写作中，他就将理论的重要性放在首要位置，西学作为学术背景，哲学作为学术基础，以理论为武器，尤其是将源自西方的后现代主义引入中国文学现场，解析正在发生中的中国先锋小说，让他的阐释具有较深的理论维度，在同时代批评家中独树一帜，由此带来的艰涩与过度阐释之嫌，也引发了一些争议。但不容置疑的是，这种努力所形成的开阔的学术视野，使他在起步之初就站到了文坛的最前沿，在随后三十余年的波澜涌动中，一直没有退场，而且无数次引领学术潮流的发展。这种激进的理论演绎，与当时同样激进的文本实验，尤其是先锋小说追新逐奇的革命性，在艺术精神上呈同构关系，创作与批评的良性互动，相互影响，自成一段文学佳话。

陈晓明关注当代中国文学的流变脉络，甚至不厌其烦地追根溯源，详细对比中西文学经典文本细节之间的异同点，借此探求背后隐藏的社会信息和价值理念。这种专业性的解读既为普通读者阅读文学作品提供了方法，又有效将当代文学推向了经典化。在他庖丁解牛、抽丝剥茧般的解析之下，文本的构成、知识的谱系、作家的意念等都无处藏身，被逐一勘破。某种意义上，优秀的批评家总是同时代人的天敌或盟友，也许两者兼而有之，如此的专业性阐释，饶是复杂的文本，也经不起太多的追问。细读文本不是退步，而是在更高维度上的回归，在熟练掌握各种理论观点和操练手法之后的游刃有余和从容大气。用他自己命名的术语来表达，这是批评家的"晚郁"风格，绚烂至极趋于平淡，斐然的辞采不是强加于外部的美学修饰，而是源自岁月与学识超拔之后的雍容华贵。中国文章向来讲究义理、考据、词章，陈晓明的文学批评正是显现出一条中国作文之道，文章激情源自批评家主体的强大。他的专业阐释显示出文学批评应坚守的伦理法则，批评的价值在于从芜杂的文学生态中找到那些清晰的路标，在尊重原创中寻找和聚集那些可贵的文学经验，使其具有经典参照的意义，而不是看谁骂得最凶，最敢说出强硬的否定之词和惊人之语，就说明谁最勇敢，最有"批评"精神。陈晓明的文章针对个体批判的不多，更多着眼于个体背后的理论整体，看重理论建构的重要性，这是一种方正大气的彰显。在他看来，建构是对落后秩序的最好解构，只有"立"起来了，才是对原有的占据压制地位的理论的一种有效超越。"我所理解的解构立场是对起压制作用的历史力量进行质疑，持续不断地与这种压制力量，向这种美学规范霸权挑战，这就构成了先锋阐释的动力。真正的'酷评'是要敢于向历史的'巨无霸挑战'而不是骂几个被写作折磨的作家——这种骂不过是小骂，不过是欺辱弱者的行径。"[1]

纵观陈晓明四十年的学术追求，充满着传奇色彩，当年硕士论文中的理论太超前，导致除钱中文先生外其他评委都直呼"看不懂"；因鼓呼后现代主义理论，被不无善意地称为"陈后主"；痴迷于理论钻研而在门口贴上"闲谈不超过十分钟"的专心韧劲，等等，都可见出他在同代人中的卓尔不群。不迷信权威，不拾人牙慧，甚至不愿重复自己，总是以无穷的力量向着一个个未知的领域进行"英姿勃发的文化挑战"，这种不屈服也不知足的学术精神，提升了文学批评的学理高度，展现了批评家的雄文劲采。

---

[1] 陈晓明：《审美的激变》，北京：作家出版社，2009年，第88页。

中国城市影像的当代演进及书写
——论新时期以来西安电影制片厂的城市电影

杨致远　陕西师范大学新闻与传播学院

　　自 20 世纪 70 年代末的"伤痕电影"始，中国电影进入一个新的历史时期。此后，中国电影呈现出两个显著的发展趋向：电影创作方面，以城市为空间背景、内容题材的电影较之前明显增多，中国当代城市电影的书写场域逐渐形成；电影版图方面，中国电影原有的地域格局被打破，创作重心开始向中西部位移，西安电影制片厂、广西电影制片厂、峨眉电影制片厂等一些中西部电影制片厂以其推出的一大批颇具影响的电影作品，成为中国电影令人瞩目的新生力量。

　　西安电影制片厂（以下简称"西影厂"）无疑是其中的领军者。整个 20 世纪 80 年代，西影厂推出的一批重要作品屡屡吸引了国内外电影界的目光并广受赞誉，不仅提升了中国电影的创作质量，也为中国电影赢得了国际性声誉。《没有航标的河流》（1983）、《人生》（1984）、《野山》（1986）、《黑炮事件》（1986）、《盗马贼》（1986）、《老井》（1987）、《孩子王》（1987）、《红高粱》（1987）、《黄河谣》（1989）等影片已无可争议地成为当代经典，成为众多电影学者的研究对象。不难发现，这些重要作品几乎均为农村题材影片，除了一部《黑炮事件》。

　　西影厂农村题材影片创造的辉煌很大程度上遮蔽了其所推出的城市题材电影。如果采用较宽泛的含义，将以城市空间为背景、以城市生活为题材的影片都纳入城市电影的范畴，那么西影厂自新时期以来到世纪之交[1]生产的不少影片都属于城市电影。其中，滕文骥、黄建新、周晓文、张扬等导演是创作此类影片的主力，他们的作品既表现出迥异于吴天明、陈凯歌、张艺谋、田壮壮等导演的创作旨趣，又较清晰地勾画出当代中国城市电影的发展轨迹。

一、滕文骥：从被"置换"到对立于乡村的城市

滕文骥导演可谓当代城市电影创作的先行者。同样，他是西影厂最早开始创作城市电影的导演。继《生活的颤音》（1979）这部富于探索性且引发较大反响的"伤痕电影"之后，他将目光转向了鲜活的都市现实，关注新时代背景下都市人的生活处境及其所面临的诸多矛盾冲突。《都市里的村庄》（1982）、《锅碗瓢盆交响曲》（1983）、《海滩》（1984）、《让世界充满爱》（1986）等几部影片基本上是这一主题的不同变奏。

如片名所示，《都市里的村庄》呈现出都市与村庄二者之间相互纠缠的暧昧状态。影片开始段落通过交叉剪辑上海外滩的高楼画面与拥挤低矮的村庄住宅区画面，强调了都市与村庄的紧密关联。不过，都市高楼的画面在片头之后基本不再出现，取而代之的是造船厂。显然，这一提喻式的空间置换反映了新中国成立后整个国家关于都市的一种功能性认知："城市不时成为现代工业的代名词，城市文化不时被置换为工业题材。"[2]于是，在整个影片中，造船厂与"长乐村"这一社区以交替出现的方式，成为影片故事展开的空间和人物活动的舞台。影片聚焦于"优秀年轻人在当代社会中的不被理解"这一主题。三个年轻主人公均居住于长乐村，丁小亚和杜海都是造船厂的工人，二人身份不同但遭遇相似：丁小亚是女劳模，工作认真、能力突出、勇于奉献，却招来领导及一些同事的嫉恨；工人杜海心地善良，却因为曾经的过错而遭受周围人的歧

---

[1] 西安电影制片厂自1979年开始了新时期电影创作，到2002年转型为西部电影集团，因而本文所探讨的是这一时期西影厂所生产的城市电影。

[2] 戴锦华：《斜塔瞭望：中国电影文化1978—1998》，北京：人民文学出版社，1999年，第177页。

视；记者舒朗在报道丁小亚的事迹及遭遇的过程中对她产生了爱慕。随着情节推进，丁小亚和杜海都经历了从被人误解到理解的过程，舒朗则与弟弟舒家麟及初恋情人肖怡之间化解心结，达成理解。最后，丁小亚婉拒了舒朗的爱而倾心于杜海，与此同时，新造的大船成功下水，即将开始新的航程。影片中的都市与村庄虽然功能不同，但似乎并不具有实质性的空间差异，都市被置换为工业化的外观，但其内核仍是乡村式的：传统的、错综复杂的人情关系对都市（造船厂）与村庄中的人施以同样的影响。影片结尾隐喻式地指出，人与人之间只有实现了情感上的和谐融合，都市的发展——以新船的启航作为象征——才成为可能。

无论在人物形象还是主题上，《锅碗瓢盆交响曲》都体现出对《都市里的村庄》一片的延续。主人公牛宏显然是《都市里的村庄》中次要人物舒家麟——舒朗的弟弟——的拓展和丰富：舒家麟与人合办饭馆，学习先进做法，在菜品和口味上力求创新，努力赚钱，却受到哥哥舒明的指责；牛宏被任命为春城饭店新经理后锐意改变旧的经营手法，以商业思维拥抱市场，打造塑造服务精神，使饭店迅速盈利。然而，作为积极创新的年轻人，牛宏与《都市里的村庄》中的丁小亚一样遭遇到周围不少人的误解。牛宏的改革激发职工的创造力，拉开了分配差距，却被公司游刚书记、店员孙连香等人指责为搞资本主义。面对阻力，他有过困惑、消极，不过在刘俊英、赵永利、作家桑原等同样渴望变革的年轻人的鼓励下，他最后依然勇敢地准备投身于进一步的改革中。

虽然《锅碗瓢盆交响曲》这部影片明确地以北京作为故事空间，但北京的城市影像不再被表征为工业式图景，而是呈现出浓厚的古城色彩。饮食服务管理公司坐落在一片传统砖瓦房屋构成的大院中；牛宏的家位于胡同四合院里，夕阳下嬉戏的儿童和挑担叫卖金鱼的老人为胡同增添了温馨的氛围；人物行走在城市街道，背景中总是可见城门楼、园林亭楼等传统的建筑。"春城饭店"作为影片的主要场景空间，其主体虽然是一栋现代建筑，但门头及两边仍被装饰为传统瓦檐式的。刚到任点名和全体店员吃瓜两场戏中，出现了数次牛宏的近景镜头，处于前景的他占据画面的右半边，左边则是透过饭店窗户可以看到的一座耸立的传统建筑。牛宏上任后对饭店二楼空间的改造富有意味：请刘俊英画油画装饰墙壁、在大厅安装西式吊灯，同时，他又开辟雅间，屏风、桌椅、竹帘、花架等物件极具中式特色。当游刚经理到饭店质问牛宏的时候，二人便是在这一空间里发生了较激烈的言语/观念冲突。在这个意义上，混合了传统与现代的春城饭店可被视为城市的一个象征，尽管守旧—传统与改革—现代间的冲突不可避免，但这个空间已充满了改革的新气象，且正如影片结尾所暗示的，代表了前进方向的改革将取得胜利。

到了《海滩》，导演滕文骥突然一改先前两部影片的乐观积极姿态，表现出对于城市及其文明的反思。他赋予该片如下主旨："我们将小心翼翼地开掘城与乡、文明与愚昧这个古老的冲突中所包含的哲理。我们将大踏步地探索三中全会以来工农业飞速发展，人与社会所产生的新的不平衡中的心理因素。"[①] 至此，城市与乡村不再暧昧共生，而是尖锐对立；城市也不再充满改革的朝气蓬勃，而是成为摧毁古老诗意生活的力量。

因而城市与村庄都具有了浓厚的象征意味。海滩边的村庄象征了古老的中国社会，这里，老人们传统的生活方式，缓慢而诗意。新的都市文明对村庄造成了威胁，甚至开始侵入村庄：弹着吉他的年轻人的到来、工厂圈海滩地搞建设禁止渔民打鱼、卫星城的建设工程吸引年轻人去做工、村庄人口在减少……影片中人物的遭遇及行为呈现出在两种价值之间的动荡：工厂门卫的父亲被儿子安排去倒泔水，工作一段时间后仍然回到了海滩；傅幼如一心想回到都市，被周围人非议为人品有问题。不过，导演并非采取厚此薄彼的立场，而是在一定程度上展现了农村的愚昧与可笑：封建包办婚姻观念下，老鳗鱼硬让女儿被人带走成婚；他的身体出了问题——"心脏坏了"；菊花被城里人骗了，似乎在道德上低人一等，于是屈从命运似的与金根结了婚；村民认为，婚姻法只是管城里

---

① 延艺云等编：《西影44年》，西安：陕西人民美术出版社，2003年1月，第154页。

人的，但当自己的婚姻出了问题，仍然寻求去法院解决。城市与乡村便处于一种看似尖锐对立却又相互纠缠的状态，这反映出社会变革时期人们情感、心理上的失衡与矛盾。

应"世界和平年"之"景"创作的《让世界充满爱》讲述了一个关于罪恶与救赎的故事：出租车司机赵威开车撞人后因为撒谎而陷于深深的内罪疚中。被撞者去世后，为了弥补车祸给死者家庭带来的痛苦，赵威全心照顾死者妹妹宋琪和母亲的生活。赵威和宋琪逐渐产生了真挚的爱情，赵威前女友出于嫉妒与仇恨而将车祸肇事案真相告诉了宋琪。最后，当赵威向宋琪坦白真相的时候，他被警察带走了。这部影片完全以城市作为故事情节展开的空间，以人物形象为载体的价值冲突在这个空间里持续地上演：宋琪的善良、真诚与赵威前女友莉莉的背叛、爱财与冷漠形成对比；马警官的严谨与公正与修车老板的见利忘义、从事非法勾当构成对立。在两种道德价值的冲突中，主人公赵威实现了从罪向善的转变：他因过错而背负罪恶，道德良知的拷问使他焦虑不安，在付出关爱和获得勇气后，他迎来了自我的救赎。值得注意的是，夜晚的城市是影片一半左右篇幅情节的背景，在影片开头部分，在车内拍摄的城市夜景由于后视镜的存在而显得破碎，这或许已暗示了主人公赵威内心分裂冲突的情感状态。

可以看出，滕文骥的城市电影以城市—乡村的二元对立为主题结构模式，既表现了二者间的对峙冲突，又注意到彼此相互纠缠的关联。无论是开始的以城市作为背景（《都市里的村庄》），还是后来的乡村退居幕后（《让世界充满爱》），城市与乡村的象征意味均比较浓厚。这些电影折射出20世纪80年代初期到中期中国社会开始初步改革发展时所引起的诸多问题及其对人们心理、情感造成的冲击，与同时期吴天明的《人生》所讨论的问题大致相同。

二、黄建新：从荒诞城市到世俗城市

黄建新的创作从一开始就显现出与其他导演十分不同的取向与特

征。当不少导演都开始关切社会发展中的城乡矛盾问题时，黄建新却似乎在延续"伤痕电影"对社会政治的批判精神，关注新时期的城市生活中的黑色幽默与荒诞梦魇。在20世纪80年代和90年代，他分别创作了两个城市"三部曲"系列。整体上看，城市形象在六部影片中经历了较大的变化，且被赋予了相当复杂的内涵。正是这种创作上的延续与不断深入，使黄建新在都市电影创作中取得的成就最大。

若要为黄建新的第一个"城市三部曲"的城市描绘一个总体面貌，它们显然都呈现出一种"荒诞感"。他的处女作《黑炮事件》通过讲述一个极具荒诞色彩和黑色幽默的故事，让我们重新来思考新时期人们在意识观念和日常生活中受到的政治影响。虽然浩大、激进的政治运动已逐渐远去，但政治斗争的思维仍然盘桓在很多人的头脑中，导致人的异化无处不在。在这部影片中，黄建新善于用别具新意的镜头画面来营造影片的风格：简洁抽象的构图、极具疏离感的场景设计、凝练的叙事手法以及对侦查破案电影类型的戏仿，在当时可谓大胆，令人耳目一新。该片摄影师王新生在设计画面的视觉形式时是如此考虑的："丰富的外部世界提供了新的信息：现代化房屋建筑的积木感，高度工业化设备的几何图案感，巨大集装箱的现代感。当我们把人和这些背景匹配在一起，成呼应对比，成反衬折射，必然会丰富充满画意的开放形式，加深视觉系列的内涵，突出艺术的高一度的再现。"[1] 灯光师的光线运用也别具用意："用明快、柔和的光线运用在过去的时空里，现在的时空则在压抑、沉重的氛围中进行，以形成呼应关系。"[2] 正是如此自觉的创作意识，使得这部影片获得了很高的艺术成就。

时隔一年的《错位》显然是《黑炮事件》的续集。主人公还是赵书信，不过此时他已升任为某局局长，但他似乎仍表现出对于政治的淡漠和远离的姿态。而对于官僚化机构的领导来说，这完全不可能实现。为

---

[1] 延艺云等编：《西影44年》，西安：陕西人民美术出版社，2003年，第170页。
[2] 延艺云等编：《西影44年》，西安：陕西人民美术出版社，2003年，第171页。

了避开每天"文山会海"的烦扰,赵书信发明制造了一个与他一模一样的智能机器人,作为他的替身去应付那些政治事务。虽然他暂时地摆脱了困扰,但更大的麻烦出现了:理应无情无欲的机器人在单位的环境中品味到了权力的快感,学会了玩弄权术,耽于享受世俗之乐——抽烟、约会赵书信的女友,制造出一系列荒诞闹剧。最终,忍无可忍的赵书信只好按下控制按钮,摧毁了机器人。

在这部具有科幻色彩的作品中,已处于"后革命"时代的都市仍被政治意识形态话语所统治、占据、威压着个体的自由生存,并使后者面临异化的危险。主人公求助于代表未来的科技以求逃离代表过去的政治的统治,但荒诞的是,科技被政治所驯化,有沦为后者的奴隶和工具的危险,这无疑是一个更为恐怖的景象!所幸主人公还握有对于科技的掌控权,最终破坏了科技与政治之间的"联姻"趋势,中止了政治权力对科技的统治。这一结局还意味着,当主人公面对一种更危险情境时,只有选择继续回到现实,无奈地面对它。

随后,黄建新以影片《轮回》将关注点转移到了都市年轻人的存在及情感上。该片改编自王朔的小说《浮出海面》,不同于前两部影片中无所不在的政治异化,这部影片始终聚焦于一个都市中游荡者的生存。"倒爷"石岜似乎活在一种无所事事的状态中,有钱没钱对他的存在没有太大的影响。他对在地铁里遇到的美丽女子于晶展开追求,二人恋爱。石岜因为遭到流氓敲诈而被后者用电钻钻成瘸子,但于晶对他仍不离不弃。结婚后,婚姻的甜蜜很快就被生存的困惑与迷茫所笼罩。石岜最终跳楼自尽,于晶则在石岜死后不久生下了他们的孩子。

王朔小说为这部影片确立了基调与氛围,人物的生活不再受到政治的影响与干扰,政治仿佛突然从现实中"隐身",人物仿佛突然被"抛到"了机械、冰冷、迷宫似的都市之中。与存在主义哲学对人存在所做的描述相似,主人公石岜缺乏明确的生活信念和生活目标,在他玩世不恭的外表底下,是他的厌烦,他的拒绝。与个体的孤独、无助相映衬的是都市环境里的危险(地铁里骑摩托车的黑衣人)、暴力(石岜被流氓用电钻钻瘸腿）与罪恶（敲诈、金钱交易）。因此，主人公石岜可谓中国电影中初次登场的一个存在主义式的人物。中国都市电影的表现内容在此时开始表现出新的面貌，正如戴锦华所说："八十年代后期，第一批具有现代都市文化意义的影片沸沸扬扬而又分外寂寞地出现在大陆热切而茫然的期待视野中。不再是工业空间作为现代城市的提喻，不再是工人、辅之以知识分子作为唯一得到指认的都市人；夕照街、棚户区式的都市村落，似乎陡然从大陆文化的地平线上消失了。"①

在几年的创作"沉寂期"之后，黄建新又进入了一个创作的爆发期，结果便是《站直啰，别趴下》（1993）、《背靠背，脸对脸》（1994）、《红灯停，绿灯行》（1995）这个"三部曲"的诞生。20世纪80年代末到90年代初在国外生活的经历或许让他获得了一种"陌生的眼光"，"新三部曲"中的城市表现出了与之前的"三部曲"中较为抽象的"荒诞城市"相比更具生活气息的质感。谈及为何对城市生活更为关注，黄建新表示："我喜欢表现多元的多变的多义的现代城市生活。因为在那充满着困惑、矛盾、悖反但也让人感到亢奋、冲动、刺激的世界里，潜蛰沉浮游荡着一个个浮动不安瞬息万变的现代灵魂。"② 具体而言，此时黄建新更注重对城市世俗生活的观察与思考，更注重捕捉各种情理、利益纠葛中城市居民的喜怒哀乐。

"新三部曲"均以强烈的现实主义风格呈现了城市微观层面小人物的生活。《站直啰，别趴下》讲述了老实胆小的作家高文夫妇搬到新居后，与两个邻居（蛮横不讲理的张勇武夫妇和自恃甚高却又同样懦弱的刘干部夫妇）之间发生的混合着理解、帮助、冲突的一系列事件。《背靠背，脸对脸》表现了某文化馆想任正职的代馆长王双立先后与上面派下来的两个正馆长之间的各种钩心斗角。《红灯停，绿灯行》则聚焦于一个驾校

---

① 戴锦华：《斜塔瞭望：中国电影文化1978—1998》，北京：人民文学出版社，1999年，第184页。

② 延艺云等编：《西影44年》，西安：陕西人民美术出版社，2003年1月，第219页。

学员班，分别表现了学车过程中几位学员和教练之间的各种小事。几部影片的内容更为繁杂，人物的形象更为丰富，作家、个体户、机关干部、看门大爷、馆长、小科员、政府官员、秘书、商人、记者、警察、出租车司机、修鞋大爷、中学生等有着不同身份和职业的人物悉数登场。围绕这些人物，黄建新在几部影片中均采用了多线索交叉叙事的手法，展现同一事件中不同人物的情感反应及价值立场，让他们在影片叙事中处于平等的位置，既传递出平等看待各个人物的人道主义态度，又表现了人们在世俗生活中紧密交织、相互纠缠的状态。这些人物既讲情义也重利益，既互助也互斗，既可爱也世故，既有动人的梦想也有存在的苦恼。相较于先前的三部曲，此时的人物形象更为饱满、有血肉。

通过透视世俗生活中的各种人物及其相互间的情义纠葛，黄建新相当准确地捕捉了20世纪90年代初开始急速变动的社会空间的氛围。《站直啰，别趴下》的主人公作家高文有知识分子的清高和正义感，却在新环境的人事纠纷中很无力。刘干部代表着革命年代的价值观念，而从厂里辞职后干起个体户，最后开公司的张勇武则代表了改革进程中的弄潮儿。无赖蛮横的张勇武敢于投身市场经济大潮，摇身变为经理，财富为他带来了权力和社会地位。结尾处，刘干部与他达成某种程度的联合，象征着政治与资本的联姻。在这种状况下，留给高文的只有无奈。《背靠背，脸对脸》着重表现事业单位中的人事争斗。王双立有想法有能力，但也精通权术。在市场经济背景下，他善于借助市场的力量寻求发展，并取得一定成效，但他又不愿阿谀奉承领导，导致他仕途屡次失意。他身处市场资本和官场政治两种力量的交汇之处，最终体会到与高文一样的无奈。《红灯停，绿灯行》里的驾校学员班就是社会的缩影：严厉的警官、贪图便宜的侯教练、世故的报社记者苟宇佳、跋扈的大款老差、下岗女工程芬、家境贫苦却染上恶习的小青年绿豆，他们所处的社会领域和阶层各不相同。在均衡地表现他们日常生活的过程中，广泛汇聚了革命政治、商业经济、官僚、家庭伦理等各种话语，传统与现代、落后与文明、人情与法则、冷漠与温情、奸诈与情义等价值立场于其中共存、碰撞，人生百态在城市生活中上演。

影片场景空间的精心选取及设计让社会矛盾的表达得以强化。《站直啰，别趴下》中三户人家的空间安排富有意味：高文的房间处于张勇武和刘干部两家之间，一方面与他在双方几次矛盾中的"调节"身份十分相符，另一方面他的"被夹"位置象征了知识分子夹在资本与政治之间的尴尬处境。影片最后，张勇武要买下高文的房子以扩大规模，给后者在新建小区买了一套更新更大的房子，但由于高文夫妇的搬离是被迫的，因此，身处新居的高文夫妇体味到的苦涩大于喜悦。《背靠背，脸对脸》中的空间以王双立的家和文化馆为主。家庭狭小，在这个空间里，王双立父亲以生儿传宗接代的传统观念给了他和妻子以压力；单位面积很大，其中的建筑布局是传统院落式的，建筑以传统砖木结构为主，木瓦飞檐，斗拱交错。办公室简陋破旧，甚至有些沉闷压抑。单位同事之间爆发冲突的财务科，尤其显得逼仄。城市并不现代，古老的城墙与正在兴建的工地并存。灰色的城市天空映衬出生活与人性的灰色。《红灯停，绿灯行》一片将驾校置于城郊，将情节较为均衡地分布于郊野和城市之中，从而延展了城市空间，或者说回溯到"前城市"空间。无论在城市、郊野还是驾校汽车这一流动的微型空间中，人与人之间的利益冲突、钩心斗角均持续上演。由于小人物的艰辛生活分别得以展示，因而这些矛盾冲突显得相当真实可信。

显然，黄建新"新三部曲"中的城市空间因各种各样小人物的出场而更为复杂、矛盾，更具多面性。世俗生活是城市的血肉，也是城市活力的体现。小人物在世俗生活中的喜怒哀乐极具人情味，他们于情理义利的纠缠中产生的矛盾更加真实地折射出城市空间的变革及其引发的一系列问题，政治、经济、观念、文化等多方力量通过作用于不同职业的小人物身上而汇合于城市空间中，因此，人物之间的矛盾正是变动社会各种力量的冲突碰撞。《轮回》中关于救赎的叩问与追索不再出现，取而代之的，是利益算计的世俗生活大潮对人们的席卷，小人物之间偶尔冒出的关怀、理解像是泛出的点点浪花，并未驱除，反而加重了俗世生活的辛酸和悲凉之感。

三、周晓文：疯狂与罪恶的城市

当西影厂采用灵活的机制大力鼓励年轻导演们分别在艺术电影和商业电影两方面大胆进行创作时，刚当导演不久的周晓文表达了自己在电影创作方面的野心：他认为商业电影和艺术电影之间并不存在泾渭分明的界限，因此，他要"拆墙"——"拆掉中国电影艺术片和商业片之间那堵墙"[①]。"拆"得好了，艺术电影可以卖座，商业电影也可以具有艺术性。

周晓文随后以一系列创作去践行自己的"拆墙"主张，其结果便是《最后的疯狂》（1987）、《疯狂的代价》（1988）这两部"疯狂"系列影片的诞生，名噪一时。进入20世纪90年代，《青春无悔》（1991）和《测谎器》（1993）也可视为这一主张的延续。

在这些以城市为背景的作品中，"疯狂"是一个重要的主题。《最后的疯狂》和《疯狂的代价》两部影片通过暴力、犯罪、复仇、死亡等方面呈现都市的"疯狂"。《最后的疯狂》讲述了公安干警何磊追捕逃犯宋佳的故事；《疯狂的代价》表现了女孩兰兰被大成强奸后，姐姐青青为妹妹复仇的过程。两部影片"最终的疯狂"在于暴力的转移：《最后的疯狂》结尾，何磊和宋佳展开最终对决，均受过军队训练的他们难分伯仲，最终在缠斗中跳下火车，宋佳身上的炸药爆炸，两人同归于尽；《疯狂的代价》中，青青经过不懈追寻终于发现了罪犯大成的踪迹，于是紧追不舍，闻讯赶来的警察抓获了大成。在押解大成下塔楼之时，青青将大成蹬下楼使后者摔死，虽然她为妹妹报了仇，但换来的是更为沉重的结局——毁灭了自己。《测谎器》则以悬疑惊悚的风格展现了一对新婚夫妻的疯狂。影片先是展现了男主人公对其新婚妻子实施的谋杀，随着悬疑气氛的积累，男主人公陷于恐惧以至于精神出现问题，此时真相显现，这一切原来只不过是妻子与她的情人策划已久的一个阴谋。情节实现了

[①] 肖云儒、延艺云、张阿利主编：《大话西部电影——与中国西部电影精英面对面》，西安：陕西人民出版社，2004年，第83页。

惊人逆转。《青春无悔》从一开始,"疯狂"就是主人公郑加农的一个明显特征:在城市建筑工地干老房拆迁工作的他处于失忆与突然无法控制暴力的痛苦折磨之中。当他在拆迁过程中遇到住在一所老房里的麦群时,两人的过去得以揭示:他们都曾在边防军队待过,郑加农当兵,在执行任务中立过功,救过麦群的命,但身体受过伤;麦群曾是战地医院护士,照顾过受伤的郑加农。此时两人之间燃起感情之火。郑加农要拆毁麦群家的老房,麦群则不断地唤起郑加农关于战争时期的记忆。最后,二人一同拆掉麦群家的老房,随后不久郑加农因脑癌去世。

显然,这些影片中围绕着"疯狂"的主人公都是典型的"创伤式"人物。《最后的疯狂》里,主人公宋佳以逃犯的身份出场,但很快我们得知他原本有一个相当正面的身份——军人,那么,怎样的创伤使他变成了逃犯?《疯狂的代价》开场便是妹妹兰兰遭遇创伤:被大成强奸。在表现姐姐青青偏执地追寻罪犯的过程中,我们发现无论是青青、兰兰姐妹俩还是罪犯大成及其哥哥大生兄弟俩,都经受过家庭破碎(父母离异)造成的创伤,这种创伤是他们性格中或偏执(青青)或暴力(大成)的重要根源,也导致了他们最后的毁灭。《青春无悔》中郑加农则遭受了身体和精神上的双重创伤。过去,他当兵时负过重伤,当下,他罹患脑癌;身体的创伤让他饱受精神"创伤"——失忆与狂躁——的双重折磨。《测谎器》的男女主人公则更多的是被欲望所驱使而疯狂,致使他们在新婚后欲置对方于死地。

创作这些影片时,周晓文表现出了对于对称结构的偏爱。在构思《最后的疯狂》的人物形象时,他将干警何磊和逃犯宋佳设计为一个人的两个方面:"一个代表秩序的一面,一个代表反秩序的一面。"[①] 秩序与反秩序,标记了人格中两个极端。宋佳与何磊在很多方面十分相似:当过兵,有谋略,做事缜密、果断。两人的身份却鲜明对立,他们共同死

[①] 肖云儒、延艺云、张阿利主编:《大话西部电影——与中国西部电影精英面对面》,西安:陕西人民出版社,2004年,第85页。

亡或可被视为两种人格的合一。《疯狂的代价》人物角色设计上的对称更为明显。受害者姐妹俩与施暴者兄弟俩形成对照，他们同样来自破碎的家庭，在寻找罪犯大成并向他复仇的过程中，姐姐青青也成了一个施暴者。暴力在二者间转化。青青和大成表现出的性格特征在很大程度上是周晓文"一人两角"这一想法的延续。到了《测谎器》，周晓文在情节上采用了对称结构：男主人公阴谋的步步实施，他的目的达到；之后，相同的情节、场景、对白再次出现，直到最后真相大白，情节实现反转。主观镜头、限制性视角、配乐等手法的恰当运用，为这部影片营造了比较出色的悬疑效果。

因而，创伤式人物、罪恶、疯狂，成为这几部电影中城市形象的主要特征。破碎的家庭、突然爆发的暴力行为、色情活动、公务人员以权谋私、大老板见不得人的勾当、专门靠走私发财的人、狂躁的人、预谋已久的谋杀、夫妻间的相互欺骗、堕落、死亡，这些共同构筑了城市的"疯狂"面目。在城市空间中，人与人之间有着深深的隔膜，但这种隔膜在某种程度上为人物提供了保护。《疯狂的代价》的结尾，当复仇成功然而成为杀人犯的姐姐面对妹妹时，颇为吃惊地发现嚼着口香糖的妹妹脸上竟是一副漠然的表情。《最后的疯狂》中，当宋佳的女友为他找了一个单元房作为藏身之所时，她的理由是虽然人与人住得近，但彼此不认识，所以更安全。《测谎器》中的男女主人公虽然表面上看和正常人一样，但金钱、情欲已将他们深深地腐蚀，其内在早已"疯狂"。因而，虽然该片对城市空间的呈现不如《最后的疯狂》和《疯狂的代价》多，但正由于其聚焦于夫妻家庭这一亲密空间，通过这一空间所暗示出的城市空间自然更为疯狂，更令人感到恐怖。

相较之下，《青春无悔》具有浓厚的象征意义。郑加农的失忆与狂躁都指向了他曾经当兵时受过伤，不过，他的工作及其与麦群的相遇都值得做进一步解读。作为拆迁施工者，他要拆毁麦群家的老宅，麦群则通过不断唤起他的记忆以缓解他的痛苦。麦群是他自身记忆的载负者，保存者。这可以理解为，郑加农虽然是一个建设者，却面临着自我身份认同的危机；麦群是郑加农过去记忆的保存者，是他与自我身份之间的维系，她那在拆迁工地孤零零屹立的老宅象征着传统社会。如此看来，这部影片的故事空间是对20世纪90年代初开始的狂飙激进的社会空间的一种隐喻。在这一时期，作为过往的历史与记忆虽是人／社会的身份认同之所在，但也是一种负担，阻碍了人／社会积极地拥抱未来。置身于急速向前的空间，回忆会导致头痛与暴力，因而必须摆脱过去以重建新的生存空间。这也不难理解为何在最后拆除麦群的老宅时，两个人一同坐在机器上，完成了拆除。青春何以无悔？只有当青春在成长过程中得以妥善地处理与安置，青春才会无悔。当空间完成了重建，人们也要面对平庸的生活，这一点在影片的结尾——当麦群与郑加农的妻子与孩子相遇——得以暗示。

通过创作这几部城市电影，周晓文较为成功地实现了他的"拆墙"主张。对人物深层心理的探索、对人物暧昧心理和人性灰色地带的挖掘、较精心的形式设计以及象征、寓言式表达的运用，体现出他对电影艺术性的自觉追求；另一方面，对强奸、破案、凶杀等犯罪题材和犯罪片、惊悚片等类型的选择，明星出演，突显较强的感官刺激，营造强烈的情感效果，表明他对商业娱乐元素的自如运用。这两方面的融合成为周晓文城市电影的独特面貌。

四、世纪末的多元都市景观

20世纪90年代的中国进入一个更为剧烈的转型期。随着市场的进一步开放，改革更加深化，国家的政治、经济结构层面的调整变动更为频繁，资本的流动性与社会的流动性同步增强，新通信技术的应用对传统生活形态和人际关系开始产生冲击。与此同时，一群日后被命名为"第六代"的年轻导演开始登上中国电影的舞台。巧合的是，其中几位代表性人物也是在西安电影制片厂以城市电影开始了他们的创作实践。作为反映社会变动最为敏感的空间，城市及城市生活自然成为他们关注的对象，对城市敏锐感知使他们的城市电影体现出新的质感和精神气质。

更强的社会流动性让城市空间处于剧烈的变动之中，这给百姓家庭和男女众生带来了人际关系、情感及心理状态上的诸多问题。这自然成为新导演关注的重点。张扬的《爱情麻辣烫》（1997）以五个独立故事分别讲述了不同年龄阶段都市男女的爱情，以此表现爱情的不同状态：少男少女朦胧美好的初恋；青年男女炽热的恋爱；年轻新婚夫妇婚后趋于平淡的感情；中年人面对感情背叛时的无奈与坚决以及老年人温馨、平和的黄昏之恋。虽然每个故事都不长，但戏剧张力十足，表现人物情感状态细腻准确，有较强的写实风貌。在富于活力的都市里，爱情百状千味，越来越让人困惑。影片结尾将这种困惑表现得相当明显：走出小区为男友买早饭的林雨青（徐静蕾饰演）返回小区时，站在小区中间巨大空地上的她突然迷路。摄影机以仰角围绕着她做圆形运动，与她的身影形成对照的是四周林立的高层居民楼，她的脸上充满了困惑不安，随后是一个俯拍的大远景，她的身体显得格外渺小。都市高楼"丛林"形成的迷宫让人茫然失措。

改编自小说《贫嘴张大民的幸福生活》的《没事偷着乐》（杨亚洲，1998）聚焦于城市小人物张大民的家庭，展现他和家人艰辛的日常生活。大民一家六口人挤在城市老街区一个狭小的家庭空间里，随着谈婚论嫁的到来，兄妹、姐弟间为争夺空间而产生一系列矛盾。在城市的扩张的浪潮中，他们的房屋要被拆除，这也带给他们住更大更宽敞的楼房的希望。同时，他们也经受了四民绝症离世的痛苦和被开发商欺骗的屈辱。张大民一家混杂着心酸、无奈、期盼和幸福的生活，无疑是城市小市民的生活本色。同一年，被誉为第一部网络题材影片的《网络时代的爱情》（金琛，1998）则开始关注网络通信时代年轻人的情感及新的人际关系。该片采用三段式结构，讲述了一个有十年跨度的爱情故事。第一段故事表现了滨子与毛毛的相遇；第二段讲述已毕业工作的毛毛与男友鹿林成家后，二人的艺术理想和情感在社会中遭到打击的过程；第三段故事回到滨子，已工作的他偶然在网络上认识了一个网友，与之开始了交流，最后发现这位网友竟是十年前自己倾心的毛毛。如果说电脑网络在第一段故事中只是一个分量很小的道具，到了第三段故事中，它则成为推动叙事的主要角色，是让男女主人公再次相见的重要力量。有了电脑网络的城市空间也开始了迅速扩张的过程，传统被摧毁（毛毛和鹿林曾经的家被拆毁），同时以另一种方式得以保存（关大爷的单弦演奏通过网络得以保存、传播）。《我爱你》（2003）是西影厂推出的最后一部表现城市青年情感心理的影片。这部影片专注于王毅和杜桔这一对情侣／夫妻的生活，捕捉情感的运动。值得注意的是，虽然故事背景为城市，但外部社会空间在影片中极大地退隐，夫妻双方的家庭一直都是缺席的，直到影片临近结束，两人离婚后一起去了趟监狱，探望杜桔已痴呆的父亲，之后杜桔才讲出了她家庭发生的悲剧——父亲杀死了母亲，这为她在夫妻生活中的情感心理找到了一个心理依据。特写镜头、长镜头及对话的大量运用，放大了两人的情感状态及其变化过程，使该片更像是一出心理剧。

除了关注城市中男女情感及家庭生活，审视城市空间的新眼光也出现了。城市化是社会现代性进程的一个重要方面，不可避免地，它在带来显著建设成就的同时也产生了强大的摧毁力量。因而，关注城市化引发的负面效应成为一些导演城市电影创作的基点。显然，于1998年同时创作完成的《洗澡》和《过年回家》多少流露出了对于城市化的敌意。《洗澡》中，导演选择公共澡堂这一场所作为传统的象征，与之对立的则是现代城市；人物方面，是已定居南方、习惯城市生活的大明与坚守澡堂的弟弟二明与父亲之间的对立。在大明回家与弟弟和父亲相处的过程中，情感上从隔膜渐至理解。父亲死后，澡堂也将因城市建设而拆除，常去澡堂的老人们将向过去告别，他们重要的情感联系将被切断。影片最后，街区开始被拆除，变为一片废墟。在呈现澡堂内部时，暖光和流畅的镜头运动让这一空间充满温馨之感，使整部影片弥漫着对于传统的浓浓怀旧之情。

相较于《洗澡》，《过年回家》不再怀恋过往，更着力于对现代性的批判。影片中，主人公魏兰失手打死异母异父的妹妹入狱，17年后获准假释回家过年，李警官顺路陪她，最后在除夕夜终于帮她找到了父母住的新家。开始，魏兰居住的家是一片老街区，她出狱找原来的家时，发现那里已成一片废墟。当面对废墟时，她脸上现出震惊的神情。尽管废墟在影片中只是一个简短的场景，但它连同城市里到处都在进行的拆除活动显然预示着一个快速变动的时代的到来。对于经历了传统空间向城市空间转变的现代人而言，"废墟是他们路途中遭遇的一个空间，成为他们情感处境的象征"[1]，他们在回家的路上迷失，感情世界变得破碎、荒芜。

1998年，另两部影片的出现让城市电影有了更为多彩的面貌。施润玖的《美丽新世界》对城市的礼赞明显的多于批评。影片通过买彩票中奖的乡下青年宝根到大都市上海领取奖金为叙事主线，讲述了他寄居远亲小阿姨金芳处从而引发了一系列小冲突的故事。两人身上的不同性格品质仍旧回到了乡村（宝根）/城市（金芳）的对立主题上，前者的质朴善良、勤劳能干与后者的斤斤计较、刻薄世故形成鲜明对比，最后，宝根的努力让他在城市中得以立足，同时也感动了金芳。在这个价值融合的时刻，宝根带着金芳来到自己中奖房子所在的工地，向金芳许诺了一个美好的未来。显然，城乡对立在这部影片中传递出的不再是愤怒、悲观的情绪，而是乐观向上的态度。通过肯定宝根所代表的价值，影片为我们描绘了一个都市乌托邦。

城市生活充满魅惑的一面也为年轻导演的创作所关注。或许是受到波兰导演基耶斯洛夫斯基影片《两生花》的启发，王全安的《月蚀》以城市里两个相同面貌的女子的故事在展现生命另一种可能性的同时，突出了城市生活的迷魅气质。虽然主人公是身处城市的年轻男女，但影片跳出了爱情、欲望、背叛的情节俗套，并未以清晰明确的因果逻辑驾驭情节。相反，影片采用开放的叙事，用镜头探寻主人公在不确定的生活

---

[1] 杨致远：《碎片"一瞥"的现代性批判——论当代中国电影中的废墟影像》，《中外文化与文论》第34辑，成都：四川大学出版社，2016年，第271页。

中的真实情感之所在，展现出人物在面对神秘未知的命运时的好奇、惶惑以及平静。可以说，《月蚀》极为感性地捕捉到了城市生活与人物生存之间的隐秘关联，所传递出的情绪和心态更具现代意识。

可见，20世纪90年代末西影厂涌现的这些年轻导演创作的城市电影从不同立场审视城市空间，既有对传统的迷恋与怀恋，也有对未来生活的憧憬；既有对快速变动社会中新的人际关系的迷惘，又有对现代性进程中社会的反思和批判。通过这些导演的影像建构，城市或富有活力给人希望，或经历重建的阵痛让人陌生，或如迷宫般令人魅惑，呈现出多样的面貌。

结　语

回顾西影厂从新时期至世纪之交近20年的城市电影，可较为清晰地看出其中所折射出的国家从计划经济到市场经济的改革进程，也能明显地感受到体制改革过程及城市化进程给人们在心理、情感、价值观等方面造成的失衡、困惑、憧憬、期待、失望、愤怒、无奈等复杂状况。这些城市电影为回顾西影厂创作历史带来了一个新视角，为审视中国城市电影发展提供了一个参照，而且，它们还作为当代中国城市化进程的影像文献，具有重要的历史价值。

此外，透过西影厂的城市电影，可以在一定程度上修正我们关于中国当代电影导演的一些看法。例如，第四代、第五代与第六代导演之间不全然是明显的断裂，至少在城市电影创作上，他们之间存在一种延续性；再如，一种影响甚广的看法认为，以寓言化的方式开展对中华民族传统文化的批判与反思是第五代导演的电影作品最突出的特征，也是他们最重要的成就。这不仅遮蔽了黄建新、周晓文的电影创作成就，还让我们忽视了一个事实，即黄建新、周晓文等导演的创作更注重电影与现实生活的密切关联，更具另一种意义上的现代感。总之，西影厂的城市电影不仅是当代中国电影的重要组成，还为中国当代城市影像演进过程的书写留下了浓墨重彩的一笔。

重审英雄书写的"当代性" 激活英雄书写的叙事价值

叶 李 武汉大学文学院

中国文学自古而今便道不尽英杰豪雄的慷慨悲歌、义举豪情,在对各类英雄形象的塑造中寄托着最深的梦想与激情。从智勇超卓的三国英杰到丹心一片的抗金英雄,从《新中国未来记》中的黄克强到鲁迅笔下一抔黄土掩忠魂的夏瑜,从驰骋雪原、剿匪森林的骁勇战士到碧血染红岩、苦待红色黎明的革命英烈,一代又一代的书写者们怀着反抗困境的信念、向自由之境做超越性之探求的祈愿和追寻现代性的乌托邦冲动,用恢宏丰富的英雄叙事证明,书写英雄的文学正是19世纪英国学者马修·阿诺德所说的"世界上曾经知道的和想到的最好的东西"——光荣、梦想、勇气、信念、力量、美德,这些最美好、最激动人心的内容无一不在其中显现。

同时,值得注意的是,尽管优秀的英雄叙事从历史深处走来,穿越岁月烟尘仍能动人心魄,很大程度上就在于其对现实的超拔,标示了与"崇高、正义、公理、自由、真、善、美"等人类超越具体历史阶段而永恒追求与向往的精神价值;但是,英雄叙事同样也是"历史的"。王国维说:"凡一代有一代之文学"[1],为文学所书写的英雄也同样表现为"一时代有一时代之英雄"。文学中的英雄叙事在深蕴普遍价值之外又浸染着浓重的时代色彩或者说有着强烈的时代性。一方面,世情时序造成文学的

---

[1] 王国维:《〈宋元戏曲考〉序》,北京:商务印书馆,2001年,第57页。

变迁兴替，时世亦造英雄——造就现实中的"英雄出世"，也影响着文学中的"英雄出场"。文学作品对于英雄形象的塑造往往呼应着时代思想潮流、社会政治历史的变迁。另一方面，"文章合为时而著，歌诗合为事而作"，文学中的英雄叙事从来都具备并发挥着"为时代"的社会功能，时代的需要、作用于社会现实的目的诉求亦是英雄书写之所由来，英雄叙事的意义实则并不限于审美价值之一端。

事实上，相较于寄情"春花秋月"，何妨"对酒当歌"的诗意人生的浪漫抒发，津津乐道于柴米油盐、食色男女的世相摹写，书写英雄的文学作为重要的"时代主流意识形态的表意形式"①，表达了各时代主流意识形态对社会成员、国家主体进行召唤、建构、动员的现实要求。文学为大众提供怎样的英雄形象，文学作品对英雄的"写法"从来都与时代主流意识形态规训大众，凝聚社会力量，培养文化认同，涵育相同的社会认知心理结构，形成共同的社会理想、价值取向，维护社会稳定或促进社会变革发展的目标紧密萦系在一起。尤其在中国近现代社会经历巨变的转型阶段，英雄叙事、英雄形象塑造作为"文变染乎世情"的中国文学的重要方面也相随而变。我们的民族与国家遭遇"千年未有之奇变"，存亡攸关的现实困境，促使觉醒者、变革者面对"来路何寻"的历史命题于自强更生之际展开现代性探寻。改造中国的社会基础、重塑现代中国的现代化诉求与社会变革目标深深地寄寓于与高昂的自强呼声相携而起的一系列社会思潮和思想文化嬗变中。作为社会思想文化重镇的文学创作，作为危急时刻之"文化想象"的英雄书写不可避免地铭刻着"时代命题"与历史主潮的印记，透射出此种探索的意义以及追寻我们民族、国家现代化道路的政治吁求、社会理想。文学对于英雄的书写以艺术的手段、文本建构的方式呼应、推助着近现代中国寻求现代性的社会实践。正如杨厚均先生所指出的："随着19世纪末20世纪初中国现代性

---

① 孟繁华：《"英雄文化"的现代焦虑——90年代军旅文学中的英雄文化与文化认同》，《解放军艺术学院学报》，2003年第1期。

追求的开始,文学中的英雄形象的塑造也加入这个行列中来。其基本意义在于,通过英雄人物的塑造来实现对现代性的共同想象。在现代性想象中,文学特别是文学中的英雄人物形象的塑造发生了重要的作用。"①

从清末推崇资产阶级改良的维新派到"五四"一代的启蒙精英再到无产阶级的革命志士,都明确意识到和指出了这样一个必然逻辑,非"新民"无以成"民国",非"立人"无以立"人国",没有具备现代无产阶级革命意识的工农大众何来无产阶级之现代国家。这种"现代性想象"不光指涉着"国",也必然关涉着"民",塑造新的国民性、培养现代国民是中国寻求现代性应有的题中之义。因此,近现代以来,在"现代性想象"中发挥重要作用的英雄叙事、英雄书写从一开始就凸显着塑造现代国民、塑造新的国民性、引导大众追寻现代理想的社会文化功能。

清末民初文学对于英雄的呼唤、对于时代英雄的书写在表达"新中国未来梦"的同时,更富含着"新民"的建构意义,即以英雄形象高尚的现代人格、远大的社会理想、在社会历史活动中的"先进性"来"新民德""开民智""鼓民力",为富强、独立之现代中国肇基。因此,像梁启超这样的文学大家,便钟情于书写海内外英豪之传记、塑造《新中国未来记》之英雄人物,站在"英雄造时势"的立场,纵声疾呼:"不有非常人起,横大刀阔斧,以辟榛莽而开新天地,吾恐其终古如长夜也。英雄乎,英雄乎,吾夙昔梦之!吾顶礼祝之!"②"一国虽大,其同时并生之豪杰,不过数十人乃至数百人止矣,其余四万万人,皆随此数十人若数百人之风潮而转移奔走趋附者也。"③可以说,梁启超以英雄书写引领时代风潮、垂范大众。同时,他亦借日人之语深情宣告"彼之造英雄运动英雄者,即隐于世界中之农夫、职工、役人、商贾、兵卒、小学教师、老翁、寡妇、孤儿等恒河沙数之无名英雄也","国也者,非一二人之国

---

① 杨厚均:《文学中的英雄形象与现代性想》,http://www.chinawriter.com.cn/bk/2005-05-19/20680.html,2005年5月19日。
② 梁启超:《文明与英雄之比例》,《新民丛报》,1902年2月8日。
③ 李华兴等编:《梁启超选集》,上海:上海人民出版社,1984年,第100页。

也，千万人之国也；国事也者，非一二人之事，千万人之事也。以一国之人，治一国之事，事罔不治；若欲以一二人而治一国之事，其余千万人皆委之而去，或从而掎龁之，虽圣贤未有能治者也。世有望治者乎？愿勿望诸一二人，而望诸千万人"①，辩证地指出英雄何所来，"民国"由何来，将建立现代"民国"之期望寄托于、交付于"无名之英雄"——广大的新民。清末民初文学对于具有时代性的英雄形象的书写是与塑造现代国民、培育新的国民性的文化要求密切关联的。

五四新文学对启蒙英雄的书写亦不出其外。"凡是愚弱的国民，即使体格如何健全，如何茁壮，也只能做毫无意义的示众的材料和看客，病死多少是不必以为不幸的。所以我们的第一要著，是在改变他们的精神"②，因此，从《药》中的夏瑜到《故事新编》中的宴之敖者，英雄的孤独、寂寞、失败从反面批判、解构了"旧的国民性"，而他们的奔走呐喊、奋斗牺牲则体现出以个性解放、民主自由之思想"觉世""立人"，缔造现代"人国"首在塑造现代之个人的社会理想与社会追求。"期盼并促成一种新的国民性的诞生"深深地内蕴在五四新文学饱含时代色彩的英雄叙事之中。

新中国成立以后，"当一个现代民族国家已然确立的时候，现代性追求的主要任务已经演变成为新的现代理想的确立。文学承担起了这种理想确立的重任"③，20世纪50年代至70年代的中国文学，激情四射地歌颂革命英雄、描写社会主义"新人"英雄不只是为了欢呼与歌颂"走进新时代"，还承担、发挥"反映着与推进着新的国民性的成长"④这一社

---

① 梁启超：《饮冰室合集》专集之二，北京：中华书局，1989年，第48—50页。
② 鲁迅：《〈呐喊〉自序》，《鲁迅全集》第1卷，北京：人民文学出版社，1981年，第417—418页。
③ 杨厚均：《文学中的英雄形象与现代性想像》，http://www.chinawriter.com.cn/bk/2005-05-19/20680.html，2005年5月19日。
④ 杨厚均：《文学中的英雄形象与现代性想像》，http://www.chinawriter.com.cn/bk/2005-05-19/20680.html，2005年5月19日。

会功能。尽管"高、大、全"式的英雄形象因浓重的理念化痕迹、缺乏现实生活逻辑和抽象为单纯的政治符号而在后来遭到否定,但值得重视的是,大写"思想崇高、道德纯正和身体强健的完美的革命者"[①]这样的时代英雄,体现了主流意识形态已超越"五四"关于新的"国民性"的想象和对大众的召唤。这样的英雄书写正是主流意识形态塑造现代社会主义国家中新的国民性,造就认同新的社会秩序,以勇于奉献、无私无畏的热情建设社会主义的新主体的重要方式。

经历"文革"岁月之后,新时期以来,对于实现现代化的渴望与现代性的追求重新成为整个中国社会高度张扬的"集体显意识",中国特色的现代化进程隆隆启动,社会主义市场全面开启,当代中国社会结构经历了整体变迁,文化结构迎来历史性转型,大步向前的改革开放成为时代主旋律,文化精英的知识价值受到推崇与重视,日益成熟的商品社会中全民经济发展诉求成了社会核心语码,兼顾效率与公平成为改革发展的重要课题。时代命题的更新与转换使文学舞台上"改革英雄""经济英雄""文化英雄"等轮番登场,各领风骚三五年,引领了不同社会文化语境下当代文学书写时代英雄的风向标,为英雄之时代性提供了具象化的标示和注解。

这些时代英雄的"类型特征"既折射出中国社会现代化进程中关于"现代性想象"的那些重要部分,同时也彰显着一种社会诉求——引导国民伴随社会政治、经济改革的趋向,凝聚"共同的社会理想与现代价值目标",与时俱进地形成新的社会主义核心价值观念,涵养与中国现代化进程发展目标一致的现代社会人格。但是另一方面,随着新时期之后,积聚在文学领域的过多的社会心理能量渐次转移与回落,意识形态与文学书写的绑缚日益松动,当代文学力求挣脱政治功利性文学观,突破单一的宏大叙事,重建文学的本体价值。这种文学诉求、文本实践同样在

[①] 杨厚均:《文学中的英雄形象与现代性想像》,http://www.chinawriter.com.cn/bk/2005-05-19/20680.html,2005年5月19日。

时代英雄的书写中得到落实与体现。即努力打破此前千篇一律的"英雄神话",破除英雄书写中"造神"式宏大叙事的陈规,寻求书写英雄的新的可能——卸载掉以往英雄书写过度承载的社会功能,淡化和稀释英雄叙事中社会功利诉求,将英雄从神坛请下,恢复为"肉身凡胎"。此种努力虽为英雄书写提供了新的价值向度,但在具体的书写实践中却又矫枉过正,在一定程度上出现过度卸载英雄叙事之社会功能、消解英雄书写之价值意义的问题。

其中有两种值得注意的典型趋向。一是新中国成立之后,尤其是在高度政治伦理化的语境中,英雄叙事往往热衷于将英雄神化,奉于神坛之上,抹杀英雄的个人情感、排斥英雄的私人生活,强调的是英雄无欲、"英雄无情",超凡入圣。但如今,英雄书写将"英雄"还原到人间之时,又不免过度"纠偏",过分渲染英雄的情与欲,甚至缺乏节制,对之泛化。当对英雄之"人欲"的书写突破了将英雄还原为"大写的人"的必要限度时,"欲望化的英雄"就浮出了当代文学的海面。英雄书写中的"欲望化"跟当下商业性消费文化语境大有关联,受文学创作中的商业化色彩与逐利追求的驱动,由绝对地膜拜和崇奉英雄到对英雄进行"窥视"和"猎奇",无疑迎合了大众文化的世俗趣味,满足了大众消费性阅读中潜隐的猎奇心理与窥视欲,使得对英雄的书写同样成为被消费的对象。从"被叙述的时代英雄"而至"被消费的英雄",这样的转变既在艺术塑造层面带来缺憾——淡化了英雄叙事中重要的审美特征"崇高美",又在文学创作的社会价值层面造成损失——放弃了以英雄的先进性凝聚共同社会理想、塑造现代国民的社会立场,消解了书写时代英雄的社会价值与意义。

另一个趋向则是以往书写英雄中"追寻理想"奋不顾身的求索者形象为时下"追逐成功"的弄潮儿式的英雄面影所取代。商品经济大潮的澎湃前涌,社会变革时代全民经济发展诉求的高涨,令"为天地立心,为生民立命"深怀启蒙理想、壮怀激烈的英雄形象更多地作为文化记忆凝定在以往的英雄书写中,而不再是当下英雄叙事的聚焦点。深受现代经济理性和世俗文化影响的书写者们更钟情于塑造追求世俗幸福与社会认同、强调自我实现、追求个人事业成功与创造财富神话的英雄。美国哲学家理查德·罗蒂曾说，在现代商业文化、世俗文化勃兴的语境中，当下文学所塑造的部分时代英雄从"知道一种大写的秘密"和"达到了大写的真理"的非凡者一变而为善于追求成功、"善于做人"的个体。"英雄"的意义被窄化为名利场中的赢家，"英雄"的内涵被缩减为商业社会丛林法则下的强者，"英雄"的价值被简化成"我的成功你可以复制"的示范样板。点燃成功欲，激发名利心，昭示世俗意义上的成功道路成为这种英雄书写的内驱力和叙事动机。通过书写时代英雄彰显现代社会的"历史本质"、塑造体现社会主义核心价值观之新的国民性、构建现代社会之主体的社会诉求恰恰被放逐于外。

以上两种趋向显示了当下文学的英雄叙事中存在"失重""空心化"的艺术缺憾，这也提示我们，需要正视时尚化的英雄叙事对于塑造新的国民性、召唤现代社会主体之社会功能的虚化。因此，我们有必要重新检讨：在今天这个时代，我们要书写怎样的时代英雄，怎样书写时代英雄。首先，书写时代精英，社会政、商、文化各界成功人士，非凡英才的英雄叙事决不能与讲述个人发迹、谋求世俗成功、获得财富与权力的个人传奇画上简单的等号，仍需在英雄叙事中坚持道德价值的传达，传递超越性的理想信念、建构现代性的精神维度、引导塑造现代之国民。另外，同样不容被忽视的是，尽管各界精英具备雄才大略，是表征了我们时代特色的杰出人物，可是正如张爱玲所说，普通人才是这个时代的负荷者，尤其身处和平发展的年代，我们面对的更是"凡人开启的英雄时代"。"时代""英雄"除了与"大人物""伟业""宏大叙事"相关联，更与"凡人""小人物""平凡朴素""恒久的付出""执着的坚持"紧密缠系，凡人仍是这伟大时代的构筑者，更是英雄所由来。在和平年代，比之商业巨头、艺术天才等引领潮流、创造历史的伟绩，普通人、小人物静默的付出、坚韧的持守，他们每一点真诚的努力对于时代与社会的推动同样重要并值得赞颂，其所展示的道德价值与精神境界一样光灿照人，充满英雄人物的感召力。普通人身上同样具有"英雄性"，和平年代凡人身上的"英雄性"刷新了"英雄"的当代意义，也开启了我们认识和理解英雄的另一个向度。怎样在这样一个"凡人开启的英雄时代"发现普通人身上的英雄性，在"平凡的世界"中发现并书写代表了我们这个时代精神高度、道德境界、主体创造性的凡人英雄，正是当代文艺创作者应当正视的艺术命题。

概览新时期以来的文学，作家并没有对"小人物"视而不见，实际上这样的作品从不曾在当下的文学创作中缺席，而且为数不少。但是大量书写"凡人"的作品往往在文本深处盘踞着一种深重的甚至是被泛化的"苦难焦虑"，对于"凡人"的表达常常被一种"灰网情结"所笼罩。"底层文学"虽然将目光投向被长期遮蔽的弱势群体，自觉关注和力图表述底层，给予精神抚慰，然而一个普遍情况是，此类作品表述动机中强烈的道德意愿使得作品对现实人生的观察、反映预设了道德化的叙述立场，采取了占据道德优势、自上而下的叙述姿态，而回避了沉入生活内部，发现平凡人物、社会底层生活丰富的生命质感的可能。道德化的叙述立场令作品对小人物底层经验的表述往往陷于"失控"的危险：想象覆盖了经验，释放道德激情凌越了深沉的体恤，图解道德观念取代了真诚的省察，凸显道德批判遮蔽了对于"底层"生命之丰饶的发现，"下坠式的写作"消解了精神的升腾。关于社会底层小人物性格、命运的书写总为"苦难叙事"或"社会审判"所统摄而流于模式化——小人物无一不挣扎在苦难命运的深渊，"写到'男底层'便是杀人放火、暴力仇富，写到'女底层'常常是卖身求荣、任人耍弄……不见温暖，不见尊严，一律大苦大悲，凄迷绝望，鲜有十分丰饶的精神质感"[1]。社会下层的小人物丰富、复杂的生活世界与精神世界被简单化、概念化地提炼为麻木、愚昧、贫困、残酷。而在新写实文学中，所谓的零度情感令凡人的人生为文学的目光森然打量时被肢解成纯然的鸡零狗碎，凡人的人生图景不

---

[1] 洪治纲：《底层写作仅仅体现了道德化的文学立场》，《探索与争鸣》，2008年第5期。

过是飘洒无根的"一地鸡毛",琐碎不堪,暗淡无光。"灰网"成为对小人物生活最合适的描绘,而平凡的个体除了深陷其中别无选择。在终止价值判断的名义下,"平凡的世界"被刻画成"冷山"与"暗域",平庸、乏味是这个世界的代名词。凡人作为"行走的鸡毛掸子"在"灰网"似的生存境遇里与理想之光、奋进之举绝缘,领悟不了意义也看不到价值,这些被视作凡人人生的原生态。到了"新市民文学",对于凡人的书写又不免搭上了"欲望号街车",在浮华都市和商业文化语境中飞驰,陷入"欲望的圈套"。以上种种对于凡人的叙事在将小人物及小人物的生活简化为一种形态的同时,显然忽视了对于凡人的道德理想与价值信念、凡人身上那些震撼的时刻、感人的瞬间及不凡的"英雄性"进行开掘的可能。然而这些确乎是在凡人身上存在的。

尽管"十七年文学"对于凡人出身之"英雄"的塑造由于政治功利性的诉求而难免具有理念演绎大过形象塑造、以英雄形象政治性的公共价值拒斥英雄个体丰富人性内涵的缺陷。但彼时的英雄叙事对其所具有的社会功能与精神信仰上的正面引领作用怀有可贵的信心,力图以英雄书写引领社会成员形成怀有共同社会理想、价值信念的"社会共同体",由此发掘凡人身上的英雄性,展现普通人成长为英雄的奋斗历程,表现凡人在革命斗争、城乡建设、日常劳动中焕发出来的"崇高美",催人奋起。尤其注重通过塑造平民或中下层出身的英雄形象以"造就具有社会主义革命理想,自觉追求社会主义革命理想与价值的主体",引导受众认同自我作为"具有社会主义价值观与理想性"[①]的新主体。这种有担当又对自身的叙事价值充满自信的英雄叙事激活了文学书写中那些为"引领、感召、示范"等字眼所标示的正面力量,而这样的艺术表现与文艺的社会责任担当也不能不为今天的书写者重视和借鉴。

应当承认,小人物对于生活困境的反抗、对于尊严的捍卫、对于社

---

① 刘复生:《蜕变中的历史复现——从"革命历史小说"到"新革命历史小说"》,《文学评论》,2006年第6期。

会责任的勇敢担当、对于生命价值的追寻、利群为人的奉献，凡此种种，足可以"英雄"视之。在建构和谐社会的和平年代，广大的"凡人英雄"就是撑起天幕的脊梁。当代文学除了描写"生命不可承受之轻"，也应充满勇气与自信地正视与承担"文学理应担当之重"，真诚地书写我们时代的"凡人英雄"，凝聚建设现代和谐社会的共同理想，塑造符合现代价值观的现代国民性，与时代要求相呼应。

要让当代英雄书写照亮"历史的天空"，焕发生生不息的"力与美"，我们应该重审英雄书写的"当代性"，直面曾经的英雄书写中积淀的历史经验与教训，激活英雄书写的叙事价值。

托马斯·卡莱尔说"英雄崇拜从没有死，也不可能死"，还有人说"英雄是一种原欲"，"而作为一种原欲，英雄是不灭的"。不管英雄崇拜与英雄的"本质"是什么，但"不灭"与"不死"或许正好说明英雄书写其来有自，源远流长，不曾断绝，于是每一时代的英雄书写对于英雄谱系的文化建构均成就一种传统的生成与延续；同时英雄书写又常写常新，不可能终结，这样，"当代"必然地在英雄书写中以特定的方式呈现它的面影。英雄书写的"当代性"因此就获得了多维的阐释空间：一种叙事传统不断被拉入"现在"进行审视，通过让"过去"进入"当代"而打开"当代性"的面向；另一方面，"当代"又往往在容纳过去与拒斥"传统"的张力中、在与谱系的叠合或对谱系的重新曝光中使"当代性"显影。所以，"英雄书写的'当代性'"本身即是一个充满了对话性的命题，它本身就是在过去与现在、传统与当代，对于英雄的价值、本质的认定与时代的对话中存在与展开的。

文脉流长的中国文学深具书写英雄的传统，"天地英雄在，千秋尚凛然"。但一时代有一时代之英雄，即使那些最能表征普遍性价值追求和精神向度的英雄叙事也不可避免地铭刻着历史烙印，为社会潮流所裹挟，透射出时代风尚。英雄书写往往与时代相因应，在与时代思想潮流、社会变迁相呼应的"趋时随势"中体现那一时代的"当代性"；同时，英雄书写一直在时代文化的建构与发挥意识形态塑造认知结构、进行社会整合及主体构建的功能上具有重要作用，或者说发挥"为时代"的社会功能与文化功能实际内在于英雄书写的合法性当中。从某种意义上讲，我们甚至可以将英雄书写视作一时代之文学的强音与重音，因为它始终与造就具有共同价值取向的社会主体的目标诉求紧密联系在一起。

在任何一个"当代"，书不书写英雄从来都不是问题，书写怎样的英雄、怎样书写英雄才是重要的文学命题与文化命题。正视英雄书写的"当代性"，除了真诚地书写新时代的时代英雄，还应该基于以往英雄书写的经验与教训，从一种警惕出发来镀亮英雄书写的价值，即警惕把英雄缩减为一种"名"或作为一种观念的"出场"去书写，并以这种"名"或"抽象观念"造就一个绝对的精神尺度、价值标准来对个体丰富的精神世界进行钳制与压缩。开掘英雄书写的"当代性"，只有从拒绝"伪英雄"书写开始才具备了可靠的基点。另外，当代"新历史主义""先锋文学"等写作潮流中终结英雄的反英雄叙事固然在特定的语境下从反抗的层面体现出正面价值，但反英雄叙事的泛化也表征了某种文化症候，隐伏着"现代焦虑"，折射出一种文化危机——历史主体意识的虚化，个体"生活在'生活'之中"而与历史"脱钩"，丧失"历史与生活的同一性"。从这个意义上讲，体现"当代性"的英雄叙事需要回应这样的现实，重新把那种突出社会主体建构性的"英雄书写"的"过去"拉回到当下去提取一种合理的写作面向与价值，通过英雄书写昭示个体与历史建立有效关联的可能途径，提供个人与历史对话的文学空间，并由此恢复、重塑个体的历史主体意识，造就一种"内在于历史之中"的"非虚构"的历史主体。此外，值得注意的是，英雄书写的"当代性"里理应含有"异质性"的维度。诚然，如前所言，英雄书写在对时代主题的熔铸中让时代于其中显影，可是真正的英雄书写又可以与时代或者说与"当代"保持张力，它甚至能够以一种"背叛"的方式令"当代性"更深刻地进入自身。如同有的学者把黑格尔称为"不情愿的现代主义者"，因为他"既意识到现代性是人类历史不可逆转的成就，同时又看到了其深刻的矛盾、复杂性和不完美"；我们应该期待这样一种"不情愿的当代英雄书写",它的"当代性"不只是体现为对时代的颂歌,对于"当代"的肯定,还在于看到其中"深刻的矛盾、复杂和不完美",并面对这一切"展现出清醒的批判意识和不屈不挠的改善意志"。

中国改革开放四十年农民工电影题材嬗变研究

袁一民　四川大学广播电视编导系

农民工群体是一个集合性概念，指随着中国现代化工业文明的不断发展，在农村生活的具有户籍的劳动力逐步向城市转移，并通过城市劳动获取生活和生产资料的群体人口。值得注意的是，中国的农民工群体由于其社会生活方式、生产结构组织形式和文化观念等方面与传统的农业社会生产合作组织方式勾连较大，对城市文明的生活生产方式又有着逐步消除异化的过程，同时又与其不断产生矛盾，使得农民工在城市社会中焦虑和无助的生存状态逐步为社会所关注和聚焦，也不断催生出文学艺术对这一题材的呼应，电影就是其中重要的创作表现形式。

随着改革开放发展的四十年，中国电影中农民工的社会身份已经发生了巨大的转化，从早期影片中农民工形象对比当前新生代农民工的形象书写，不难发现其在思想认知、行为方式、教育程度、生产形式和社会融入习惯等方面的颠覆性改变是得益于中国目前社会公平机会大大改善、城市文明不断发展，对其更加宽容友好。但是，以农业产业化为标志的现代农业文明尚待成熟，城乡二元结构对立依然严重，户籍制度依然是农民工群体在城市里获得公平生存资源的最大障碍。这些问题的出现让当代电影中所表现的新一代农民工人群在城市生活中的现实处境依然艰难，新时期农民工题材电影对农民工群体形象出现多元表达的特征。

一、引言

农民工电影题材。自我国电影产业发展以来，农民工的形象就逐步进入中国影画系统的图谱中。农民工电影题材主要是指影视作品涉及农民工个体或者群体心理体验或者生存现实，勾勒农民工的社会形象图景，借此反映农民工在城市社会生活中的生存状态和背后深层次的社会问题。中国电影从发展以来，一直具有深刻的人文关怀情怀和现实主义传统。回溯到新中国成立前的电影《都市风光》（1935年）中，乡下打工仔进入大城市打工的形象已经被袁牧之塑造得深刻饱满，同时期孙瑜导演的电影《天明》（1933年）中的菱菱，陈铿然导演的《香草美人》（1933年）中的王阿大一家，郑正秋导演的《姊妹花》（1934年）中的大宝、桃哥等都是我国早期影视作品中呈现出来的农民工形象。

而自从改革开放以来，我国电影艺术百花齐放的局面为农民工题材的电影作品提供了丰富的创作土壤和多元视角，越来越多的影视作品开始涉猎这一题材，而新时代农民工的形象在电影创作方面更加丰富和饱满，同时电影作品中农民工题材的书写也在发生着深刻的变化，不断迎合我国社会发展的进步和时代变迁。

关于中国电影对农民工题材的表现方面，多数学者依然秉承电影作品表现这一主体是延续底层文学的书写模式，"主要认为电影反映农民工在中国经济社会改革大潮下，是依然处于贫困状态的弱势群体，生活的艰难，命运的悲苦是这类电影批评研究的一贯的主题"[1]，同时坚持中国电影对这一群体的同情乃至悲悯的创作心态以及强烈的社会批判意识是这类电影的精神特质，而关于农民工主题在改革开放四十年电影发展中的变化和创新，却很少有学者进行研究。这些学者通过对农民工主题的批评，在一定程度上对现代电影研究批评有积极贡献价值，将人物与社会发展进行了深刻的对比，对农民工身处的社会现实进行了反思和评判。但另外一方面，他们忽视了从变化的角度去看到中国社会深层次的

---

[1] 张德祥：《当代文艺潮流批评》，北京：中国文联出版社，2006年，第83页。

政策和经济变革，以及在电影中农村打工群体对这一深刻变化的映射和反映，并借此形成的电影创作经验事实。

综上所述，在改革开放四十年之际，本文力图以市场化改革对农民工生存发展的影响和中国电影创作对这一影响的艺术呼应作为主线，寻找电影中农民工逐步市民化形象嬗变阶段划分的依据，在电影艺术中努力探寻农民工形象图谱背后的复杂社会和心理动因，并由此总结农民工题材电影在新时代发展中的新特征和新趋势。

二、改革开放以来中国影片中农民工城市化影像的发展阶段

改革开放以来，中国经济社会的显著变化由家庭联产承包责任制拉开序幕，农村剩余劳动力的流动逐步显性化，城市—农村二元对立矛盾也不断加剧。中共中央十四大社会主义市场经济体制确立后，随着政策和改革开放环境的进一步优化，大量农民工群体拥向城市，但是由于农民工自身身份和职业需求的不同步性导致农民工在城市发展遭遇诸多问题。和第三代以"红色精神"与"政治主导"为创作目的的导演不同的是，第四代具有反思精神和第五代"民族寓言"的导演以求真务实的现实主义精神和对现实的批判性反思，敏锐地抓住农民工题材电影的主线，着力表现城市中农民工群体的真实境遇和融入城市自我身份的建构过程。在这个影像更迭过程中，大致可以分为如下三个阶段。

（一）第一阶段（1978—1991 年）：农村剩余劳动力开始转移过程中形成的农民工影像轮廓

1978 年冬天，家庭联产承包责任制在安徽省凤阳县小岗村拉开序幕，在邓小平等中央领导人的提倡下，迅速在全国推广，并以此为标志正式宣布中国迈入改革开放的伟大历史进程。在这个阶段，中国电影中的农民工初步形象轮廓已经进行分野。首先是农村内部剩余劳动力的形象刻画，这部分农民工形象主要体现在以乡镇企业发展为背景的电影题材中。其中，1982 年，王心语导演的《陈焕生进城》是改革开放后第一部真正意义上的农民工题材电影；1983 年，赵焕章导演执导的《咱们的

牛百岁》；1986 年，颜学恕导演执导的《野山》；1988 年，汤晓丹导演执导的《荒雪》都是这一时期代表性的影片。

其次，部分导演将视角放在外出城市打工的农民工群体中，并以此进行了大量的影视创作。其中代表性的作品如：1984 年于彦夫、张圆导演的《黄山来的姑娘》，1984 年齐兴家导演的《街上流行红裙子》，1987 年孙周导演的《给咖啡加点糖》，1988 年董克娜导演的《黄土坡的姨娘们》，1989 年王秉林导演的《女模特的风波》，1990 年张良导演的《特区打工妹》，1992 年王凤奎导演的《我想有个家》，均对这一题材有所涉猎。

（二）第二阶段（1992—2003 年）：大规模农村劳动力群体转移下的农民工影像书写

1992 年，以邓小平同志的南方谈话和党的十四大为标志，中国的改革开放和现代化建设进入了新阶段。这一变化对中国社会产生了深远的影响，而中国电影第五代导演敏锐地抓住这一视角，拍摄了大量农民工题材电影。和第四代导演不同的是，以陈凯歌、张艺谋、田壮壮等为首的第五代导演经历过上山下乡的知青生活，经历过新中国变革中的阵痛，他们以民族反思、民族寻根的立场和态度审视中国民族文化发展的脉络和经验，用一种严肃而批判的态度进行电影创作。中国农民工现象的爆发，不仅打破了中国几千年来的土地、宗族文化延续，将城市和农村的文明放在一个时空中进行观察和研究，同时这个过程中产生的矛盾，变革和悲喜剧也为第五代导演提供了大量的素材[①]。虽然第五代导演鲜有农民工题材作品，但是其影片在宏大历史叙事过程中已经不自觉地把视角延伸到这个领域内，因此，第六代导演迅速跟进，在复杂的社会背景和微观的家庭圈层内抽丝剥茧，用精微的视角对农民工个体和群体进行描述，形成了这一阶段大量的电影作品。

在这一时期，创作者一改从前脸谱化、政治化的表现手法，更加侧

---

① 戴锦华：《历史、记忆与再现的政治》，《艺术广角》，2012 年第 2 期，第 4—12 页。

重农民工的个体现实描述和群体价值批判，在中国社会剧烈的变革空间中，将城市与农村进行并列叙事，从多个侧面描述农民工个体和群体的形象精神特质。其中有比较重要的作品：1995年，贾樟柯导演拍摄的电影《小山回家》；2000年，管虎导演拍摄的电影《上车，走吧》；2000年，王小帅导演的《十七岁单车》；2003年，由李杨执导、编剧，王宝强、李易祥、王双宝等主演的剧情片《盲井》等。

（三）第三阶段（2004年至今）：农民工市民化下的影像图景

2001年，中国加入WTO后，中国经济进一步发展，和世界接轨的节奏越来越快速，并且在全球经历经济危机复苏以后为发展中国家的经济发展要求提供了更多的机会，我国农民工已进入逐步市民化阶段。与此同时，作为大众传媒的电影也为世界格局的重新洗牌和中国的强劲发展势头推波助澜，在其敏锐地觉察到大众媒体的热门话语开始向农民工城市化主体转换的时候，中国电影抓住这一主题开始发力。

这一时期，电影创作非常多，主要作品有：2004年，冯小刚导演的电影《天下无贼》；2005年，杨亚洲导演的电影《泥鳅也是鱼》；2006年，贾樟柯导演的电影《三峡好人》；2007年，张扬导演的电影《落叶归根》；2007年，李玉导演的电影《苹果》；2008年，徐俊导演的电影《阿拉民工》；2008年，陈军导演的电影《农民工》；2009年，阿甘导演的电影《高兴》；2009年，安战军导演的电影《天堂凹》；2010年，孙召民、李勇导演的电影《电话亭情缘》；2010年，李彦廷导演的电影《年关》；2011年，周军导演的电影《拓本》；2012年，梁国喜导演的电影《七叔》；2013年，英壮导演的电影《凭啥相信你》和雷一松导演的电影《冬去春来》；2015年，范俭导演的电影《吾土》；2017年，李睿珺导演的电影《路过未来》；2018年，何苦导演的电影《最后的棒棒》等。

值得注意的是，这些电影中的农民工青年很多已经属于第二代农民工，他们的意识、观念和理想由于中国教育程度的规划和普及以及大众媒介的发达对于新鲜事物的接受程度，早已远远超越了上一代农民工。因此，他们进入城市后，更加容易接受城市的生活和快速调整自己的思想和行为范式，具有更大的灵活性。

三、农民工电影题材在新时代的表达倾向

当下新时期，对农民工影像表达更重视流向城市的新移民和原市民拥有平等的就业机会和待遇、公平享有社会保障和公共服务、公平行使公共事务权利和在生活方式思维理念上融入城市。在这些诉求表达的同时，农民工电影题材更加呈现出社会批判和人性救赎的显性特征。

（一）新时代农民工题材电影的发生和定位

基于电影艺术发生学研究，新时代农民工题材的产生主要基于两个动因，其中一个是创作者在社会底层生活经验对艺术创作的灵感激发和知识分子道德良知的自觉。另外一个因素是电影艺术的自我救赎和突破。第一个动因已经称为目前研究底层电影学术界的共识，本文不再赘述。第二个动因主要是电影针对目前大众媒体在新时期多种思潮主义下的突围和解困方式，这些思潮包括消费主义下的后现代创作观点，娱乐游戏化的电影先锋主义杂耍叙事剧情和以人性欲望释放作为创作主流的商业电影作品。在美国媒介文化研究者、批评家波兹曼看来，包括电影在内的大众媒介具有极致的娱乐性，从形式到内容上娱乐占据了其全部表意特征，教育、审美的功能被世俗的功利主义实用经验所替代，电影中构建的影像狂欢最终代替了我们的意识思考，我们最终将身处一个缺乏想象力和道德温情的物质社会。

中国进入新时代后，电影创作主题上百花齐放，但是受到大众娱乐观念和好莱坞商业电影模式的影响，在很多题材上电影内容流于粗俗，脱离现实，不断地通过欲望的发泄满足感官刺激带来的生理和心理愉悦体验。同时，脱离大众疾苦的创作对社会良知的呐喊一直萦绕在冷峻思考的电影知识分子群体面前。因此，以农民工题材为代表的关注底层社会生活状态的电影题材不断被新生代导演认为是一条电影创新之路，在社会转型过程中以其积极实践探索和强化社会认知的意义，对社会发展有重要的探索价值。与此同时，电影创作方面，第六代导演对电影艺术

的人本主义更加推崇，电影主题的表达即人性的表达，人的感受、经验、欲望在电影中的全力呈现对于电影创作来说是尤为重要的。巴拉兹·贝拉在《可见的人——论电影文化》一书中提到"电影将在我们的文化领域开辟一个新的方向，每天晚上有成千上万的人坐在电影院里，不需要看许多文字说明，纯粹通过视觉来体验事件、性格、感情、情绪，甚至思想"[①]，这些建立在导演生活观察和社会理解基础上的经验反过来更加促进现实主义题材在观众基于生活经验方面个人意识的倾向和认同，同时这些现实经验在文化快餐和碎片信息特征下的好莱坞大众娱乐媒介上很难予以展开和表现。

（二）城市中的异化景观：农民工题材电影的社会性批评

法兰克福学派主要代表人物T.W.阿多诺认为，艺术表达在西方资本主义社会对全世界影响日益加大的背景下，工业化全球化不断加剧，艺术表现形式开始成为彻头彻尾的工业化链条下的商品，艺术的生命力受到挑战。"引起社会注意的美学使其从无艺术造诣和低级庸俗的状态中解脱了出来，该途径与其说是对社会批判的反刍，不如说是对它的反思，这种批判的目标则是艺术作品的意识形态层面。"[②]他强调艺术创作中的社会性悲剧是归根于资本主义异化带来的不幸与灾难，这种异化的结果在导致艺术创作中小人物在社会发展中的无意义解释和荒诞、虚无。

在电影《十七岁的单车》中，小贵作为一个农村来的青年希望在城市中寻找谋生的路径，在初来乍到怀着对城市美好生活的憧憬继而被为富不仁的城市经营者欺骗后，小贵购买了一辆山地车并成为城市快递公司的"新时代骆驼祥子"开始艰难的打工生涯。小贵的单车被偷后，他四处寻找，并不断被城市中的各色群体鄙视、欺诈，让小贵在无处容身中以被孤立和被围观的身份成为城市中的卑微和被歧视的尴尬景观。影

---

① 李恒基、杨远婴：《外国电影理论文选》（上编），北京：生活·读书·新知三联书店，2006年，第81页。

② See R.Boehringer (ed.), *Briefwechsel zwischeen George und Holf-mannsthal* (Munich und Dusseldorf 953), p.42.

片结尾，小贵拖着被损坏变形的自行车默默地走向城市川流不息的人群深处，在灯红酒绿、人声鼎沸的街道空镜头中，一片逐渐模糊的虚焦镜头让观众明白等待他的未知命运必然以一个悲剧性的结尾画上句号。同时，影片《上车，走吧》中两位来自农村的好朋友开始了在城市中的奋斗经历，他们租下公交车希望能够靠运输积累财富，完成在城市中安家的必要物质基础。但是，他们在城市中突然发现，一切的行事规则、一切的思考逻辑相较于自己农村那个淳朴简单的地方有着太多的不同，他们的小巴无缘无故被人打砸，他们的主动示好被看作软弱可欺，他们依靠自身的努力被看作对城市身份经营者的尊严挑战。当他们获得商业经营上的成功时，在城市人的眼里，他们依然愚昧、自私、贪婪、麻烦，甚至连自己的朋友（大英子）也会有意无意地叫他们土老帽。最后，影片中来自农村的高明和刘承强成功了，但是从某种意义上来说，他们又没有成功，因为他们最终希望成为城市人，而这种终极目标和他们的奋斗没有关联。

（三）无根与异化：人性反思与理性回归

法兰克福学派的代表人物马尔库塞以人本主义的哲学思辨提出消费主义进入社会后，把人转变为单向度的个体，人性得到扭曲，人的异化让人将物质追求作为本性发展的驱动力，人和产品的关系被颠覆，个体迷失在商业竞争加剧的消费社会中，不再对审美崇高予以追求。在很多中国新时代电影题材中，农民工进入城市以后，被高度机械化和自动化的生产方式控制了自我欲望的正常满足，人的工具化存在让自我实现被压抑，扭曲了人性以适应高强度和激烈竞争下的劳动获得感，最终迷失了自己的本性。

在电影《盲井》中，来自农村的私人小煤矿农民工唐朝阳和宋金明日复一日机械单调地工作，对比煤矿主在城市中花天酒地的生活，不禁对自己微薄的收入心怀不满，怀着成为别人眼中有钱人的渴望和对金钱不择手段的贪婪，丧心病狂地诱骗自己的亲人来煤矿工作，并趁机制造安全事故谋财害命，骗取高额的赔偿金。影片中，来自农村的青年小伙元凤鸣被他们骗到煤矿,在他们想要下手的时候,元凤鸣来自农村质朴和纯善的性格让宋金明感到犹豫,于是为了减轻自己的罪恶感,他们决定通过让元凤鸣去嫖妓以弥补他对这个花花世界涉世未深的遗憾,在他们看来消费主义社会中感官的刺激和肉体消费是唯一可以融化农村朴素道德操守坚冰的法宝,对于"爱欲"的罪恶释放是他们可以满足这位农村质朴青年关于城市和现代性最完美的想象图景。因此,在元凤鸣嫖娼后深切感受源自内心深处"罪恶感"的时候,他们不屑一顾地认为他在城市现代生活中被排斥的原因就是守旧和老土,在人性的道德天平上,究竟谁是在消费社会中被异化的一方,导演用镜头语言给出了沉重的解释。在矿井幽暗的深处,厉鬼一样的罪犯对受害人询问是否想家的时候,罪恶再次上演,两人的狞笑伴随着矿机隆隆的喧嚣声,现代消费社会对人性扭曲的病态和丑陋暴露无遗。

此外,关于消费社会的暴力和罪恶问题,弗洛伊德曾经也谈道,关于人生本能和死本能是一个相互制约的平衡体,工业社会对爱的压抑助长了个体人性中的攻击性,社会攻击性是个体攻击性的累加,社会中一切的暴力均源自人的攻击本能,对其的压制需要人性和社会的反思和和谐,艺术作为重要手段也应该参与其中,予以援手[1]。

在农民工题材电影创作过程中,理性的思考和回归较之于消费社会下人性的丑陋批判,对人性的拯救提出了深化和延伸的要求。马尔库塞认为,面对野蛮冷酷的消费社会,人们需要一种精神上的补偿来消除绝望,救赎心灵和实现理性的回归。因此,此类电影题材往往又在很大程度上缝补了人们在现实中异化的人性缺点,重拾人们对幸福的理性理解,具有拯救现实、拯救人性的功能。在电影《盲井》中,宋金明人性复苏,千方百计地保护元凤鸣,最后和唐朝阳同归于尽。影片中,宋金明的人性苏醒是基于他对乡村朴素道德尚存认同,并没有完全被消费社会的人性罪恶所彻底扭

---

[1] 林方:《一个新兴的心理学学派——美国人本主义心理学的兴起及其理论观点概述》,《心理科学通讯》,1981年第4期,第54—60页。

曲，这和该电影所参考的真实案件（神木案件）结尾有很大出入。导演在处理结尾的时候，给予我们相信人性美好的艺术展示，电影对人性拯救的艺术功能救赎了"被我们理智逐出的具体存在的东西"[①]，让我们坚定地相信异化的社会意识只是我们人格中非理性和幻想性的意识形态，我们人性纠偏的过程，就是我们艺术审美的主动发掘和自我救赎过程。

（四）寻根与归化：农民工题材电影中的审美批评

在新时代，中国工业文明迅猛发展，电影艺术创作表达也随着城市经济对社会生活的不断主宰，文化被当成商品肆意消费，科技发展力量成为人类新的图腾膜拜符号，进行着艰难的突围和回归。农民工题材电影在第三阶段的发展已经凸显了后现代主义美学的诸多征兆，在题材设置和内容表达上表现了对城市生活寻根和归化的深度思考倾向。美国后现代主义美学研究代表人物丹尼尔·贝尔认为，在电影作为大众传媒引导当代审美潮流后，传统艺术审美的回归思考尤为重要，艺术表达不该是一个事件、行为而应该是一个自我和社会观照的对象[②]。在影视社会学认识上，电影艺术的文化理性回归也成为这一阶段文艺批评家所积极呼吁的理念和口号。

首先，从表象回归深度成为这一时期农民工题材电影的共同追求。从萨特在存在主义中的真实性表述到弗洛伊德的表层到深层的心理认识，再到索绪尔符号能指的符号意味，新时期对农民工主题的深入挖掘不再满足于对农民工文化符号和剧作文本形象的表达，也不再满足于对于社会背景和复杂人性的批评，而是更加挖掘电影内部的思想性，在审美体验上对审美真理予以发现和探讨。以农村打工者寻根反思为代表的一批电影，深刻反映了目前中国农村城市一体化发展下的文化寻根反思精神，在电影《天下无贼》中傻根最终选择回到农村盖房娶妻，《人在囧途》中

[①] 墨菲、李吟波：《艺术与社会领域：法兰克福学派》，《国外社会科学》，1984年第9期，第34—38页。

[②] 傅铿：《丹尼尔·贝尔的文化理论》，《社会科学》，1986年第7期，第54—56、31页。

牛耿讨回工钱回乡创业经营自己的蛋糕店,《落叶归根》中老赵在城市中疲惫不已,选择在农村老家安享晚年。这些电影逐步淡化了农村和城市的物质差别,更多地体现了在中国民众心目中"乡土意识"的共性表达。费孝通先生在《乡土中国》中指出:"从基层上看去,中国社会是乡土性的。"[1] 乡土社会从深层上决定着农民的风俗习惯、伦理道德、行为方式等。在这个阶段的电影中,农民工的农村城市身份界定已经比较模糊,但是深深的乡愁和背离故土的无奈感奠定了这阶段影片的叙事美学特征。即便身在城市,乡村自然朴素的文化观念依然作为这一阶段农民工精神家园和思想寄托的主要场域。随着农民工的出走城市,对乡村纯粹的理想栖息家园更加怀念,农民工在城市中的个体遭遇是其个人命运在乡土社会中的思想和行动解放的结果,而意义在于寻找自我和社会的融合、独立和发展,在乡村的社会束缚的破冰和个体认知的释放互相促进,在现实主义创作情怀上追加了更多的现代性展示。

其次,更加注重农民工电影题材中的时间连续性,让电影审美具有历史意识的非断裂感。反映社会底层题材电影最显著的特征往往是依赖于遗存形态的历史,由此获取历史意识或曰历史性,从而让人物在具体的、继承的历史环境中获得存在感。在大量记录类农民工题材电影中,历史意识的回溯与参与感尤为突显。劳拉·穆尔维在《视觉快感和叙事性电影》中指出:"电影对塑造幻觉的能力强大到足以造成自我的暂时丧失,而同时却又在强化着自我。自我最终感知到的那种忘记了世界的感觉(我忘记我是谁,我在哪里),这是形象认知产生的对那种前主体化时刻的怀旧式回想"[2],观众在被赋予明确的历史时间坐标后,电影中的情节准确地将其带入历史的凝视和思考中,历史时间不单单被作为一种叙事背景或情节符号,而是参与到叙事中的观念和态度表达。2015年,由范俭执导的纪录电影《吾土》上演,影片背景发生在 2010 年中国城镇一

---

[1] 费孝通:《社会学的历史使命》,《社会》,1987 年第 6 期,第 4—6 页。

[2] 劳拉·穆尔维著,范倍、李二仕译:《视觉快感和叙事性电影》,北京:世界图书出版公司,2012 年,第 31 页。

体化改革的时代背景下，主人公陈军在城市中赖以为生的一片承包菜地因为城市扩张和土地流转政策的改变被村委会收回，同时陈军老家的耕地已经被流转，房屋破败，无法回乡继续谋生，陷入进退两难的境地。陈军并未向命运妥协，在友人的帮助下，他拿起法律和媒介的武器，通过合法手段维护自己的权益，保障自己的合理诉求。影片中，2013年陈军有了第二个小孩，荒芜的菜地再次成为他们一家人的乐土，而面对未来，陈军却再次陷入了回乡还是继续在城市奋斗的进退两难境地。在这部影片中，时间聚焦在2010年到2013年的北京城郊作为影片的主要叙事空间，那片菜地同样也成为观影现实和历史记忆的交汇点。影片中的场景按照陈军一家生活的场景进行真实记录，对郊区大量农民工社会的拍摄体现了导演的创作意图和审美理念，在镜头穿梭于底层社会中进行流动记录的同时完成影片的历史意识与记忆的书写表达。在今天看来，这些影像似乎在土地租赁流转规范化管理的北京郊区已经不多见，但是其中包含的历史意识渗透出对当下现实社会的观照却不断激发观众去反思那段历史进程中个人、社会和国家的关系。当然，类似的如2008年王竞导演的《一年到头》是反映农民工春节返乡，不断面临留守儿童和老人生活问题的现实题材电影；2009年，安战军导演的电影《天堂凹》反映改革开放以来，一群深圳农民工的奋斗历史；2012年，梁国喜导演的《七叔》是以新时期农民工党建工作开展为主要叙事线索的电影；2018年，何苦导演的电影《最后的棒棒》讲述的是重庆改革开放以来重庆解放碑自力巷一群平均"工龄"22年的棒棒的酸甜苦辣和真实人生。

结　语

中国的农民工问题，是世界范围内值得关注的一个焦点问题，在中国电影蓬勃发展的今天，农民工题材电影不断进入观众视野里。在新时代，农民工电影在现代化中国的想象和现实构架理解中扮演了很重要的角色，在电影理性与认知参与社会管理建设中有着深远的意义。改革开放以来，中国农民工题材电影经历了反思、独立和创新三个重要过程，对中国改革开放以来的农民工城市逐步融入的现状和发展进行了深刻的艺术投射和价值思考。我们相信，在不久的未来，越来越多的该类题材电影会以商业和艺术电影手段呈现，在大众娱乐形态、电影产业化发展趋势和社会知识分子的目光关注下，农民工电影的创作将沿着现实主义题材的路径，呈现更加多元和旺盛的活力。

音乐评论的当代性反思

张 璐 北京师范大学艺术与传媒学院

毋庸置疑，艺术作品体现出的往往不只是艺术本体自身，某种程度上，它也代表了一个时代的缩影。正如恩格斯对18世纪的德国所言："这个时代在政治和社会方面是可耻的，但是在德国文学方面却是伟大的。1750年左右，德国所有的伟大思想家——诗人歌德和席勒、哲学家康德和费希特都诞生了，这个时代的每一部杰作都渗透了反抗当时整个德国社会的叛逆的精神。"[①] 艺术作品往往不只是作品本身，那么，对艺术的评论呢？或许也不只是艺术评论自身了吧。

习近平总书记在中国文联十大中国作协九大开幕式上的讲话对艺术评论指明了方向。应当说，艺术评论面对的对象是来源于历史、社会、时代、生活的艺术文化作品与样式，因此，想要做好的艺术评论，首先应该把握住艺术评论是来源于人民、面向于人民，并且应当服务于人民、受惠于人民的定位，这不仅是对于艺术评论的方向性，更是指出了艺术评论应当肩负起的时代意义与民族责任。同时，也正是由于这样的时代需求，艺术评论在当下也越来越体现出大格局、大视野的宏观维度与文化性、艺术性兼具的学术命题，可以说，今天的艺术评论从一个侧面反映出这个时代对于艺术的烙印与期许。本文以音乐门类为视角，旨在对

[①] 恩格斯：《德国状况》，《马克思恩格斯全集》第2卷，北京：人民出版社，1957年，第634页。

音乐评论的当代特征进行理解与反思。

一、对音乐的评论

广义而言，音乐评论泛指以音乐作为研究对象，以批判、审视的视角对其进行褒贬、评价、探析及展望。随着时代的发展，音乐评论的对象性问题变得越来越宽泛，音乐家、音乐作品、书籍、演出、流派、现象等，都可以成为音乐评论的对象。在明言的《音乐批评学》一书中，对"音乐批评"及"音乐批评学"有了如下的解释："'音乐批评 (Musical Criticism)'就是以文化学、哲学美学、社会学、历史学、工艺形态学等单纯的或综合的理性眼光来审视音乐的现实事项与历史事项（理念、活动、音响文本与符号文本等）的一种理性建构活动。是将音乐基础理论研究的成果，有机地应用于音乐审美评价、历史评价的实践的一门应用性学科。"而"音乐批评学"，作者则认为："是关于音乐批评的一般原理、方法及其规律的科学。具体来讲就是运用哲学、社会学、文化学、人类学的基本方法，以音乐哲学、音乐形态学理论、音乐音响学基本原理对音乐批评活动进行系统化梳理和理论性总结的一门学科体系。"

近年来，我国电影文化产业市场井喷式发展，影评的质量与数量也显著提升，无论是在业界，还是在大众视野里，影评已经慢慢培养了一批观众，逐渐改变了受众的观影习惯。可以说，影评不仅为受众提供了解读、评析电影的窗口，也成为电影文化产业链条里重要的一端。相较于影评而言，音乐评论稍显薄弱，这不仅跟音乐本身的艺术特性有关，而且也跟音乐评论的整体对象有着直接的关系。一方面，是被誉为学院派的专业音乐评论。这一类的乐评人，关注音乐本体，将音乐评论建构在音乐作品上，甚至有相当一部分乐评人，他们既是创作者，也是评论者。在音乐作品与演出的评论方面，西方古典音乐、中国民族民间音乐会较具倾向性地成为学院派乐评人的主要评论对象。从音乐本体的曲式结构、歌词内容、调式调性、和声配器等来分析音乐的构成，同时，也多关注作品的学术视角解读（如美学阐释、文化解读、文本研究、艺术场域等）。除此之外，也有一些关于音乐文化现状的反思性论点，如"原生态音乐""非物质文化遗产"的传承与变迁、"丝路文化艺术"的构建、中国民族音乐的跨界新发展、西方古典音乐在中国的未来等问题，这一类的乐评多结合政策、时代、民情，从宏观层面入手，来洞察中国音乐的现状与未来。

另一方面，体现出"全面乐评"的视角。这一类乐评则较多地集中在流行音乐类型化、网络综艺音乐分析、音乐消费市场现状、受众群体的开发等方面内容。评论样式五花八门，视角也较丰富，既有对流行音乐的现象级的探讨，比如伴随着"网综"的热播，网络音乐类的综艺节目如《明日之子》《偶像练习生》等迅速走红，受到年青一代的热捧。这一类节目的乐评，形式多样、五花八门，在节目中出现的"弹幕"也被认为是一种短小的、任性的"评论"，对于这一类现象，主要围绕当下网络综艺与受众群体之间的关系研究。也有诸如《网易云音乐评论区用户关系网络研究》[1]，用数据调研的方式来探讨音乐评论的网络社交性的评论观点。总体而言，对于全面乐评可谓是仁者见仁智者见智，但互联网已经不仅仅是一种传播的媒介，在某种程度上，它甚至已经具备了一定的产品内容性。就像是弹幕的出现，它已经成为音乐产品中的一个附属样式，对于它的评论与研究，应当说是有趣且有意义的。

除此之外，还有一些学者从音乐评论本身出发，带有批判性与思考性。《音乐评论要警惕"三拍子"倾向》[2]中，作者鲜明地反对很多音乐评论文章的"三拍子"结构，即"强弱弱"，"强"就是评论者对评论对象夸赞的力度；所谓的弱，指的就是评论者对评论对象批评的力度。作者认为，"三拍子"的音乐评论严重削弱了评论的价值。《音乐评论应穿梭于梦想与现实之间》[3]则从三个方面分析德国作曲家罗伯特·舒曼的音

---

[1] 刘梓茜：《网易云音乐评论区用户关系网络研究》，武汉大学，2018年。
[2] 张珏：《音乐评论要警惕"三拍子"倾向》，《中国艺术报》，2017年第5期。
[3] 刘小龙：《音乐评论应穿梭于梦想与现实之间》，《中国文艺评论》，2017年第3期。

乐评论：①融入文学想象，舒曼的音乐评论带有强烈的浪漫主义小说特点；②追溯历史风尚，舒曼在音乐评论中不断强调历史音乐对现代的作用，引导人们对音乐传统的学习，并且在评价同龄人的音乐成就时也将历史作为参照物，而在作者看来，舒曼的历史情怀是来源于对现实的批判式思考，呼吁人们透过历史展望未来；③弘扬批判精神，作者认为从舒曼的音乐评论中，能感受到对当代音乐和人文环境的关切和批判，由于带有非凡的文化价值，从而启发现在音乐评论的写作。这一类的反思都带有对音乐评论中"批判"的思考，通过分析音乐，我们才能实现对音乐文化的个性阐释和批评，以此作为音乐评论写作的首要原则，音乐评论才有价值和意义。而对于一个乐评人来说，对音乐的批判就需要自己本身拥有对艺术的正确判断力，拥有比常人对音乐更敏锐的艺术鉴赏能力，这样才可以对普通受众起到积极的引导作用。社会受众也需要一些清新优美的、有很强"可读性"的文章，来提高自己对音乐作品的认识，在接纳听取评论者意见的同时，提高对音乐的理解力。

马克思主义文艺批评的精髓是怀疑与批判的精神，由此，作为音乐批评而非音乐鉴赏，评论应避免庸俗的吹捧或是恶意的诽谤，应持平等地位的态度、以协商的方式，与评论对象进行切磋与商榷。庸俗的吹捧和恶意的诽谤都是不可取的方式，这样的评论也无法促进审美批评对象的发展。

二、对音乐评论的评论

如果说对音乐的评论是一种对象性问题的探析的话，那么，对于音乐评论的评论，则更加突出了音乐评论自身的诸多特征，对于这些特点的归纳，是为了更清楚地对当下我国音乐评论进行反思。

（一）音乐评论的生产性

从明言的《20世纪中国音乐批评导论》①《音乐批评学》②，到田可文的新著《音乐评论的视域》③，从居其宏的《论音乐批评的自觉意识》④，到杨燕迪的《音乐批评相关学理问题之我见》⑤，再到新媒体时代，各式各样的微信公众号推文，如《什么是音乐评论及谁是它当前的敌人？》⑥等，无论是对音乐评论的学理性探讨，还是将音乐评论置于当下社会中的现实问题反思，这都是对于中国音乐评论自身发展的反思与探索。这些观点在学界、社会都引起过较大的影响，这本身就反映出音乐评论自身的创作性特点。在社会大众的视野里，音乐的创作与表演，向来是音乐生产的主要成果，而往往忽略音乐评论的生产性。20世纪三四十年代，在"左翼戏剧家联盟"组织的文化艺术活动中，聂耳经常为报纸、杂志写电影音乐评论文章。据田汉自己回忆，在他同聂耳的交谈中，聂耳多次向他谈起自己对政治的见解和对艺术的思考。在那个时代，音乐评论的生产性更多地体现在对于社会大众的精神引领。

音乐离不开听众，自然音乐评论也离不开它的场域。特别是在文化产业市场迅速崛起的今天，音乐评论不应该只是不疼不痒的发声，更不应该只是网络喷子的随意调侃，它应当如电影评论一般，逐渐发展成为音乐产业链条中一个重要的端口。也正是由于这样的期许，在关于音乐文化产业市场的评论中，我们越来越多看到的是关于如何衡量市场发展及年青一代受众的需求等相关的问题式评论。音乐市场的变化与前瞻、受众的审美与需求、宣传的方式与路径、创意思维的体现与执行等，这些要素都成为音乐评论中的新视域、新态度。

---

① 明言：《20世纪中国音乐批评导论》，北京：人民音乐出版社，2002年。
② 明言：《音乐批评学》，北京：中央音乐学院出版社，2003年。
③ 田可文：《音乐评论的视域》，上海：上海音乐出版社，2017年。
④ 居其宏：《论音乐批评的自觉意识》，《音乐研究》，1986年第1期。
⑤ 杨燕迪：《音乐批评相关学理问题之我见》，《黄钟》，2010年第4期。
⑥ 原创：《索西多》，《新乐记》，2018年9月28日。

对于音乐的评论而言，它当然离不开作品与主创，但同时，它更不可能孤立于市场与受众。人人评论、人人被评论，这样的方式打破了音乐评论的场域，也给了评论足够的释放空间。即使其中不乏一些粗制滥造、漏洞百出的观点，但在知乎 live、喜马拉雅 FM、豆瓣、网易云、知乎、微博、微信等自媒体的推文中，我们也确实能看到一些出笔不凡的好乐评。鼓励网络乐评的健康发展，最关键的在于把握对于作品的品鉴能力、内容表达的充实性、观点独到性及语言功底方面的趣味性等，这些具有正能量的引领性与健康审美的导向，不仅会对受众有益，而且现实功能也会被突出，它所形成的舆论性甚至可以直接转换成生产力，从而产生经济价值。

因此，不同时代的音乐评论都具有生产性，它不仅是一种研究的思维、学术的视角，它本身就是一种创作的过程。只是在不同的时代，音乐评论的生产性有着不同的体现罢了。

（二）音乐评论的多样性与统一性

音乐评论的综合性特点在不断地加强。如果说曾经有一段时间，对于音乐的评论主要集中在音乐作品本体分析的话，那么，今天的音乐评论则更体现出多样性的特点。显然，艺术的创作过程本就是一种人类行为，因此，对音乐的聆听与评论也应当是一种社会行为。音乐被作为与人、与社会紧密相连的文化艺术形式，通过评论，使得人们感受到音乐作品所具有的时代精神、民族血脉，能够以相对冷静的视角反思当下的社会，这应该是音乐艺术评论的核心现实意义所在。这种特征性从表象来看，体现在越来越多的综合性、全面性、广泛性的特点，但综观音乐评论，也能从另一个侧面反映出音乐评论的内核特点却是异常统一的，这些评论似乎都在关注音乐与社会、历史、民俗等方方面面的关系问题，换言之，就是音乐与人类、与社会的关联性。我们看到科技与音乐的结合、人工智能的音乐表达、数字媒体下的音乐展示以及各大企业文化建设中的音乐产品等，有人发问，这还是音乐吗，还是艺术吗？因此，音乐究竟是什么？艺术究竟是什么？关于这个老生常谈的艺术话题，却引来了越来越多的思辨。艺术在今天，似乎变得更加模糊，而这种界限性的模糊，又似乎比任何一个时代要更清楚，艺术与创作者、受众者，即艺术与人的关联性。这样的评论视角，看似矛盾，实则反映出学界、社会，包括受众在内，关注音乐艺术的视角越来越深刻。

（三）音乐评论的艺术性

这里所谓的艺术性，主要有两层含义：其一，音乐评论本身要具有艺术性。换言之，音乐评论本身就是具有思想性、辨析性的视角，这种表达方式应该是让受众容易接受的、理解的并且深有启发的态度与言论。因此，音乐评论中那些低级趣味的，甚至是恶俗的评论语言与内容，是要坚决抵制的。"艺术性"并不是指语言、辞藻的丰富与华丽，而是指评论的深入浅出、专业性与趣味性。倘若一首音乐作品已经让人费解，评论更是晦涩难懂，那么，评论存在的价值就值得商榷了。但同时，如果评论是为了迎合观众的趣味，而一味地屈就，那它的意义也不复存在。因此，把握音乐的评论与受众之间的理解、阐释的距离，算是艺术性的第一方面的体现。其二，是指评论的审美性特点。大众审美需要被引领，这应该是在处理艺术与受众之间不得不考虑的重要问题之一。在社会大众的视野里，音乐评论就应当是处理这样关系的有力抓手。社会大众不仅希望了解音乐作品本身的创作背景与音乐特点，他们更需要从精神层面的审美引领、感悟提升。就像是我国民族音乐中那些古老的原生态音乐在不断地被创新与发展，但如何去欣赏这样的变化性？衡量创新标准的尺子在哪里？这就是音乐评论的声音。因此，如果说大众审美与艺术之间有着距离的话，那么，音乐评论就应当是缩短这种距离的有力途径。通过评论的方式，不仅考虑到受众的理解，更起到审美的导向作用，这是其艺术性的第二个层面。

（四）音乐评论的媒介性

传播媒介的改变，表面来看，意味着平台与输出方式的转换，但综观今天网络时代下的音乐评论，绝非仅仅是传播途径的改变，而更多地体现在了音乐评论的媒介性特点。所谓传播媒介，不仅是指传播信息的途径、技术，也包括了在传播过程中，所形成的制度、文化等。特别是对于音乐这样的传统艺术内容而言，冠以"传媒"的特点，音乐评论体现了前所未有的媒介性意义。这里所谓的媒介性，体现出音乐评论的传媒特点。同样都是音乐综艺节目，但是在传统的电视媒介与新兴的网络媒介中，不同的介质却产生了不一样的效果。即使电视综艺使出浑身解数，传统节目《中国好声音》，创新类的新样式《幻乐之城》，都还是收视率惨淡，而网络综艺《中国新说唱》《明日之子》的关注度却是直线上升，还有"抖音"平台火爆的音乐视频，"网易云音乐"APP的粉丝热度。流媒体音乐服务之所以成为资本最青睐的艺术产业，也是因为这些音乐APP将碎片化的音乐资源整合。在"最高的品位就是个性"如此种种的商业广告助推下，根据场景向用户提供私人定制式的音乐推送等一系列的服务，共同创造了数字音乐的繁荣景象。这些当下不得不被关注的年轻音乐市场，其实更多的评论都是集中于音乐的媒介性问题。

音乐评论是对整个音乐活动中反馈听众对音乐作品审美感受的重要一环，也应与时俱进。在《媒体与乐评的当代新融合简议》[①]一文中，作者认为现如今权威乐评想要更好地融入大众生活，给予大众音乐生活更多的指引，就必须与媒体携手。在旧时代下，专业的乐评人在"圈内""闭门造车"的模式，在互联网时代恐怕要土崩瓦解了，人们要设法在互联网上建立自己的话语权和权威性，就要与媒体乐评通力合作，共同引导受众的音乐审美，让听前有导赏、听后有评析成为一种接受习惯。媒体的变化能够参与音乐评论的演化，使音乐评论更充分地进入大众音乐生活，音乐评论要与媒体携手担负起净化音乐市场、针砭时弊的重任，不能一味以约稿的作曲家、剧团为评论的中心，也不能盲目地以受众的喜好为批评的中心，应该用媒体这把"双刃剑"，捍卫音乐评论的话语体系、理论体系和价值体系。

在新媒介的不断发展中，我们也应当改进音乐评论的传播方式，《音

---

① 杨佳希：《媒体与乐评的当代新融合简议》，《音乐传播》，2017年第1期。

乐评论的传播与写作思路当改进》①中，作者提出做好音乐评论的传播，其重要问题应当是如何让更多的音乐受众便捷地读到评论，以及让他们在能够便捷地读到评论的前提下真正愿意去看评论内容，"新媒介已经不仅是评论的载体，也影响了评论本身"。并且，"与此同时，评论形态与传统乐评比起来也少了长篇大论，取而代之的更多的是用户的个性化网络评论语言和表情符号表达"。音乐评论应当与新媒介相结合，一方面将普通群众的看法更方便快捷地传递到专业乐评人的思考中，扩大评论中对作品的反馈度；另一方面，通过媒介展示评论中的"关键词"等信息，让群众更多地接触到简单明了的音乐评论。

（五）音乐评论的研究性

音乐评论本身就是具有研究性的思考与阐释的过程。从学术的角度而言，一篇好的音乐评论文章、一个犀利而深刻的音乐评论观点，本身就是具有学术价值的，它的研究性显而易见，只不过它所处于的视角是从"评论""批评"进入。

正如今天的弹幕、跟帖、吐槽等，年轻人喜闻乐见的网络音乐术语，已经慢慢形成了一种于传统乐评而言，可能都称不上是乐评的评论。但这一现象是具有研究价值的，就像是网络文化的存在与影响，它改变了一代人甚至是几代人欣赏、品鉴艺术的方式与思维，我们没有必要针对某一个网络乐评进行研究，但对于整体的网络乐评的环境与样式、特点与内在意义，或者暂且称之为"草根乐评"的现象，对它的研究是必要的。

因此，如果将音乐评论作为研究对象本身的话，那么，应当更加偏重于专业音乐评论的内容研究以及网络乐评的现象研究，从不同的评论视角出发，才能体现出不同的研究特点与价值。

综上而言，这是一个对于艺术而言充满了可能性、想象性，但同时又充满了约束性、规则性的时代。音乐评论在新时代下，必然会出现

---

① 魏晓凡:《音乐评论的传播与写作思路当改进》,《当代音乐》,2017年第12期。

新的特点，但无论如何，音乐评论的当代性命题始终是不变的探索与反思。西有以舒曼为领的"大卫同盟"，中有青主的《乐话》，纵观古今、综观中西，每个时代的音乐评论都是社会文化的一面镜子，因此，在新时代下，把握音乐评论的风向标，无论是对于社会大众的需求，还是对精英文化的凝练，无论是学术命题的意义，还是具有现实意义的践行，都将是一项十分有趣且有意义的工作。

虚无主义文艺思潮影响下的当代历史书写

刘霞云　马鞍山市文艺评论家协会

文艺思潮是个动态的概念，与社会思潮紧密联系，并作用和表现于文学创作潮流中，拥有产生、发展和消退的过程。作为文艺发展史中的重要现象，新时期以来学界对文艺思潮的研究做了纵向延伸和横向拓展，涌现出一批代表人物如王朝闻、朱光潜、李泽厚、陆贵山、刘再复等，一些研究成果如《新时期文艺新潮评析》《中国当代文学思潮史》《非理性主义文艺思潮》等随之问世，这些研究主要体现在关于文艺思潮的一般理论和门类研究、具体文艺思潮的专门研究以及历史和文艺批评的研究等方面。不过，相对于文艺思潮的独特性与复杂性，已有的研究并不充分，对其概念和有关规定性的理论问题的分歧依然存在，故欲探讨虚无主义文艺思潮对历史书写的影响，首要则须厘清有关文艺思潮的相关概念。

一

文艺思潮，顾名思义，包含三要素，即"文艺""思""潮"。"思"即抽象的思想、观念、理论。"潮"即潮流，又指共同的趋势，有群体性和共性，有兴起、变迁、衰落与终结的过程。《中国大百科全书》曾对"文学思潮"做出这样的解释：指一定历史时期和一定地域内形成的，与社会的经济变革和人们的精神需求相适应的，具有广泛影响的文学思想和文学创作的潮流。文学思潮在概念上比文学思想要宽泛得多，它不只是在个别或少数作家的创作中有所反映,而是表现为许多有影响的作家,通过各种各样的方式,自觉地实践某种共同的文学纲领,形成一种遍及全社会的思想趋向。以此类推,文艺思潮则是一个时代的文艺创作潮流中所表现出来的那个社会的时代精神和社会风尚,以及那个时代起主导作用的文艺创作的理论与方法。由此可见,文艺思潮具有理论性、群体性、时段性以及实践性等特点。

目前学界关于文艺思潮的分类难有明确的界定,于是出现诸多名目的思潮如"复古主义文艺思潮""金钱主义文艺思潮""自由主义思潮""'左'倾文学思潮""爱国主义文艺思潮""民族主义文艺思潮""人道主义文艺思潮""人本主义文艺思潮""非理性主义文艺思潮""个性主义文艺思潮""科学主义文艺思潮""人性论文艺思潮""审美主义文艺思潮""伤痕、反思、寻根、改革思潮"等,当然还包括公认的"古典主义""浪漫主义""现实主义""现代主义""后现代主义"等文艺思潮,这些命名混杂排列,任意随性,没有逻辑层次,令人怀疑文艺创作中是否真的暗涌如此之多的思潮。于是,有论者指出当代文艺思潮的划分存在将文艺思潮和文艺理论或方法相混淆、生搬硬套西方外来思潮等弊端,并尝试提出从创作方法、文化学视角、政治角度等来划而分之,如以创作方法为标准,可分为"古典主义""浪漫主义""现实主义""现代主义""后现代主义"等文艺思潮;从文化学视角,可分为"民族主义""人道主义""人本主义"等文艺思潮。从政治角度,可分为"自由主义""'左'倾主义""爱国主义"等文艺思潮。其实,如此划分也并不是十分严谨科学、层次清晰的,因为各个思潮之间有时互相交叉,如"伤痕、反思、寻根、改革思潮"既是政治的,又是文化的,还是社会的,甚至有的思潮还无法纳入其中某一类,如"非理性主义文艺思潮"既属于创作方法的,属于文化学的,也属于政治的,在内容上与"后现代主义思潮""自由主义思潮""民族主义思潮""人道主义思潮""人本主义思潮"等相混合交叉,无法厘清。

虽然文艺思潮名目繁多,难以厘清,但总览中国现代社会文化的发展变迁历程，上述部分文艺思潮曾真切地存在过。尤其进入新时期之后，中国社会变革新旧交替，中国进入重要的转折时期，相对应的，文艺思潮较之以前逐步多元化。如20世纪80年代初，现实主义文艺思潮和人道主义文艺思潮处于主导支配地位。而进入20世纪80年代中后期，现实主义文艺思潮又受到现代主义文艺思潮日益严重的挑战，人道主义文艺思潮也出现分化，既有社会主义人道主义，也有资产阶级人道主义。与此同时，资产阶级自由化思潮曾泛滥一时，后现代主义文艺思潮崛起，新时期初出现的极"左"文艺思潮退出历史舞台。改革开放以来，随着社会经济、组织形式、就业形式以及利益关系和分配方式的变化，人们的思想活动逐渐呈独立性、选择性、多样性与差异性等特点，整个社会的社会意识与价值观念又有了变化，这些反映在文艺思潮领域，从形式上看，有现实主义、现代主义、后现代主义等思潮，还有非理性主义、历史虚无主义等思潮，当代中国文艺思潮呈多样化局面。

二

综上所述，虚无主义作为一种文艺思潮，更倾向于文化学意义指向。"虚无主义"命题在尼采思想中首次出现，被用来表示形而上学的"真理的历史"的全面终结。在尼采眼中，虚无主义意味着最高价值的自行贬值，其用"上帝之死"将虚无主义推至极致，并重新评估"有价值的"和积极的虚无主义，去完成"去价值的"和消极的虚无主义。而海德格尔认为虚无主义把现实世界视为幻觉，把彼岸世界看作真正的此岸世界，把虚无构造为真理，把实在确定为欲望或激情的实现，对现实世界加以否定和虚无化，同时又对虚构的世界加以肯定和实体化。可见二者观点指向同一，即"虚无主义"作为一种思潮和哲学观深度影响着人们的世界观、价值观、美学观、文学观、历史观等的形成，而在此基础上形成的"历史虚无主义"，概括地说，就是否认历史规律，抛弃历史真实属性和深度模式，从主观需要出发，承认历史支流而否定主流，热衷个别现象而否认事物本质，孤立地表现历史局部错误而否定整个历史进程，将历史作为娱乐的资源，颠覆历史，消费历史，历史隐秘的动力机制被规避，制造的幻象弥漫在后历史的迷雾中的一种思潮。

追根溯源，历史虚无主义的兴起，则具有深刻的国际与国内背景。国际上，20世纪80年代唯心主义历史哲学成为西方历史哲学的主流。20世纪90年代初，东欧剧变使西方国家看到了历史虚无主义"灭人国、夺人志"的价值，于是对社会主义国家大肆宣扬历史虚无主义思潮。在国内，随着西方诸如现代主义、后现代主义、非理性主义等思潮涌入中国，在特殊的语境里，各种思潮互相激荡、合流与变异，诸多因素合在一起促成中国历史虚无主义文艺思潮的萌生与发展。历史虚无主义和后现代主义、非理性主义相杂糅，从基本理念上体现为以下基本特征，如反对基础主义和本质主义，其核心是否定哲学本体论，否定世界有最终的本原和本质存在。如反对中心和整体性，强调非中心性、非确定性、差异性，用解构的方法打破拆除中心性与结构性，摧毁不变的终极本质。再如消解主体性与理性精神，消解人的主体性，否定人的价值，否定理性与权威。

三

受历史虚无主义思潮的影响，当代的历史题材书写在处理历史的方式以及审美思维上主要体现为以下几种特点：一是否定历史，即否定整个中国的历史。如20世纪80年代继"反思文学"之后，部分作者把由否定新中国成立后的三十年历史发展到否定整个五千年中华历史，主张"欧洲中心论"，要求全盘西化。这种思潮也是当时资产阶级自由化思潮的一种体现。进入20世纪90年代，历史虚无主义思潮再次泛滥，其中以《告别历史》为代表，一些研究专著、文章、创作在思想、史学、文学领域中发出否定革命历史的声音。且这种虚无并不是完全虚无，而是有所虚无，有所不虚无，如电视文献片《河殇》。二是重写历史。有些历史写作打着"还原历史"的幌子，大做翻案文章，要求重写历史，否认人们已经普遍接受的一些事实，把黑暗的历史漂白化，把洁净的历史污染化，抽空主流价值，颠倒历史是非，如各种通俗畅销书籍和小说创作。三是消解历史。有些历史书写者将宏大历史解构成写作者眼中的"小"历史，或将写作者眼中的"小"历史当成重大历史来演绎，或将"大"历史变成背景存在，有矮化、"小"化、泛化历史的倾向，如诸多正统的历史创作或历史现实主义写作。四是消费历史。有些历史书写者视历史为消遣的资源，将历史当成可以自由涂抹的小姑娘，戏说、恶搞、解构、胡乱演绎，以毁坏经典、颠覆正史为能事，对历史取其一点，或无中生有，或捕风捉影，通过各种方式对历史人物和历史事件进行肆意游戏，让历史人物和历史真相模糊起来，轻佻起来，如诸多的"新"历史小说、各种历史题材的影视作品。五是极端的审美与偏激的思维。上述几种类型的历史书写在文体表达上也呈现出极端的审美观。第一则表现为至纯审美主义审美观，即过度强调文艺的审美属性而形成审美形式主义审美观，如很多"新"历史小说追逐文体创新，碎片化、情绪化、语言中心化。这种审美观拒绝社会责任，放弃历史使命，专注于表现个体的感受，追求小说文本的极致形式美。这种类型的历史书写主要出现在纯文学领域的"新"历史小说创作中。第二则表现为过俗审美主义审美观，即审美的庸俗化、低俗化、粗俗化。至此，审美的本质被虚化，审美已经成为某些写作者的抵达庸俗的幌子，审美演变为走向缺乏精神趋向的低俗。作品着意描绘的意象粗鄙、恶俗，作者大力渲染，以丑为美，这种审美观既体现在纯文学领域的"新"历史书写中，也体现在大众文化领域的通俗历史书写中。极端审美观使历史题材书写者在创作时采用的表达方式主要体现为：如"零度"写作态度。所谓的"零度"并非作者不介入，而是情感平静、冷漠、冷静，作品中弥散着自我怀疑、自我否定的情绪，历史主体感丧失。再如解构式思维。为了达到自己的创作目的，历史书写者在构思过程中态度不再严肃，从人物、主题、事件、细节以及作品的叙述等方面，以解构的思维构思文本，消费历史，愉悦大众。

四

　　受历史虚无主义文艺思潮的影响，当代的历史题材小说创作在处理文学与历史的关系上也发生了变化。在传统历史叙述中，历史与文学虚实相见，真幻相补，历史中有文学，文学中有历史，但历史处于支配地位，文学处于被支配地位。而在"新"历史叙述中，历史和文学不再具有等级关系，历史具有文学文本的叙述性、虚构性、可阐释性，而文学也可参与历史的构成，转化为创作历史文化意义的力量，在历史与文学的相互转换中，文学是目的，历史是工具；文学是主导，历史是辅料。如此历史观必然导致叙述方法的变更，使得传统历史叙述模式被打破，在结构设置、叙述方式与话语表达上呈现出自问世以来最活跃的多元无序状态。具体体现在书写对象、写作目的、历史态度以及叙述手法上表征出对正统历史叙事的颠覆。

　　一是书写对象有了变异。传统历史叙述关注国家民族"大"历史，而新历史叙述转向对诸如村落史、家族史、家庭史、心灵史等"小"的民间历史的演绎，甚至，"大"历史化为"小"历史的背景，叙述时带上浓厚的个人印记。如《古船》描写从晚清至21世纪近百年的浩瀚历史，历史时空纵贯土改、合作化、"大跃进"、改革开放等重大政治经济事件，但作家没有按常规线索讲述，而是以一个家族的变迁为轴心，将"大"历史纳入民间家族的宗法关系中进行审视。再如《故乡天下黄花》所描写的历史进程、时代背景开阔宏大，但作者却以故乡几个家族几代人之间因一个不足挂齿的村主任职务而产生不共戴天的恩怨仇杀为切入口，呈现故乡家族的历史变迁，此处的历史叙述以正统历史为背景，在暗喻、反讽、戏仿中呈现暴力与权力、欲望等，消解了传统的阶级斗争书写模式，在一定程度上揭露了历史的本质与残酷。

　　二是写作目的有了变异。传统历史叙述追求历史真实，力求"以史为鉴"，而新历史叙述之"新"恰恰体现在对这一切的质疑与反拨上，他们信奉克罗齐的"一切历史都是当代史"，他们既没有改写历史、重铸历史的雄心，也没有恢复历史真相、确立历史之魂的意向，其写作目的更大层面上是以"历史"这块自留地为平台，尽情宣泄写作个体对普泛意义上人性、命运、人生、历史等的另一番诠释。

三是历史态度有了变异。"新"历史叙述虽也以历史为演绎对象，但面对历史时，采取的却不是尊崇与敬畏的态度，具有极强的个体色彩。有论者认为十七年的叙事主体是"阶级叙述者"，新时期则是"精英叙述者"，进入20世纪90年代则是"个人叙述者"。由于作家注重表现个人的独特体验，这种立场自然又影响作者对历史的言说方式和价值评判的姿态。作为历史的旁观者和反思者，他们对历史没有一致的评判立场。

四是叙述手法有了变异。新历史叙述之"新"还体现在艺术手法之"新"上。传统历史叙述从正面进攻历史，多以现实主义手法和史诗化风格来表现作品，最大限度追求艺术的真实，而新历史叙述采用隐喻、寓言、荒诞、戏仿、戏谑、反讽等现代主义和后现代主义艺术手法，使作品呈现出开放、跳跃、包容之态势，具有极强的解构与建构意味。如《我的帝王生涯》以戏仿方式演绎古代历史，但作者不从正面描写司空见惯的宫廷阴谋，而是虚拟一个新的历史环境来表现一个新的主题，即天下独尊的皇帝渴望自由却无所皈依的悲哀。宏大的正史在这里被消解，正如作者自己所言："《我的帝王生涯》或许是我的精神世界的一次尽情漫游。"再如《人面桃花》虽取材于秋瑾就义，但作家将这段语焉不详的历史陌生化，甚至还出现"若没有爱情，这革命还有什么意义"的腔调，消解了宏大的历史意义。有的甚至连历史背景也消弭于主题表达或技巧设置之中，使小说成了无关乎"历史"的小说文本，如《敌人》的书写重心不是描述家族的衰落史，而是要和读者一起寻找导致家族衰败的"敌人"，小说一直笼罩在神秘、不可知的气氛之中，这显然已颠覆历史小说的基本要义。有的虽正面书写历史，但在新的历史表述中此"历史"已非彼"历史"，如《花腔》让诸多叙述者从不同角度探讨主人公的生死之谜，作者企图通过不同叙述者的质疑与回忆来还原历史现场，寻求历史真相，但从追寻结果看，作者苦心追寻的"历史"真相已在追寻过程中被逐步还原的"历史"真相所替代，且在叙述过程中过度的技术化分析将历史淹没在浩瀚的史料中，历史已在"花腔"般的炫技中被肢解得支离破碎。

此外，"新"历史叙述在书写对象、目的、态度以及手法上对传统历史叙事的背离必然导致文体表达的相应变化。首先，体现在结构体例上。"新"历史叙述中鲜见传统封闭的编年体或纪传体结构体例，多为开放式杂糅立体结构，如《花腔》的"花腔"体、《苍河白日梦》的采访笔录体、《中国一九五七》的"大小事纪"体、《羽蛇》的意象型结构、《柏慧》《无字》的心理型结构、《敌人》的迷宫结构、《心灵史》的散文化结构、《村庄秘史》的回溯体、《九月寓言》的寓言体、《马桥词典》的词典体、《尘埃落定》的意象并置体、《坚硬如水》的反讽结构、《繁花》的话本体结构等。当然，开放的立体结构究其本质还能窥出大致的体例，在"新"历史叙述中还新出现了追求极致形式主义的"反小说"结构，无典型人物、少中心事件、历史背景模糊，作品呈现出碎片化、情绪化、无序化的迷离状态，其中影响最大的如《光线》等。其次，体现在叙事视角和叙述方法上。虽然在"新"历史叙述中第三人称视角依然是作家的首选，但较之传统历史叙述，第三人称叙述者类型变得丰富起来。除了全知视角，第三人称视角里还出现了限知人物视角叙述者，如《69届初中生》以主人公雯雯的视角来讲述主人公从孩提时代至成年后的命运沉浮，小说自始至终都是雯雯的限知视角，由于视角稳定，相当于第一人称视角，增强了故事的真实性。第三人称里也有同为限知叙述者，但通过"视角越界"使固定的视角具有全知视角和限知视角的双重功能，如《玫瑰门》采用人物眉眉的视角来有限度地展现以眉眉的婆婆和姑爸、妈妈和哥嫂、妹妹等为代表的三代女性的命运，作为故事的参与者，眉眉是限知者，在这种情况下小说不可避免地出现向全知视角转移的倾向，如此变异视角提供的信息量很大，既可表现为外在视角模式中透视某个人物的内心想法，也可表现为内在视角模式中，由聚焦人物透视其他人物的内心活动或者观察自己不在场的某个场景。正因借用"视角越界"，

《玫瑰门》表层看似仅有眉眉的限知视角，深层运行的还有帮助作者完成叙述的隐含叙述者，作者在偶数章最后一节插入成年眉眉和幼年眉眉的对话，将关于人性、命运的命题升华，叙述人称由第三人称变成"你"和"我"，突显眉眉具备限知人物和叙述者的双重身份。还有将主观议论和潜入人物意识进行杂糅的"介入型次知叙述者"，如《无字》《长恨歌》等。除此之外，新出现了第一人称叙述视角。在第一人称叙事中，有主人公叙述者。如《血色黄昏》中的"我"是故事的主人公，在某种程度上，读者将"我"等同于作者，作品被称为"新新闻主义"小说也许缘于此种误会。这种通篇稳定的视角、细腻的内心描摹，无形中拉近了与读者的距离，增强了故事的感染力。还有人物叙述者。依据人物叙述者出现的多寡，可将其分为单一的人物叙述者和并置的人物叙述者，前者如《我的帝王生涯》中的顺治皇帝、《苍河白日梦》中的少年家仆、《尘埃落定》中的傻子少爷、《马桥词典》中的下乡知青等，后者如《光线》《无风之树》等。单一的人物叙述者中"我"是故事的参与者，作为作品中众多人物之一，视角是有限的，但有些作品如《尘埃落定》《苍河白日梦》等虽为第一人称限知视角，在实际上承担着第三人称全知视角的功能，借助不可靠叙述的功能来实现"视点转移"。单一的人物叙述者是限知叙述者，而多重并置的第一人称则能取得全知视角的叙述功能。除了主人公叙述者和人物叙述者，还新出现旁观叙述者如《疼痛与抚摸》。若说第三人称中的视角越界让人称赞，第一人称中的视角杂糅让人称奇，新历史叙述中出现的多重视角交叉现象，如《羽蛇》叙述视角的诡异与凌乱则令人瞠目结舌，而借鉴了元叙述手法的《上下都很平坦》则极度考验着读者的智力与耐心。总之，在叙述者功能开掘上，"新"历史叙述中多种人称视角在叙述干预、视角交叉、叙述者并置、不可靠叙述、视点转移、元叙述等手段的辅助下，偏向全知视角功能的开掘，打破了传统历史叙述的单调局面，极大地丰富了历史文本的文学性，但与此同时也削弱了历史书写的历史性。

五

不可否认，中国是个具有深度历史情结的国家，历史书写对中国传统历史文化的宣扬起着至关重要的作用。但受到历史虚无主义思潮影响的历史书写，其不严肃的历史观、庸俗的写作目的等并不能形成健康、积极、向上的文化环境，不能很好地发挥历史书写对中国精神文化的传承作用，且在文学性的追求上，在历史文本的表达上，在文本的历史性以及历史的文本性之间，虚无主义文艺思潮下的历史书写更倾向于历史的文本性，放大了文学的自主性，突显了文本的文学性特质，极端的审美观在收获"文学性"的同时也走向了另一个极端。如何处理文学与历史的关系？正如钱中文先生所说："最理想的历史写作应是作者史观和现代意识的结合，即在自我批判、自我反思的现代历史观指引下创作出极具深刻的思想性和历史意味的历史作品。"所言极是，这应该是我们努力的方向。而如何合理地发挥历史书写该有的传统文化宣传与历史借鉴功能，这也是我们亟须面对的重要命题。众所皆知，文艺是民族精神的火炬，是时代进步的号角，一切精神文化产品的生产与传播，都要考虑社会效果，都要做到对人民负责，对社会负责，对未来负责。我们要用马克思主义文艺思想的最新成果指导文艺建设，用社会主义核心价值体系引领文艺思潮建设，把握社会主义先进文化前进方向，要在历史书写中，弘扬以爱国主义为核心的民族精神和以改革创新为核心的时代精神，反对拜金主义、庸俗主义、极端个人主义，倡导有思想、有深度的历史书写，从而促进全社会形成积极向上的精神文化追求。